JN256870

K
赤の王国

来楽 零（GoRA）

Illustration 鈴木信吾（GoHands）

講談社BOX

K 赤の王国　Contents

Bar
HOMRA
946
THE CITY BEER HALL
BAR
BAR

Book Design　芥 陽子 (note)

Prologue　Second Installation

《王》が誕生する瞬間を見るのは、二度目だった。

草薙（くさなぎ）は、目の前の光景を見つめていた。

小さな少女の体から赤い炎が吹き出し、荒れ狂う海のように広間の中を満たし、うねる。

その炎は、かつて見たそれと同じようでいて、けれど確かに違うものだった。少女の炎は激しさも獰猛（どうもう）さも持っていたが、すべてを焼き尽くす無形の暴力ではなく、彼女の意思に従い、形を作った。

炎は、少女の背中で赤い翼となった。

眩（まばゆ）いそれを目を細めて見つめていると、草薙の右の肩甲骨（けんこうこつ）——《吠舞羅（ほむら）》の〝徴（しるし）〟が熱く疼（うず）いた。その疼きに、問われていると感じた。

この《王》を、自らの《王》として戴（いただ）くのかと。

迷いはなかった。

ただ、この少女はもう守るべき姫ではなく、かつての友人と同じく途方もない存在である《王》になってしまったのだという実感に、わずかな感傷を抱いた。

〝徴〟の疼きの問いに心が応えると同時に、力が湧き上がってくるのを感じる。久しく静まっていた体の芯にともる炎が勢いを得て燃え上がり、熱を持った血が全身を巡る。

隣で八田も草薙と同様に力を得て、体から赤のオーラをあふれさせているのが見えた。

少女のサンクトゥムの庇護下で、自分たち《赤のクラン》が、《吠舞羅》が、もう一度生まれ直したのだと知る。

炎の翼を持った少女は、灰の中から再生する不死鳥のようだった。

No blood, No bone, No ash.

自分たちが掲げていたその言葉を思うと少し皮肉で、だが、どうしようもなく美しい光景だった。

†

櫛名アンナは、もともと強力な感応能力を持つストレインだった。

その感応能力は、第七王権者《無色の王》であった三輪一言の予言の力にすら匹敵すると目され、幼く自らの身を守る手段も持たない彼女の力は、多くの人間にとって「利用価値」のあるものだった。

前第三王権者《赤の王》、周防尊が彼女を自分のクランズマンとし側に置いたのも、縁あって彼女をそういう手合いから救い出したことがきっかけだ。

アンナの力を利用せんとした男は、アンナを人為的に《王》にしようと試みた。アンナはその男に命じられ、感応能力で何度も石盤に精神干渉をするよう強いられた。石盤と繋がり、《王》になる実験のために。

だから、アンナは知っていた。神秘の秘宝、〝ドレスデン石盤〟の気配を。心で感じる、その手触りを。

『イズモ。……私、石盤に呼ばれてる』

不安げな、今にも泣き出しそうな表情でアンナがそう言ったのは、周防が死んでから数ヵ月後のことだ。

『どういうことや』

『石盤が、私と繋がろうとしている』

苦しげに顔を歪め、自分の身を抱いて言ったアンナは、石盤の途方もない力の海に――草薙には決して実感することはできない、《王》だけが知るその力の海の深さと広大さを目の前にして、怯え竦んでいた。

アンナは、《王》に選ばれようとしている。

衝撃の次に草薙が感じたものは、《王》に選ばれかける、などということがあり得るのかという驚きだった。周防のときのことを思うと、石盤による〝戴冠〟は一方的で、有無を言わせないものだった気がする。

石盤に選ばれながらも、まだ《王》として目覚めてはいないというアンナのこの状況が、かつて石盤と接触したことがあるというアンナの経験や、アンナの強力な感応能力が可能としているのか、あるいは《王》になることの覚悟の有無が問題となるのか、草薙にはわからない。

石盤については、そのほとんどが謎に包まれていた。《王》に連なるクランズマンという立場にあり、情報収集能力に長けている自負もあった草薙にも、その実体はまったくつかめなかった。情報を求めても、手に入るのは噂や憶測のみ。「正しい情報」というものがそもそも存在しないのだろう。《黄金の王》がすべてを掌握して外に漏らさないのか、あるいは、《黄金の王》でさえ石盤の謎についてはつかみ切れていないのか。

石盤研究の第一人者であった、不老不死の《王》、第一王権者アドルフ・K・ヴァイスマンならば、何らかの知識と情報を持っていただろうが――

草薙は、苦しげで不安げなアンナの顔を見た。

(今から、ちょっとばかりバカみたいな話をするぜ?)

《赤の王》になった瞬間の、石盤から力を受け取ったばかりの周防が見せた、困惑したようなはにかんだような複雑な表情が脳裏に蘇った。そこから周防が歩んだ道と、その結末を思った。

(逃げたいと本気で思ったことからは、逃げるべきだよ)

いつだったか、十束がめずらしく真面目な表情で言った言葉が浮かんだ。大抵の状況は、それが悪いものであったとしても、楽しく愉快なものに変えてしまうことが得意な十束の、その静かな声音が耳の奥で響いた。

『アンナ』

草薙はアンナを呼んだ。

『俺は、アンナを《王》にはしたくない。足掻いてみようと思う。……ええか』

草薙の問いに、アンナは視線を揺らした。迷うようなその揺れは、彼女の数年間をすぐ側で見守っていた草薙にとっても見慣れぬものだった。

思えば、アンナが迷いを見せるということは少なかったのだと思い当たる。〝見る〟力を持つ彼女は、迷うよりも前に、決定づけられた運命が〝見えて〟しまうから。

そのアンナが今、自分の運命を前に迷っている。

猶予の時間は、わずかであるように思えた。

その時間を、草薙は調査にあてた。かつて周防を《王》に選び、今アンナをも選ぼうとしている〝石盤〟に少しでも迫るために。手がかりを求めてドイツに飛び、かつて石盤を保管し、研究していた町、ドレスデンを歩き回った。

だが結局、草薙は間に合わなかった。

櫛名アンナは、《赤の王》になった。

†

「アンナ、入るで」

軽くノックし、ドアを開ける。

アンナはベッドの上に仰向けに寝そべり、ぼんやりと窓の外を眺めていたが、草薙が入ってくるとすっと視線をやった。

「イズモ」

静かな表情でつぶやく少女に草薙は微笑を返し、サイドテーブルに運んできたホットミルクを置いた。ミルクを満たした赤いマグカップは、アンナが《吠舞羅》に来たばかりの頃、アンナの服や小物を買いに、アンナと草薙と十束と、無理やり引っ張り出してきた周防と出かけたときに手に入れたものだ。雑貨屋で買ったそのカップを、アンナは何年も愛用している。

アンナはベッドの上に起き上がり、マグカップを手に取った。蜂蜜(はちみつ)とジンジャーを入れたミルクを、アンナの小さな口が少しずつすする。

草薙はベッドの脇の椅子に腰掛けて、アンナの小さな頭を見下ろした。

「アンナ、大丈夫か?」

そっと声をかけると、アンナはカップに口をつけたまま首を傾(かし)げる。

「しんどくないか」

周防が《王》に目覚めたばかりの頃を——身の内に宿った強大な力に翻弄(ほんろう)されていた頃を思い出す。

アンナはミルクのカップを膝の上に置き、片手を自分の胸に当てた。少しの間言葉を探すようにまばたきを繰り返し、草薙の目を見て答える。

「これは、私の赤」

大丈夫だとは言わず、けれどしっかりした目で、アンナは草薙を見据えて言った。

「今は苦しくても、きっと私のものにする」

そうか、と草薙は静かにうなずいた。

一度《王》であることを受け入れ、覚悟を決めたアンナには、もう迷いはどこにも見えなかった。

アンナを《王》にすまいと奔走した草薙は、間に合わなかった。けれど、その間にアンナは決意し、残酷で暖かいその力を受け入れた。

草薙は複雑な思いを抱えたまま、ゆるりと笑む。

「アンナは、俺たちの《王》や」

「うん」

「けど、今でも——いつまでも、アンナは俺たちの大事なお姫さんでもある。そのこと、忘れんといてくれ」

アンナは柔らかく微笑んだ。両手でカップを包み込み、幼い仕草でホットミルクを飲み干すと、赤いカップの縁を指先で撫で、ふと思いついたように顔を上げる。

「イズモ、お話をして」

「話?」

「ミコトが、《王》になる前の話」

草薙は目をしばたたかせる。アンナはねだるように、草薙の袖(そで)を軽く引いた。

「私が出会ったのは、王様のミコトだった。でも、イズモと、ミコトと、タタラは、《王》じゃないときから一緒だった」

草薙は困惑げに眉を下げて笑う。確かに自分たちは《王》だとか石盤だとかに関わる前からのつきあいではあったが、王座を継いだ姫君のためになりそうなエピソードなど何もない気がする。

それでも、徒人(ただびと)から《王》になったばかりの彼女が、《王》になる前の、普通の人間だった頃の周防のことを聞きたがる気持ちは何となくわかる。

草薙は「ちょっと待っててな」と言い、立ち上がった。

物置に行き、元はこのバーの持ち主であった叔父(おじ)の遺品などが残されている棚をあさる。奥からフォトアルバムが見つかった。表紙が日に焼けて変色しているそれを引っ張り出すと、きちんとアルバムに収めずにぞんざいに挟んだだけの写真がバラバラと落ちた。

落ちた写真を拾い上げようとかがんで、草薙は懐(なつ)かしさに目を細める。

色あせた写真には、高校の制服を着た草薙と周防、まだ背も低い、中学の学ランを着た十束が写っていた。また別の写真には、バーHOMRAでえらく楽しそうにピースした手を前に突き出している十束と、それをぼんやり眺めてる周防、何がそんなにおもしろかったのかゲラゲラと笑っている草薙が写っている。この頃に三人で写っているということは、おそらく撮ったのはまだ健在だった草薙の叔父だろう。十束がカメラを趣味にし出してからは、十束が写っているものは少なくなったが、それ以前の昔の写真には彼の姿も多く残っていた。

拾った写真を一枚ずつ眺めていると、もうどういう状況で撮ったのか思い出せないようなものがいくつもあった。その中の一枚に、草薙は手を止めた。

それも、三人で写っている写真だった。

少年から脱しつつある頃合いの年齢。十束はまだ十七かそこらだろうが、草薙はおそらく成人している。

それまでのものと違って、その写真に写っている三人からは無邪気さが薄れ、何かを悟ってしまったような色が見えた。けれど十束は笑顔であり、草薙も表情を和らげている。周防はどうでもよさそうな顔をしているが、それでも一応ちゃんとカメラの方に目をやっていた。背景はやはりバーHOMRAの中だが、ちらりと見えるカーテンは焼け焦げてボロボロになっている。

この周防は、《赤の王》になった周防だ。

ここから始まった。周防の、自分たちの《吠舞羅》の物語が。そして同時に、ここで終わったのだ。馬が合ってつるんでいたに過ぎなかった、三人のただの悪ガキの物語が。

草薙は少しの間その写真を見つめ、やがて静かにアルバムに挟むと、立ち上がった。

悪童　Bad Boys

葉巻の煙が、ゆったりと男の口から吐き出される。少し甘みを含んだその煙を纏いながらバーカウンターでコニャックのグラスを傾ける男を見て、草薙は呆れて眉を下げた。

「葉巻吸うてる姿って、悪の親玉みたいやな」

甥っ子の言葉に、男――草薙水臣は、ふふんと笑った。

「この贅沢な時間の素晴らしさはガキにはわからんよ。子供は安い煙草を吸ってな」

「いや、そもそも子供に喫煙勧めたらあかんやろ」

床のモップがけの仕事に戻りながら、草薙は苦い顔をした。まだ高校生のくせに喫煙者であること、バレているのは知っていたが、こうして暗に指摘されると若干の気まずさは感じる。

「……で、今日は、店開けへんの」

「一服したら開けるさ」

水臣は上機嫌に言って、手の中のグラスをくるりと回した。

草薙はそれ以上何か言うのは諦めて、いつ店を開けてもいいように、店内の掃除の仕上げをする。

「出雲、学校はどうだ？」

「ひねりのない話題振ってくるなぁ」

「大事な甥っ子預かってんだ。兄貴夫婦にお前のこと聞かれて答えられないんじゃまずいだろ」

飄々としたこの叔父がどこまで本気で言っているのかわからない。草薙は面倒くさげに答えた。

「別に、何も問題あらへんわ。成績優秀、スポーツ万能、人望も厚いんで」

「成績がいいのはお前、自分の頭に合ってる学校行かなかったからじゃないのかよ」

「大事なんは最終学歴。高校なんてどこ行ったって志望大学受かる自信あるし、電車乗って通学時間かけて進学校に行く意味見出せへんやろ。せやったら、高校三年間は近所の学校行って、余った時間のびのび過ごしとった方がよっぽど有意義や」

嘯く草薙に、水臣は声を立てて笑った。軽い笑い声と一緒に、口から白い煙が出ていく。

「そうして浮かせた時間でやることが、俺の店の心配か」

「叔父貴、放っといたらこの店、ただの酒の倉庫にするしな」

草薙は、叔父が経営するこのバー、〝HOMRA〟が好きだった。

品の良い街とは言いがたい鎮目町の一角にありながら、店内はいつも落ち着いた空気が漂っていて、カランとドアベルを鳴らして店内に踏み込めば別の世界に入り込んだような気分になる。

木の香りがしそうな暖かみのある内装に、暖色の照明。ほとんど趣味でそろえられた酒のボトルが並ぶカウンターの内側の棚。水臣が良いと思ったものだけを集めてできているこの店の中は、外を流れる空気と店内の空気が別物であるかのような、外界との心地よい隔離感がある。草薙は子供の頃秘密基地を作る類いの遊びはしていなかったが、あったとしたらこのバーにいるときの気分と似た高揚を味わえたんじゃないかと想像していた。

草薙は、中学までは京都にいた。草薙が中学三年になったとき、父親が仕事の拠点をアメリカに移すことが決まり、他の兄姉はすでに独り立ちしていたため、末っ子の出雲の処遇だけが問題となった。

英語は不自由していなかったし、両親と一緒にアメリカへ行き海外生活を経験しておくのも一つの手だった。そのままアメリカの大学に進むことも検討したが、海外留学はすでに一番上の兄が経験済みだったので、なんとなく真似をするようで締まらない気もして、結局さほど気が乗らなかった。

京都に残り、悠々自適の一人暮らしをするという道もあったが、一人で住むには広過ぎる家を維持するのも面倒で不経済に思えた。両親が今後の生活をアメリカに移し、日本に帰る目処が今のところないというのなら、家はここで処分してしまった方が後の面倒がないとも思った。

どうせ居を移すのなら、せっかくなら東京に行くか。

そこまでは草薙にとってごく自然な選択だったが、そのためなぜ東京の鎮目町に住む叔父、草薙水臣との同居を選んだのかと訊かれると、うまくは答えられない。

高校生の東京での一人暮らしを両親が心配したから、というわけでもない。草薙家は自立をよしとしていて、子供たちの意思はかなりの程度尊重されていた。草薙が一人暮らしを望めば、特に抵抗もなく許可され、必要最低限の支援をされていただろうと思う。

にもかかわらず、こののらくらした叔父の世話になることにしたのは——無理に理由を探すならばだが――もしかしたら、このバーの空気が気に入ってしまったからかもしれない。

「じゃあ、友達はいるか？」

洒落（しゃれ）たバーの主（あるじ）である趣味人の叔父は、ひねりのない質問を重ねた。草薙はげんなりとため息をつく。

「これまたダサい質問やなぁ……。おるよ、たくさん。人望厚い言うたやろ。学校内外問わず信頼集めてますわ」

水臣はふうんと鼻で相槌（あいづち）を打ち、葉巻の先に重くたまった灰を落とした。葉巻を軽く叩（たた）く水臣の指に従い、灰はほろりと灰皿の上に着地する。

「友達は大事にしろよ。その頃の友人は、一生ものだったり……そうでもなかったりするからな」

「なんやその何も言うてないに等しいセリフ」

「何かいいこと言おうとしたんだが、うまくいかなかった」

ちょっと気まずそうにはにかむ水臣に、草薙は「ダサ」と小さく笑った。

「無理して保護者ぶったこと言おうとするからやろ」

からかうように言いながら、草薙は床のモップがけを終えた。つやつやになった床板を見下ろし、満足してうなずくと、叔父はふっと笑いの息をこぼす。

「んじゃ、ま、久しぶりに店を開けるか」

水臣は葉巻を灰皿の上に置くと、カウンタースツールからゆっくり立ち上がった。

バーＨＯＭＲＡは、店主の気分によって臨時休業になる気まぐれにも過ぎる店なのに、開店しているといると不思議と客がやってくる。

店の札を「OPEN」にして間もなく入ってきたなじみらしい客と旧友同士のように言葉を交わす水臣を、草薙は横目で観察した。

来年五十歳になる水臣は、まるでほんのいくつか年上の兄貴のように思えるときもあれば、人生を味わい尽くした後の余生を過ごしている老人のように思える瞬間もある。

水臣は二十代半ばで事業を興し、彼が三十になる頃にはそれは結構な大企業になっていた。だが四十になる頃には会社経営に飽きてしまったのか、目をかけていた部下に会社を譲って引退し、鎮目町の行きつけのバーの店主が老齢のために店をたたもうとしていたところを、ぽんと丸ごと店を買い取ってそのマスターの座に収まった。

『いい店だったんだよ。会社はもう俺がいなくても回るが、あのバーは俺がもらわなきゃなくなっちまうところだったんでね』

早過ぎる隠居に呆れた親戚たちの前で、水臣はぬけぬけと笑って言った。

結婚もせず、せっかく成功した会社からもあっさり退く水臣は、親戚の間では変わり者の自由人、と見られている。数年に一度、正月か盆休みに京都の本家で顔を合わせるくらいだったが、草薙はなぜか、子供の頃からこの叔父にどこか憧れているところがあった。

水臣が酒を作り、客と静かに談笑し、草薙は洗い物を始末したりつまみを皿に盛ったりなどの仕事をしながら、時々水臣と客の会話に加わる。

草薙はバーの仕事が好きだ。酒にも興味があったし、気配りも会話も得意な方で、バーでのひときという客にとってある意味非日常の時間を演出することをおもしろくも思っていた。

カラン、とドアベルが音を立てる。

いらっしゃいませ、と水臣が声をかけた。草薙も顔を上げて見ると、グレーの高級そうなスーツを身に纏った、頬に傷のある男が入ってきた。肩ががっちりとしていて、目つきが悪い。あきらかに堅気(かたぎ)ではないオーラを出していたし、実際堅気ではないことを草薙も知っているが、歴(れっき)としたHOMRAの常連客である。水臣は微塵(みじん)の緊張もなく男に席を勧めた。男は慣れた様子でカウンターの端の席に座り、「スパむすびとバーボン」と言った。

バーHOMRAの客層は幅広く、裏社会の住人の常連客もそれなりに持っている。だが、店内で揉(も)め事が起こるのはまれだ。彼らはこのバーと水臣を尊重しているようにも思える。

草薙が手をつけていた仕事が一段落したとき、水臣が口の端で笑い「未成年はもう帰りな」と言って、腕時計を示した。夜十時になろうとしている時刻だった。

今さら子供扱いされることになんとなくおもしろくない気分を感じるが、その気分を表に出すのも格好悪く思えて、「へーい」と小さく返事をし、草薙は腰に巻いていた黒いエプロンを外した。

†

鎮目町は昼と夜でずいぶん顔が違う。日が沈むと、昼の間の明るい喧噪(けんそう)が色を変え、どこか後ろめたさを持つ騒がしさになる。つまるところ、賑(にぎ)やかさの種類が夜になると汚くなる。

草薙は、その「汚さ」が嫌いではない。

バーHOMRAの裏口から出て、草薙は夜の鎮目町を歩いた。

まっすぐ帰っても良かったのだが、なんとなくそれもつまらなく思えて、足が向くままに街をぶらりとうろつく。

「草薙！」

声をかけられたのは、鎮目町の駅裏の公園を通ったときだった。

見ると、公園のキリン型の遊具の上に座ったくわえ煙草の青年が、軽く手を上げている。だぶついたワークパンツに、濃い赤のパーカーを羽織った青年だ。軽くウエーブした髪はゴールデンレトリーバーを思わせる白っぽい茶色に染めていて、雰囲気もなんとなく犬のようなところがある。周りには青年を囲んで十数人の若者がたむろしていた。

草薙が近づくと、青年を囲んでいた数人が自然に立ち上がり、草薙のために場所を空ける。草薙もごく自然に譲られた場所に入り、青年の向かいにあるシマウマ型の遊具に腰を下ろした。

「よ、長浜ちゃん」

草薙の軽い挨拶に、長浜和臣は煙草のフィルターを歯で挟んだまま、ニッと屈託のない笑い方をした。パーカーのポケットからくしゃくしゃの煙草の箱を取り出し軽く振って一本出すと、草薙に差し出す。草薙は礼を言うように手を上げ、一本拝借した。

長浜の隣に寄り添って腰掛けていたミニスカートの少女がすかさずライターで火をつけてくれる。

水臣が言うところの安い煙草の煙で肺を満たすと、長浜がからかいの声をかけてきた。

「よお、優等生。おじさんのお手伝いの帰りか？」

「まぁな。叔父貴が怠け者過ぎて、優等生の甥っ子は苦労するわー」

長浜は草薙の育ちがいいらしいことと、きちんと高校に通い、学校では成績優秀・品行方正で通っていることを揶揄して、草薙を優等生呼ばわりする。だがそこにはねたみや悪意は介在せず、ただの言葉遊びだ。だから草薙も軽く応じる。

「そんな怠け者の店主やから店もたまにしか開かんし、退屈しとるわ」

「暇してんなら、うちに入れよ」

草薙が乗らないことを承知していて、長浜は冗談の口調で言った。

長浜は、鎮目町を根城にするチームのリーダーだ。草薙が鎮目町に越してきて街をぶらついているときに知り合い、顔見知りから知人へ、知人から友人のようなものになっていた。出会った頃の長浜は家出少年がずるずるとグレてチーマーの端くれになっていたに過ぎなかったが、今はチームの頭を張っている。といっても、「馬が合うこと」を重視して集っている十数人の小さなチームではあるのだが。

草薙は今までにも数回長浜にチームに誘われているが、いつも笑ってかわし続けていた。

「どっかに所属するん苦手やって言うてるやん」

「んな構えなくても、うちみたいなちっちぇーチームに鉄の掟とかはねぇんだから気楽にうなずきゃいいのに」

「そりゃ結構。ほないつもどおり気ぃ向いたときに遊んでや」

草薙が笑って言うと、長浜は大げさに嘆く仕草をした。

「ひどいわ草薙クン！　アタシは遊びの相手でしかないって言うのね！」

しなを作って周りを笑わせてから、ふいに長浜は表情を戻した。

「……まぁ、冗談は置いておいて。顔の広いお前のことだ、うち以外にも色んなチームと関わりあるだろ」

「なんや、今度は嫉妬か？」

「あなたがどんな遊び人で、他に何人のオンナがいようと、アタシ構わない……！　って、そうじゃなくてな」

草薙の軽口に律儀(りちぎ)に乗ってから、長浜は一つ咳払(せきばら)いをする。

「あちこちとつきあいがあるお前なら、あいつの話、聞いてるだろ」

「あいつ？」

「闇山光葉(くらやまみつは)」

深刻ぶった口調で長浜が口にしたその名に、隣に座るミニスカートの少女が嫌そうに身じろいだ。

「半端(はんぱ)なく強くて、気まぐれで、残酷」

長浜は芝居がかった囁(ささや)き声で言う。

「その強さと無軌道さっつったら、幼児に拳銃持たせたみたいだって話だ。もともと、街で喧嘩(けんか)

繰り返してるキレてるガキっていうんでは有名だったんだけど、最近になってそいつ、チームを作ってボスを張るようになった」

「ああ、光葉な。耳無しミツハ」

最近よく耳にする名だ。草薙は煙草の煙を、女の子が座るのと逆の方を向いて吐き出しながら言った。

「最近よう聞く名前やな」

「ちっと頭おかしい奴みたいだな。喧嘩の仕方もむちゃくちゃで、喧嘩のやめどころも見極めねえ。ここまでくりゃ、喧嘩ってより通り魔の方に近いんじゃねぇかな」

草薙は気のない相槌を打ちながら、長浜の表情を眺めていた。ただの噂話をしている風でいて、しかめた顔には本気の不快感と不安感がにじみ出ている。

夜の街には、社会の真っ当な枠組みから多かれ少なかれはみ出してしまった連中が多くたむろしているが、その中にも別の枠組みがあり、ルールがある。そして、そこからも踏み外してしまった奴の末路というのはだいたいお決まりのものだ。

「ま、触らぬ神に祟りなし、やな。しばらくは関わらんように気ぃつけとき。ちょっと待てば、そいつ消えるで」

「消えるかな?」

疑わしそうに口をへの字にする長浜に、草薙は鷹揚にうなずいた。

「そういう無茶する奴は、近々警察のお世話になるか、もっと怖いものに潰される。ま、よっぽど見所があって、『もっと怖いもの』のどこかにスカウトでもされたらまた別やろけど。その場合でも、その後光葉はそっちの枠組みの中で生きなあかんようになるわけやから、今みたいな無茶は止むやろ」

いくら強くて、チームを組んで王者として君臨していても、もっと怖いもの——実際に暴力を飯の種にするような大人にかかれば確実に、たやすく潰される。

その前に逮捕でもされれば穏便だが、喧嘩の負傷で被害届を出すみっともない真似をしたがる奴は少ないし、本格的な警察沙汰になるのは下手をすれば死者が出てからになるだろう。

「いずれにせよまあ、物騒な話やけどなぁ」

草薙がのんびりした声で言うと、長浜の横に座る女子が「あいつがいるうちは夜の街歩けなぁい」と甘い声で言った。今のここ、夜の街やけどなと思いながらも「一人になったらあかんで」と笑いかける。彼女は嬉しそうに笑い返してきた。頭は軽そうだが、唇のふっくらしたかわいい子だ。

長浜は少しおもしろくなさそうに、煙草の煙を勢いよく吐き出し「ところで」と言った。

「草薙は、光葉を見たことはあるか？」

「ないな。噂話でしか知らんわ。お前は？」

「あるさ」

長浜はなぜか少し誇るように言った。闇山は危険で憎まれるべき厄介者ではあるが、夜の街で今一番ホットな話題の人物であるのも間違いなく、見たことがあるだけで話題にできる珍獣的存在なのかもしれない。

「ふぅん。じゃ、あれは実際のとこどうやった？　耳無しミツハの、耳無したる所以」

長浜は我が意を得たりとばかりにうなずき、人差し指を自分の右耳に水平に当てた。

「噂どおりだよ。右の耳が上半分ばっさりなかった。喧嘩か事故か知らねえけど。半分しかない耳を見せつけるみてーに、残った耳たぶ部分にはピアスをじゃらじゃら下げて飾りたててる」

「そうやって耳無しを誇示するんは、その傷自慢なんかな。名誉の負傷とか？　のわりには、その噂は聞かんなぁ」

確かに、と長浜も腕を組んだ。

会話が途切れた。草薙は煙草の煙を深く吸い込む。煙草の先がちりりと赤く熱を発し、ゆっくりと灰になっていく。

長浜はふと何かに思い当たった顔をした。

「そういやお前が通ってる学校って、須賀高だっけか？」

「ああ」

「じゃあお前、あっちは見たことあるんじゃねえのか」

身を乗り出してくる長浜に、草薙は軽く眉を寄せる。

「あっちって？」

「ほら、新入生にアレいるはずだろ。確か須賀高入ったって聞いたぜ。一匹でふらついてた頃の耳無しミツハ同様、名前だけはかわいいが滅法強くてやばいって噂のガキ——」

†

「――周防尊」

前の席のクラスメイトが、窓の外を見て弁当を掻き込む手を止めて言った。

「周防尊じゃん。ふーん、こうやって見るとそんなに危険そうにも見えないなー」

草薙は自家製のサンドイッチを囓りながら、クラスメイトの視線を追って窓の外を見る。三年の教室の窓からは中庭が見下ろせるが、該当の人物は見当たらない。

「どこ？」

「そこの木の下のベンチ。あー、草薙の角度からは見えないか。飯食い終わったのか、寝っ転がってるぜ」

おそらく草薙の席からは木が邪魔になっているのだろう。だがわざわざ立ち上がって見るほどのものでもなかったので、草薙は視線を自分の昼飯に戻した。バゲットにバーＨＯＭＲＡで出しているつまみの残り物を挟んだだけの品だが、つまみ自体が美味いのでなかなかいける。今日のサンドイッチの中身はレタスと生ハム、それから野菜をトマトソースで煮込んだラタトゥイユだ。冷製でもいける品なのでサンドイッチにもちょうどいいし、生ハムの塩気といい塩梅になっている。

「猛獣ミコト、やな」

ちょうど昨夜、長浜とその話をしていた。

草薙が通う須賀高校にこの春入ってきた一年生であり、中学時代から鎮目町では有名だった少年、周防尊。

草薙が東京にやってきて街になじみ始めて間もなく、周防の噂は耳にしていた。

鎮目町で絡んできたチンピラを返り討ちにした際、相手が一時意識不明の重体に陥った。幸い一命は取り留め、後遺症も残らなかったし、過剰防衛ぎみではあったが正当防衛の範疇であったので刑事事件にはならなかった。腕っ節自慢の不良が十二、三のガキに素手で負け、死にかけたというのだから、その噂は尾ひれをつけながら街を駆け抜けた。

その後も同じことが何度か繰り返された。お礼参りのつもりで仕掛けてさらなる返り討ちに遭った連中、噂を聞いてちょっとした好奇心で絡んできた連中、そんな連中の相手をしているうちに自然と集めてしまった恨みからさらに敵意の吸引力は強まり、周防が拳を振るう機会は増えていった。

周防尊が負けたという話は一度として聞いたことはない。場数を踏むうちに多少の手加減を覚えたのか、生死に関わるような話は最初の事件以降は耳にしていないが、それでも周防の喧嘩は相対する者に「命の危機」を少なからず感じさせるものであるらしく、いつの間にか「猛獣」の二つ名がついていた。ライオンにちょっかいをかければ追いかけられてのど笛を嚙み切られるし、熊に石を投げれば顔面を嚙み潰される。手を出すならそのくらいの覚悟をしろということだ。

昨夜話題になった耳無しミツハと違い、自分から積極的に暴れることは少ないらしいが。そんなところもリアルな猛獣めいている。

「なんでうちみたいな中途半端な進学校にいるんだろうな。もっと不良がいっぱいいる学校に行ってれば王様になれたろうに」

「なんでって、別に頭は悪ないんやろ。お山の大将気取るためにわざわざ学校のランク下げる奴はおらんわ」

呆れて言うと、クラスメイトは胡乱げな目で草薙を見やった。

「余裕でもっと上の学校行けた奴に言われたくねーよな」

「通学時間は重要な問題や。人生は短い。移動時間に費やしてられへん」

したり顔で嘯く草薙に、クラスメイトは「なんだそれ」と笑う。

「それに、あのタイプは王様になんかなりたがらんやろ」

「草薙、周防尊と知り合いなの？」

「いや。噂しか知らんけど」

草薙が聞く周防尊の噂のどの程度が本当なのかは知らないが、「こういう噂が流されるタイプの人間」がどういう傾向の人物なのかは、草薙には想像がつく。

有名人のわりに、草薙は夜の鎮目町で周防尊が誰かと遊んでいる姿を見たこともなければ、どこにいるという話も聞いたことがない。

つまりは、群れを作るタイプの獣ではないのだろう。

午後の授業が終わり、校舎から生徒たちが吐き出されていく。草薙はその流れに乗って、放課後特有の気の抜けた喧噪の中をだらだら歩いていた。

今日はこれからどうしようか。バーを手伝うか、適当に街に遊びに出るか……水臣が暇そうだったら、バーHOMRA特製カレーの作り方をもう一度教えてもらおうか。たかがカレーだが、何が違うのか、草薙が作るとどうも同じ味にならず悔しい思いをしている。

そんなことを考えながら自転車置き場に向かおうとしていると、渡り廊下の手前でクラスメイトの女子がほうきを持って困惑した様子で立っているのを見つけた。

「よ、なっつん。掃除当番か」

夏木(なつき)という名から、クラスの大半からなっつんと呼ばれている女子が、声をかけてきた草薙を見るなり駆け寄ってきた。

「周防尊よ!」

両手でほうきをぎゅうと握りしめ、夏木は真剣そのものの表情で草薙を見上げて言った。前後の説明のない、ずいぶんと唐突な発言だ。

「は?」

昨夜からやけにその名前を聞く。草薙が不審そうな顔をすると、夏木は内緒話をするように口元に手を当てる。草薙は長身をかがめて夏木の顔の前に耳を寄せた。

「知らない？　周防尊って、一年の。やばいヤツって噂の」

「まあ、噂は知っとるけど。そいつがどないしたん？」

「いるのよ」

幽霊の話をするときの、「出るのよ」と言うのと同じトーンで夏木は言った。

「いるって？」

「だから、周防尊よ！　そこの中庭に！　私今週中庭の掃除当番だっていうのに！」

草薙は眉を寄せる。昼休み、草薙の前で弁当を食べていたクラスメイトも中庭に周防尊がいると言っていた。だがそれから授業が二時限あり、今はもう放課後だ。

気になって中庭の方に足を向けると、夏木がこれ幸いと草薙の手にほうきを押しつけてくる。

「草薙くん、掃除当番代わってくれるの？　さっすが、頼りになるぅー！」

「おい、誰もンなこと言うとらんやろ……って、まあええわ。一つ貸しにしといたる」

苦笑してほうきを受け取り、夏木の頭を軽く叩くふりをすると、夏木はえへへと笑った。それなりに本気で困っていたらしい。照れくさそうな表情には、ほっとした色も見える。

「あ、でも気をつけてね。三年生にいきなり因縁（いんねん）つけるようなことはないと思うけど、何かあったら合図をくれたら、すぐ私が先生に……」

「いや、なんの心配しとんねん」

近づくと嚙みつかれる恐れがあると思っているらしい。これでは本当に猛獣扱いだ。

噂を鵜吞（うの）みにし過ぎると恥かくで〜、とからかうように言い残し、草薙は中庭に向かった。

草薙が通う須賀高校は、歴史があるというほど古くはなく、かといって新設校というほど真新しくもない、そこそこの敷地面積とそこそこの進学率を持つ、どの面をとっても「そこそこ」の学校だ。

午後のぬるい日差しが射す中庭は手入れされていて、すっかり緑に変わった桜の木が光を透かしている。東校舎と西校舎、それを繋ぐ渡り廊下で囲まれた小さな中庭の、ベンチの上。そこに、ヤツはいた。

木製のベンチの上に腕組みで横たわり、寝息を立てている赤毛の少年。春の暖かい空気と、日光を和らげる葉が頭上におおい茂った良い塩梅の日陰であることが眠気を誘うのか、実に安らかに眠っている。

京都の実家の庭によく来ていた野良猫を思い出してしまった。人相の悪い、ふてぶてしい猫だった。人にはなつかないくせに人の家を勝手に昼寝場所にし、餌を与えられれば当然の顔で食べ、いつの間にかいなくなった。

学校の中庭のベンチで泰然と眠る一年坊主は、獣というよりはふてぶてしい野良猫の雰囲気を漂わせている。

草薙はほうきの柄(え)で自分の肩を叩きながら、噂の「猛獣ミコト」を見下ろしていた。

このまま無視して掃除を済ませてもいいが、興味が湧いた。手に持ったほうきを、ひゅんと音を立てて軽く振り、柄の先を周防尊の方に向ける。

脇腹を、軽くつつく。

しばし反応を待つが、周防は寝息すら乱さずに眠り続けている。

その様子は負け知らずの猛獣どころか、今なら女子でも倒せそうに思えた。

草薙は遠慮をするのをやめて、ほうきの柄でぞんざいにぐいぐいと周防を押してみる。

「おい、一年。そこで寝とかれると邪魔なんやけど」

反応なし。

こいつ……と頬を引きつらせ、草薙は呆れと少しのいらだちと——膨らんだ興味によって、ほうきを握る手にぐっと力を込めた。

攻撃というほどではないが、人を起こすのが目的としては若干強過ぎるくらいの力でその腹を突こうとする。

パシッと、軽く短い、だが鋭い音が響いた。

草薙の手からほうきがはじき飛ばされ、中庭の土の上に乾いた音を立てて転がる。ほうきを持っていた手が軽く痺れていた。

一瞬だけ、何が起こったのか判断しかねた。周防がまだ眠ったままであるように見えたからだ。

だが、よく見ると周防の手が跳ね上げられていた。草薙が突こうとしたほうきの柄を、その手で払いのけたらしい。周防は眉間に不機嫌そうな皺を寄せ、ゆっくり目を開いた。

「なんや。起きてたんか」

草薙は若干きまり悪い思いで言い、身をかがめて落ちたほうきを拾う。

周防はベンチの上に寝そべったまま、薄く目を開けてぼんやりと宙を見ていた。自分を突こうとしたほうきを払ったその左手を軽く宙に浮かせたまま、「あ」と口を開いた。

何を言うのか、と草薙は身構えたが、続いて出てきたのは、大きなあくびだった。

遠慮会釈ない大あくびを一つして、周防はむくりと起き上がる。まだ寝ぼけているらしいぼんやりした顔で、いまいち状況が飲み込めていないそぶりであたりを眺めている。今、自分が突き出されたほうきを防御した自覚もあまりないのかもしれない。

「あー……おはようさん?」

どう挨拶していいものか迷ってとりあえずそう言うと、周防は「あー」と間延びした声を出した。大丈夫かこいつ、と、草薙は寝ぼけ顔の周防を見下ろす。

「もう放課後やで。こんなとこで寝とらんで、暇なら帰り」

「放課後……」

周防は草薙の言葉を復唱し、ようやく頭がはっきりしてきたのか、ぼんやりしていた目から霞(かすみ)が晴れ、次第に渋い表情になっていく。

「お前、いつから寝とったん?」

「……昼」

本気で昼休みからずっと寝ていたらしい。何度も鳴ったはずの授業開始や終了のチャイムにも、周りの喧噪が止んだり起こったりしていることにも気づかず、当然、あの有名な周防尊を起こそうなんて勇者も現れず、学校で取るべきでない長さの睡眠を取ってしまっていたということなのだろう。

「ある意味猛者(もさ)やな……。五限と六限、意図せずサボったんか。授業、なんやったん?」

「数学と……英語」

英語、と言うときに、周防の表情が余計に渋くなった。英語教師がサボりにうるさかったりでもするのだろうか、と考えながら教師陣の顔を思い浮かべる。

「あ、もしかして、英語の担当穂波センセか？　たしか穂波センセ、一年A組の担当やったな。担任でもあるんちゃう」

櫛名穂波。去年新任で須賀高校にやってきた若い女性教師だ。物腰柔らかな美人で、生徒にとても人気がある。女子には姉のように慕われ、男子の中にはかなり本気で想いを寄せている奴らもいるのだ。去年、草薙も穂波に英語を教わったが、英文を読み上げる穂波の綺麗な声を聞いて、いつになく英語に意欲的になった奴らが同じクラスの中だけでも何人もいた。

周防尊は、一年A組だったはずだ。あの優しげな女性教師が猛獣と名高い周防尊の担任と聞くと同情を禁じ得ないが、この反応を見るに、どうやら周防の方が穂波を苦手としている節があるように思える。

周防は口をへの字にして、そっぽを向いている。

「英語の授業にもホームルームにもおらんで、穂波センセ心配しとるかもな？」

「うるせえよ」

つまらなそうに言って、周防はだらりと立ち上がった。

「俺一応三年生やでー。先輩に対してもうちょい気ぃ遣ったしゃべり方してくれてもええやん」

一貫してぞんざいな周防の態度に冗談の口調で文句を言うが、周防はなんの反応も返さずに去っていこうとする。草薙は後ろから声をかけた。

「猛獣ミコト」

周防は一応足を止めて振り返ったが、その呼び名に対する感想は何もなさそうなフラットな表情だった。そう呼ばれることをとりわけ嫌っているわけでもなければ、得意に思っているわけでもまったくない、ただその言葉が自分を呼ぶものだとは一応認識している、というだけの顔。

草薙は軽く笑った。

「えらい呼ばれようやな。うちのクラスの女子もびびっとったで。中庭掃除の当番やのに、あの有名な周防尊が寝とるから近寄れんって」

周防は返事もせず、だが一応草薙の話は最後まで聞いてから本当に立ち去った。

「またな、ミコトクン」

草薙はその後ろ姿に声を投げてみた。やはり反応はなかった。

†

男は走っていた。

自分の激しい呼吸の音だけが、耳の中で大きく不快に響く。

頭から流れ出た血が目に入り、左目をふさいでいた。頭部の傷が、鼓動に合わせてずくん、ずくんと痛み、そのたびに血があふれてくる気がする。脇腹の負傷のせいでいつものように動けず、負傷箇所をかばう不自然な走り方で、それでも精一杯の速度で前に進む。

男は何度も自分の背後を振り返った。襲撃者の姿は見えない。もう追ってきてはいないのだろうか。

高架の上を電車が通り過ぎていく。車両が線路を踏みつけて揺れる轟音が響き、夜の闇の中を電車の窓の明かりが光の川のように流れていく。

男は高架下のトンネルで、コンクリートの壁に背中をつけて息を吐いた。

顔の半分を汚す血を、袖口でぐいとぬぐう。

心臓が痛いほどに激しく拍動していた。頭の傷の他、殴られた脇腹は重い鈍痛を訴え続けている。あばらにヒビも入っているかもしれない。

壁に片腕をついて体を支えながら歩く。もう片方の手はタンマツを持ち、血で汚れた手で仲間の番号を探した。

「……俺だ。助けてくれ。襲われたんだ」

足が震えている。負傷の影響が足にきたせいでもあったし、その状態のまま走った疲労のせいでもあった。そして何より、逃れた今でも体中にこびりついている恐怖のせいでもあった。

「誰にって……あいつだよ！　あいつに会っちまったんだ！」

ざくり、と砂を踏む音が鳴った。男は顔を引きつらせて振り向く。

そこには、細身の青年がいた。

歳の頃は十代後半。彫りが深く、顔立ち自体は外国の人形のような造作をしている。目に眩しい金髪で、ひょろりとした体は黒いスキニージーンズと、レザーのジャケットに包まれている。腕には太い金属のバングル、首には犬の首輪じみた鋲の打たれた革のチョーカー。そして、五個のピアスで飾りたてた右の耳は、上半分がない。まるで切り取られたかのように、ばっさりと耳の半分が失われていた。

「耳無しミツハ……！」

喘ぐように言うのとほぼ同時に、男はこめかみに鋭い衝撃を受けて吹き飛んだ。銃で頭を撃ち抜かれたのかと思うような衝撃だった。

「ッフゥ……」

気負いのない軽い息が鼻から吐き出されるのを、男は暗くなる世界の中で聞いた。

気がつくと、男はアスファルトに頰をついて倒れていた。目の前に、先のとがった革靴があるのが見える。自分はハイキックをこめかみに食らったのだと、その靴を見ながら認識した。頭がぐらぐらして、体がいうことをきかない。脳震盪を起こしているのか。

「耳無しミツハ、ね。嫌いじゃないよ、そういう二つ名」

上から声が降ってくる。子供じみた軽い口調。

「あ……ぅ……」

男はまともにしゃべれないままただうめく。前髪がつかまれ、持ち上げられた。男の眼前に、上半分がない耳を見せつけるような横顔が迫る。細面に、大きな目と大きな口がバランス良く配置された顔。だが、どこか不気味な印象が匂い立つ。

「なぁ、俺とトぼうぜ」

にっ、と大きな口の端を持ち上げ、純粋にすら思える笑顔でそいつは言った。

†

バーHOMRAのドアが開き、顔を青く引きつらせた長浜が入ってきた。

カウンターの内側でいつものように水臣の手伝いをしていた草薙は、ぎょっとして手を止める。

水臣はいつもと何も変わらぬ様子で「いらっしゃいませ」と穏やかな口調で言った。

「友達か？」

長浜に身振りでカウンター席を勧めながら、水臣は草薙に小さく問う。草薙は曖昧にうなずいた。

長浜とは街で会えばつるむが、店に訪ねてこられるのは初めてだった。なんとなく、互いに街でふらついている時間以外は関わらないという暗黙の了解のようなものがある気がしていた。

長浜がカウンター席に座ると、水臣が黙って水を出した。

長浜は、今まで草薙が見たことのない途方に暮れた表情で水臣を見上げ、顎（あご）を前に出す軽いお辞儀をしてから、出された水を一気に呷（あお）った。

「どないしたん。こんなとこ来るなんて、めずらしいな」

「すまん……」

長浜は青い顔のまま言った。いつもの軽薄な調子はなりを潜めていて、やはり様子がおかしい。

「この前、耳無しミツハ——闇山光葉の話、しただろ」

「ああ」

周防の話になったのも、耳無しミツハの話の流れでだった。草薙がうなずくと、長浜はカウンターに身を乗り出す前傾姿勢になり、潜めた声で言った。

「うちの大垣が襲われた。全治一ヵ月の怪我だ」

草薙は眉をひそめた。大垣、確かよく長浜の隣にいた男だ。長浜のグループの中では武闘派だったはずだ。

「なんで襲われたん」

「この前も言ったろ。光葉は通り魔みたいなもんなんだよ。行き会って、目が合ったらもうお終いなんだ」

「なんやそら。妖怪か」

長浜の様子は深刻だったが、草薙はいまいち親身になりきれずについ茶化すようなことを言ってしまう。長浜はそれに気を悪くするでもなく、神妙に「そうだな……」とつぶやいた。

「実際、それと変わんねえよ。光葉が何考えてんのか、何がしたいのかわかんねえ。大垣だって、別に光葉と揉めたわけじゃない。歩いていたら向こうから光葉がやってきた。そんで、挨拶もなしにいきなり攻撃を食らった。亜美が一緒だったから大垣もちっとかっこつけようとしたんだろうな。最初迎え撃とうとして、ボコボコにやられたらしい」

この前長浜と公園で話したときにいた、頭は軽そうだがかわいい顔をした少女を思い出す。確かあの子の名前が亜美だったか。

「女の子の方はどないした」

「騒いだら、腹に蹴り食らった」

長浜は怒りと恐怖がない交ぜになった表情で、低く言った。

「腹押さえてうずくまったらそれ以上は興味なくしたみたいで、負ったのは痣ぐらいだが。……女さらってどうこうってことには興味ねえ奴だったのがまだ救いか」

長浜はいらだたしげに髪を掻き回す。草薙は空になっていた長浜のグラスに水を注ぎ足してやった。

「そんで、どないするん？　大垣君の復讐したいん？　言うたら悪いけど、長浜たちじゃどうにもならへん思うで。……本気で光葉をどうにかしたいんやったら、大垣君と亜美ちゃんに警察行かせるのが手っ取り早いやろ」

言いながらも、そうはしないだろうというのは草薙もわかっていた。案の定、長浜は恨みがましげに草薙を見上げる。

「そんなみっともない真似できるかよ。第一、俺らみたいなの同士の喧嘩に警察はまともに取り合わねえだろうし、亜美だって今まで何度も補導されてる。警察なんか行きたがるわけねえ」

長浜は、いつも飄々としている目に剣呑な色を過らせた。

「他にも、光葉にやられてる連中はいるんだ。俺たちだけが情けなく警察駆け込むわけにはどっちにしろいかねえんだよ。……けど確かに、俺らだけで光葉のチームに敵うわけがねえ」

話が面倒そうな方向に行っているようだ。草薙は指先で頬を搔く。

「なあ、草薙」

長浜がカウンターに身を乗り出して言った。来たな、と草薙は内心で苦笑する。

今までも何度か、こんなふうに名を呼ばれたことがある。なあ、草薙。そのあとに続くのは、大抵が少々面倒な依頼だ。

「お前、いろんな奴らとつきあいあるだろ。光葉を潰そうとしているチームに口利いてくんねえか。……手を組みたい」

「前も言うたけど、光葉は放っといても消えると思うで。遠からず警察か……あるいはそっちの筋の人たちが出張ってくる。ムショ入るか怖い人たちにさらわれるか。次に聞く耳無しミツハの噂はそんなもんかもしれんで」

血の気の多い奴はどこにでもいる。それこそ、夜の鎮目町で遊んでいるような奴らの中には、掃いて捨てるほどいるだろう。その中で闇山光葉の件が深刻めいてしまっているのは、奴が少しばかり強過ぎたからだ。それでも多分、遠からずどこかで潰される。暴力が日常にある世界であっても、血を好み過ぎる奴は自分の血の中で溺れることになる。

「仲間がやられたんだ。消えてくれることを他力本願に願って泣き寝入りとか、ねえだろ」

ぎらつく長浜の目を見返して、草薙は「さよか」と軽くいなした。

一人身軽な草薙には、仲間の仇討ちにかける情熱というのはいまいち実感に欠けた。

だが理解はできる。仲間を叩かれて動かないチームは、チームとしての機能を失う。そして、一度舐められるとどこまでも落ちる。ストリートで堂々と振る舞うためには、強さを見せる他にはない。

闇山光葉が鎮目町にのさばっている今、長浜たちと同じ状況に置かれた連中は多くいるはずで、実際草薙にもいくつか心当たりはあった。

「仕事の依頼だよ、草薙。闇山光葉を潰すために、仲介をしてくれ。光葉の情報も欲しい」

草薙は諦めのため息をついた。

鎮目町の夜に遊ぶ少年たちの中で、どの集団にも属してはいないがどこにでもいることができる草薙は、便利な立場だ。

あちこちに顔を見せるため情報を多く持ち、集団のメンツや立場に縛られない動きが取れるので身が軽い。そのため、こうして時々〝仕事〟を依頼されることがあった。

何か問題が生じたときの相談役であったり、チーム間のいざこざの仲裁であったり、情報屋の真似事であったり様々だ。水臣には「ストリート弁護士か」と笑われた（ちなみに、それらの〝仕事〟について草薙が話したわけではない。どういう経路をたどれば水臣の耳までそんな噂が届くのかわからないが、いつの間にか知られていた。水臣の情報網の方が恐ろしいと草薙は常々思っている）。

進んでこんな〝仕事〟を始めたわけではなかったが、頼まれるとなんだかんだでやる気になってしまうたちでもあり、いずれ消えるにしろ闇山のせいで鎮目町が戦争状態になるのも好ましくない。それなら、いくらかでも自分でコントロールした方がマシかと、草薙は肩をすくめた。

「商売繁盛みたいだな、出雲」

長浜が帰ったあと、水臣がおもしろそうな顔をしてからかうように言った。草薙は口をへの字に曲げる。

「嬉しないなぁ。こんな小金稼ぎなんかしたいわけやないんやけど」

水臣は喉を鳴らすように笑う。

甥っ子が妙なことに巻き込まれているというのに、水臣は愉快げに目を細めるだけで何も口を出してこない。

時々思い出したように保護者ぶったことを言うくせに、基本的に水臣はどうかと思うくらいに放任だ。

「生島さんて、いるだろ」

グラスを磨きながら唐突に水臣が言った。

「ああ、あの物騒な職業のお客さん」

頬に傷がある、四十代の常連客の男だ。彼はいつもカウンターでスパむすびをつまみにバーボンを飲む。米を食いながらバーボンを飲むというのはどうなのだろうと草薙は密かに思っているが、彼は「この雑な味がいい」と、ほめているのかどうか判然としないことを言ってスパむすびを囓るのが常だった。バーにいるときの物腰は穏やかだが、彼がヤクザの幹部であることは草薙も知っている。

「あの人がどないしたん」

「この前来たときな、生島さんの口からも闇山君の話題を聞いたよ」

闇山君、と、まるで草薙の友人であるかのようにその名を口にするので、草薙はつい顔をしかめる。水臣は構わずに続けた。

「闇山君は鎮目町では大人の間でも有名人になってきつつあるようだな。あまりやんちゃが過ぎると、危ないな」

深刻さのかけらも見えない、穏やかな口調で水臣が言う。やはり、闇山光葉はもうすでに、かなりの程度詰んでいるようだ。遠からず、本職のヤクザの下っ端とでもトラブルを起こして、残酷な報い(むく)を受けるのだろうことは想像がついた。

同情の余地はないが、その前に、子供の争いは子供の間でカタをつけるのが穏当(おんとう)というものだろう。

草薙は、手をつけていた空豆の皮むき作業を終えると、「今日はそろそろ上がるわ」と水臣に告げた。

†

人生に飽きちゃったのかな、というのが、数日闇山光葉の情報収集をしてみた末の草薙の感想だった。

「耳無しミツハね。ありゃもう人の言葉が通じるようなのじゃないよ。この前なんか、氷川組の組員とやり合ってボコボコにしちゃったらしいぜ。今じゃ鎮目町での指名手配者みたいな扱いだよ」

「光葉は結構仲間もいるけど、光葉の頭おかしいとこが格好いいって思ってるようなバカばっかだよ。最近暴れ回ってるみたいだけど、祭りでもやってるつもりなんじゃねえの」

「光葉に叩きのめされて、怯えて消えた連中も結構いるけど、怒り狂って復讐決めてる連中も多いぜ。ただ、住所不定で神出鬼没だし、いつものたまり場ってのもないみてーだから、空回ってるらしいけど」

「光葉に復讐しようって準備してる連中が、また光葉のチームに襲われたって。最初の襲撃より徹底的にやられたみたいで、ありゃ心折られたな」

話を聞くほど、闇山光葉はチーマーの頭としてのし上がろうとしているというよりは、来るべき破滅を待ちきれず、自分から破滅を迎えに行くかのように暴れている印象があった。

危ない橋を渡っている、というレベルではない。どんなに無茶をする者であっても普通なら考える「保身」の意識が希薄過ぎる。

居所を定めず神出鬼没ということは、少なくとも普段は身を隠さなければならないという気持ちくらいはあるようだし、復讐を目論む連中をもう一度叩いて折るというやり方を見るに、情報収集力となんらかの計画性は感じられるので、単純に頭が悪いのだとも思えないのだが。

「かというて、野望があるようにも思えへんな。暴力中毒みたいなもんかな」

深夜の鎮目町。情報収集をしていたクラブから出て、裏路地で草薙は一服していた。大音量の音楽が鳴る中にいたので、耳が少し痺れたような感覚がある。

側で室外機が生暖かい風を吐き出している濁った空気の中、草薙の吐き出す煙草の煙が上へのぼる。

長浜からの依頼のうち、闇山への復讐を企(くわだ)てているチームとの引き合わせは容易そうだった。闇山に目をつけられて再びの襲撃を受ける危険があるため慎重にならなければならないが、何を置いても闇山への落とし前に重きを置いている連中は多い。今なら、対闇山という共通目的のために一大連合を築くのも容易そうだった。

とはいえ、連合を作ったところで、そのリーダーを張る器の人間がいなければ回りはしないだろう。草薙には今のところ、その器の人間に心当たりはない。もちろん自らその場所に立つつもりもさらさらなかった。

どうするかな、と考えたとき、ふいに草薙は視線を感じた。

見ると、路地の入り口に、見覚えのある顔が立ち止まっていた。

一瞬誰だかわからなかったのは、制服を着ていなかったせいだろうか。ジーンズに、黒いジャケットを羽織った格好をしている。赤毛の下に見える目は、ガラの悪い人間を見慣れているはずの草薙が一瞬ひるんでしまうくらいに鋭かった。

「……周防尊」

思わずつぶやく。

夜に出会う周防尊は、昼の学校の中庭で会ったときとはまるで印象が違った。私服の彼はとても高校一年生には見えず、ただそこに立っているだけで周りを威圧する空気を醸(かも)し出している。猛獣ミコト、という呼び名を思い出した。確かに、今目の前にいる周防尊は、うかつな挙動を取ったら食い殺されてしまうのではないかと思わせる何かがあった。

だが周防は、ほんのわずかの時間草薙を眺めると、あっさり視線を外して歩き出した。少しでも気になることがあると集中力の塊のような瞳をそちらに向け、けれど敵でも獲物でもないと判断するとすぐに興味を失うネコ科の動物を思わせる動作だった。

草薙は、指に挟んだ煙草の存在を思い出し、後輩に喫煙場面を見られてしまったと苦い表情になる。吸いさしの煙草を足下に捨て、踏み消すと、路地を出て周防を追った。

「奇遇やな、尊君」

周防の斜め後ろを歩きながら声をかけてみたが、周防は答えず、足を速めも緩めもせずに泰然と歩いていく。

「俺のこと覚えとるか？　学校の中庭で会ったよな。同じ学校の三年の、草薙出雲や」

「…………」

「お前、このあたりで遊んでるん？　有名人なんやから、こんな時間にこんなとこふらついてたらまた絡まれるで」

「…………」

「これからどこ行くん？　それとも、帰るとこか？」

「…………」

とことん愛想のない奴だ。

その気のない女をナンパしようとしているような気分になって、草薙は小さく肩をすくめる。

物珍しさでつい追いかけてしまったが、こんな無愛想なのに構ってる場合でもなかった。

適当な挨拶をして離れようと思ったとき、それまで沈黙していた周防が口を開いた。

「お前、つけられてんぞ」

少年らしからぬ低い声で周防が言った。口調に緊迫感はなく、草薙は一瞬、何の話だかわからずに目をしばたたかせる。

――つけられている？　周防が、ではなく、俺が？

理解すると同時に、草薙は最低限の動作でざっと周囲をうかがった。

カーブミラーに、数人の集団が草薙の数メートル離れた後ろにいて様子をうかがっているのが映っていた。その他にも、物陰から草薙を見ている者を見つけてしまう。

草薙は大きく舌打ちした。

迂闊だった。

おそらく、草薙が闇山に関することを聞き回っているのを、闇山の仲間に知られたのだろう。

目障りな真似をしようとしている草薙に対する牽制か警告か……いや、そんな迂遠な真似をせずに潰す気だろう。

——やっぱりこんなことに首つっこむんやなかったなぁ。

草薙は苦いため息をついた。

ここは鎮目町の奥まった一角、クラブやバーやラブホテルがごたごたと寄り集まり、入り組んだ場所だった。大通りに出るまでにはそれなりの距離がある。囲まれないように逃げるにはどうすればいいか、高速で頭を回転させながら、周防の横顔に目をやった。

「教えてくれておおきに。まあなんとかしてみるわ。次の角、お前は直進せえ。俺は右に曲がるから」

尾行に気づいたことを気取(けど)られぬように歩調を変えず歩きながら草薙が言った。周防はそこで初めて草薙を軽く振り返った。

「お前も気ぃつけて帰れよ。俺の仲間と思われたら厄介かもしれん」

言うと、なぜか周防が笑った。口角を片側だけ持ち上げる、不敵な笑い方。

その笑みがあまりにふてぶてしく、愉快げであったことに驚いて、草薙は思わず足を止めかけた。

慌てて元の歩調に戻し、押し殺した声で周防に囁く。

「おい、聞いとるか?」

「ああ」

今度は周防は返事をした。だが角にさしかかると、草薙が言った「直進しろ」という言葉を守らず、あろうことか道と道が交わるその中心に立ち止まり、悠々と後ろを振り返った。

「……おい、周防？」

ぎょっとして、草薙の声がひるむ。

「面倒くせえんだよ。逃げる算段とか、関わらないように知らないふりするとか」

お前のその行動の方がよっぽど面倒を呼ぶだろう!?　と草薙は心中で叫ぶ。想定外の事態に、とっさに次の行動を選びかねた。

そのためらいの数秒の間に、草薙をつけていた連中が尾行を気づかれたと悟って集まってくる。草薙は舌打ちしつつも、こいつがその気ならば利用させてもらおうと腹をくくった。

「さよか。ほな、悪いけど巻き込まれてもらうで」

草薙は、近づいてくる男たちに視線を据えた。こっちに向かってくるのは全部で七人。プラスで、離れた場所から様子見をしている連中が目に付くだけで三人。

キツイはキツイが、囲まれない用心さえすれば、あの有名な猛獣ミコトと二人、なんとかなるかもしれない。

草薙は鎮目町の地図を頭に思い浮かべる。上手く誘導できれば一対一に持ち込める細い路地がある。その路地の三叉路のところまで入れば、二人で挟撃することも可能だろう。もともと多勢に無勢だ。卑怯もなにもない。

草薙が脳内でプランを練っている間に、男たちは目の前まで来ていた。先頭の、筋肉質の男が草薙たちを見下ろした。草薙の身長は百八十センチ台後半だが、その草薙をも見下ろせる男は、まさに巨漢だ。彼は優位な立場の者特有の笑い方をした。

「お前、光葉さんのことをこそこそと嗅ぎ回ってたらしいな。どこの奴だ？　誰かの仇討ちか？光葉さん潰そうとか身の程知らずなこと考えてんじゃねえだろうな？」

上からプレッシャーをかけようとするように、その巨漢は背を丸めて草薙と周防にぐいと顔を近づけた。草薙はその威圧を軽く笑って受け流す。

「いやぁ、そんな大それたこと考えてへんよ。光葉君なんて死にたがり、放っといても勝手に潰れるやろからな」

「あぁ？」

にやついていた大男の頬が引きつった。周りの男たちが色めき立つ。

「光葉君がでたらめに強いのは確かなんやろけどな。そんなもんは所詮個人の腕っ節の問題や。組織っちゅう数の力の前には、どんな強い個人かて勝てへんよ」

「テメェ、人数集めて光葉さん囲もうってのか？　させねえよ。光葉さんの居所はつかませねえし、第一光葉さんには俺たちみたいな兵隊がたくさんいるんだ。戦争になったって負けねえ」

「あー、ちゃうちゃう」

草薙は笑って手を顔の前で振る。

「俺らがまとまってどうこうとかやない」

まあそれも不可能ではないだろうが、と草薙は心の中だけで付け加える。

「そんな付け焼き刃な組織やなくてな。この国で合法的に武装しとる警察さんとか、非合法やけど本格的に暴力を飯の種にしとるプロのヤクザさんとか」

草薙の言葉で男たちの気配が張り詰めるのを感じた。特に後者の方で、男の一人がはっきり口元を引きつらせたのが見えた。どうやら彼らもその兆候は感じているらしい。

「実際、そっちの筋の人たちがお前らを目障りに思とるて話は耳にしたな。寛大な処置してくれる警察と違ごて、このまま行けばどんなお仕置きうけるか、他人事ながらおっそろしいわ」

そこまで言って、草薙は周防の肩を軽く叩くと駆けだした。つついてはみたが言葉で撃退できるとは思っていない。わずかでも怯む情報を与えてから、こっちに有利な地点に誘い込むつもりだった。

だが、周防尊は動かなかった。草薙の合図の意味がわからなかったわけでもあるまいに、ただ棒立ちになっている。

「周防⁉」

慌てて声をかけるが、周防は動こうとせず、退屈な話に飽きたようなぼんやりした顔つきになっていた。まさか立ったまま寝てんのか？　と変な汗が噴き出す。

うっすらと怯む気配を漂わせていた男たちの間に、怒りの空気がはじけた。一番前に立っていた大男が、まずは目の前から片づけることにしたのか、周防に向かって拳を振りかぶる。

草薙は走る足を一度止めて見守った。猛獣ミコトのお手並み拝見、という気分もあった。

大きく振りかぶった拳の軌道は読みやすい。男の拳はまっすぐに周防の左頬に向かって打ち下ろされ——見事に、当たった。

「は？」

草薙は思わず間抜けな声を出した。

今の一撃、草薙でも楽にかわせた。拳を繰り出した大男にしたって、まずは様子見といった風情を見せた攻撃だった。

猛獣ミコトの武勇伝は尾ひれをつけて一人歩きした噂に過ぎず、実際は、ついこの間まで中学生だったただのガキなのだろうか。だとしたら、こんなことに後輩を巻き込んでしまった草薙はとんだ人でなしだ。

今日何度目か知れない舌打ちをしつつ、草薙は周防のところへ戻ろうとした。

殴られた周防は、倒れはしなかった。数歩よろめき、ゆらりと顔を上げる。

周防は笑っていた。

切れ長の鋭い目がさらに鋭利さを増し、底光りしている。もともと持っていた、周防の人を威圧するような空気が、一気にふくれあがった。

周防の笑みと、鋭い瞳の光を見た瞬間、草薙の体に鳥肌が立った。手のひらが汗ばむ。目の前のこの生き物は危険だと、本能が知らせている。

猛獣。その言葉が再び草薙の頭に過った。

周防は一歩軽く踏み込み、大男の顔面を拳で打った。

パシュッと軽い音が鳴り、大男が糸が切れたあやつり人形のように崩れ落ちる。

周防の拳は素早かった。繰り出されたかと思った次の瞬間には周防の体に沿って戻されている。

気を抜いていたら何が起こったのか気づけないのではないかと思うくらいだった。

リーダー格らしい大男が沈んだことに、周りの男たちは束の間呆気（あっけ）にとられた。だがすぐに我に返り、怒りと、目の前の敵を脅威と認めた上での闘争心を見せた。

二人ほどがナイフを取り出し、武器を携帯していない数人が拳を構える体勢を取る。

草薙はもう一度周防を呼んで場所を変えようとしたが、やめた。おそらく周防は動かないだろうと悟ったからだ。

どこか有利な場所に移って戦う。喧嘩をする上で当たり前のそのことが、周防にとっては「面倒」なことなのだ。

殴りかかってきた男の拳を、周防はまた頬で受けた。そのままなんでもない顔をして、自分の間合いに飛び込んできた男の襟首（えりくび）をつかみ、腹に膝を叩き込む。男はうめき、地面に丸まって吐いた。

ナイフを持った男が周防に躍りかかる。夜の空気を刃物が切り裂く微（かす）かな音が響いた。が、駆け戻った草薙が間に合った。男の腕をつかんで捻（ひね）り上げ、肘（ひじ）を逆方向に折る気で叩く。男が絶叫してナイフを落とした。悪いが凶器を持つ相手に手加減できるほど草薙も余裕はない。

「お前、攻撃避（よ）けや！　ナイフ相手やったら死ぬで！」

「ナイフは、避ける」

草薙の怒声に、周防は面倒そうに答える。ナイフを避けられるなら拳も避けるなり防御するなりしろよ、と呆れながら、残りの敵を警戒して間合いを計る。

すでに三人は沈めた。残り四人。まだ一人ナイフを持っている奴はいるが、このままでもなんとかなりそうだ。こういう危ない橋は渡りたくなかったっちゅーのに、と草薙は内心でぼやく。

ナイフを持つもう一人の男が路面を蹴って周防に突っ込んできた。周防は言葉どおり、ナイフはきちんと避けた。軽い、最低限の動きでかわす。そのギリギリの避け方は、凶器に対する恐れを微塵も感じさせなかった。ナイフを持つ男は周防の脇をすり抜けてしまう格好になり、その首の後ろに周防の肘をもらって道路に叩きつけられた。

刃物を持つ味方の援護は、自分の身が危険になるためしにくい。ナイフ男の末路を後方から見守ってしまった男たちは口々に罵声(ばせい)を吐きながら、二人が周防へ、一人が草薙の方へ来た。

草薙は男ががむしゃらに繰り出してくる拳を腕でガードし、あるいはかわす。何度か頬をかすったものの、決定的な一撃はもらわないまま幾度かの攻防をし、やがて男が大きく隙を見せた。あいた脇腹へ、回し蹴りを放つ。男は横様に吹き飛んで、腹を押さえて転げ回った。

素早く周防の方へ視線をやると、二人に同時に襲われたはずの周防は平気な顔で立っていて、男たちは足下で伸びていた。

「ホンマに強いんやなぁ。感心を通り越して呆れるわ」

けろりとした顔の周防に、草薙は長く息を吐き出して言った。

先程垣間見せた、鳥肌が立つようなぎらついた様子はなりを潜めていて、周防は無表情で口をもごもごさせ、血の混じった唾を道の端に吐いた。

草薙は周りに視線を配る。

物陰からこちらの様子をうかがっている男が、険しい表情をしてタンマツを耳に当てて何事かをしゃべっているのを見つける。

まずい。おそらくあの男も鬮山側の人間だ。このままここにいたのでは襲撃者のおかわりを待つことになる。

「来い」

草薙は短く言って、周防の肘をつかんで走り出した。言葉で言っても聞きやしないのは経験済みなので、引きずっていくつもりで力尽くで引っ張って走る。

周防は非常に迷惑そうな顔をしたが、特に抵抗はせずに足を動かした。


人混みの中を通り追跡者をまいて、草薙は周防を連れてバーＨＯＭＲＡにたどり着いた。

バーは今日は水臣の気が向かなかったらしく、いつもの臨時休業だ。草薙は水臣から預かっている合い鍵でバーの裏口を開けて中に入った。

店内に入り、フロアの照明はつけずにカウンターの明かりだけつけて最低限の視界を確保すると、ソファーに身を投げ出すように座る。

「ここは？」

周防が怪訝（けげん）そうに店内を眺めて言う。

「バーＨＯＭＲＡ。俺の叔父の店や。しょっちゅう手伝ってるから、俺にとっては第二の家のようなもんや」

　ふぅん、と興味なさそうに言って、周防はカウンターの椅子に軽く腰を引っかけた。

「それで。なんで俺をここに連れてきた」

「あのままやったら、追加の襲撃者を迎えることになってたからな。とにかく場所を変えんことには仕方なかった」

　草薙はくたびれた体をソファーに沈め、微かに痛む口の端を手の甲でぬぐった。さっきの乱闘でかすったらしい。わずかに血がつく。

　見ると、周防も殴られた自分の頬に軽く触れて状態を確かめていた。その姿を眺めていると、周防の無茶な喧嘩の仕方が思い出される。

「……お前、強いからやろけど、戦い方雑過ぎやで。多人数相手にはもっとええ喧嘩の仕方があるやろ」

「勝ったんだからいいだろ」

「そういう考え方がいつか痛い目を招く言うとるんや。脳みそあるんやから、面倒がらんで考えながら戦い。人数が多いときや危険な相手の場合は一時撤退も戦略や。自分に有利な地点まで引いてから叩く」

　草薙の指示や合図をすべて綺麗に無視された恨み節もあって言うと、周防はそれなりに真面目な顔で草薙の忠告を聞いた。

　草薙は、ふ、と軽く息を吐く。

「……改めて、悪かったな、巻き込んで」

草薙は表情を改め、周防の目を見つめて言った。

「俺は、ちょっとした頼まれごとで、闇山光葉のことを探っとったんや」

周防の表情はぴくりとも変わらない。その様子からは周防が闇山のことを知っているのかどうか判断はつかなかったが、草薙は今日の襲撃に至る顚末を話すことにした。

最近鎮目町で暴れている闇山光葉のこと。そいつに襲われたチームのリーダーから依頼を受けたこと。闇山の情報を集め、闇山に敵対的な人間たちをまとめて臨時的にでも大きな組織を作ってしまうのが自分たちに可能な対抗策かと考えていたこと。だが、そうやって動き回っていることを闇山の仲間に知られ、先程の襲撃が起こったということ。

周防はカウンターに軽く肘をつき、聞いているのだかいないのだかわからない顔をしていたが、草薙が一通り話し終わると、ぼそりとつぶやいた。

「俺には関係ねえな」

「せやな。さっきまでは関係なかった。けど、申し訳ないことに、さっきの一件でお前も俺と一緒に光葉の敵と認識された。あの場からは逃げたけど、あいにくお前は有名人や。明日から猛獣ミコトは耳無しミツハの敵として、追いかけ回されることになる」

草薙は深刻なトーンで言ったが、周防は眠そうな顔で聞き流している。

こいつ状況わかってるのか、と草薙は頭を痛めた。

「そんで俺も、結構顔が広い。闇山光葉のことを聞き回っとったあいつは誰やて聞き込みされたら、すぐに俺の身元は割れる。もう、俺もお前も他人事やなくなってしもたんや」

こうなった以上、長浜からの依頼を置いても、自分の身を守るために対闇山光葉の一大組織を作らざるを得なくなった。そしてその場合、頭が必要だ。

――こいつはどうだ？

草薙は静かに周防を観察した。

猛獣ミコト。知名度は申し分ない。耳無しミツハと並べても見劣りしないだろう。歳は若過ぎる。が、外見の迫力はあるし、何よりさっきの敵と相対したときのぞっとするようなオーラ。あれがあれば――

草薙の思案をよそに、周防は話は終わったとばかりに椅子から下りた。

「やっぱりどうでもいい。追われるなら追われるで構わない」

力みのない口調で周防が言った。そのまま帰ってしまおうとする様子に、草薙も慌ててソファーを立つ。

「ちょ、ちょい待ち！　今日はなんとかなったけど、人数にものを言わせられたらいくらお前かていつまでも無事ではいられへんで。だいたいお前は、喧嘩の仕方も危なっかしゅーて……」

小言めいた文句を言いつのろうとしたとき、バーのドアがノックされた。

臨時休業やっちゅーねん、と草薙は若干苛（いら）つきつつドアの方を見る。「CLOSED」の札は下がっているはずだが、中に人がいる気配を見つけて、常連客が入れろとねじ込んできたのかもしれない。

一度は無視したが、ノックは続いた。控えめでも強過ぎもしない力加減でドアが叩かれる。

草薙は諦めてドアに向かった。

「堪忍。今日はお休みです」

草薙は言いながらドアを開ける。

バーの前に立っていたのは、派手な身なりの十八、九くらいの若い男だった。髪は眩しい金髪で、大ぶりなアクセサリーで身を飾っている。チョーカーはごつく鋲が打たれたものでまるで犬の首輪だ。

ピアスも、片耳に五つもつけて――

草薙は客の右耳を見て、動きを止めた。

ピアスで飾りたてられた男の右の耳は、上半分が切り取られたかのようにばっさりなかった。

彼は、朗らかといっていい笑みを浮かべて言った。

「こんばんは。耳無しミツハです」


草薙はとっさに反応ができなかった。

尾行してきた男たちはまいたはずだ。いずれバレる覚悟はしていたが、ここまで早く身元を知られ、大将自ら乗り込んでこられるとは思っていなかった。

草薙はとっさに、闇山の後ろに視線をやった。人数を連れて襲撃に来た可能性を考えたのだ。

だとしたら、今は不在とは言え、叔父にもひどい迷惑をかけることになる。

闇山は草薙のその視線の動きを読んだのか、気さくな笑顔を浮かべて手を振った。

「ああ、兵隊なら連れてねぇから心配すんなよ。俺一人で来た。そっちは二人だろ？　安心じゃん」

闇山は草薙と、店の奥にいる周防を見比べる。草薙には周防の方を振り返る余裕はなかった。

嫌な汗が背中に浮かぶのを感じながら闇山を見つめる。

「なんで……」

「情報の回りは速く。ウチはそれだけは徹底させてんだよ。気になることがあったらすぐ報告。すぐ調査。そんでまたすぐ報告。可能な限りスピーディーに。それさえしてて、常に頭動かしてりゃ、こんなクソくだらねぇ遊びも少しは長持ちする。情報は血液だ。血管が詰まれば死ぬ。まあ死んだとこで、何か困ることがあるわけでもねーけど」

草薙は頭の中で、闇山に対する印象を修正した。聞いた話から想像していた闇山は、もっと頭のおかしい、後先考えずに暴力を振るうことしか能がないような奴だった。

が、こいつは馬鹿ではない。

後先を考えていないわけでもない。おそらく、後先を考え、いずれ後がなくなるだろうことも承知している上で無茶を続けている。

馬鹿ではないがひどく捨て鉢だ。

そしてその捨て鉢さは、この上なく危険なものだった。

「闇山光葉」

草薙は慎重に、彼の名前を呼んだ。

「あんた、死にたいんか？」

草薙の口から出たのは純粋な疑問だった。闇山はそれを聞くと、一瞬子供のように目を丸くし、くふっと笑う。

「そう見える？」

「ああ。遠回りな自殺したがってるように見えて仕方ないわ」

闇山がなんと答えるのか見極めようと、草薙は彼の次の挙動を慎重に待った。だが闇山が何かを返事する前に、後ろから声が響いた。

「狭いんだろ」

獣がうなるような低い声。続いて、ゴツン、ゴツン、と、草薙の背後から床を踏みならす靴音が近づいてくる。草薙は片足だけを引いて、闇山を視界から外さないようにしながら周防を振り返る。

周防と闇山の雰囲気は似ていない。にもかかわらず、そのときの草薙の目には、彼らが鏡映しのように見えた。

「行儀良く生きるのが狭苦しいから、そこから出てやりたいようにやる。別に普通のことだ。それで、そういう人間は早々にどこかで消える。それも普通のことだ」

周防がバーの入り口、闇山の前に立った。周防の表情は興奮してもいなければ、相手を挑発しようともしていない。至極冷静なものだった。

「自殺なんて洒落たもんじゃねえだろ」

周防の言葉に、闇山は口角をつり上げた。

「お前が周防尊か」

闇山は、草薙を押しのけるようにしてバーに一歩踏み込んだ。周防の目の前に立ち、今にも鼻がくっつきそうな至近距離でその顔を観察する。

「なるほど、なるほど」

闇山は何度もうなずき、微笑んだ。

「俺とトぼうぜ」

ほとんど予備動作もなく、闇山が周防を殴った。周防の体が吹っ飛び、バーのテーブルや椅子をなぎ倒す。

「お、おい！」

草薙はなんの反応もできず、ただ瞠目（どうもく）してその様子を見送った。

周防は、倒れたテーブルの陰からむくりと起き上がる。口の端が切れて血がしたたっていた。

「お前のそれ、わざと？」

闇山がからかう口調で言った。

「お前めちゃくちゃ動体視力いいだろ。今、お前の目は俺の動きを見ていた。なのに攻撃を受けるのはどういうつもりだ？　一撃受けることで何かわかった気にでもなれるのか？　それとも、痛みでようやくスイッチ入るタイプ？」

周防は立ち上がり、口元の血を袖でぞんざいにぬぐった。闇山はゆらゆらと体を揺らした。

「俺も、痛みは嫌いじゃないよ。与えられるのも、与えるのも」

闇山が飛びかかる。曲芸師のような動きだった。派手な動作。芸術的にも見える暴力の行使。足を百四十度くらいに開くハイキックが放たれた。周防はそれを腕で受け、拳を繰り出す。闇山もまたそれを受け、懐に飛び込むと素早い動物じみた動きで周防の胸ぐらをつかんで背負い、投げ飛ばした。空中でくるりと丸まった周防の体は、受け身が綺麗だったせいなのか、床に叩きつけられたはずなのに軽い音しか立てなかった。逆に、周防は自分を投げた闇山の体を巻き込んで投げ返す。

柔軟な獣が二匹、もつれ合って戦っていた。

獣たちが暴れるだけ、バーの内装は破壊されていく。草薙は手を出すこともできずに見つめ続けた。

二人の体が、棚に強くぶつかった。ディスプレイされていたワインの瓶がいくつか床に落ちて割れる。その上に倒れた二人の肌が破片で傷ついた。

二人は飛び退くように一度距離を取り、見合った。周防は手に刺さったガラス片を雑に引き抜いて捨てる。闇山も、ジャケットについた破片をぞんざいに払い、傷ついた頬から垂れてきた血を伸ばした舌で舐めた。

「ま、待て！　ちょい待て！」

草薙はようやく我に返り声を上げたが、周防も闇山も草薙の声など聞こえていない様子で再びぶつかり合う。交わされる激しい攻防の中に割って入れるほど草薙も命知らずではない。

草薙はあたりに視線を巡らせた。

バーの端、昨日床をモップがけしてそのままになっていた水の入ったバケツが目に入る。

草薙はとっさにそこに駆け寄り、バケツをひったくるようにつかむと、二人に向かってその中身をぶちまけた。

冷たい、薄汚れた水が二人の男に降りかかった。さすがに彼らも動きを止めて草薙の方を見る。

「待て、言うとるやろ！」

草薙が低く怒鳴り、空になったバケツを床に投げ捨てた。

闇山は不愉快げに口を曲げ、濡れた金髪を掻き上げる。

「ナニ水差してんだよ。……ああ、水を差すって文字どおりだな」

闇山は言ってて自分でおもしろくなったのか小さく笑う。周防は髪の先から水をしたたらせ、表情を変えないまま闇山を見ていた。

草薙は闇山を睨み、言葉を選んで口を開く。

「お前、どういうつもりなんや」

「どうって？」

草薙はゆっくり呼吸する。闇山は馬鹿ではない。言葉が通じないクレイジー野郎というのでもない。だが彼は、草薙の常識とは違う世界に生きているのも確かだ。草薙は慎重に、闇山が生きる世界の形を探る。

「あんたの噂は色々聞いた。鎮目町で暴れ回って、力を誇示しとる。俺はあんたに会うまでは、あんたを強いが後先を考えることができん、ココがプッツンした奴やとしか思うてへんかった」

草薙は「ココ」と言いながら自分のこめかみを指先で軽く叩く。

「けど、実際あんたに会うて考えが変わった。あんたは後先は考えとる。その上でこんな行動をしとる。さっき言うてたよな？　情報は血液やって。その血液を循環させて、死なへんように気を配るくせに、死に向かう行動をする。俺たちみたいな、あんたにとって不都合なことを企んどる人間を潰して当面の安全を確保しようとしながら、自分が向かう先にあるのがただの破滅やって承知しとる。野望があるようでいて、実際はそんなものない。なんなんや、お前は」

闇山は首を回して、少し考えるように虚空を見つめた。

「矛盾してるって？」

首を変な角度に曲げたまま、闇山はどこに対して言うともなしに言った。草薙は首肯する。

「ああ」

「うるせえな」

突然闇山は、子供が駄々をこねるような口調で言い、下唇を不満そうに突き出した。

「野望なんかもう五年前になくしちまったよ。それからそれなりに生きてみたけど、それなりに、生きることに何の意味もなかった」

五年前、というワードに草薙は眉を動かした。そのときにこの男に何かしらの転機があったのか。

「それなりに生きても仕方ねえ。だったら、くだらねぇけど、好き勝手やって膨らんで、破裂する。そんぐらいしかやることねぇんだ。けど早々に潰されたんじゃ膨らめねぇから、邪魔な針は全部折って、少しでもでっかく膨らんでから破裂する。俺は、それでいい」

草薙は彼を理解しようとは考えず、ただこいつはそういう生き物なのだと認識した。その上で、そういう生き物との対話方法を考える。

「さよか。そんでお前は今、早くも破裂を目前にしとるわけや」

刺激し過ぎない程度の抑えた声音で挑発する。闇山はぴくりと小さな反応を見せた。

「ウチの連中に垂れてた、ヤクザが俺らを目障りにしてるって説教か？　それとも、お前らが俺に対抗した組織を作るって？」

「派手な戦争ごっこして破裂するのは本望なんか？」

「そうだな。……けど」

闇山は周防の方を見て、すっと真顔になった。子供のように喜怒哀楽のはっきりした男だったが、無表情になると妙な不気味さが漂う。

「お前を見て、少し気が変わった」

闇山は周防を射貫くように見つめる。周防は微動だにしない。

「お前は俺の気持ち、わかるだろ？」

問われた周防は何も答えない。肯定も否定もしなかった。

「お前、言ったよな。『狭いんだろ』って。お前もそうなんだろ。この世界が狭くって、息苦しくって、全部ぶち破りたくなるんだろ」

草薙は、周防と闇山を見比べた。さっき一瞬感じた、周防と闇山が鏡映しのようだと思ったあの感覚を思い出す。

「同族同士、仲良くしたいって？」

周防がくだらなそうに言った。闇山が上唇をめくりあげる笑い方をした。薄い唇の下から尖った八重歯が見えた。

「ああ。仲良くしてえな。誰と殴り合うより、誰に命狙われるより、お前とやり合うのが一番トベそうだ」

闇山の目が、炎のような温度を持った。その目を見て、草薙はこの男が本気でそう言っているのだと悟る。

闇山光葉とはさっき初めて会った。普段の闇山のことなど知らない。だが、噂と本人の話から思うに、彼はこの世界に飽き飽きしていたのだろう。世界に適合して生きていくことに意味を見出せず、野望なき暴走を始めた。

力があったせいで少々規模は大きいが、この世の中のどこにでもいる、やけっぱちで空っぽな人間だ。この国の歴史の中で最も豊かで平和であろうこの時代に生きながら、そこに身の置き所を持てない人間だ。

そんな奴が今、何かを見つけたような、激しい温度を持った目をしている。

端（はた）から見ればくだらない喧嘩に過ぎないこの周防との争いが、闇山の中では彼の人生を左右するに足るものなのだと、本能で感じた。

周防が長話に飽きたのか、苛ついた視線を闇山に投げた。

「ぐちゃぐちゃうるせえよ。やるならさっさとやんぞ」

周防の言葉に、闇山は嬉しげに口を三日月形に持ち上げた。二人が構えを取る。

草薙はその様子を見て、腹を決めた。

「ほな、約束せえ。耳無しミツハ」

草薙が言った。闇山が草薙にいぶかしげな視線を投げる。

「これは決闘や」

決闘。まともな会話の中で飛び出ることはなかなかない、時代がかった響きに内心で嗤（わら）う。だが闇山は至極真面目な顔でじっと草薙を見返した。

「敗者は勝者の命（めい）を聞け」

闇山は笑った。笑って受けた。


バーの裏手に出た。

草薙は周防の側を歩きながら、小さな声で詫（わ）びる。

「勝手言って、堪忍」

草薙は、仲間でも友人でもなかった、今日突然巻き込んでしまった後輩を、まるで自分の手駒のように扱ってしまった。

闇山が周防に対して炎のような目を向けたあの瞬間、草薙は周防をぶつけることが、空っぽの暴走車であろうとしている闇山を止める最善の手段であると思った。

だが周防にとっては、迷惑などという言葉では済まない状況だ。

にもかかわらず、周防は涼しい顔をしていた。

「いい。多分、お前が仕切った方が面倒がないんだろ」

小揺るぎもしない態度に、草薙は苦笑した。もしもこの後輩が負けることになったら、自分は何を置いても全力でこいつを守らなければならないだろう。

もうすぐ日付が変わる時刻。春の夜は、昼間の暑いくらいに思えた暖かさを裏切る冷たい空気に満ちていた。

石畳の道路に、周防と闇山が向かい合って立った。闇山は周防を見つめ、だらりとやや前屈み(まえかが)になる格好で構えた。

「尊」

闇山は、まるで親しい友人を呼ぶような口調で周防を呼んだ。

「尊は、巨大な熱量を見たことがあるか？」

周防は怪訝そうに眉を寄せた。

「俺はある。巨大な熱。いいものも悪いものも分け隔(へだ)てなくぶっ壊すような、純粋な力。俺はそういうものになりたかった」

　そう言う闇山は熱に浮かされた様子にも見えたが、その反面、そんな自分をひどく乾いた冷静な目で見ているようでもあった。闇山は自嘲的に笑う。

「けど、まあ無理なんだろうなって、最近ずっとつまんねえ気持ちで自棄やってたけど、なんでかお前を見ていると、もう一度あの熱を思い出す。……もう一度、トベそうな気になってきた」

　闇山は歯を見せて笑った。次の瞬間には、路面を蹴っていた。

　闇山の体が周防に向かって一直線に飛んでくる。

　まっすぐ、空気を切り裂いて闇山の体が周防に向かう。直線的な動き。だが周防の目の前で闇山は急停止し、周防の脇に踏み込んだ。まるでサッカー選手やバスケットボール選手がフェイントをかけるときのような、しなやかな緩急のつけ方。

　一秒にも満たない寸の間の急停止から、闇山は再び弾丸のような動きを見せた。踏み込んだ足を軸に体を捻り、鋭い拳を周防の頬めがけて放つ。

　見ている草薙は息を呑んで体を固くしたが、周防は動じなかった。無駄のない、ギリギリの動きで闇山の攻撃を避ける。

　闇山が周防に対して「動体視力がいい」と言っていたことを思い出した。猛獣などと呼ばれるこの少年の強さは、力の強さや動きのしなやかさはもちろんとして、その目の良さと反射神経に裏打ちされている部分が大きいと、草薙は見て取る。

　周防は軽くステップを踏んで闇山の攻撃をかわしていく。闇山の拳や蹴りが空気を裂く鋭い音と、路面を躍る二人の足音だけが響く。鎮目町の喧噪が遠い。

闇山の攻撃を避けながら、鋭い瞳でその一挙一動を観察していた周防が、攻撃に転じた。闇山の右の拳を腕でガードし、その懐に飛び込む。アッパーの要領で突き上げられた周防の拳は、闇山の顎をかすった。とっさに後ろに飛び退いた闇山はそれでもダメージをゼロにはできなかったのか、わずかによろめいた。

一瞬の隙を見せた獲物に冷静に牙を立てる肉食獣のように、周防はよろめいた闇山の懐に踏み込み、今度はその脇腹に拳をめり込ませた。闇山は息を詰める。

草薙は、闇山が崩れるかと思った。が、闇山は息を詰めたまま、懐にいる周防の首にしがみつき、片腕を回して拘束した。動きを封じた周防の顔面を、闇山の拳が打つ。

血が飛んだ。

周防の目の上あたりが切れたらしい。周防は、傷を受けた片目を閉じ、笑った。

先程、草薙と一緒に敵に囲まれたときに見せたのと同じ、だがもっと凄絶(せいぜつ)な笑みだった。

周防は、もう一度殴りつけようと拳を振りかぶる闇山の腰に組みつき、思い切り地を蹴った。

二人の体が組み合ったまま宙を飛ぶ。

闇山は周防に押し倒される形で倒れ、二人は絡み合ったまま路上を転がった。バネ仕掛けのように同時に飛び起きて距離を取る。

息をつく間もなく、二人は再び拳を、蹴り足を繰り出す。周防の拳が闇山の頰をかすり、闇山の蹴りがガードする周防の前腕を打つ。

「アハッ」

踊るように戦う闇山の口から、悦楽の笑い声が短く漏れた。激しく体勢が入れ替わる中で、先程切れた周防の目の上の傷からあふれる血が夜の空気の中を飛び、闇山の顔にかかる。唇に付着した血を闇山は舐め取って、さらに一歩、大きく踏み込んだ。

周防の片目は、流れる血でもう完全にふさがっていた。片目を閉じ、遠近感を失った状態では、彼の武器である動体視力も鈍らざるを得ない。

踏み込んだ闇山が周防のこめかみめがけて鋭い拳を放つ。周防は反応しない。避けられない？

草薙は今介入するわけにはいかないとわかっていながらも、思わず一歩二人に近づく。

そのとき、周防の膝ががくんと抜けた。

周防の体は突然下に沈み込み、闇山の拳は周防の髪をかすめながらその頭上で空を切る。

突如崩れ落ちたかに見えた周防は、膝をつく寸前でダンと音を立てて踏みとどまり、その体勢のまま、目の前の闇山のみぞおちに肘を突き入れた。

闇山の息が止まった。

体重を乗せた周防の肘に胴の真ん中を貫かれ、闇山は後方に飛ぶ。周防を上に乗せたまま、闇山は路面に背中を強か（したた）に打ちつけた。

闇山が一瞬行動不能になったその隙を、周防は逃さなかった。

周防はそのまま闇山に馬乗りになり、闇山の頬に拳を打ち下ろす。

一度、二度、三度。

周防の瞳が、夜の暗闇の中でわずかな光を反射して光っていた。それはまさしく、闇の中で光る獣の目のようだった。

闇山は、しばらくもがいたが、マウントを取られた状態からひっくり返すことはできなかった。周防は淡々と拳を振るい続けた。周防の表情にはまだ高揚の気配は残っていたが、先程見せた凄絶な笑みは消え、ただ仕留めた獲物の息の根を止めてやる事務作業に入ったような冷徹さがあった。

あまり年相応には見えないが、周防はまだ十五歳の少年だ。その体は発達途上のもので、これから数年かけて完成に向かう。

この少年が完成してしまう日のことを思って、草薙は背中が冷たくなった。今周防は草薙の味方側にいるというのに、彼を恐ろしく思った。

ここしばらく、鎮目町の少年たちの間でまるで都市伝説のように語られ恐れられていた闇山光葉が今、この十五歳の少年に狩られた。

草薙が、これ以上の暴力を止めるべきかと迷い始めたのとほぼ同時に、周防は動きを止め、かったるそうに闇山の上からどいた。まぶたの上をだらだらと垂れる血を、煩わしそうに袖口でぬぐう。

闇山は、大の字になって路上に倒れていた。意識はある。目をぎょろりと動かし、周防の方を見た。周防も闇山を見下ろす。

「消えろ」

端的に、周防は言った。それが、勝者の命だった。

闇山は倒れたまま、血だらけの口で笑った。

「ああ」

闇山は空を見上げた。なんとなく草薙もつられて上を見る。曇り空が眠らない鎮目町の光を反射して、妙に薄明るい夜空だった。

闇山は、長く息を吐き出し、毒気の抜けた声で言った。

「……今度は、もう少し慎重に生きてみるさ」

草薙は不穏なものを感じて眉を寄せる。

「なんや、まだ何かする気か」

「自殺行為の乱痴気騒ぎはやめるって話だよ。……死ぬのは、もったいなくなった」

闇山はもう一度周防を見た。何か眩しいものを見るような目に思えた。

「お前はほんの少しだけ、あの人に似てるよ」

独り言のように闇山が言った。

†

闇山光葉は約束を違(たが)えることはなかった。彼は拍子抜けするほどにあっさりと鎮目町から姿を消し、残された闇山のチームのメンバーたちは闇山に捨てられた形で取り残された。

闇山はもともと神出鬼没な男で、どこに住んでいるのか仲間でさえ知らなかった。草薙たちを襲撃した男が言った「光葉さんの居所はつかませねえ」というセリフは、そのまま彼らに跳ね返ることとなった。闇山の仲間たちは突然自分たちのリーダーが消えたことでひどくうろたえ、闇山を捜したようだったが、タンマツが繋がらなければ簡単に切れてしまう関係であったことを認識しただけで終わった。

闇山光葉は死んだらしい。

という噂がまことしやかに鎮目町を駆け回った。

ヤクザにさらわれて東京湾に沈められたとか山中に埋められたとか、ドラッグキメて急死したとか、仲間をボコられた復讐に後ろからナイフで刺されたとか、噂として流れた死因にはなかなかのバリエーションがあった。そしてその中に、「耳無しミツハは猛獣ミコトに殺されたらしい」という、真実にほんの数ミリだけかすっているような噂もあった。

突然頭を失った闇山のチームは、別のリーダーが立ったりもしたが、激しい内部分裂と、この機を逃さずに行動を起こした鎮目町のあらゆるチームからの集中攻撃にあっという間に瓦解した。

その中には、草薙に依頼をしてきた長浜のチームもいた。

闇山光葉消失の噂を聞いて、長浜は草薙を問い詰めたが、草薙は本当の事情は一切話さず、「俺は何もやってへんで」とわざと含みを持たせる言い方をして笑った。それは事実だったのだが、長浜は何を想像したのか引きつった顔をしていた。

周防と闇山が大暴れしたせいでひどい有り様になってしまったバーHOMRAは、周防に手伝わせてどうにか片づけたものの、割れてしまった数本のワインや、壊れたり傷ついたりしたテーブルや椅子は水臣に頭を下げるしかなかった。

水臣は呆れた顔をして、「やんちゃもほどほどにしろよ」と言ったが、詳しい話を聞き出そうとはしなかった。だがこの叔父はいまいち得体が知れないので、詳しい事情など草薙が説明するまでもなく知っているのではないか、とも思えた。

草薙の生活は変わらない。変わらず、学校では適当に優等生をやって、夜にはバーHOMRAを手伝い、叔父の気まぐれ休業の日には街で遊んでいる。

「お」

放課後、草薙が学校の廊下を歩いていたら、前から赤毛の少年が歩いてくるのが見えた。草薙は軽く手を上げて挨拶する。

「よう、尊」

制服を着た周防尊は、あの夜のぎらぎらした気配は見えず、猛獣というよりは眠くて不機嫌などら猫の風情だった。

チェック柄の制服のズボンに手を突っ込み、怠そうな猫背で廊下を歩いてくる。

周防はゆらりと視線を上げて草薙の顔を確認すると、軽く顎を持ち上げる仕草をした。会釈(えしゃく)ではない。会釈なら普通、顎を引いて頭を下げる。周防のその仕草は逆で、「おう、お前か」とでも言うような、お前の存在は認識したぞというのを知らせるだけのような、そんな横柄なものだ。

草薙は周防とすれ違いざま、くるりと体を反転させ、周防の尻に軽い回し蹴りをお見舞いする。

「おい、一年。先輩に対してなんやその態度は」

笑顔のまま、草薙は大きな手で周防の後頭部をわしづかんでぎりぎり圧迫する。周防は迷惑そうに眉を寄せた。口を一文字に引き結んでいるのは、痛いのを我慢しているのかもしれない。

「お前の後輩になった覚えはねえ」

「覚えも何も、同じ学校に学年違いで通っとる時点で、否応なく先輩と後輩なんやけどな。まあええわ」

草薙は周防から手を離し、隣に並んで歩き出した。

「あれから、変わったことないか？」

「別に」

「光葉からの接触とか、光葉のチームからちょっかい受けたりとかはない？」

「多分」

「なんや多分て」

何か気になることでもあるのだろうかと、草薙は眉を曇らせた。周防が巻き込まれたことには草薙は相応の責任を感じている。だが周防はあっさりと言った。

「絡んでくる奴がどこの奴で、どういう理由で来たのかなんていちいち確かめない」

つまり、いつもどおり街で絡まれることはあるが、そいつらが闇山と関わりある人間かどうかなど知らない、ということらしい。ずいぶんと大雑把なことで、と草薙は嘆息した。

「でも学校でお前と会うと、ちょっと妙な感じやな」

草薙が笑って言うと、周防は意味を問うように横目で草薙を見上げた。

「あの夜は、病院送りになる覚悟くらいはしたからな。そんな修羅場くぐったお前と、こうやって平和な学校で制服着て歩いてるん、不思議な気分になるわ」

周防は相槌すら打たなかった。本当に愛想のない奴だ。

「ところで、一つ訊いてええか」

ふと思い出して草薙は言った。

「光葉も言うとったけど、お前、喧嘩のとき、最初の一撃殴られるよな。あれなんなん？　避けよう思うたら避けられるやろ？」

「……面倒だからだよ」

周防の返事に、草薙は目を剝いた。

「はあ？　面倒って、避けるのがか？」

「いや。……前、絡まれて殴ったらパクられかけた。から、一発殴られておけば面倒が減るかと」

「…………つまり、正当防衛の証拠に殴られとるっちゅうことか？　雑っ！　お前の自衛雑やわ！」

猛獣が人間社会で生きていくのもなかなか面倒なことらしい。

なんだかじわじわおかしくなってきて、草薙はくつくつと喉で笑った。

「なあ、尊。今日暇か？」

「あぁ？」

「この前のお詫びに、なんか奢ったる。バーHOMRA、昼間は貸し切りやで」

草薙はかわいい後輩の背中を軽く叩いた。

「俺の後輩になった覚えはない言うたけど、友人になった覚えならどうや？」

「ねぇよ」

めずらしくツッコミのリズムで素早い返答があり、草薙は今度は声を立てて笑った。

王と道化師　Crown&Clown

湿気を含んだ初夏の風が、窓から吹き込んできた。

周防は眠たげな目を窓の外に向ける。

桜の木の青々とした葉が風に揺れてさわさわと音を立てている。枝から離れた葉が一枚、風に飛ばされて周防めがけて飛んできた。顔に当たる直前に、周防は無造作にその葉を捕まえる。

「ナイスキャッチ」

水のようにさらりと透明な声がかかった。顔を上げる。周防の机の前に立って微笑む担任教師、櫛名穂波の姿があった。

「でもテスト中よ。集中しなきゃ」

そういえば補習中だったか、と周防は手元に目を戻した。

周防がサボったときに行われていたらしい英語の小テストの解答用紙。残り数問に怠く目を通し、空欄にシャープペンシルを滑らせる。

この前また、昼休みの昼寝を寝過ごしてしまい、目が覚めたときには午後の授業の真っ最中だった。途中から教室に入って何か言い訳めいたことを言わねばならないのも面倒でそのままサボったら、放課後この担任教師に捕まって、次の土曜に補習に来るよう言い渡されたのだ。

大抵の教師は、周防を遠巻きにして、必要最低限しか関わろうとしない。周防にまつわる噂に萎縮(いしゅく)しているのか、それとも周防自身の雰囲気のせいなのか、彼らは周防を恐れる。

だが櫛名穂波だけは別だった。

解答用紙を一通り埋め終えて、周防は立ち上がった。その音で、穂波が周防に視線を向ける。

「終わった？」

「……一応」

小テストの解答用紙を穂波に手渡す。穂波はそれをざっと眺め、うなずいた。

「はい、オッケーです。もう授業サボっちゃダメよ？」

穂波は、黒いまつげに縁取(ふちど)られた切れ長の目を優しげに緩める。周防は、彼女のふわふわした雰囲気があまり得意ではなくて顔を逸(そ)らした。

「周防君、悪いんだけど、職員室までそこの荷物運ぶの手伝ってくれるかしら？」

穂波は、「猛獣ミコト」などというふざけた二つ名で呼ばれる周防に対しても、他の生徒に対するのと同じようにナチュラルに雑用を言いつける。

周防はしぶしぶと、教室の隅に置いてある段ボール箱や紙袋に視線をやり、教材が入っているらしい段ボール箱を持ち上げた。穂波は残った紙袋の方を持つ。

職員室まで並んで歩く間、穂波はたわいない話を周防に振った。中庭にある花壇のあじさいが咲いたという話や、校内に時々入ってくる猫の話など、相槌だけ打って聞き流せばいいどうでもいい話ばかりだったが、穂波の口調は自然で、楽しげだった。扱いづらい生徒とどうにか打ち解けようと話題を振るとき特有の気負いや緊張感が少しもなく、猫なで声でもないナチュラルな柔らかさ。その声がさらさらと耳を通り抜けていくのは、穏やかな眠気を誘った。

職員室まで段ボール箱を運び、穂波の机に置く。そのときふと、口が大きく開いた穂波の手提げバッグの中に、赤い毛糸と編みかけの何かが入っているのが目についた。

「あ。これ、姪（めい）っ子にプレゼントしようと思って」

穂波は周防の視線に気づいて、少し恥ずかしげに笑って言った。バッグの中から編みかけの、小さな袋状の何かを取り出す。

「兄の娘でね。今二歳なの。少し変わったところもあるけど、優しいいい子よ。手編みの靴下をプレゼントしようと思って作ってたんだけど、なかなか難しいのね。練習していたら、いつの間にかこんな季節になっちゃってた。今から毛糸物のプレゼントは暑苦しいし、秋を目指してセーターみたいな大物を作る方がいいかしら」

穂波ははにかむように笑う。はぁ、と、周防は返事だかうなりだかわからない声を漏らした。

周防は穂波の手の中にある、制作途中の靴下らしい赤い毛糸で作られた袋状のものを見つめる。小さなそれをはめられる小さな足を思ったが、あまり現実味を感じられなかった。

無表情に穂波の手元を見下ろす周防に何を思ったのか、穂波が小首を傾げた。

「周防君もやってみる？」

「何を」

「編み物」

穂波は屈託のない微笑みを見せる。周防は、穂波の頭の中身を疑った。

「やると思うのか」

「どうかしら。聞いてみなければわからないから、聞いてみただけよ」

「わかるだろ」

「イメージで決めつけるのは、よくないと思うの」

穂波はいつもどおりの、男女問わず生徒から好かれる清潔な空気をまとった笑顔で周防を見上げていた。やはりこの女は少し苦手だと周防は思う。

「それは周防君自身にも言えるわ。自分のイメージに縛られることないのよ？」

今にも編み棒をこちらの手に握らせてきそうに思える笑顔の穂波に、周防は口をへの字に曲げた。

「自分のイメージなんか、別にない」

あと、編み物には純粋に興味がない。と、この場を去りたい一心で周防にしては丁寧に告げる。

穂波はふふふと笑って、周防に差しだそうとしていた毛糸と編み棒を自分の膝の上に置いた。

「でも、編み物はともかくとして……周りの人たちが作ったイメージって、自分でもわからないうちに結構自分に影響を与えていたりするものよ」

それまで冗談を楽しんでいた様子だった穂波が、ふいに真剣味を漂わせた表情になって言った。

周防は黙ったまま穂波の目を見返す。

「群れるのが嫌いな、孤高に生きる一匹狼。周りに壁を作って、人を寄せ付けない」

周防はわずかに眉を寄せる。穂波も教師として、孤立しがちな周防を気にしているのか。

「周防君の周りの壁は、別に周防君自身が作ってるわけでもないわよね。周りが勝手に作って、遠巻きにしてくるだけ。近づいてみたら、別に近寄らせてくれるものね」

穂波は細い指をピンと立てた。

「私ともおしゃべりしてくれるし、最近は三年生の草薙君とも仲良いでしょ？」

周防は微妙な顔で首を傾げる。穂波と『おしゃべり』なるものをしている覚えもあまりないし、草薙とはあの事件以来つるむこともあるが、仲が良いなどと言われるとどうも痒い。

「でも周防君は、基本的には自分のイメージを受け入れてる。群れるのが嫌いな怖い獣であるイメージを良しとしている。なぜなら」

穂波はそこで一度言葉を切り、にこっと朗らかに微笑んだ。

「面倒くさいから」

その点については、周防に反論の言葉はなかった。

「周防君面倒くさがりだから、周りに壁を作られて、遠巻きにされている現状を楽だと思ってるでしょう？」

「……周りとの壁を壊して、他の人間と仲良くやれって忠告か」

この若い女性教師に柔らかく言い込められている現状に、少しふてくされた気分になりながら言うと、穂波は笑顔のまま否定した。

「そこまでは言ってないかな。それに越したことはないけど、言われたって、周防君は自分から周りの壁を壊してみんなと仲良くしようとはしないでしょ。面倒だものね」

穂波は柔らかな口調のまま案外ずけずけとものを言う。

「でも、覚悟はしておいた方がいいわ」

「覚悟？」

「そのうちきっと、周防君が楽だと思ってるその現状は破壊される。周防君の周りにあるように見える壁を軽々と破壊できる誰かが現れたら、周防君は今が嘘（うそ）みたいな、人の中心にいる人物になる気がする」

†

果たして壁は壊された。

とても、物理的に。

補習を済ませて学校を出た周防は、バス停のベンチに座っていた。別にバスを待っていたわけではない。まだ六月に入ったばかりだというのに太陽がやたらと張り切っている日で、蒸し暑かった。なので帰り道にコンビニでアイスを買い、日よけに掘っ立て小屋形式のバス停のベンチに座って、氷を固めたようなアイスを齧った。

バス停といっても、現在は使われていない（少なくとも周防はここにバスが停まっているのを見たことがない）、撤去するのを忘れて放置されたらしい古いものだった。雨風を避けるための屋根と壁は木で出来ていて、年月が経って腐食している。だが、日を避けるにはまあ一応役に立つ。道は坂になっていて、その掘っ立て小屋があるのは坂の一番下に近い場所だった。

湿度の高い、じんわりした熱さが体を包む。風もあるのだが、風向きが悪かった。横手から吹いてくる風は壁で遮られて周防には当たらない。この小屋、日よけにはいいが風よけにもなってしまっていた。風に揺らされる木の様子を物欲しげに眺めるしかない。

平和な初夏の昼下がり。まず異変を感じ取ったのは、耳だった。

遠くから、シャーッと自転車の車輪が猛スピードで回る音が響いた。それが急激に近づいてきたかと思うと、わあ！　と叫ぶ少年の声が聞こえた。

そして、壁は壊された。

腐食した木の壁は、猛烈な勢いで突っ込んできた自転車によってなすすべもなく破壊され、周防の目の前にボロボロの自転車に乗った少年が現れた。彼は自転車から投げ出されて少しの間宙を舞い、地面をごろごろ転がって、自分の自転車が破壊した壁の反対側の壁にぶつかって止まった。

「いったぁ……」

少年は転がった衝撃でほとんど逆さまになった体勢のまま、痛そうに顔をしかめる。

バス停のベンチに腰掛けてアイスを食べている周防と目が合った。少年は目を見開き、やはり逆さの体勢のまま言った。

「怪我はないかい？」

「……お前がな」

どう考えても、質問があべこべである。

少年は、うーんとうなりながら、ようやく逆さの体勢から起き上がり、自分の体をチェックする。続いて、倒れてひしゃげた自転車のブレーキをカシカシと握った。

「ゴミ捨て場に自転車が捨ててあったからラッキーって思ってたんだけど、ブレーキが壊れてたみたい。驚かせてごめんね。怪我させなくてよかった！」

少年はにこっと人好きのする笑顔を浮かべて言った。破壊されたバス停の壁の大穴から、涼しい風が吹いてくる。少年の色素の薄い髪がふわふわ揺れた。

中学生くらいだろうか。子供っぽいが顔立ちは整っており、細い体つきをした少年だった。

「っと、のんびりしてる場合じゃなかった。俺もう行くね！」

少年はハッと何かを思い出したような顔になって言ったが、立ち上がると途端に顔をしかめて動きを止めた。どうやら足を怪我したらしい。

「あいたー。ダメだこりゃ。ごめん、ちょっと隠れていいかな？」

少年は周防の了解も取らず、ベンチの後ろに身を潜めた。周防は特に興味もなかったので放っておいて、アイスの続きを食べる。

時を置かずして、複数の荒い足音が聞こえてきた。人相の悪い、三人の男が走ってくる。一見してチンピラだとわかってもらえるよう努力を惜しまない風のファッションをしていた。ぶら下げている金色のアクセサリーが、じゃらじゃらと音を立てる。

「おい」

剃り込みが入った坊主頭の男が周防を呼ばわった。

「ここに中学生のガキが来ただろ」

周防は返事をしなかった。その態度が気に障ったのか、男の一人が大きく舌打ちした。

「おい、聞かれたことに答えろよ！」

周防が尚も黙っていると、後ろから背中をつんつんと突っつかれた。ベンチの後ろに隠れている少年だ。しらばっくれてくれという合図らしい。

面倒くせえ、と思いつつも、周防は一応口を開いた。

「知らねえよ」

「嘘つけ！　ここに倒れてる自転車に乗ってたガキだよ！」

ベンチの後ろから、ハッと息を呑む微かな音が聞こえた。どうやら自転車でバレてしまうであろうことが頭になかったらしい。バカなのかもしれない。

周防にすごんでいるチンピラの後ろで、残り二人が自転車と、破壊された壁を見比べて、「何があったんだコレ」「大丈夫かあのガキ」と首をひねりあっている。

「さあな」

周防が投げ捨てるように言うと、剃り込み坊主頭のチンピラがカッとした顔になり、周防につかみかかった。

だがその手が周防の胸ぐらをつかむ前に、ベンチの後ろに隠れていた少年がひょこっと顔を出し、チンピラの手を止めた。指と指を組み合いガッシと握手するような格好でチンピラの手を押さえた少年は、へらっと笑う。

「ごめん、ここでした」

周防は呆れた。

かくまってほしかったのではなかったのか。いや、周防にかくまう気は特になかったが、自分で隠れておいて自分から出てきてどうする、とは思う。

周防につかみかかりかけた男もさすがに面食らった顔をした。二秒ほど素直な驚き顔をさらしてから、我に返ったようにハッとして、少年と組み合った手を強引に引っ張った。ベンチの背もたれをずるずると強引に越えさせられ、少年は男たちの前に引きずり出される。

「いたたた……」

「テメェ、うろちょろ逃げやがって。親父はどこ行った！」

チンピラ男は少年と手を組み合ったまま、ごつい顔を少年にぐいと近づけてすごむ。

「知りません〜。前も言ったけど、おっちゃんよく旅に出るから。旅に出ちゃったら、俺にも行き先わかんないもん」

すごまれても怯えた様子はまったく見せない。こういう状況に慣れているのか、単に神経が太いのか。ただ、怯えてはいないが困ってはいるようだった。

「嘘つけ！　お前が囮（おとり）になって親父逃がしたんだろうが！」

「まあそうだけど」

「じゃあどこ逃げたかも聞いてんだろ！」

「聞かないよそんなのー。聞いちゃったら、問い詰められたとき俺が困るじゃない。いや、今も困ってるんだけどね？」

どうやら、追われているのは正確にはこの少年ではなく、少年の父親らしい。

周防は食べ終わったアイスの木の棒をひと舐めし、脇にあったゴミ箱に投げた。汚く錆びた金属製のゴミ箱に、木の棒が落ちるカランと乾いた音が響く。

男たちはその音で周防の存在を思い出したように視線を向けた。

「そういや、お前はなんだ？　こいつのダチか」

「知らない人だよ。俺が自転車でこけたときに居合わせたの」

周防が答える前に少年が言った。勝手に巻き込んでおいて、これ以上は巻き込まないようにと一応気を遣っているらしい。

周防はため息をつき、男たちを見た。

彼らの顔を、一通り眺め渡す。

一人ずつ目を合わせると、男たちの間に緊張した空気が走るのがわかる。少年と手を繋いだ状態のまますごんでいた剃り込みの男がごくりと唾を飲み、少年の手を離した。少年が驚いたようにまばたきをするのが目の端に映る。

「な、に……ガンくれてんだ」

周防に向けて放たれた言葉は、言葉の内容に対してひどく勢いを欠いていた。

「邪魔だ」

周防は低く言った。

「消えろ」

空気が動揺に揺れる。その空気の匂いで、この男たちは刃向かってこないことを察した。戦う気があるヤツのことは匂いでわかる。

「なんだ、テメェ……生意気に……」

それでも引っ込みがつかなかったのか、男の一人が覇気のない声で言った。別の一人がその肘を小突く。

「いい、こんなとこで無駄に揉めるな。関係ないガキとやり合うのは俺たちの仕事じゃねえ」

その言葉を退却の糸口に、男たちは踵(きびす)を返した。「今度親父がどっか行くときは、ちゃんと行き先聞いとけよ！」と、去り際に男の一人が少年に対して間の抜けた捨て台詞(ぜりふ)を吐いていった。

周防は少年と二人取り残され、なんとはなしに彼の顔を見た。

少年の目は丸く見開かれ、じっと周防を見上げていた。

茶色みがかった二つの瞳が、光をたっぷりと反射して光っている。その焦点は、無遠慮に思えるほどにまっすぐ、周防の目に向けられていた。

一瞬、ほんのわずか周防はたじろいだ。

敵意がない相手からこんなふうなまっすぐ過ぎる視線を向けられることが、最近はとんとなかった気がする。

目を合わせてくる奴というのは大抵が喧嘩を売ろうとしている人間であり、そうでない人間の大半は、周防とまともに目を合わせたら噛みつかれると思っているかのように視線をずらすし、草薙や穂波のような、周防とコミュニケーションを取ろうとしてくる人間であっても、ここまで直線的な視線を向けてくることは少ない。

少年の、何の他意もなくただ純粋に相手を見極めようと真正面から視線を突き刺してくるその瞳は、たとえるならば幼児が人を観察するときの、あの居心地の悪くなるようなまっすぐさに似ている気がした。

「王様？」

少年は、周防を凝視したまま言った。

首を傾け、おそるおそるといってもいいような、妙に慎重な口調だった。

「あ？」

意味がわからず顔をしかめると、少年は左に傾げていた首を今度は右に傾け直し、思案する表情になる。

「うーん……ちょっとしっくりこないな……」

何の話なのかまったく見えない。捨て置いて去っていってもよかったが、この少年が次に何を言うのか、ほんの少しだけ気になって、続く言葉を待った。

少年は、突然ハッと何かひらめいた様子になり、言った。

「キング！」

その言葉を口にした途端、少年は得心がいった顔になってうんうんうなずく。

「うん、キングっていうのが一番しっくりくるね」

「……なんの話だ」

「あんたの呼び名の話さ」

少年は邪気のない笑顔で言った。

「キングって呼んでもいいかい？」

「いいわけねえだろ」

呆れて言って、今度こそ少年を置いて歩き出す。少年は追ってこようと足を踏み出し、「あいたっ」と声を上げた。足を怪我しているのを忘れて動いたらしい。

「キング、ちょっと待って！　歩けないから！」

呼び止められ、しぶしぶながら振り返ってしまった。少年は嬉しげに笑った。旧知の友人に向けるような飾り気のない笑顔で、周防に向かって手を差し伸べてくる。

「悪いんだけど、手を貸してもらえないかな？」


結局、周防は少年の杖(つえ)がわりになった。

そこまでつきあってやる義理も親切心も有してはいなかったのだが、なぜか気がついたら少年のペースに巻き込まれていた。少年の口の利き方や接し方にはまるで遠慮というものがなかったが、そのかわりに不思議なほどべたつきもなかった。同情を引くような懇願(こんがん)の気配や押しつけがましさを感じない、フランクで、ある種のドライさもある話し方をする。彼の頼みをはねつけたとしても、この少年は少しも傷ついたり腹を立てたりはしないだろうと思わせる気楽さが、逆に周防をまあもう少し関わってもいいかという気分にさせたのかもしれない。

少年は長身の周防の肩にまるでぶら下がるようにつかまって、怪我した足に体重をかけないようにひょこひょこ歩く。

「さっきの人たちは、借金取りの人たち。うちのおっちゃんギャンブル好きで、つい借金しちゃったんだって」

「おっちゃん」

「ああ、お父さんのこと」

少年の話す言葉の一部に疑問を感じてついオウム返しにすると、少年はけろりと補足した。

「あの借金取りのおじさんたちも、別に悪い人ってわけじゃないっていうか。普段は俺を責めたりはしないんだけど、今日は俺、おっちゃんの逃亡を助けちゃったから、怒らせたみたい」

「逃亡って、どこ行ったんだよ」

「知らないんだ。さっきあの人たちにも言ったとおり、聞いてないもん」

少年に肩を貸しながら、あっけらかんと話す彼の言葉を聞いていると、やがて小さなアパートに着いた。

二階建ての、最近では珍しいくらいの古アパートだ。その一階の一番奥のドアが開け放たれていた。

「あ、そこのドア開いてるとこがうちだよ。あわてて逃げ出したからドア開けっ放しだった」

叩くとゴゥンと安い音を鳴らしそうな金属の扉が全開になっている。ドアの横には、「石上（いしがみ）」と書かれた表札があった。部屋の奥を隠すのは、布きれをはぎ合わせて作ったような、手作りっぽい薄いのれんだ。それをくぐった先には、台所と一体化した畳敷きの小さな部屋があった。雑然とはしているが、散らかってはいない。生活用品や、ごちゃごちゃとしたよくわからない雑貨が、箱に入れられていたり、ちょっとしたディスプレイのように飾られていたりして、この部屋の主がそれなりに楽しげに暮らしている様子がうかがえる。ただ、出がけに連中と揉めた形跡として、ちゃぶ台の上の湯飲みが横倒しになっているのが目に入った。

少年は周防の肩から手を離すとひょこひょこと部屋に入り、周防も当然上がってくると信じて疑わない様子で倒れた湯飲みを片づけながら「キング、ごぼう茶でいい？」と訊いた。

「ごぼう茶ってなんだ」

「名前のとおり、ごぼうから作ったお茶らしいよ。隣のおばさんが、健康にいいって聞いて買ったはいいけど、風味が苦手だったんだって。一杯飲ませてくれたから、おいしいじゃないって言ったらいっぱいくれたんだ」

少年は冷蔵庫から茶が入ったボトルを出し、湯飲みを洗って注ぎ入れる。湯飲みを二つちゃぶ台の上に置いて、はい、と笑顔で周防を見た。

流されるように周防は部屋に上がり、置かれた湯飲みを手に取って口をつける。味はさほど変わっていないが、鼻から抜ける香りが確かにごぼうのそれだった。よく冷えた、変わった風味のていた。

茶で喉を潤す。見た限り、この家には空調はないようだったが、開いた窓から涼しい風が吹き通った。チリンと音が鳴る。視線を向けると、カーテンレールに手作りらしい風鈴がつり下げられていた。

今はまだいいが、本格的に夏が来たらこの家で過ごすのはしんどそうだなと思うも、この少年は、昔は冷房なんてなかったんだよ、などと笑ってささいな避暑の工夫を楽しみそうな気もした。

「さっきの、すごかったたね」

少年がにこにこ笑いながら言った。

「さっきの？」

「借金取りの人たちを追い払ってくれたとき。キングがあの人たちを見ただけで、みんな逃げだしちゃった」

周防はどうでもよさそうに小さく鼻を鳴らす。少年は、周防のその様子に対してもおもしろそうに目を細めた。

少年は自分の分の茶をくくっと一気に飲み干して一息つくと、捻っている足をかばって立ち上がり、ポリ袋に水道水を入れ、氷をいくつか放り込んで口を縛る。それをタオルで包んで足首の上に載せた。手早く患部の処置をしながら、口は緩やかに動かし続ける。

「気配って、色や形や、温度があるんだね」

「あぁ？」

唐突な発言に、周防は眉を寄せた。少年は変わらず軽やかな笑顔を浮かべている。

「いや、気配が見えるなんて、そんな何かの達人みたいなこと言うわけじゃないけど」

弁解するように言ってから、少年はさっき見たものを思い出そうとしているのか、遠くを見る目になった。

「あの瞬間は、キングの気配が大きくなったのが見えた。あのおじさんたちにも見えたんだと思う。だから逃げたんだ。単にキングの目つきが怖かったから逃げたわけじゃないよ」

最後の言葉は少しからかうように言って、少年はちらりと笑う。

「視線を感じるとかだってさ、目からビーム発してるわけでもないんだし、それってなにさって話じゃない。でも確かにあるんだよ。誰かから誰かへ向ける気配、その人がそこにいるだけで発する気配。でも俺、こんなにはっきり人の気配を見たのなんてキングが初めてだよ。まるで、霊感ないはずなのに幽霊見ちゃったような気分」

周防は横目で少年を見やった。少年は緩い微笑みを浮かべ、何かを噛みしめるように軽く目を伏せている。

「色や形や、温度があったって？」

「あったさ。キングの気配は……温度が高くて、赤い感じ。それで、ぼわっと揺らめくように大きくなる」

子供向けの詩を聞いている気分だった。少年はどうにか適当な表現を探しだそうとしているように視線を揺らした。

「うん、炎みたいな感じだった。触ったらやけどするってみんな知ってるから、キングの気配はみんなを怖がらせる。でも、怖いものだって知ってるのに、火は人を引きつけちゃうんだよね」

少年は足に当てた氷袋を一度外して、様子を見ている。周防はそれを眺めながらぼそりと言った。

「お前それ、なんなんだよ」

「ん？　どれ？」

「キングっての」

少年は大きな目をゆっくり二、三度またたかせ、しばらく考える間を置いてから首を傾げた。

「だってキングっぽいじゃん」

「どういう意味だよ」

少年はそれまでの冷静そうにも思えた口調を一転させ、子供っぽく熱弁する。

「キングがあの人たちと目を合わせて気配を大きくしたとき、あっ王様だ！　って思ったんだよ。すごい王様っぽかった！」

「さっきは炎っぽいつったろ」

「その炎が王様の形に見えたの」

「王冠でも被ってたか」

「ん、いやちょっと違うかな……」

少年はまた少し考える顔をし、目をぴかりとさせた。

「ライオンだね。強い牙を持ったライオンみたいだった。ライオンっていったら、百獣の王だろ」

周防はため息をつき、立ち上がった。

つきあっていられない。というか、もう十分つきあっただろう。

帰ろうとする周防を少年は止めようとはせず、「あ、帰るの？　今日はありがとう」とあっさり言った。

「じゃあな」

周防のぞんざいな挨拶に、少年はぴかぴかに明るい笑顔で応えた。

「またね、キング！」

†

またね、の言葉はただの挨拶ではなかったらしい。

それから、少年は何度も周防の前に現れた。散歩中によく会う犬猫のような何気なさで現れ、しばらくついてきたかと思うとあっさり去っていく。

そんなことを何度か繰り返すうちに、周防は少年の存在に慣れた。それこそ、なじみの犬猫のようなものとして受け入れるようになった。

今まで周防の周りにいた者は、周防を怖れて遠巻きにする者か、敵対意識を持つ者、媚びることで周防の威を借りたり盾にしようとしたり、あるいは周防の近くにいると自分まで強くなった錯覚を覚えるような者のどれかだった。

草薙は例外で、奴は周防の近くにいても周防のテリトリーに入ることはなく、すがすがしいほどにきっかりとラインを引いていた。周防の側に踏み込む連中の多くは、踏み込んできて殴りかかってくる奴か、あるいは踏み込んできて寄りかかろうとしてくる奴ばかりだったせいか、草薙のそのさっぱりした距離の取り方は、周防にとって気分のいいものだった。

それに比べてあの少年は、心身共にずかずかとこちらの領域に踏み込んでくる。そのくせ、寄りかかりたいのかと思えばそうするわけでもなくするりと消える。やはり彼は、人間的思考や思惑のない動物のように思えた。

周防自身、猛獣だなんだと呼ばれ、動物扱いを受けることには慣れている。そんな猛獣がなつっこい犬猫と顔なじみになった。それだけの話だ。

周防尊が街をぶらつくのに、特に意味はない。

遊びたい、という積極的な意思もなければ、居場所を求めているわけでもない。水槽の中を魚がぐるぐると泳ぎ回るように、ただ流れるように街を歩く。

周防は今までの人生に、明確な不自由を感じたことはない。親は早くに亡くしていたが、生きていくに不自由しない遺産はあった。両親の死後に周防の保護者となったのは偏屈な祖父で、彼は周防が幼い頃に最低限のしつけをしただけで、周防の生活に干渉してくることはほとんどなかった。

不足することもなく、とりわけ縛られることもない。

それでも周防には、この世界が狭苦しく感じられた。

歩けば肩がぶつかるような、人がひしめき合い、様々な感情が絡み合う世界。苛立ちというほどの強い感情ではない、漠然とした閉塞感（へいそくかん）が常に淀（よど）んでいた。

（お前の両親は、おおらかで善良な人間だったがな）

祖父が酒を飲みながら言ったことがある。ああいう人間たちから、なぜお前のような子が生まれたのだろうと、言外に不思議がっていた。

（だが、お前みたいなガキをおおらかに受け入れてたってのは、それはもう普通とは違ったのかもしれないが）

偏屈で、無口な祖父だった。病を得、入院を強く勧められたが、死に場所ぐらい自分で決めるとはねつけた。ひどい病院嫌いであり、死を先延ばしにするだけの治療を、憎むといっていいほどの強さで嫌っていた。

（俺は自由に暮らして死ぬ。お前も自由に生きろ）

病のせいで痩せ、黒く落ちくぼんだ目をしながらも、祖父は背筋を伸ばして周防を見据えた。

（お前はお前の中のその〝やっかいなもの〟とどうつきあうのか、決めるんだな）

祖父の指が、周防の胸の真ん中を突いた。祖父が言う〝やっかいなもの〟というのが何を示すのか、聞き返しはしなかった。ただそれは、周防を絶えず包むこの漠然とした閉塞感と関係しているのだと直感的に感じた。

周防は魚のように街を泳ぐ。生まれ育った鎮目町という街。人がひしめき合ってすれ違う、華やかなようでもあり、掃きだめのようでもある。

周防は、祖父のような人間嫌いではない。馬が合えばつきあうし、他者に対する忌避感もない。草薙とつるんで愉快に思うこともある。

それでも、穂波が言うように周りに恐れられている現状を、確かに楽だとも思っていた。人間が嫌いなわけではない。けれど、絡みつく人間の思惑や感情は、周防の閉塞感を強めた。周防の中の〝やっかいなもの〟とはおそらく、周りの人間が周防を恐れ「猛獣」と呼ぶ所以であり、あの少年が周防を「キング」と呼んでついてくる所以でもあるのだろう。

「あ、キングだ」

ふいに、聞き覚えのある明るい声が聞こえた。

あてどなく街を歩いていた周防は、足を止める。周防をキングなどと呼ぶのは一人しかいない。思ったとおり、例の少年が座り込んでいるのが目に入った。少年はゲームセンターの前で、友人たちらしい輪の中にいた。

ちらりと一瞥(いちべつ)しただけで周防は通り過ぎようとしたが、少年は周りの友人たちに何事か言い残してから駆け寄ってくる。

待っててやる義理もなかったので、周防は足を緩めずにそのまま進んだ。少年は軽い足音を立てて周防の隣に並び、にこにこと緩い笑顔で見上げてくる。

「夜に会うのは初めてだね、キング」

何が楽しいのか、少年は歌うような口調で言った。周防は特に反応は返さず、汚れた路面を踏みつけて進む。

そういえば、確かにこの少年が現れるのは日がある時間ばかりだったような気がすると、周防はぼんやり思った。

放課後、周防の通学路でもある初めて会った場所の付近で遊んでいたり、周防の高校の前で生徒たちに構われながら待っていたり。周防にとってこの少年は、明るい場所に出没する生き物だった。

「ガキのくせに夜遊びか」

言ってから、自分はこの少年が夜の鎮目町で遊んでいることが意外だったのだと気づく。

少年は大きな目をぱちぱちと瞬かせたのち、破顔した。

「ガキって、キングとたいして変わらないじゃん」

「いくつだよ」

「十四」

せいぜい十二歳くらいの、中学にあがりたてのガキだと思っていた。身長も平均より低いだろうし、何度か制服姿も見たことがあるが、いまいち身に合っておらず着られている感があった。

だがまあ十二だろうと十四だろうと大差はなく、そういう意味では周防とこの少年の差もたいしたものではない。

「キングはどこ行くの？」

「別に」

周防の横を軽く跳ねるような足取りで歩きながら聞く少年に、周防は率直に答える。少年は目を丸くした。

「別にっていうのは、目的地がないってこと？」

「ない」

「じゃあ、なんで歩いてるの？　散歩？」

「理由もねぇよ」

魚が水槽の中を泳ぐのと同じ。少年はまた周防をしばらく見つめ、そっかと言って笑った。

「やっぱりキングは、ライオンみたいだね」

食って、寝て、縄張りをただ歩き回る。確かに動物的行動だ。

少年は、周防について回るくせに、周防のことを別段知りたがらない。街で行き会い、周りをちょろちょろとついて回り、やがてじゃあねと帰っていく。

ふと、周防は、自分がこの少年の名前すら知らないことに気づいた。軽く驚いてしまい、一人目を見開く。それなりの時間を近くで過ごし、くだらない話もしたのに、名を問い合ったことがなかったのだ。

「お前」

周防が声を発すると、少年は周防を見上げた。

「名前は」

ぱちり、ぱちりと、まばたきを二回。それから少年も、互いに名前を知らなかった事実にょうやく気づいた顔をした。

「十束多々良（たたら）」

ふぅん、と鼻で相槌を打つ。なぜか引っかかりを感じた。

十束多々良と名乗った少年は、勢い込んだ様子で言う。

「俺、キングの名前知らないや！」

驚き顔の少年を一瞥して、周防尊、と、周防は端的に名乗った。

「すおうみこと」

少年——十束多々良は呪文でも唱えるような口調でその名前を口にして、くるりと目を丸くした。

「名前、噂で聞いたことあるや。すごいね、キングって周防尊なんだ」

「知ってたのか。…………つーか、知らなかったのか」

キングキングと呼んでついてくるくせに、そして周防尊の噂も知っていたくせに、それが同一人物だとは知らなかったらしい。

周防は呆れて十束を横目に見ながら、さっき自分が一体何に引っかかったのか記憶をたぐった。

「表札」

記憶の糸が繋がって、周防は言った。

「表札の名前、違ったろ」

十束は驚いた顔をした。

「よく覚えてるね？」

初めて会ったとき、足を怪我したこの少年につきあって家まで連れていった。そのときに家の表札が目に入っていた。覚えようと思ったわけではなかったが、頭のどこかにこびりついていたらしい。

「おっちゃんの名字は石上っていうんだよ。でも俺は拾われっ子なんで、名字違うの」

「へえ？」

一般的な感性から見れば重いものだろうと思われる出自について、十束はあっけらかんとした口調で明かした。

「三歳だったっけ？　あんまり覚えてないけど、公園に置き去りにされてたらしいよ。名前がわかるものと、ちょっとだけお金が入った小さいリュック背負ってたって」

「名字、変えなかったのか」

「うん。まあそのうち親見つからないとも限らないし、それまでとりあえずうちに置いとこうかってノリで、一緒に暮らすようになったみたいだよ」

自分の父親のことを「おっちゃん」と呼んでいたのも、そういうわけなのだろう。十束と出会った経緯を思うと、その育ての父親も真っ当なタイプの大人とも思えないし、親としてというより、小さな居候を置いているつもりで彼と暮らしているのかもしれない。

この少年の身軽な自由さと、人なつっこさ、それとは裏腹のどこかドライな風情は、もともとの性格はあるにせよ、その生まれ育ちから来ている部分もあるのかもしれない。

「十束」

初めてその名を呼ぶ。十束は軽く応じた。

「はいよ?」

「お前、なんで俺についてくる」

今さらな質問だ。十束は軽く目をみはり、考え込むように腕を組んだ。

「わくわくするから?」

「わくわく」

思わずオウム返しにする。眉をひそめて、隣を歩く十束を見た。

「世の中には楽しいことがたくさんあるけどさ、でも、これだけは絶対! っていうものって、そうそうあるわけじゃないじゃん? でもなんか、キングと一緒にいると、絶対って言えるような何かがそこにあるような気がしちゃう」

ふわふわした、要領を得ない返答だ。

「意味わかんねえ」

「そう? うーん、じゃあ一言で言うとすると……」

十束は一瞬考え、うんと大きくうなずいた。

「俺は王様の家来になろうと思います」

周防は、とても妙な顔になった。もしここに草薙がいたら、お前なんちゅー顔しとるん、と吹き出したのではないかと思うくらいに。

「王様って、誰だ」

「そりゃあんただよ。キング以外誰がいるのさ」

十束は笑顔で当たり前のように言う。

ここしばらくのつきあいで、十束がやたらと色々なものに興味を持つ人間であることはわかってきていた。周防に興味を抱いているのも、一過性のものに過ぎないようにも思える。真面目に取り合うだけ無駄か、と周防は小さく息をついた。

「王様の家来ごっこが、今の趣味か」

十束はまた、真剣に考える顔になった。今度の沈黙は案外長い。大抵の場合よどみなくしゃべるこの少年が返答に時間をかけるのは、よっぽど深く考え込むときだけだ。

たっぷり時間をかけて考えてから、十束は言った。

「違う気がする」

「何が」

「何がって言われるとうまく言えないけど、でも、趣味とは違うよ。俺は色んなことをやってみるのが好きだけど……これは、それとは違うんだ」

相変わらず要領を得ない返答であるにもかかわらず、十束の口調は揺るぎなかった。やはりおかしな奴だと思う。頭のねじの足りないバカにも見えるが、何か違う世界を見ているように思える瞬間がある。

「あとは」

と、十束は真面目な口調で言った。いつも笑顔の気配を含ませたような柔らかい口調でしゃべるので、真面目な口調になると雰囲気が変わる。

「確かめたいのかな」

何を。と問おうとしたが、その前に、行く手の気配に気づいた。

視線をそちらに向ける。三人の男が立っていた。大柄な男と、中肉中背で金色に染めた髪を後ろでくくっている男、長身痩せぎすの男の三人組だ。顔や体型はまったく似ていないのに、醸し出す雰囲気はそっくりだった。身なりや態度で周りを威圧することが日常である連中だ。歩けば一般人からは避けられるであろう彼らは、周りから浮いているようでいて、その実夜の鎮目町に背景のように溶け込んでいる。

男たちの目は、まっすぐ周防を捉えていた。

周防は立ち止まり、立ちふさがる連中を見渡す。

彼らからは、はっきりとした敵意の匂いがした。周防にとってはいつの間にか嗅ぎ慣れてしまった匂い。向けられる男たちの視線には、攻撃的な意志が剝き出しになっている。

「キング」

十束が周防を呼んだ。不安そうではないが、微かに案じる色をのせた声音だ。

「どっか行ってろ」

低く告げたが、十束が動く気配はなかった。

周防は十束の方には視線をやらず、前に立ちふさがる連中だけに目を向けて次の挙動を待った。

「周防尊だな」

一番前に立つ、大柄の男が言った。黒いタンクトップから伸びた二の腕の筋肉が緊張し、盛り上がっている。威嚇的行為というよりは、戦闘の気配を前にした無意識の力みのようだった。

男たちは互いに、視線で何かを相談するかのように目配せする。

「お前、光葉さんを知ってるか」

光葉。周防は頭の中でその名前を探し、思い出す。さすがに妙な奴だったから覚えていた。草薙と知り合うきっかけになった男だ。突然やってきて、周防に喧嘩をふっかけた。喧嘩を売られることには慣れきっているが、あんなやり方をされた経験は他にない。

フルネームは闇山光葉だったか。鎮目町では有名な奴だったらしい。自殺行為に等しい、ほとんど通り魔のような暴れ方をしていたと、草薙が言っていた。

周防は、闇山光葉の目を思い出した。

倦んだ色の奥に、激しくくすぶる何かがある、黒く底光りする瞳。

あの目は覚えがある色をしていた。あの男が抱えていた苛立ちと諦念は、周防にもなじみのあるものだった。

「光葉さんをやったのか」

大柄な男が、うなるような声で言う。光葉さん、という呼び方をするということは、この連中は闇山光葉の仲間だったのだろう。闇山は周防に負けたあと、消えろと言った周防の言葉に素直に従い、この街から姿を消した。残された部下たちは、いなくなってしまったチームの頭を捜しているのか。

返事をせずにただ見返している周防に苛立ったのか、大柄の男は顔を歪めた。だが苛立ちのままつかみかかってくることはせず、せわしない仕草で下唇を舐めて湿らせる。

「……殺したのか」

威圧的なくせに緊張の漂う問いかけに、周防は一瞬ぽかんとしてしまう。周防がその意味を理解するより前に、のどかな声が響いた。

「あ、俺も聞いたことあるー。周防尊がその闇山光葉って人を殺したんじゃないのって噂」

内容にまったくそぐわないからりとした声音に、周防は声の主を見た。緊張感なくへらっと笑う十束の顔に、毒気を抜かれる。

「でも殺してないよね？」

物騒な状況下で、十束は一人緩い空気を醸し出している。周防は小さく舌打ちした。

「殺したっつったらどうすんだ」

「どうしようね？　でもキングは殺してないでしょ」

自信があるクイズに答えるような顔で十束が言う。状況にそぐわぬその様子に、周りの男たちも調子が狂った顔をした。

周防は面倒になって、さっさとこの場を終わらせようと口を開く。

「あいつから、喧嘩を売られたから買った。……んで、ぶん殴ったあと、消えろっつったら消えた。それだけだ」

最低限の周防の説明に、男たちが低くざわめく。

「お前が光葉さんに勝ったってのか」

「ふざけんなよ、なんで光葉さんがお前の言うこと聞くんだよ」

色を成した男たちが唾を飛ばす。周防はもう返事をしなかった。ただ黙ったまま、前に立ちふさがる男たちをゆっくりと見渡す。

周防の視線に、男たちは身構えた。引く様子はない。彼らから立ち上る敵意と攻撃的意志がより強く匂い立つ。暴力の気配の前に高揚する、けだものの匂いだ。

先頭の、黒いタンクトップを着た大柄の男が一歩前に踏み出した。それに続いて、金髪の派手な男と、長身痩せぎすの男が周防を囲い込もうとするように横に広がる。三人とも戦闘態勢に入っている。周防は振り向かないまま「下がってろ」と後ろの十束に警告した。

「クソガキが。光葉さんに勝ったなんて舐めた嘘二度とつけねぇようにしてやるよ！」

大柄の男が吠えるように言って、血管を浮き立たせた腕を振りかぶった。力の乗った拳が空気を切り、周防の左頬に当たる。

ジン、と、一瞬耳鳴りがした。打たれた部分が熱を持つ。

一瞬の、世界が揺れるような感覚と、熱。

それは、周防にとって解放の許可だった。狭い世界に生きることを余儀なくされている自分が、束の間だけ解放される合図。

口の端が持ち上がった。自然に笑みが浮かぶ。周防を殴った大柄の男が、周防の目を見てびくりと肩を震わせた。後ろにいる派手な金髪が、一瞬足を引きかけ、そんな自分に気づいて慌てて闘志を奮い立たせるように、雄叫(おたけ)びを上げて躍りかかってくる。長身痩せぎすの男が、尻ポケットからバタフライナイフを抜き、手首のスナップだけで刃を立てる。

向けられる敵意と害意。慣れた感覚だ。鬱陶しく降りかかり続ける火の粉。面倒で、苛立たしい。だが、この瞬間だけ、狭い世界からの解放を感じるのも事実だった。それはほんの一瞬の錯覚であることも知っていたけれど。

周防は牙を剝いて笑い、自分を押し込めていた小さな檻(おり)の中から一歩、外に踏み出した。

†

大柄の男は、路上に大の字になって派手に伸びていた。

黒いタンクトップは彼の鼻血でじっとりと濡れている。痩せぎすの男は腹を押さえてうずくまっており、顔を腫らした金髪の男がひぃひぃとか細い息をつきながら、失神している大柄の男を引き起こそうとしている。

決着は、五分でついた。

周防は三人の男の誰だかの血がついた拳を、ジーンズの腰元で雑にぬぐう。

束の間の熱はあっさりと引き、冷えた頭でふと思い出す。

十束はどうしたろうか。

喧嘩が始まる前は一応意識にあったのだが、始まってからはその存在をすっかり忘れていた。

「おいっ、手伝えよ！」

金髪の男が、大柄な男の体をどうにか起こしたところで、ヒステリックにもう一人の痩せぎすの男を呼んだ。痩せぎすの男は片腕で腹を押さえたまま、視線を路面にさまよわせた。落ちているバタフライナイフを見つけ、拾おうとする。もはや戦意はどこにも見られない。ただ回収しようとしただけなのだろう。

だがその前に、細い手が伸びてきて、路上に投げ出されているバタフライナイフをひょいと拾い上げた。

十束だった。

彼は子供っぽい顔の上に少しだけ困ったような表情を浮かべ、バタフライナイフをゆっくり折りたたんで刃をしまう。

「ナイフは、やめようよー」

十束は言って、そのまま取り上げるのかと思いきや、きっちり折りたたんだナイフを痩せぎすの男にあっさり返した。男は大きく目をみはる。

「おいっ」

金髪の男が、苛立ちと焦りが混ざった声で、もう一度呼んだ。痩せぎすの男は複雑な表情でナイフを握りしめ、それをポケットにしまうとよろよろと立ち上がり、仲間の方へ行く。金髪の男と二人で大柄の男の腕の下にもぐりこみ、引きずるようにしてその体を連れて逃げていった。

周防はもう一言もしゃべらず、男たちの後ろ姿を見送った。

「強いねぇ」

十束がしみじみと言った。感嘆の声というにはいささか年寄りくさい口調で、気が抜ける。

「うろちょろしてると、怪我すんぞ」

「へーきへーき。俺逃げ足速いもん。それより、はいこれ」

十束は冷えた缶を差し出す。表面に少し汗をかいた、コーラの缶だった。

「なんだ」

「顔。冷やしたら」

最初に一発ぶん殴られた頬のことを言っているらしい。つまりこいつは、周防が喧嘩を始め、殴られたのを確認すると、のんきなことに、アイスノン代わりにコーラを買いに行ったらしい。

すっとぼけた奴だと思ったし、気にして損したとも思った。

周防は差し出されたコーラの缶を受け取り、熱を持つ左頬に当てる。ピリッとした小さな痛みと、心地よい冷たさを頬で感じた。だが数秒で面倒になり、缶を下ろしてプルタブに手をかける。

「あっ、まだ冷やしておかないとあとで腫れるよ？」

「うるせえ」

「いいんだね？　本当にいいんだね？」

念を押す十束に疑問を覚えながらも、周防はプルタブを起こした。その途端。

目の前に、茶色い泡の柱が立った。

それはそれは見事に、うっかり見とれてしまうほど盛大に、開けた缶からコーラの泡が天高く噴き上がる。

夜の繁華街の明かりを受けて輝きながら、コーラはシュワシュワさわやかな音を立てて噴き出し、周防の頭上に降りかかった。

「…………」

ぽたぽたと、顎の先からコーラをしたたらせて、周防はじっと十束の顔を見つめた。

十束もまた、噴き出すコーラの洗礼を受け、顔面をびしょびしょにしている。

「ぷ」

十束が、耐えかねたように笑った。コーラで濡れた頭を犬のようにぷるぷる振って水気を飛ばし、腹を抱えて笑う。

「あはははっ、ここまで、噴き出すとは、思わなかった。すっげぇ、俺まで濡れちゃったよ」

「……………振りやがったな」

「ちゃんと顔冷やしてたら無事だったのに。ってか、それにしても、こんなすっごい噴き出し方するの初めて見た。さすがキング、何か持ってるね！」

あー写真にでも撮っておきたかった、と笑い転げる十束を、周防は呆れて眺めた。

こんな普通の、バカな学生のようなことを周防に対して仕掛けてくる奴は、今までお目にかかったことがない。

やはり、こいつはバカなのだろう。

「ふ」

周防は思わず笑った。確かに、今のコーラの噴き出し方は、なかなか見事だった。炭酸飲料というのは、ああも盛大に噴き出すものなのか。

どうでもいいことがなんだかおかしかった。降りかかってきたときは冷たくて少し心地よくも感じたそれは、周防の肌でぬるまり、ただべたべたするだけのものになっている。唇を舐めると、甘かった。

くだらない。とてもくだらない。だけど、少しおかしい。

見ると、十束が目を丸くしていた。

なんでそんな顔をするのかと見返すと、彼はそれまで以上の全開の笑顔になった。

「ははっ、キングが笑った！」

さっきよりももっと楽しそうに十束が笑う。

むっとして、周防は十束の頭を拳骨で軽く殴った。十束は頭を押さえて痛がったが、その声も笑っている。

周防は口をとがらせ、缶に残ったコーラを呷った。懲りずに笑い続けている十束を置いて歩いていこうとすると、おずおずと近づいてくる数人の人間の気配を感じた。

「十束、なにしてんの？」

「その人ってさ……尊さん、だよね？」

さっきゲームセンターで十束と一緒にいた少年たちだった。敵意の匂いは微塵もしない。ただ少しの恐れと少しの好奇心が混ざり合った匂いをさせながら近づいてくる。

十束はようやく笑いを収めて、友人らしい少年たちを振り返る。

「うん、そう。周防尊——」

さっき教えたばかりの名前を口にしたかと思うと、十束はそのあとに、

「キングだよ！」

と言い添えた。

「なんでキング？」「あだ名？」と、少年たちは不思議そうに首を傾げ、十束は笑顔でそれに応じる。必然的に、周防まで少年たちに囲まれる格好になった。

少年たちの中心に立ってコーラを飲みながら、周防はふと、あの担任教師の言葉を思い出した。

(周防君の周りにあるように見える壁を軽々と破壊できる誰かが現れたら、周防君は今が嘘みたいな、人の中心にいる人物になる気がする)

面倒の匂いがした。けれど、なぜか不愉快ではなかった。

†

瘦せぎすの体を丸めて殴られた腹のじくじくするような痛みに耐えながら、野木(のぎ)は手の中でバタフライナイフをもてあそんでいた。

カシャカシャカシャッ、カシャカシャカシャカシャッ、と、ナイフが開かれたり閉じられたりする金

属音がリズミカルに響く。バタフライナイフの刃と柄が、野木の軽い手首の動きに合わせて蝶(ちょう)のように羽ばたき、くるくると回る。たくさん練習をして、もうさほど手元を意識しないでもできるようになったその動作は、今は苛立ちを紛らわすための手すさびだ。

「くそっ、何が〝猛獣ミコト〟だ！」

ガン、と拳で強くテーブルを叩いて、坂田(さかた)が毒づいた。黒いタンクトップから伸びた自慢の筋肉をたたえた腕が、ぶるぶると震えている。周防尊にのされてさっきまで失神していたのだが、運んでいる途中に目を覚ました。みっともなく伸びてしまったことでいたくプライドが傷ついたようで、羞恥と怒りでさっきから顔を真っ赤にしたままだ。

春日(かすが)は濡らしたタオルで顔を冷やしていた。後ろで結んでいた髪はほどけ、金髪がみすぼらしく顔にかかって張りついている。カッコつけのこの男は前歯が折れてしまったことを気にして、さっきからむっつりと黙り込んでいた。血に濡れた前歯は、大事に胸ポケットにしまわれている。

三人は、知り合いがバイトをしているダーツバーにいた。黒を基調にした店内は薄暗く、掃除も行き届いておらず汚れていた。カクテルを飲みながらダーツをしているカップルと、奥のテーブル席でこちらに背を向けて座っているフードを被った男の一人客がいるだけで、店内は空(す)いていた。

あからさまに喧嘩の後の風体で負のオーラをまき散らす野木たちを横目で見て、カップル客は帰る算段をしているのか嫌そうな顔でひそひそと言葉を交わす。男の一人客の方は振り向きもしなかった。

野木、坂田、春日の三人は、闇山光葉のチームメンバーだった。

闇山は、強くて、悪くて、格好良かった。あの人についていけば、天下が取れるような気さえしていた。それこそ、織田信長についていく、百姓だった豊臣秀吉のような気分でいた。

野木は、子供の頃から頭が悪かった。家も貧乏で、親の関心も野木には向けられていなかった。顔だって不細工ではないものの、見るべきところは特になく、痩せぎすの体がなんだかみっともなかった。それでも小学生の頃はまだよかった。運動神経はあったから、スポーツができればそれだけで小学校の中や近所の子供たちの中ではそれなりに高い地位にいられた。

けれど中学に上がった頃から、バカにされることが急激に多くなった。運動神経はよくても一つのスポーツに打ち込める情熱も根気もなく、すぐに投げ出す落ちこぼれだった。ただのクズ扱いされるのが業腹だった野木は、不良グループの仲間入りをした。ワルになると、目の前でバカにしてくる奴はほとんどいなくなった。恐れられる男というのは悪くない気分だった。見るべきところがない顔でも、ストリートファッションに身を包み、それなりの振る舞いをしていれば、街をうろつく女と遊ぶこともできた。街で知り合った坂田と春日とつるむようになってからは、もっと愉快になった。大柄で力自慢の坂田は、リーダー風を吹かしてくるのは少し鬱陶しいものの喧嘩の強さは折り紙つきだったので、その尻馬に乗っていれば野木も威張っていることができた。女とヤった数を自慢にしている春日は、チャラくてうざいところもあるが、一緒にいればおこぼれで女と仲良くなれることもあった。

目の前にある、楽しいことだけを追いかけ続けた。闇山光葉についていけば、もっと楽しい目を見られるような気がしていた。だから、ある日突然闇山が消えたときには混乱した。

闇山光葉は、周防尊に潰され、周防尊に命じられるままに姿を消したのだという。あんな、クソガキに。

そして自分たちも、三人で襲ったというのにみっともなく負けた。

カシャカシャカシャッ、カシャカシャカシャッ。

手すさびにもてあそぶバタフライナイフの開閉が、野木の苛立ちを受けて激しくなる。

ふと野木は、周防尊の側にいた中学生のことを思い出した。実はあいつとは、以前会ったことがある。さっきの様子だと、向こうは覚えていない可能性が高そうだが。

鎮目町でぶらぶらしていたとき、野木と十束は出会った。それぞれがそのとき一緒に歩いていた奴同士が知り合いだった。つまりは、知り合いの知り合いの知り合いという関係。その知り合い同士がしゃべり始めたので、なんとなく流れでその場のみんなでだべった。どういう話をしてそうなったのかは忘れたが、野木は十束にナイフアクションを披露してやった。

手首の軽いスナップだけで、折りたたまれたナイフを一瞬で開き、また閉じる。軽やかな金属音と共にくるくる回るナイフを見て、十束は「すごいね！」と目を輝かせた。尊敬の目を向けられるのは単純に気分がよかった。機嫌がよくなり、今までに経験したいろんな武勇伝を聞かせてやった。自分がどんな喧嘩を経験し、またどんな悪いことをして、どんなふうに恐れられたりしたのか、語ってやった。十束はナイフアクションを見たときのような尊敬の言葉を吐くことはなく、ただ淡白に「ふーん」と言った。「こうしていれば普通の人なのにね」とも言った。

少しむっとした。痛いところを突かれた気分もあった。野木は誰かとつるんでいないと、十束の言うとおり結構「普通の人」だ。誰かと一緒にいるときにだけ強くいられたし、でかいこともできた。

ただ、十束の言い方があまりにも淡白だったので、むっとはしたものの怒りというほどのものは湧かなかった。まあそうだよな、と、心のどこかで納得してしまう感覚もあった。

そのときのことを思い出していると、イライラしていた気分が一周回って静まってきた。というか、どうでもよくなってきた。

野木は、カシャン、とナイフの刃をしまって手を止める。

「もう、どーでもいいや」

闇山光葉はいなくなった。強くて、ダークヒーローに憧れるような気持ちで尊敬していたけれど、周防尊なんぞに負けて、チームメンバーを捨ててどこかへ逃げてしまった。

そろそろ潮時なのかもしれない。「普通の人」に戻るための。野木ももう十八だ。いつまでも遊んでいることもできないし、仕事を探さなければ食ってもいけない。

坂田は据わった目でじろりと野木を見た。

「やられっぱなしで引き下がるのかよ」

「もういいじゃん。光葉さんはあいつに負けて、しっぽ巻いて逃げたんだ。俺らが復讐する意味とか、ねーし」

「っ、光葉さんのことはおいておくとしても、俺が。俺らがやられたんだよ！　このままでいられっか！」

そんなこと言っても、俺らじゃあいつには勝てねえじゃん、と野木は内心で思う。春日は黙ったまま、不機嫌そうな目で野木と坂田を見比べていた。

野木は周防に構わないでいるための理由を探し、拗ねたように口を尖らせてぼそぼそと言う。

「猛獣ミコトが連れてた奴、見たろ？　よわっちそーなガキ。あんなひよこみたいなの連れた猛獣がいるかよ。もう捨ておこうぜ。構う価値とか、ねーよ」

むなしい負け惜しみだ。それでも、手も足も出ないなんてことを認めてしまうよりはマシだった。坂田はまだ怒りに赤黒い顔をしたまま、反論を探してもごもごと口を動かす。

「構う価値、ないかねぇ？」

突然、野木の後ろから声が聞こえた。野木の首筋の毛がぞわりと逆立つ。

はじかれるように振り向いた。汗でぬるついた手から折りたたんだバタフライナイフがすっぽ抜け、カランと乾いた音を立てて床に転がる。

男が立っていた。

すらりと痩せた体軀をしている。痩せぎすの野木とは違う、しっかりと筋肉のついた痩せ方。

フードを目深に被っていたが、するりとそれを後ろに払う。彫りの深いきっぱりとした顔立ちと、金色の髪が露になった。そして右耳。五個のピアスで飾りたてた右耳の上半分はちぎられたように存在しない。

野木は唇をわななかせた。呼吸と鼓動が速くなっている。

「…………光葉さん…………」

耳無しミツハだった。

一匹狼だったこの男が、チームを作って急速に巨大化させた。苛烈な暴力を振るい、恐れられていた彼は、ある日巨大になったチームを唐突に捨てて、消えた。

その闇山光葉が今、目の前にいる。

野木は唾を飲み込んだ。他の二人もおののいている。さっきまで怒りで顔を赤黒くしていた坂田は今は顔色を白くし、折れた歯を気にしていた春日も口をぽかんと開けている。

「周防尊には、構う価値がないか？」

もう一度闇山は言った。子供のように、あどけなくも思える表情をして、首を傾げる。

無邪気そうなその仕草が怖いと思った。次の瞬間には何をするかわからないという不安感をその全身から感じる。

闇山は片手にドイツビールの五百ミリリットル瓶をぶら下げていた。軽い動作でそれを呷る。飲むのが下手なのかすでに酔っているのか、口の端からあふれたビールが顎を伝った。

「光葉さん、どうしてここに……ってか、今までどうして……」

震える声で言う。もともと、神出鬼没な人だった。普段どこで暮らしているのか、側近でも知らなかったというし、野木たちのような末端は、闇山と直接連絡を取ることなどできなかった。

こうして面と向かって言葉を交わすことだって、挨拶以外には覚えがない。

闇山は足下に落ちていた野木のナイフを拾い上げ、手すさびのように弄(いじ)り始めた。おぼつかない手つきで、今にも手を切りそうに見える。どうやらナイフ扱いには慣れていないらしい。

「ちっと消えなきゃいけなかったんで、姿隠してた」

闇山は怠そうに口を開いた。

「なんで……」

「約束したんだもん」

まるきり拗ねた子供の口調で闇山は言った。坂田が困惑しきった顔で、おそるおそる問う。

「誰と、ですか」

「周防尊と」

その名前に、野木たちは思わず目を見交わした。今まさに野木たちの痛みと怒りと諦めの原因として自分たちを重く包んでいたその名前が、闇山の口から発せられたことに動揺した。

「周防尊と……戦ったんですか」

坂田が質問を重ねると、闇山はこくりとうなずいた。

「そんで、負けた。負けたら言うこと聞くって約束してたから、消えなきゃならなかった。それだけだよ」

ナイフを弄りながら闇山が言う。さっきはもたついていたのにわずかのうちに上達して、ナイフを開閉するスピードがどんどん上がっていく。

野木は唾を飲み込んだ。

闇山は誠実でもなければ義理堅くもない。そうも周防尊との約束に縛られる理由がわからなかった。闇山は野木の顔を一瞥した。表情から内心を読まれたような気がしてぎくりとする。闇山は実際、心を読んだように言った。

「尊との約束は守りたい気分だったんだよ。あいつ、おもしろいだろ？」

闇山からの問いかけに、うなずく以外手はなかった。野木たち三人は、ぎこちなく顎を引く。

「尊には、構う価値、あるよな？」

構う価値とか、ねーよ。先程負け惜しみのように言った自分のその言葉を思い出して、野木の背筋が冷える。闇山の機嫌を取ろうとするように、もう一度深くうなずいた。

闇山は笑顔を返してくれた。ナイフを回す手はますます洗練されていき、ずっと練習を積んできた野木とほとんど変わらないくらいになっている。

「俺は消えるって約束しちまったけど、今暇なんだ。ちょっと俺の余興を、頼まれてくれよ」

闇山は親しげに言って、もてあそんでいたナイフを刃を出した状態で固定した。突然それを振りかぶる。野木の全身が硬直した。

殺される、ととっさに思った。

闇山はナイフを投げた。それは野木の顔面の方へまっすぐ飛んでくる。野木は反応できず、ただ息を詰めた。

ナイフは野木の頬のすぐ横をかすめ、後方へ飛んでいった。

「お、ど真ん中（ダブルブル）」

闇山が楽しげに言った。

おそるおそる振り返ると、ナイフが店の奥にあるダーツ盤の、その中心に突き刺さっていた。

脇の下からどっと汗が噴き出した。心臓が痛いほどに乱打する。

闇山は無邪気にも見える笑みを浮かべ、「で、頼まれてくれるよな」と言った。

†

「お、多々良。なんか楽しそうだな？」

ドアを開けるなり、石上三樹夫(みきお)——十束の育ての父は言った。一週間ぶりに帰ってきて最初の挨拶がそれかと、台所で食事の支度の最中だった十束はさすがに少し呆れた。

「おかえりおっちゃん。とりあえず、ただいまくらい言いなよ」

「うん、ただいま。あと……すまんかったな、逃げるとき囮になってもらっちゃって」

石上は気まずそうに、照れ笑いのようなものを浮かべる。どうやら、借金取りから逃げる時に十束が囮になったことにさすがに罪悪感を感じているらしい。

十束の義父、石上三樹夫は、有り体(てい)に言ってろくでなしだ。

見た目は中肉中背の、特に格好いいわけではないが誰からも嫌われない人好きのする容姿であり、薄くなる気配もないふわふわした天然パーマの髪のおかげかかなり若く見える。性格も基本的には優しくて、決して悪人ではない。だが、破滅的なまでに自分勝手で、自分の好きなことしかできない人間だった。そしてさらに悪いことに、彼の「好きなこと」の中の多くの割合を、ギャンブルが占めている。気が向いたときにしか働かない上、入った金はすぐにギャンブルで溶かしてしまうため、石上家は時々生命の危険を感じるレベルの貧乏だった。十束は幼少時代、石上の留守中に一人で食べていくため、野草を摘んで食事を作ったりもしていた。おかげで今も、十束は食べられる草に詳しい。

「いーよ。借金取りの人たちも、さすがに俺を捕まえて売り飛ばしたりはしないだろうし」

「万一売られたら、ちゃんと買い戻してやるからな」

「それ、ありがとうって答えればいいの？」

「大船に乗ったつもりでいればいいってことだよ。金もできて借金も返せたしな」

「あ、なんかで勝ったんだ？　競馬？　競艇？」

「お馬さんが、俺の願いを聞き届けてくれたんだ」

「へえ。じゃあそのお馬さんに感謝しなきゃね」

軽口の応酬をしてしまってから、十束は義父の開口一番の言葉を思い出して、首を傾げる。

「ところで、俺、なんか楽しそうだった？　ジャガイモ炒めてるだけなんだけど」

「いや、別に今やってることが楽しそうってわけじゃなくてな……」

石上はちゃぶ台の前に胡座をかいて座り、思案顔になる。十束は手元のフライパンに意識を戻した。ジャガイモに綺麗な焦げ目がつき始めている。芋に薄く絡んだ油がじゅわじゅわとおいしそうな音をさせていた。

「お前はいつも、俺が金もろくに残さずとんずらしてしばらく帰ってこなくてもなんとか暮らしてってくれるし、しかもいつも何か楽しそうなことを見つけてる」

「楽しい方がいいでしょ？」

「もちろん、楽しい方がいいな」

石上はうんうんとうなずいてから、もう一度十束をじっくりと眺めた。

「けど、いつもの『楽しそう』とは、何か一段違う気がしてな。もっと『すごいもの』を見つけたみたいな顔をしているというかな……」

十束は目を見開いた。まさかこの義父にそんなことを言われるとは思ってもみなかった。

「おっちゃん、すごいね？」

「そうだろう？　なんせ俺はお前の……」

得意顔で言いかけて、石上は途中で困ったような表情になって口をもごもごさせた。「父親なんだから」と言おうとしたが、途中で怖じ気づいたのだろう。この人は、十束の父親ぶりたいと思いながらも、父親の責任に向き合うことから逃げてしまう。いや、そもそも自分には父親という責任ある立場がどうしようもなく向いていないのだと知っている。

「……お前と、長いこと暮らしてるんだからな」

「そうだね」

十束は石上に、にかっと笑いかけた。石上もほっとしたように笑い返す。

「で、何があったんだ？」

「すごい人に会ったんだよ。もしかしたら世界が変わっちゃうくらい」

「女か」

「男だよ」

「なんだ」

石上はあからさまにがっかりと肩を落とし、あっさりとその話題から十束の手元のフライパンへと興味を移した。

「それはそうと、何作ってんだ?」

「じゃがだよ」

今日は学校から帰ってきたとき、隣のおばさんが親戚から送られてきたというジャガイモを分けてくれた。普段から何かと十束のことを気にしてお裾分けをしてくれる人だ(この前はごぼう茶をくれた)。

「じゃが? つまりは芋か」

「そう。肉が買えないから肉じゃがにはできないけど。でも、味付けは肉じゃが風で、じゃがは皮まで無駄なく使ってます。皮つきのジャガイモをこんがりするまで焼くと、香ばしくておいしいんだ」

立ち上がってコンロに近づいてきた石上にフライパンの中身を見せると、彼は顔を輝かせた。

「安心しろ。今日は金がある。肉だな。一番いいやつを買ってきてやる。霜降りとか」

「おっちゃん、肉じゃがに霜降りは使わないよ」

「そうか? じゃあ何買えばいい?」

「いいよ、俺が買ってくる」

十束が笑顔で言うと、石上はそうかとうなずき、ポケットからくしゃくしゃになった一万円札を取り出して差し出す。

「釣りで好きな物買っていいぞ」

「今日は本当にお金持ちなんだね？」

十束は笑って金を受け取ると、じゃあ行ってくるねと玄関に向かう。

「多々良」

「うん？」

呼ばれて振り返ると、石上がまた、気まずそうな照れ笑いのような表情を浮かべていた。

「すまんな。……色々と」

十束は一瞬返事に困ったが、すぐに、これは返事を求めての言葉じゃないんだろうなと思い、「肉じゃが、楽しみにしててよ」とだけ言って家を出た。

最近日が長くなった。もう夕方近いのにまだ日が沈む気配はなく、空は綺麗な青色をしている。季節の変わり目のこの時期は気候も不安定で、この前は夏本番のように思えたというのに、今日は少し肌寒かった。

十束は空を眺めながら、近所のスーパーへの道を歩く。ポケットに手を突っ込むと、石上にもらった札がかさりと音を立てた。

石上は宵越しの金を持たないタイプの人間だ。金が入ってもすぐに使ってしまうので、生活水準が上がることは基本的にない。

だが、十束は文句はなかった。石上が楽しいようにすればいいと思っていたし、石上との暮らしに不満もない。多少ハードな生活でも、そこを生き抜き愉快に暮らす創意工夫を楽しむことができた。

が、一般的に見れば、十束は不幸な子供だったらしい。捨て子であり、拾ってくれた夫婦は離婚（石上の妻だった人は、彼の優しさに惹かれて一緒になり、破滅的な生活能力のなさに絶望して出ていった）。義父と二人きりの生活になるも、彼はろくに金も稼がない上、子供の十束を一人家に置き去りにして平気で何日も留守にする。

一度、十束の生活状況がバレて、虐待めいたものと判断され保護されかかったことがある。十束としてはそれは不本意な状況だったので、持ち前の口の達者さで切り抜け、石上も真人間の演技をして乗り切った。

もし石上が十束の存在を負担に思っているのだったら、保護されてどこか別の場所に行くこともやぶさかではなかったし、それはそれでまた楽しく生きていける自信もある。けれど、石上が十束と今までどおり暮らしていく気である以上、かわいそうな子供として連れ出されることにどうしても納得がいかなかったのだ。

つらい場所からは逃げるべきだと十束も思う。十束は決して忍耐強い少年ではない。つらい生活に耐えているなんていう気持ちはさらさらなかった。だから、その場所がつらいだろうと決めつけられることが十束にはよくわからない。

こういう状況なのだから、つらいはずだ。こういう境遇なのだから、あなたはかわいそうなんだ。関係ない人が被せてこようとするそういう枠組みの方が、十束にとっては息苦しかった。

——キングは、そういう「枠」、持ってなさそうだな。

ふと十束は周防のことを考えた。

彼は誰かに「枠」を被せたりしない。いや、彼自身が、世間に当たり前のように存在し、すべての人間に当てはめようとしてくる「枠」を嫌っている。

十束は周防と出会ったとき、彼をライオンのようだと思った。

人間の枠組みにとらわれず、本能のままに生きるもの。

オーラが彼の体から立ち上る様が本当に見えた気がした。言葉にしてしまえばそれはただの「威圧感」と呼ばれるものなのだろうけれど、それを目の当たりにした瞬間、十束は大きくて強い、荒野に生きる猛獣と出会った気がしたのだ。

だけど実際、ここは荒野ではない。

たくさんの人間たちが「枠」を押しつけ合って生きていく街中で、猛獣はひどく生きづらそうにも見えた。

存在しない荒野を求めて街をぐるぐると歩く獣を見つめて、十束は、この街にも楽しいものはあるのだと、その獣に見せたい気がした。

どうしたらいいのかはまだわからないけれど、その衝動に駆られるままに、周防についていっている。

窮屈さと漠然とした苛立ちを抱えているような周防に、「楽しい」を見せて、そして彼が行く先を見てみたいと思っている。

(君は、いつか――)

子供の頃にある人に言われた記憶が脳裏を過ったそのとき。

背中に強い衝撃を受けた。

ドン、と背中の真ん中に何かが強くぶつかり、十束は息を詰まらせてたまらずに前に吹き飛んだ。路面に倒れ、アスファルトで頬をざりっと強くこする。背中への衝撃が強くてすぐには何も感じなかったが、腕を立てて体を起こしたときには、こすった頬にじりじりとした熱い痛みを覚えた。

「な、に……」

十束は振り返る。

そこに見えたのは三人の男のシルエットだった。そのシルエットのうちの一つが、手にした角材らしき長い棒をふりかぶっていた。逆光で、振りかぶられたその棒は黒い影のように見えた。

「え?」

状況が把握できないまま、十束はその棒が振り下ろされるのを眺めてしまった。

棒は、十束の左の脛(すね)に打ち下ろされた。

目も眩(くら)む衝撃と、激痛が突き抜けた。

喉の奥から潰れた声が漏れた。衝撃に一瞬ブラックアウトした視界が戻ると、打たれた足が燃えるように熱く痛み、それとは裏腹に足以外の体がひどく冷たく感じた。汗がどっと噴き出す。

激しい痛みにおののき、傷ついた足を抱えようとするように地面の上で丸くなりながら、十束は顔を上げた。自分を取り囲む三人の男たちの顔を見る。

見覚えのある顔だった。この前、周防に喧嘩を売り、返り討ちにされた三人組だ。大柄で筋肉質の男と、長めの金髪を後ろでくくった中肉中背の男、長身瘦せぎすの男の三人。彼らの顔には、一様に引きつった笑みが浮かんでいた。何かを恐れているようでもあり、けれど確かに暴力の高揚感に酔っている顔。

彼らが十束を襲う理由は一つしか考えられなかった。周防に負けて痛みと恥を与えられた腹いせに、周防の側にいた弱そうな人間に、怒りのはけ口を見出した。

（へーきへーき。俺逃げ足速いもん）

周防に言った自分の言葉を思い出した。その逃げるための足は潰された。走るどころではない。立ち上がることさえできない。十中八九、骨が折れている。

だったら、彼らと会話を試みるべきだ。誰かに絡まれたときでも、十束は話をすることでその相手から害意を取り除くのが得意だった。

だが今は痛みに思考も散漫になって、荒く速い呼吸以外、口からは何も出てこない。

大柄の男が、ハッと短い呼吸のような笑いを漏らした。

「恨むなら、周防尊を恨めよ！」

叫ぶと同時に十束の肩を蹴り飛ばし、仰向けにする。金髪の男が、やはり引きつった笑いを漏らし、十束の腹の上に飛び乗って踏んづけた。重い衝撃と痛みに息ができなくなった。内臓が破裂しそうな恐怖感が襲う。

そこからはもう、めちゃくちゃだった。

引き起こされて殴られ、転がされて蹴られた。体をかばおうと腕をかざしたら、その腕を酷く蹴られ、指を踏まれた。

前後不覚になるほどの激痛と、吹き出す脂汗(あぶらあせ)。過剰に加えられる痛みに体が驚いて胃が痙攣し嘔吐(おうと)する。

十束は痛みに激しく揺さぶられながらも、突然与えられた苦痛という驚きが一段落すると、頭の一部分が静まり、思考が戻ってくるのを感じた。

——これが、「暴力」だ。

魂で実感するように、そう思う。

今までも、「暴力」を間近で見たことはあった。喧嘩の現場を見たこともあるし、それこそ周防が暴力で目の前のこの男たちを倒したところも見た。多少なら、十束も他人から暴力を受けたことがある。

だが今、人の体を破壊するような暴行を身に浴びて、十束の体の芯が「暴力」というものを初めて実感していた。

男たちは完全にハイになっていた。口々に、ほとんど意味のない汚いののしり言葉を口にしながら笑っていた。加虐は、人の神経を昂(たか)ぶらせる。暴力による酩酊(めいてい)状態に陥っている。

暴力によって興奮を高めていく男たちとは反対に、暴力を理解し、混乱と恐怖のターンから忍耐のターンへ移行し始めていた十束は冷静になっていた。

その十束の目に、違和感のかけらが映った。

男たちは暴力に酔って、興奮している。しかしその表情の端に、確かに「恐怖」の色があった。

ここまでやっていいのかという恐れ？　微かにでも疼く罪悪感？　見極めようとしたが、判断はつかなかった。

少しでもダメージを減らそうと体を丸めて男たちを見上げていたら、痩せぎすの男と目が合った。彼はヒュッと息を吸い込み、わななく唇で言った。

「俺だって、痛い目はみたくねえんだよ！」

何かに言い訳するかのようにそう言って、男の足が、十束の頭をサッカーボールみたいに蹴った。

まるで部屋の電気が消えるように、意識が暗転した。

†

その人と出会ったのは、関東の南に大きなクレーターができた翌年の春だった。

十歳だった十束は、川縁(かわべり)で食べられる草を探していた。なぜならそのとき、義父は家出中であり家に金はなく、料金を滞納しているライフラインは生命に関わる度合いが低いところから順番に止められていっている最中だったからだ。つまり、まず手始めに電気が止められた状態である。

次はガスの番で、やがては水道も止められてしまうだろう。なので、煮炊きができなくなってしまう前に、何か食料を作る算段だった。

「あっ、シロツメクサだ！」

土手にシロツメクサが群生しているところを見つけ、十束は目を輝かせた。シロツメクサの花は天ぷらにできるし、茎も柔らかければおひたしや吸い物にもできる。駆け寄って、シロツメクサの花から茎を撫でると、十束の指先に柔らかな感触が当たる。

ガスが止まる前に鍋いっぱいの旨煮を作るつもりなので、茎はそこに入れようと思い、うきうきとシロツメクサを摘み取っていった。

シロツメクサの白い絨毯を収めていた十束の視界に、ふと人の足が映り込んだ。

スカートでもズボンでもない衣服に包まれた足。

十束はたどるように視線をその足から上にのぼらせていき、それが和服に身を包んだ男であることを見て取った。

おじさん、というには若い。けれどお兄さん、というには老成した雰囲気がある、不思議な男。

濃い紫色の羽織と紺の袴を身につけ、ソフト帽を被っていた。

男は、十束と目が合うと、にこりと穏やかな微笑みを浮かべた。

「花冠でも作るのかい？」

十束は首を傾げた。が、すぐに、手に持っているシロツメクサのことを言っているのだと気づき、首を横に振る。

「違うよ。これはごはん」

十束は男の側に行って、摘み取ったシロツメクサを見せた。

「ほら、触ってみて。柔らかいでしょ？　こういうのは食べられるんだよ。茎が硬いやつだと、なかなか嚙み切れなくていまいちだけど」

にこにこ言うと、和服の男は感心したように「なるほど」とうなずいた。十束は嬉しくなる。

「おじさんも食べる？　わけてあげよっか」

あ、おじさんって言っちゃった。と、十束は声に出してすぐに気づく。さっき、おじさんというには若いと思ったばかりだったのに。

だが男は気にする様子もなく、ごく自然な笑顔で答えた。

「いや、せっかくだから私も摘んでみようかな」

「じゃあ、俺がおいしそうなの選ぶね」

十束は和服の男と一緒にシロツメクサの生える草原にしゃがみ込んだ。十束が小さな手でシロツメクサにふれて物色し、おいしそうだと思えるものを見つけると「これ！」と男に教える。男は最初の二、三本は十束が教えるとおりに摘み取り、その後は「どっちがたくさんおいしそうなのを採るか競争だ」と笑った。

十束と和服の男は、シロツメクサを摘みながら話をした。

十束が話すことに、彼はいちいち笑ったり驚いたり、気持ちの良い合いの手を入れたりしてくれたし、彼が話すことに十束は目をきらきらさせて聞き入った。

すっかり仲良くなり、シロツメクサももう十分だろうと思う頃、十束は悪気のない質問をした。

「おじさんは何してる人？　仕事してない人？」

和服の男の話からは、どうにも普段働いている人間の匂いがしなかった。十束の義父もそうだし、十束が公園や河原で友達になる大人の中にもそういう人はよくいる。

男は明るく笑った。

「そうだね、今は定期的な仕事はしていないよ」

「おっちゃん……俺のお父さんもそうだよ。時々働いて、時々旅に出る。おじさんも？」

「私は、以前していた仕事は早くに引退してしまってね。今は……」

男は一度言葉を切り、困ったような笑みになった。

「少し変わった……地位についている」

十束はきょとんと首を傾げる。

「それって、何する人？」

「何をするかは、自分で決めるんだ。力を与えられ、その力を自分が思うように使う」

「ふうん？　じゃあおじさんは、何をすることにしたの？」

男は苦笑を浮かべ、川の水面（みなも）に目をやった。いつの間にか日は暮れかけていて、薄赤い夕方の光を反射して光っている。

「私は、人々の平穏な日々をできるかぎり守ろうと思っている」

男の声は穏やかで、そのくせ少し切なそうでもあった。十束は黙って彼の横顔を見上げていた。

「運命には、変えられない流れもある。けれど不幸へ向かう歯車を少し動かすことで、それを回避することができるときもある」

川面の方からひんやりした風が吹いてきて、和服の男の髪をなびかせた。

「だけど、私は失敗してしまったよ」

男は寂しげに笑って、きょとんとした顔のままの十束に目を戻すと、突然違う話題を口にした。

「去年の、南関東のクレーター事件。君はあれのせいで何か困ったことにはならなかったかい？」

去年の七月、突然関東南部が吹き飛び、日本の地形が変わった。

日本中が大騒ぎになり、経済も一時停止しかけた。ニュースは連日被害状況を伝え続け、被災者家族の嘆く姿が映され続け、国中が暗い空気の底に沈んでいた。

十束の直接の知り合いは誰も死んではいない。ただ、家や家族を失い避難してきた子供は何人か十束の通う小学校にも転入してきていた。

十束は彼らともよく遊んだ。遊んでいるとき、彼らは楽しそうにしていたが、家に帰る頃になると、楽しく笑っていたことを後ろめたく思うような表情を見せることがあった。

「俺はないよ。でも、困ってる人はいっぱいいた」

家は無事だったが仕事を失い途方に暮れている家族もいた。十束の家は、もともと困っているといえば困っていたし、深刻には困っていないといえばたいして困っていなかったので、十束の生活に大きな変わりはなかった。国中の大パニックは激流のように十束の周りでうねっていたが、小さな小島にちょこんと立っていた十束は、それを不思議な気持ちで見ているだけだった。

ニュースはクレーター事件に関する様々な情報を流し続けたが、皆が最も知りたがっていたこと——その「原因」については、なぜかあっさりした報道しかされなかった。

試験的に誘致されていた新世代エネルギーの研究施設で事故が起こり、大爆発が起きた。

公式の場ではそう発表され、専門家がなにやらそれっぽい解説をしていたが、世界が震撼するほどの規模の被害に比して、原因についての報道は驚くほどに淡白だった。

当然そのことは多くの人々の心に疑念を生み、国が情報統制を行わなければならない何かがあったのではないかという憶測が飛んだ。テロだったのではないかという説や、爆心地が実は国の軍事実験場であり、そこの事故だったという説、隕石落下説に、眉唾なものではＵＦＯの墜落と宇宙人の侵略説もあった。

だが、新しい情報が入らない状況では、疑念は疑念のまま残りながらも、人々の関心は移り変わっていく。時間が経つにつれ、日本を支配した疑念と混乱と不安は、復興へ向かう明るいものに変わっていった。

巨大クレーターが出来、日本の地形が変わってしまってから、まだ一年も経っていないにもかかわらず、一般の人々の生活はすでにかなりの程度元通りになってきている。

『國常路グループの力ってのは、実際すげぇもんだよ。ガッタガタになった日本を立て直したのは、國常路グループが経済を回し続けてたおかげだ。復興特需から戦後二度目の高度経済成長が起こって、悲劇をバネに日本はもう一段階でかくなった。復興は驚くべきスピードで進んでる。まったく、國常路グループの総帥は、この国の王だって言っても過言じゃねえな』

十束が公園で時々しゃべる友達である、段ボールハウスを住まいにする男はそう言っていた。彼は毎日ゴミ箱から数種類の新聞を拾い出し、読み込むことを趣味にしていた。あれほどの大惨事であったにもかかわらず、クレーター事件は早くも過去のことになり始めている。それは、改めて思うと奇妙な現象だった。

「クレーター事件が、どうかしたの？」

十束が聞くと、男はゆっくりと口を開いた。

「私はね、あの事件を止めたかったんだ」

とても真摯（しんし）な口調だった。彼の言葉の意味を聞こうと十束が息を吸ったとき、

「師匠」

澄んだ声がかかった。

和服の男がその声の方を振り向く。十束もそちらに視線を向けた。

土手の上に、とても姿勢のいい、綺麗な人が立っていた。

男の人だろうか、女の人だろうか、と一瞬考える。だが、先程響いた声を思い出し、男の人だと判断した。その人は、十束から見れば「お兄さん」ではあるものの、まだ少年の域を出ない年頃だった。手足はすらりと伸びているが、成長途中の柔らかさがある。

十束はぼけっとその人を見上げていた。

「紫（ゆかり）」

和服の男が少年の名らしきものを呼び、摘み集めたシロツメクサを掲げてみせた。

「やあ、すまない。つい童心に返ってしまっていた」

「花冠でも作るおつもりですか？」

「いや、今日のおかずにするつもりだよ」

怪訝そうな顔をする少年にもう一度笑いかけてから、和服の男は十束に視線を戻した。

「私はそろそろ行くよ」

「うん。一緒に草摘みできて楽しかった」

私もだ、と微笑み、和服の男はほんの一瞬迷うような間をあけてから、言った。

「君はいつか、君の王と出会うだろう」

「おう？」

「その出会いが、君と、世界にとって、良いものであるよう願っている」

十束は首を傾げたが、和服の男はそれ以上説明をしてくれようとはせず、十束の頭を一度撫でると、少年の方へと歩いていく。

†

不思議に思ったものの、十束はその人のことをしばらくして忘れた。

思い出したのは、それから四年後のことだ。

薬くさいなぁ、とまず思った。そう考えたことで、眠りの中で拡散していた思考が形を作り始める。

体が重いな、と次に思った。身じろぐことさえうまくできなかったけれど、まぶたは動いたのでゆっくりと目を開く。

白い光が開いた目に染みた。白い天井が見える。視線をずらすと、白いカーテンが目に入り、さらに視線を自分の体の方に落とすと、そこは白いベッドだった。十束は、知らないベッドの上に横になっていた。

あ、病院か。

そう認識した途端、体が痛みを思い出したように疼きだす。

「いったいなぁー」

声に出してぼやいてみる。ずいぶんと軽い口調になった。すると不思議と、全身をさいなむ痛みもその口調の軽さに見合う程度のものになった気がする。

十束は自分の体をチェックした。片足がギプスで固定され、吊り上げられているのが見えた。ずいぶん厳重だ。骨が折れているということなのだろう。ギプスに包まれた足は普段よりずっとずっと大きくなっていて、自分の足だという実感が持ちにくい。まるで片足だけロボットになったようだと思う。十束はどうにか上半身を起こした。その動作だけで体のあちこちが痛む。「いたた」とまた声を出した。

左腕も添え木がされ分厚く包帯が巻かれている。これも折れているのかヒビが入っているのか。

もう片方の手は無事だったので、そちらの手で吊られた足のギプスに触れてみた。触れているのはギプスなのだから当たり前だが、まったく感覚がない。自分の足がひどく遠く感じる。こんなふうにされていたら、足がかゆくなっても掻くことすらできない。そう考えたら本当にかゆいような気がしてきた。

　顔に触れると、頬に大きなガーゼが張られ、頭に包帯を巻かれているのがわかる。ずいぶん大げさな格好になっているようだ、と十束は眉を下げた。確かに、相当痛めつけられたもんな、と思う。

　ぺたぺたした足音が聞こえてきて、看護師が姿を見せた。十束が起きているのを見ると、あっと声を上げる。

「よかった、目が覚めたのね」

「はい」

「気持ちが悪いとか、めまいがするとかはない？」

「大丈夫でーす」

「お名前は？」

「十束多々良」

　看護師は手元のカルテに十束の名前を書き込む。住所、電話番号と聞かれるままに答えていった。

「君、意識がないし、身元がわかるものも持っていなかったから困ってね。君が倒れているのを通報してくれた子が、君を見たことがあるっていうから、とりあえず知り合いと思われる人に連絡してもらったの」

「知り合いと思われる人？」

「ＨＯＭＲＡってお店。そこの店員さんに聞けばもしかしたら君の身元わかるかもしれないって電話してくれたんだけど……」

あー、と十束は曖昧な声を出した。

おそらく、通報してくれた十束を見たことがある人、というのは、十束が周防について回っていたのを見知っていたのだろう。確か周防は、学校の先輩が働いているバーに行くことがあると言っていた。ＨＯＭＲＡというのはおそらくその店の名前だ。周防に、怪我のことを知られてしまっただろうか。

「でも結局、君のご家族の連絡先にはたどり着けなくてね。早く目を覚ましてくれてよかったわ。あ、足は骨折してるから気をつけてね。でも綺麗に折れたみたいだからすぐ治るわよ。左腕と指もヒビ入ってるからあまり動かさないように。あとで先生からちゃんとした説明あるけど、今気になるところはある？」

「暇なんだけど、何か暇つぶせるものないかな？」

素直に気になっていることを訊くと、看護師は呆れた顔をしながらも一度病室を出て、数冊の本を持ってきてくれた。

「ほら、本でも読んでいなさい。今から親御さんに連絡してくるから、大人しくしてるのよ？」

自力で動ける状態ではないのだが、看護師は勝手にどこかへ行ってしまうんじゃないかと思っているような表情でそう言って出ていった。

定期的な仕事はしておらず放浪癖のある石上だが、さすがに帰ってきたばかりなので今なら捕まるだろう。問題は家に入院費が払えるだけの金があるかどうかだけれど。

——あ、でも、競馬で勝って今はお金あるんだっけ？　ごめんおっちゃん、久しぶりに手にしたお金、一瞬でなくなるかも。

心の中で軽く詫びつつ、十束は看護師が置いていってくれた本に視線を落とした。

推理小説とエッセイ、それから児童書だった。

十束は児童書の表紙をめくってみた。ファンタジーもののようだ。王様がいて、剣や魔法がある世界の物語。

ふいに、子供の頃の出来事が十束の頭に浮かび上がってきた。気を失っている間、あのときのことを夢に見ていたような気がする。

十束が十歳の頃だった。食料にしようと野草を摘みに行った先で、不思議な男の人と出会った。そのときに言われたのだ。「君はいつか、君の王と出会うだろう」と。

その日の夜、十束は棚の奥から王様が出てくる絵本を引っ張り出した。石上の妻がまだ出ていく前に十束に買い与えてくれた絵本だった。看護師に渡されたこの児童書よりもっと子供向けの、文字はすべてひらがなで書かれている、綺麗な絵で彩られた絵本。

そこには、頭に立派な王冠を載せた王様が描かれていた。

こんな人に会うのだろうか、と、十歳の十束は首を傾げながらも、もう内容を覚えていなかった絵本のページをめくった。

絵本の中に出てくる王様の側にいる人間たちは、偉い人ばかりだった。

頭の良い宰相、強い騎士、特別な才能を持つ音楽家や料理人。

けれどそんな特別な身分や才能がなくても王様の側にいる家来に、道化師があった。道化師はむしろ、どこか欠陥があって人に笑われるような存在だったが、「笑われる」存在である自分を、「笑わせる」ことをなりわいとする存在に昇華させた、人を笑顔にさせる人間だった。

俺がもし王様の家来をやるならこれがいいな、と、十束は「王と出会う」という言葉の意味もわからないままそう結論を出した。

十束は基本的に飽きっぽいたちであったので、その男の言葉もしばらくすると忘れてしまったのだが——周防尊と出会ったとき、なぜかとても自然に、そのことを思い出していた。

もしかして、この人じゃない？

あの不思議な男の言葉を信じていたわけではなかったのに、驚くほど自然に、そう思っていた。

王様、って言い方は違う気がして、いい呼び名を探したところ、一番しっくりくる言葉が「キング」だった。そう呼びかけるとあの人は嫌そうな顔をしたけれど。

(君はいつか、君の王と出会うだろう)

——王様を笑わせることができたら、いい。

ノックの音が聞こえた。

病室のドアが開いて入ってきたのは、今まさに考えていた相手だった。

十束は驚く。さっきの看護師が、HOMRAという店に電話をしたとは言っていたけれど、わざわざ病院に来るとまでは思っていなかった。

周防は不機嫌そうな顔をしていた。

「あっれー、どしたのキング」

「……キング？」

周防と一緒に入ってきた、背の高い青年がいぶかしそうに十束の言葉を繰り返した。すらりとした体軀で、歩き方も堂々としていてモデルみたいに格好いい人だ。

——キングの友達かな？

意外なような気もしたが、とてもしっくりくるような気もした。HOMRAという店で働いている周防の先輩というのがきっと彼なのだろう。

十束は興味に目を輝かせて青年を見つめたが、周防の低い、苛立った声がそれを遮った。

「誰にやられた」

見ると、周防は眉間に深く皺(しわ)を刻み、据わった目をしている。十束はどう答えたものかと一瞬考えた。その間に、周防と一緒に来た青年が渋い顔をして十束の方に屈み込む。

「君ねえ……こいつの周りをうろついとると、またこういう目に遭うで。強い奴の側は安全やと思うてたかもしれんけど、正反対やぞ」

柔らかな関西弁でたしなめるように言う。十束はにこにこした。なんだかこの人好きだなと思う。明るい茶色に染め、緩いパーマをかけた髪をしていて、黒い薄手のジャケットとカーゴパンツをおしゃれに着こなしている。軽薄そうな外見だが、芯のところがすごく真っ当ないい人な気がした。

「うん、気をつけます」

大きくうなずいて返事をしたが、返事の調子が軽過ぎたのか、青年は信じていない顔で「あんなぁ、もっぺん言うけど……」と説教を続けようとした。

そのとき、十束のベッドが急にガタンと揺れた。

十束は驚いて飛び上がる。見ると、周防がさっきよりも不機嫌なオーラを強くして、片足を土足のままベッドにかけていた。ベッドを蹴ったらしい。

「……誰にやられたって聞いてんだ」

やはり怒っている。

十束は思案した。やられたときのことを言いたくはなかった。多分、十束が襲われたことと周防は無関係じゃない。関西弁の青年が言うとおり、十束は周防の側をうろついていたから目をつけられたのだろう。

十束は、周防の喧嘩を思い出した。

あの三人の男たちに絡まれて、周防は殴られた。大柄の男の、力がのった拳だった。痛かったはずだ。さんざん暴力を浴びた十束はその痛みを生々しく実感できる。

だが、拳を頬で受けて、周防は笑った。

その笑みを見たとき、十束は周防が猛獣と呼ばれていた意味を知った気がした。

笑みの形を作った唇の下から、牙が見えてもおかしくないように思えた。瞳が、獲物を狙う獣のように光って見えた。

あの瞬間、十束の背筋が震えた。周防は、暴力を振るうことの「愉悦（ゆえつ）」を知っている人間なのだと実感した。

まあ、周防の迫力に一瞬呑まれたものの、そんなことより最初に殴られた頬が痛そうなので冷やすものを買ってこようと、あっという間に気持ちは切り替わってしまったのだけれど。

十束は、周防を怖いとは思わない。周防が暴力を振るうことに否定的でもない。

ただ、十束が理由で周防が怒り、十束の代わりのように暴力を振るうのは、なぜだかわからないけれどすごく嫌だった。

十束はわがままだ。わがままだから、やりたいことはやるし、嫌なことは断固として阻止する。

「……その前にキング……一つだけ、お願いがあるんだ」

十束は目を伏せ憂い顔になり、深刻そうに打ち明けた。

「聞いてくれるかな？」

周防は「言ってみろ」というように軽く顎をしゃくる。

十束は、ギプスで固められて吊られた足を軽くさする。

「この足……」

自分の足を見ながら、えらく大げさな処置だなと改めて思った。もう二度と立てませんと言われても信じてしまいそうな状態だ。

が、骨は綺麗に折れているらしく、綺麗に治る。

十束はへらっとした笑みで周防を見上げた。

「すっごくかゆいんだ！　足の甲のところ、掻いてくれないかな？」

周防は一瞬呆気にとられた顔をし、それからため息をついた。周防の中の苛立ちが、呆れに塗り変わる。

周防は十束の足のギプスに触れた。願いどおり足を掻いてくれるかに見せかけて——十束の頭に拳骨を落とす。

十束は殴られた頭を押さえて大げさに痛がった。フェイントをかけてくるとは思わなかった。案外お茶目か。

周防はさっきまでの怖いような怒りから、子供が拗ねたみたいな怒り顔になって病室を出ていった。

十束は殴られた頭をさすって、周防が出ていった病室のドアを見送る。

「命知らずなやっちゃな……」

心底呆れかえった声が降ってきて顔を上げる。関西弁の青年が、眉尻(まゆじり)をめいっぱい下げて十束を見下ろしていた。

「殺されても知らんで」

本気で心配しているような顔をするので、十束は笑った。

「へーきへーき、なんとかなるって」

十束はもう一度、子供の頃の記憶に思いを馳せた。

変に思われるだろうなとは思ったが、なぜかこの青年には言ってみたい気がして、口を開く。

「俺は王様の家来になるのさ」

「は?」

案の定、青年はぽかんとした顔をする。十束はほのかに微笑んだ。

「なんかあの人とんでもない大物に……それこそホントの王様にだってなれると思わない?」

青年はしばらく妙な顔で、十束を新種の生き物でも見るように眺めていたが、やがて黙ったまま近くにあった丸椅子を引き寄せて腰掛ける。そして十束の頭に軽いチョップを落とした。

「あいたっ」

「電波か!」

「ツッコミ遅いよ。時間差はずるい」

「やっぱりボケたんかい」

「ボケてないよ。俺は本気だよ」

十束は、怪我をしているというのにさっきからぽかすかやられている頭をさすった。でも実は、そんなに痛くはない。

「ホムラさんはそう思わないの?」

「なんや、ホムラさんって」

「あれ、違った？　キングが時々行くっていう、HOMRAっていうお店の人かなって思ったんだけど」

十束がにこにこ言うと、青年は一瞬驚いたように目をみはり、うなずいた。

「正解。バーHOMRAはうちの叔父がやっとる店や。俺もよう手伝うとる。けどホムラさんはやめぇや。俺は草薙出雲。俺まで変なあだ名つけられたらかなわんわ」

草薙さん、と十束は繰り返し、その響きに満足してうなずくと、自分も名乗る。

「ほんで十束君、なんで君、いきなり王様の家来なん」

「呼び捨てでいいよ。……なんでって言われると実は結構説明に困るんだけどね。インスピレーションみたいな感じ。キングを見て、百獣の王だ！　って思ったんだよ」

草薙は「はぁ」と間の抜けた声を出した。

「まあわからんでもないけどな。けど俺は、あいつは王様とちゃうと思うで」

「そう？」

「百獣の王、ってのはまあわかる。実際、猛獣ミコトなんて呼ばれとるしな。サバンナのライオンとか向いてそうや。けど、あいつは群れは作らん」

十束は神妙にうなずいた。

「別に人嫌いなわけやなさそうやから、怖がらへんかったら普通につきあえるけどな。家来はいらんっちゅう奴や。お前のことも、家来やなくて友達みたいなもんと思うとるんちゃうか」

「友達」

「不満か？」

十束は慌ててふるふると首を横に振った。友達。なぜか十束には、今の今までその発想がなかった。

「けど……」

言いよどむと、草薙は「けど？」と繰り返して先を促す。

「それでも、俺はやっぱり、あの人はいつか王様になっちゃうと思うな」

「はぁ……さよか。ま、何らかの大物って意味なら、そういう未来ももしかしたらあるかもしれへんけど」

周防はきっと、何かになる。十束はそれを見たいと思ったし、彼を笑わせる人間になりたいと思っている。

草薙はこの話はもういいと思ったのか、椅子の上で足を組みかえ、仕切り直すように身を乗り出し「それはそうと」と言った。

「君、その怪我誰にやられたん」

「ええー、その話まだするの？」

「アホ。大事なことやで。尊は簡単にはぐらかされよったけど、お兄さんはそうはいかんで」

やっぱりこの人、芯が真っ当でいい人だと思う。だけど今はそれが少し困る。

「尊関連で狙われたんやろ」

この人ははぐらかしても乗ってくれない気がしたので、十束はしぶしぶ言った。

「草薙さんさっき、キングの側は安全って思うかもって言ったけど、俺は思ってなかったよ。だってキングの側とか、もう見るからに危険地帯の匂いがぷんぷんしてたもん。わかっててそこにいて、それで怪我しちゃったんだから、これは俺の失敗。キングは関係ないよ」

草薙はもう一度、十束をまじまじと見直した。しばらく何かを考えるような顔をして、しみじみとした声を出す。

「それがお前のプライドか」

「プライド？」

十束は首を傾げた。何がどうしてそうなるのかよくわからない。貧乏ゆえに他人の好意に頼った食生活をすることが多かった十束は、どちらかというとプライドのない人間として扱われることの方が多かった。

「ややこしい言い方するね、草薙さん」

「ややこしいかぁ？」

「ややこしいよ。俺は俺のわがまま通してるだけだもん」

草薙がふっと笑った。さっきまでは年長者の態度を崩さなかったが、その笑みは十束に対して気を許したもののように見えた。

「俺は尊の気持ちもわかるし、君の今後の安全のためにも、誰にどうやられたんか白状してほしいとこやけどな」

草薙は「ま、しゃーないな」と言い、様になった仕草で肩をすくめた。

「で、十束。こんな目に遭(お)うても、まだ尊についてく気か？」

「もちろん！」

笑顔で即答すると、草薙もおもしろそうに笑った。

「好奇心は猫をも殺す、やな」

「死なないようにがんばるね」

それはホンマがんばってくれんと困るわ、と草薙は呆れ声で言い、それからしばらく十束の病室に留まって話し相手になってくれた。

現状の唯一の共通の話題である周防の話で笑ったりしながらも、帰るときには草薙はまた少し真面目な顔になり、「尊には言いたないとしても、次何かあったら俺には話し」と言いつけ、十束がタンマツを持っていないことに呆れつつ自分のタンマツの番号を書いたメモを残していってくれた。

†

その日の夜、病院のベッドで、十束は痛みにうなされることも、殴られたときのことを思い出して嫌な気持ちになることもなく安らかに眠った。

それは周防と草薙と、あとついでに、知らせを受けて駆けつけた石上がタッパに入れて持ってきた、結局肉は入らなかったがほくほくに仕上がったじゃがのおかげかもしれなかった。

退院してもしばらくは松葉杖生活だった。

不自由ではあったが、一日で慣れ、二日目には少し楽しくなった。せっかくなので松葉杖マスターになろうと思い立って、無事な方の足と二本の松葉杖でタップダンスを踊れるようになり、三本足ダンスと銘打ったが草薙に怒られた。そんなことする元気があるなら早く治せ！　と言われたのだが理不尽だと思う。

そんなことをしながら月日が経ち、本格的に夏が来た頃、十束の怪我は全快した。


十束の怪我の全快とほぼ同時に、中学校は終業式を迎えた。退屈な式が終わり、十束はどこも痛くも不自由でもない体で思い切り伸びをした。健康であることのありがたみを感じながら空を見上げていると、クラスメイトに肩を叩かれた。

「ようやく松葉杖卒業したんだな」

「十束、夏休みどっか行く？」

同級生たちの何人かに声をかけられて、いくつか夏休みの約束をした。気軽に誘いを受けるが忘れることがある十束は、予定をマジックで手のひらに書き込まれる。

友人たちと笑い合い、学校を出ると、十束は古い自転車にまたがった。この前ゴミ捨て場で自転車拾ったんだけど、ブレーキが壊れててさ、という話を近所の大学生にしたら、古いのでよければ譲ってやると言われてもらったものだ。

さてこれからどうしよう、と十束は頭を巡らせる。

これから長い夏の自由時間があり、十束の体は健康だ。とりあえず周防たちの学校に行ってみようか。高校も今日が終業式だろうか。

そう考えたとき、道路の向こう側のファミレスに、知った顔を見つけた。

「あ」

思わず十束は声を出し、ぽかんと口を開けた。

ファミレスの窓際の席に陣取っているのは、十束を襲撃した三人の男たちだった。

十束は少し考えた末、道路を渡ろうと自転車のハンドルを切る。ファミレスの駐輪場に自転車を停めると、店内に入った。案内してくれようとする店員を笑顔で断って、まっすぐ向かう。

「こんにちは」

十束が声をかけると、男たちはいっせいに振り向いた。彼らはしばらく、何が起こったのかわからない顔をしていた。十束の顔を見、それが誰なのか妙に時間をかけて認識し、そしてその顔色が驚愕(きょうがく)に染まっていく。

「お、お、お前、なんで……」

男の一人が唇を震わせて言った。

「幽霊見たみたいな顔だよ。俺、死んでないから」

場の空気を和らげようとする声で十束は言ったが、男たちの表情は驚愕を通り越し、徐々に恐怖の色を見せ始める。

「なんで、そんな平気そうにしてんだ」

痩せぎすの体をした男が、蒼白な顔で言う。十束はその男の顔を見て、最後に十束の頭を蹴っ飛ばしたのはこの人だったなと思い出す。

「なんでって、怪我が治ったからだよ」

「そうじゃねえよ！　そうじゃなくて、お前あんな目に遭っておいて、俺たちが怖くねえのか？」

「ここファミレスだよ？　こんなとこで乱闘が起きたらさすがに警察来るよ？」

十束とて身を守る意志はある。ここなら大丈夫だと判断して声をかけたわけで、決して蛮勇をふるっているわけでも頭が変になったわけでもない。

だが男たちはひどく顔を強ばらせていて、俺たちが怖くないのかと訊きながらも、まるで彼らの方が十束を恐れているかのように見えた。

「ここの前を通りかかったら、見覚えのある顔見つけたから。聞きたいことあったの思い出したんだよ」

十束は、痩せぎすの男とぴたりと視線を合わせた。彼の骨張った肩が大げさに震える。

「なんで俺を襲ったの？」

十束が単純な質問を投げると、男たちの間に流れる空気の温度がさらに下がったように感じた。

痩せぎすの男は十束から目を離せないままわなないている。

「あんた、俺の頭蹴っ飛ばす直前に言ってたよね。『俺だって痛い目はみたくない』ってさ。あれどういう意味かなって気になったから」

痩せぎすの男は動揺していた。その顔を見つめて、この人は結構普通の人だなと十束は思った。意志は強くなくて、興奮すると歯止めがきかなくなって、でも本当に悪いことをしてしまったら、急に怖じ気づく。簡単に人を殴るくせに、その相手が取り返しのつかないことになったらきっと、怖くて震えだしてしまう。

そういう人が恐れるものは、単純に、自分より強いものだ。

「最初は、キングに負けた腹いせに、キングと一緒にいた俺を殴りに来たのかなとも思ったんだけど……それだけじゃなくて、何かを気にしてるみたいに見えた」

十束は窓の外に視線をやり、十束を囲んで暴力を振るっていたときのこの男たちの様子を思い出す。ふとしたときに彼らの顔の上に過った、恐れの色。

「誰かに命令されたの？」

男たちは答えなかった。戸惑った顔のまま、この状況をなんとかする役目を押しつけ合うように視線を交わしている。

十束は彼らの表情を見ながら、カマをかけてみた。

「闇山光葉って人？」

男たちの肩が揺れ、強ばった。なるほど、と十束は納得する。

周防とこの男たちがやりあったときの状況を思い出すに、彼らにそんな命令を出し、かつ彼らが怯えながら従いそうな人間はそれしかいないだろうと思った。

金髪を後ろでくくっている男が視線をせわしなく揺らしながらも、忌々しそうな顔になって吐き捨てた。

「あの人、やっぱ頭おかしいんだよ」

「おい、春日」

大柄の男が慌てたようにたしなめたが、金髪の男は鬱憤がたまっていたのか、最初に吐き出した言葉が彼の心の堰を切ったのか、止まらずに続けた。

「光葉さんのやばいとこも格好いいって思ってたけどさ、やっぱなんかちげぇよ。いきなり仲間全部放り出して消えたくせに、バッタリ会ったら急に気まぐれに命令してきて、受けないなら俺たちを痛めつける気だった。なんなんだよ、あの人……」

十束は闇山光葉を知らない。噂くらいは聞いたことはあるが、見たこともない人のことは、どんな人間なのか想像することもできない。なので金髪の男の繰り言めいた言葉には反応せず、聞きたいことだけ重ねて訊いた。

「その人、キングに負けたから、腹いせで俺をやっつけさせたの？」

「違う」

金髪の男は十束と視線を合わせずうつむいたまま否定した。最初はたしなめた大柄の男も、もう彼がしゃべるのを止めようとはしなかった。

「わかんねえけど、多分、違う。……光葉さんは、暇だから、余興だっつってた。そんで、周防尊の側に弱いのがいるのは変だし、そいつ潰してみようって」

「ふーん」

「そんで、お前のことボコった数日後に光葉さんがまた現れて、俺らの顔見て『なんだ、尊は反応しなかったのか』ってがっかりしたみたいに言ってた。『消えろって言われたのに、これ約束違反だったかな？』って笑ってもいた。つまりさ、光葉さんは俺らが周防尊から報復受けること期待してたんだよ。自分は手ぇ出さずに、俺ら使って周防尊をつつきたかったんだ。俺らが周防尊にボコられたら手ぇ叩いて喜んだだろうよ、あの人。……仲間をなんだと思ってんだ」

多分仲間とは思われてないんじゃないかな、と思ったが、口には出さなかった。

とりあえず、気になっていたことは聞けた。つまり十束は、闇山光葉という人が周防にちょっかいをかけたかったがために襲われたらしい。だったらやることは一つ。

無視だ。

『つまらん嫌がらせをしてくる奴らには反応しないのが一番だぞ。奴らは相手の反応が知りたくてちょっかいをかけてくるのだから、無視されるとつまらなくなるもんだ。ただし、腹に据えかねた場合は殴ってよし』

と、十束の義父である石上も昔言っていた。ろくに教育というものをしなかった彼の、めずらしい教えである（ただ借金取りに対しては別だぞ。彼らがしてくる嫌がらせは趣味じゃなくてお仕事だからな。無視はいけないし、絶対に殴ってはいけない。とも言っていた）。

負けるか。と思った。闇山という人が周防の近くにいる十束に対してどう思っているのか知らないが、自分は自分の好きにする。

十束は、くるりと踵を返した。

「色々わかった。じゃあね」

去っていこうとすると、痩せぎすの男が勢いよく立ち上がった。テーブルががたんと音を立て、上に載っていたドリンクが少しこぼれる。

「俺たちを許すのか？」

痩せぎすの男の言葉に、十束は目を丸くして彼を見た。

「え、やだよ。なんで許すのさ。あんな痛かったのに」

「じゃあ、なんで、俺たちを放っておく？」

「警察行きたいの？　いいんじゃない、行ったら？」

「なんで他人事なんだよ……」

呆然としたような痩せぎすの男のつぶやきに、十束はしばし考えた。

自分も被害者として警察に行かなきゃならないのだとしたら、面倒くさい。というのが一番素直な気持ちに近いけれど、あえて他に理由をつけるとするならば——

「警察で全然知らない人から、これこれこういう罪ですよーって罪と罰をセットで手渡してもらうのって、なんかよくわかんないからどうでもいいかなって。そりゃ、警察ないと色々困るんだけどさ。俺はあんまりピンとこないから、俺に関することならそのへんは別にどっちでもいいやって感じかな？」

「なら、周防尊に頼んで俺らをボコらせるとか、すんだろ、普通なら」

十束は目を細めた。胸の中が嫌な感じに疼いて、なんだろうと一瞬考える。

ああ俺、今少し腹が立ったんだと気づく。

苛立ちというのは十束にとってはとてもめずらしい感情だったので、新鮮さを覚えた。

「どうしてキングに、そんなつまらないことさせなきゃいけないのさ」

口に出すと、声にこもった小さな棘と一緒に、苛立ちはするりと出ていった。

「俺はどうでもいいんだ。これからもあんたたちが俺を殴りに来るっていうならどうにかしなきゃいけないけど、そうじゃないみたいだし。あんたたちが痛い目みたり逮捕されたりしても、俺特にはすっきりしないし」

十束の興味はすでに、男たちから急速に離れていた。なにしろこれから夏休みだ。早く楽しいことを考えたい。

けれど、痩せぎすの男はまだ十束を引き留めるような顔をして、口をもごもごさせている。

「俺は……ホントは、お前みたいな弱い奴ボコるのとか、趣味じゃなかったんだ。……今さらこんなこと言っても、ナンだけど」

本当にナンだなぁ、と思いながら、十束は男を眺めた。

十束に暴力を振るっている最中は、その暴力にすっかり酔っていたくせに。

「あんた、こうしてると普通なのにね」

十束が苦笑して言うと、痩せぎすの男は大きく目を見開いた。

エライ目には遭ったけれど、多分この人たちは案外普通の人なのだろうと思う。自分の感情をコントロールできるようになったらきっと、もっと普通の人になるのだろう。

「もし、ツミの意識？　とか、命令されるままにあんなことするなんてって恥ずかしく思ったりするんだったら、俺の一個貸しってことにしといてよ」

十束はそれだけ言うと、今度こそバイバイと手を振ると、店を出ていった。

冷房が効いた店内から外に足を踏み出すと、熱気がむわりと押し寄せてくる。太陽が力強い光を地上に向けて発射していた。

生命力に満ちた夏の空気を胸一杯に吸い込み、十束は自転車にまたがった。

ぐんとペダルを漕ぐ。おさがりの自転車は古くてくたびれてはいるけれど、十束を好きなところに連れていってくれる。きぃきぃと音は立てるけれど、ちゃんとブレーキだって利く、いい自転車だ。

風を切って走ると、つまらないことは後方に流れていって、これから向かう、わくわくすることばかりが目の前に広がるように思えた。

鎮目町を駆け抜ける。周防と初めて会った坂を気持ち良く下り、角を曲がり、また走る。

周防と草薙の通う高校が見えてきた。ちょうどそこに、見知った背の高い二人の姿を見つけて、十束は顔一杯に笑みを浮かべた。

「キング！　草薙さん！」

大きな声で呼び、手を振ると、二人は立ち止まって、十束がやってくるのを待ってくれた。

日常　Peaceful Days

みじん切りにしたタマネギ、ニンニク、ショウガが鍋の中で飴色になっていた。バターの香りが鼻腔をくすぐる。

クミンシードやターメリック、カイエンペッパー、ガラムマサラなどのスパイスを決められた量入れていく草薙の手の動きを見つめ、

「謎の粉がいっぱいで、魔法の調合みたいだね」

と、十束が楽しげな声音で言った。並んだスパイスの瓶を、ものめずらしそうに眺めている。

その言い草に草薙は軽く噴き出す。

「謎の粉て」

「だって、カレールーを使わなくてもこの不思議な粉を混ぜるとカレーができるなんてすごくない？」

「あのな、カレールーっちゅーのはこういうスパイスを混ぜ合わせてできてん。最初からカレールーとして生まれてくるわけちゃうからな」

「へー。おもしろいね、俺も粉の調合からカレー作ってみたい」

「また今度な」

草薙が木べらで混ぜるその鍋の中に、水臣が横から刻んだトマトを入れた。

「トマトが煮崩れたらさっき焼いたチキンを鍋に戻して、ローリエ加えてしばらく煮込みな」

水臣は鍋の中の様子をちらりと眺め、軽い調子で指示するとカウンターの内側から出て店のソファーに腰を落とす。

その向かいのソファーでは周防がだらりと座っていた。先輩の身内に対してかしこまるそぶりは微塵もなく、だらしない姿をさらすままになっている。

いつの間にか、周防と十束はよくバーHOMRAにやってくるようになった。

初めてバーに来たときの十束は、一歩店内に入るなり目を輝かせ、博物館にでも来たかのようにものめずらしそうな顔で隅々まで見て回っていた。

（バーがめずらしいか、中学生）

草薙が茶化すように声をかけると、十束は素直にうなずいた。

（すっごいおしゃれな秘密基地みたいだね）

客の来ない昼間のバーは、草薙にとっても知らぬ誰かに踏み込まれることのない安楽な感覚と、けれど完全にプライベートな空間というわけではない、誰かと共有されることが前提の空間であるという感覚を同時に与えてくれる場所だった。それを秘密基地、と表現されたことになんとなく満足し、かわいがっていたら、十束はしょっちゅう遊びに来るようになってしまった。日が高いうちはまあいいかとも思うが、バーに中学生を入り浸らせていると周囲に知られたら少々問題かもしれない。

周防もまた、この場所を何かしら気に入るところがあったのか、意味もなく街を流れ歩く彼の巡回場所の一つになったのか、ふらりとやってきてはバーの中でくつろいでいく。

高校生活も終盤にきて妙な奴らとつるむことになったもんだと、草薙は内心で笑った。

学校のクラスメイトとも、街で遊ぶ奴らとも違う。そういった連中よりも遠い存在だったはずなのに、気がつけばずいぶんと内側に入れてしまっている。

草薙は、水臣に言われたとおりトマトが煮崩れて溶け込むのを見届けると、焼いたチキンを投入し、ローリエの葉を落として鍋に蓋をした。しばらく煮込めば、水臣直伝のトマトチキンカレーの完成となる。

草薙がカウンターから出ると、水臣はソファーでカメラをいじっていた。十束が近寄っていって興味深そうにその手元をのぞき込む。

「それカメラ？　変わった形だね」

「これはインスタントカメラだ。造形もなかなかいかしてるだろ」

「撮ったらすぐ写真が出てくるやつ？」

「ああ。なかなか味があっていいもんだ。よし、お前らそこに並べ」

水臣は言って、周防が座るソファーの方を手で示した。草薙は思わず眉を寄せる。

「はぁ？　俺らの写真なんか撮ってどないすんねん」

「別にどうもせんよ。単なる甥っ子の成長記録だ」

「アホか」

なんとなく気恥ずかしくて草薙は苦い顔をしたが、十束は変わった形のカメラに興味津々の様子で、「いいじゃん草薙さん。撮ってもらおうよ！」と草薙の腕を引っ張った。周防は話を聞いているのかいないのかも定かではない顔で、ぼんやりしている。

十束は周防の隣に腰掛けると、足を組み、組んだ足の上で頬杖をついて、妙にアンニュイな表情になって遠くを見やる。

「なんやその格好」

「え、だって写真撮るんでしょ？　カッコイイポーズにしようよ」

「カッコエエポーズっちゅーより、オモロイポーズになっとるで」

「あ、間違えた。おもしろいポーズにしようよ」

「間違えたんかい！」

「ほら草薙さんも！」

十束に急かされ、期待に満ちた目を向けられて、うっかり関西人の義務感がうずいた。周防の反対隣に座ると、長い足を組み、髪を片手で掻き上げるポーズで憂い気に遠くを見つめる。色気のある男の演出である。

「……じゃ、撮るぞ」

水臣が、若干呆れを声ににじませながら言い、シャッターを切った。写真がべろんと吐き出されてくる。

「見せて見せて！」

アンニュイ顔からいつものにこにこ顔に戻り、十束が水臣に駆け寄っていく。草薙もその後に続いた。

「少し待てば浮き出してくるから」

水臣はまだ真っ黒な写真を差し出した。十束は両手でそれを受け取り、じっと見つめる。じわじわと浮き出してきたのは、実にわざとらしくアンニュイを気取った草薙と十束、そしてその間に座って、目を開けたまま寝てるんじゃないかというようなぼけっとした顔をしている周防の姿だ。

「アホ丸出しやな」

「っていうかキング！　キングも何かポーズ取ってよ！」

十束が笑い声で苦情を言うと、周防はぴくんと肩を跳ねさせた。驚くようなことはしていないのにめずらしい反応だと思っていると、周防は目をぱしぱしとしばたたかせ、不思議そうな顔をする。

「……あ？」

「キング、もしかして今、目を開けたまま寝てた？」

周防は否定をせず、視線を逸らす。図星らしい。

「マジか！　えっどのタイミングで寝たん!?　眠れるようなとこなかったよな？」

「やばい、そう思ってこの写真見ると、俺たちよりキングが一番おもしろい。口半開きだし、目が死んでるし。キング、目ぇ乾いちゃうよ？」

十束がけらけら笑い、もっと色々撮ってもらおうよ！　とはしゃいだ。

それからは、実に馬鹿な時間を過ごした。十束がプロデュースするままに、変にカッコつけたポーズやおかしなポーズをつけ、わかっていない顔で棒立ちしている周防をも引っ張り回し、ふざけた写真をひとしきり撮り続けた。

最後には草薙もおかしくなってしまって腹を抱えて笑い、十束は満足そうな笑顔でカメラに向かってピースサインを出す。

最後の写真のシャッターを切り終わってから、水臣はしみじみと「お前ら馬鹿だなぁ」と言った。

「くっ……そう言われると急激に恥ずかしなってくるわ……。十束、お前のせいやで。つられてアホやってしもたやん」

十束を冗談めかして睨めば、十束は「えー？」と楽しげに口を尖らせる。

「いやいや、俺としては甥っ子があまりにもスカしていて心配だったからな。年相応に馬鹿な姿を確認できて安心したさ」

水臣がからかう顔で言ってうなずく。バーのドアがノックされる音が響き、草薙が反応する前に水臣が腰を上げた。

「おう、鎌本（かまもと）酒店さんとこの」

「父ちゃんに頼まれて来ました」

子供の声が聞こえる。開いたドアの隙間から見えるのは、小学校高学年くらいの年頃のふくふくとよく太った少年だった。バーＨＯＭＲＡの取引先の酒屋の息子らしい。父の言いつけで届け物をしにきたようで、水臣に何かを手渡して、言い含められてきた口上を述べていた。

「そうか、ご苦労さん。力夫(りきお)君はうちの斜(しゃ)に構えた甥っ子と違って素直な働き者だな。……いやうちの子も働くには働くんだが、素直さが足りなくてな」

水臣が笑いを含んだ声で酒屋の少年に言うのを、舌を出して背中で聞きながら、草薙はカウンターの内側に向かった。

鍋の中では、トマトチキンカレーがとろりと煮えていた。スパイスの香りがする湯気が鼻腔をくすぐる。皿にバターライスを盛り、その上にできたてのカレーを流しかけた。

「できたで」

声をかけると、すかさず十束がやってきて、カレーの皿を運んでいく。

「いい匂いだねぇ」

十束が嬉しげに言った。

バーの中に戻ってきた水臣が、酒屋の少年から受け取った試飲用らしい小さな酒瓶をカウンターに置きながら、カレーの皿をのぞき込み、ふむ、とうなずく。

「これ、カレーか？」

周防は皿の中を見下ろし、不思議そうに首をひねった。それに対して十束もこくこくとうなずいている。

「なんか知ってるカレーとは違うよね？　これカレールーじゃなくて、不思議な粉を調合してできてるんだよ。カレーっていうより、おカレー様って感じ」

「おカレー様て。あと不思議な粉言うな」

「だってこんな、なんかすごそうなカレー食べるの初めてだ」

食事の支度ができると、十束は草薙が作ったカレーを前に、なむなむと手を合わせた。いただきますの挨拶というより、『おカレー様』とやらを拝んでいるように見える。

カレーをすくったスプーンを口に入れて、十束は無言のまま実に嬉しげに咀嚼し、飲み込むと、

「美味いね！　なんか特別な味がする」と草薙に言った。

周防は黙々と口を動かし、水臣は「まあ合格点かね」とわざとらしい上から目線で言った。

が、合格点と言ったわりに、水臣の食はあまり進まなかった。草薙たち三人が皿を空にしても、水臣はまだ半分ほど食べただけで残りをもてあましている。

「なんや、ホンマは口に合わんかったんか」

若干不安になって草薙が言うと、水臣は笑って首を横に振った。

「いや、美味かった。最近食が細めなだけさ。残りはあとで食うよ」

水臣は皿を持ってバーカウンターの内側に入り、棚から薬を数錠取り出して飲んだ。持病持ちでいつも薬を飲んでいるのは知っているが、具体的な病名は聞かされていない。聞いても、「歳を取るとあちこちにガタがくるもんだ。どこが悪いってほどのもんじゃねえよ」とはぐらかされてしまう。

話したがらないことを問うのは、草薙の主義ではない。草薙はカウンターの内側の水臣を黙っ

て横目で眺め、食後のコーヒーを入れるべく席を立った。

日が傾き始めた頃、バーでだらだらと過ごしていた水臣は「今日は俺が飲みたい気分だから臨時休業な」と言って出かけていってしまった。

バーに三人きりになり、草薙はちらりと酒の棚に視線をやり、次いで周防と十束に視線を移した。ふむ、と少しの間思案する。

この二人が健全な中高生ならばこんな誘いはしないが、こいつらはその範疇ではなかろう。と、草薙の中にあったささやかな良識を脇にのけて判断し、草薙はカウンターから酒の瓶を取り上げて、二人に向かって軽く振った。

「どうする？　俺らも一杯飲むか？」

誘いかけてみると、十束の目が好奇に輝き、周防も軽く鼻で笑い肯定を示した。

簡単なつまみを作り、バーの二階にある部屋で飲むことにした。店のテーブルで飲まなかったのは、多少の後ろめたさからこそこそした気分でいたせいだろう。十束はその「こそこそした雰囲気」にわくわくしている顔をしていた。

バーの二階は居住スペースになっており、水臣が帰るのが面倒になったときに泊まる用に使っている。その水臣の臨時の宿泊部屋に、酒とつまみを持ち込んだ。テーブルは小さいものしかなく椅子も足りないので、床に直接皿やグラスを置いて、ぺたんこになった古いクッションを三つ車座に並べる。ささやかな酒宴会場の完成だ。

準備をしているうちに日はすっかり暮れ、外は暗くなった。部屋には薄く簡素なレースのカーテンしかないので、外から丸見えになるのを防ぐために暗めの照明にする。

店にある中では大分安いバーボンを、三つ並べたグラスに注ぐ。大きく削り出した氷の上を琥珀色の液体が流れ落ちていく様を、十束がじっと見つめた。

「たくさんは入れないんだね」

「バーボンはなみなみ注ぐもんやないで。ま、一口飲んでみ。きつかったら割ったる」

十束はグラスを取り上げ、すんすんと中身の匂いを嗅ぐと、一口含んだ。途端に眉間に皺が寄り、渋い顔になる。

「はは、口に合わんか」

「うーん……なんか不思議な味っていうか……まだよくわからないので時間をいただきたい……」

慣れない味に妙な口調になる十束に笑い、草薙は周防の方へ視線を移した。

周防はグラスの中身を喉も鳴らさずにするすると飲み込む。飲んだことがあるのか、それとももともといける口なのか。

「尊はかわいげない飲み方しよるな」

「ふん」

「けど、ペース速いとひっくり返るで」

意地悪げに笑って草薙が言うと、周防は黙ったまま口の端を持ち上げる。

「バーのお酒勝手に飲んで怒られない？」

「かまへん。高い酒ちゃうし、叔父貴はそのへんルーズやからな」

「草薙さんの叔父さんて変わった人だよねぇ」

十束がちびちびとバーボンに挑戦しながら、オリーブをつまんで言った。草薙は小さく笑い声を漏らす。

「せやな。えらい自由人で、親戚の間でも変わり者扱いされとったわ」

「草薙さんがグレてても気にしないし」

「グレとるか、俺」

草薙は眉尻を下げて情けない顔を作ってみせる。夜の街で活性化する類いの少年たちとのつきあいに、未成年飲酒と喫煙。あまつさえ後輩と中学生まで巻き込んでいる。反論の余地はないかもしれない。

十束はふふふと笑った。

「冗談だよ。草薙さん、人の真ん中の部分がすごくちゃんとしてるもんね。グレてるかグレてないかはともかく」

「人の真ん中の部分？」

「しっかりしてていい人だってこと。悪い顔してても」

兄貴風を吹かせていた年下の少年からそんなことを言われて、草薙はなんとなく気恥ずかしい気分になった。周防までもが心なしかおもしろそうな顔をしている。草薙は軽く目を細め、横目で周防を見た。

「お前は、変わったよな」

周防は怪訝に片眉を持ち上げる。

「何がだ」

「丸くなったちゅーか……いや、お前が変わったいうより、お前を取り巻く状況が変わったんか」

ついしみじみした口調になった。草薙は軽く笑ってグラスの中身を口に含む。氷がカランと涼しい音を立てた。

「十束みたいな明るいの連れとるせいか、前ほどむやみやたらな恐れられ方されんくなったやろ。猛獣ミコトゆう二つ名で呼ばれるより、キング言われる方が増えてきたんやないか」

周防はグラスに口をつけたまま渋い顔をした。不機嫌というには満たない、ふてくされたような顔は年相応に見える。慣れてくれれば、無口で表情にも乏しいこの少年の感情の起伏を読むのも難しくはなくなった。

周防はじろりと十束を見やり、口をへの字にして言う。

「お前が人を寄せるからだろ」

「俺が呼んだわけじゃないよー。みんな、本当はキングと話してみたかったんだよ」

十束が軽い口調で言い返す。

実際、最近では周防を恐れ避ける人間は少なくなった。明らかに腕っ節の強くない、人懐こい少年である十束が側にいるせいで、周防へのハードルが下がっているのは確かだろう。非常に話しかけやすい雰囲気を持つ十束は、威圧感の強過ぎる取っつきの悪い周防と周りの人間との間に開いた風穴のような役目を果たしていた。

周防へのむやみな恐怖感がやわらぐと、周防に攻撃的な意味で絡む人間も、呼応するように減った。

「尊、最近は喧嘩する機会も少なくなったんちゃうか」

周防は自分の右手を見下ろした。少年のくせにずいぶんとごつごつした、何度も人を殴ったことがあるその手を見つめ、軽く拳に握る。

「……そういや、そうだな」

「高校一年生にして修羅の道歩まされてたお前も、これで少しは平和になるとええけどな」

草薙は笑いを含んだ声で言ったが、周防はぼんやりした顔で自分の拳を眺めたままだった。

「平和、か」

周防はふんと鼻を鳴らし、残っていたグラスの残りを飲み干した。

気がつけば、十束が舐めるように飲んでいたバーボンも残り少なくなっている。十束は何か考えごとをしている目で、暗くなった窓の外を見ていた。

「草薙さん、今日ここで寝てってもいい？」

十束の問いに草薙は軽くうなずき、「ええけど」と応じる。十束はそれまでの思案顔からぱっと笑顔になって草薙の方を見た。

「ありがと。じゃーもうちょっとなんか飲みたい」

飲んでいることが家族にバレるとまずいから、というわけではないだろう。十束の唯一の家族である義父が飲酒を叱(しか)るような真っ当なタイプには思えないし、そもそも今は家にいないらしい。十束が気にしているのは、酔った状態で夜道を歩く心配の方のようだった。ふわふわした素行不良少年のくせに、帰り道のことを考えて酒を飲む。頭が空っぽのように見えるが、最近の十束はそれなりに用心しながら生きている。草薙はそれ以前の十束を知らないので断言はできないが、おそらくは道で襲われて入院したあの件で多少なりとも学ぶところはあったのだろう。

あの事件についての顚末(てんまつ)は、十束が詳しいことを言いたがらないので草薙も周防も知らないままだ。ただ十束は、「俺を襲った人たちは、もう大丈夫だよ」と言った。「あの人たちは、もうやらない」そう断言するからには、十束と犯人の間で何かやりとりがあったのだとは思う。正直、かなり危なっかしい。

酔わせたら何か白状するだろうかとも思い、草薙はグラスを空にした二人のために、今度はカクテルを作ってやった。

†

目が覚めると、草薙と十束は床に転がって眠っていた。床は酒瓶や空になった皿で散らかっている。

調子にのってあれやこれやと飲み食いしながらだべっているうちに眠ってしまったらしい。草薙と十束のたわいなくくだらない会話を子守歌に寝入った記憶があるが、二人もそのあと眠気に負けたのか酔いつぶれたのか。

周防は小さくあくびをし、部屋の置き時計を見た。時計のデジタル画面は深夜二時を表示している。

寝直してもよかったが、目がさえた。周防は壁に寄りかかり、床で眠る友人二人の姿をぼんやり眺める。

こいつらといるようになって、周防に降りかかる火の粉は少なくなった。敵意の目を向けられることが減り、害意を持たぬ人間に声をかけられることが増えた。

よく知らぬ人間から発せられる敵意や害意はわずらわしい。それが減ったのは喜ぶべき事態だろう。けれど周防を絶えず押し包んでいた閉塞感は、今も消えてはいなかった。透明なゼリーのような、不可視の重たいものが周防を包み、周防の自由と呼吸を阻害する。相も変わらず、そんな錯覚に襲われることがある。

草薙や十束とつるんで馬鹿をする時間を愉快に思ったりもするくせに。

周防は膝に手をついて、どっこらしょと怠げな動作で立ち上がる。二人が眠る部屋の電気を消してやり、外に出た。

深夜二時すぎの鎮目町は、夜に活性化する街とはいえ、さすがに盛りのピークをすぎていて静かだった。時折、酔っ払いが道端で吐いていたり、化粧のはげかけた水商売らしい女が仕事帰りなのかくたびれた顔で歩いていたりする。その様子を眺めるともなしに眺めながら、周防は歩を進めた。特に目的もなしに街を流れ歩く。いつもの、無意味な行動。

コンビニの前を通り過ぎようとしたとき、大声でしゃべる二人組の男が店から出てきた。その一人が、連れの男に視線をやったまま前も見ずに大股で歩いてきて、周防の肩に強くぶつかった。

周防は気にせずそのまま歩いていこうとしたが、周防にぶつかってきた男は大きく舌打ちし、周防の肩をわしづかむ。

「おい」

気怠(けだる)く視線をやると、周防にぶつかった男がぐいと顔を近づけてきた。顔や体の形がやたら四角張った男だった。歳は十代後半か二十代か。

「てめぇ、人にぶつかっておいて挨拶もなしかよ」

失笑してしまいそうなほどお定まりの文句を言い、男が至近距離からねめつけてくる。連れがにやにやと笑いながら、「ガキじゃん。いじめちゃかわいそうだぜ」と言った。

「いじめてねえよ。礼儀ってもんを教えてやってんだ。な？　何か言うことあんだろ？」

確かに、言いたいことは一つあった。

周防は頭を引くと、今にもくっつきそうな位置にある男の鼻の頭に、自分の額をぶち当てた。ガッとうめき、男は頭突きされた鼻を押さえてのけぞる。

「ちけぇよ、顔が」

言いたいことを言うと、男はわななきながら鼻から手を離した。全体的に四角張った印象の男は、鼻の形まで四角っぽい。男は顔を真っ赤にすると、「てめぇ！」と叫んで拳を振りかぶった。動作が大きく、あまりにも隙が多い。

　男の拳が振り抜かれる前に、周防は一歩大きく踏み込み、男の懐に軽く入るとそのみぞおちに拳をめり込ませた。男は声もなく崩れて路面に膝をつく。

　連れの男は一瞬呆気にとられて口をぽかんと開き、次の瞬間には怒りに顔色を変えた。赤を通り越して紫色になった顔で、目を吊り上げて周防に躍りかかる。

　直線的な男の突撃を、周防は闘牛の牛をかわすように避け、男の腰に蹴りを入れる。男は軽く吹き飛び、ガードレールに激突して倒れた。

　あっさりと済んでしまった乱闘のあとを見下ろすと、周防の胸の内がすっと冷えた。その冷えを感じることで、自分が多少なりとも高揚していたのだと知る。この上なくくだらない理由でくだらない喧嘩をふっかけられて、その瞬間少しだけ楽しくなっていたのだ。

　周防は小さく舌打ちした。

　その舌打ちとほぼ同時に、警笛の音が響いた。振り返ると、ホイッスルを口にくわえた制服姿の警官がこちらに駆けてくるのが見える。

　周防はもう一度、今度はうんざりとした気持ちで舌打ちをした。

　コンビニの中からは、深夜シフトの店員が、野次馬的好奇と面倒を厭(いと)う倦怠(けんたい)が半分ずつ混ざり合ったような目で周防たちの方を眺めていた。

いつもの喧嘩ならば、周防からは手を出さない。

向こうに一発殴らせてから、気兼ねなく叩きのめす。そういうやり方を取ってきた。

その自分ルールを守らず、因縁をつけられた形とはいえ周防が先に手を出した。こんなときに限って補導されるのも何かの因果だろうか。

交番に連れていかれて事情を聴かれ、厳重注意は受けたものの、周防が年少であったことと、相手から絡んできたこと、相手が複数であったことでそう長くは拘束されることもなく放免された。

周防に呼び出せる保護者がいなかったため、担任教師である穂波が迎えに呼ばれた。未明に車で駆けつけてきた穂波は、すっぴんで髪も乱れていて、手に当たる服をとりあえず身に着けてきたという風情で、下はスーツのパンツ、上はラフなTシャツというちぐはぐな格好をしていた。華奢なフレームの眼鏡をかけているのを見て、普段はコンタクトレンズをしていたのかと周防はぼんやり考えた。

走ってきた穂波は周防の顔を見ると一度ほっとした顔をし、それから表情を険しく作り直した。周防は穂波の車の助手席に乗せられ、家まで送られた。道中、穂波は終始無言で、眉を険しい角度にした硬い表情のままハンドルを握っていた。

車が周防の家の前に停車しても、穂波はなかなか口を開こうとしなかった。さすがに周防も勝手にさっさと車を降りるわけにもいかず、彼女の反応をただぼんやり座ったまま待つ。

穂波は眉間にらしくない皺を寄せたまま斜め上を見上げて何かを考え、それからハンドルにもたれるようにして深くため息をついた。

「明日……もう今日かしら。学校終わったら残りなさい」

厳しい声でそう言ってしまうと、穂波は険しくしていた眉から力を抜いた。険しい表情を作り続けることに疲れてしまったような困り顔の微笑を浮かべ、穂波は腕を伸ばすと、周防の頭の上にぽんと手を載せた。

「とりあえず、あなたに怪我がなくてよかったわ」

穂波の声は柔らかい。甘ったるさはない、水のように透明でさらりとした柔らかさ。

あまりにもバツが悪くて、周防は自分の頭の上に載せられた彼女の手をどう受け止めていいのかわからず、首を縮めた。彼女の華奢な掌が、どんな屈強な男の拳よりも恐ろしいもののような気がした。

「迷惑を、かけた」

周防がぼそりと言う。穂波は黙っている。周防はもう一度口を開いた。

「すみませんでした」

穂波は静かに微笑んだ。

「早く家に入って寝なさい」

穂波の言葉に従い、周防はシートベルトを外して車を降りた。ほんのわずかに頭を下げると、そのまま振り返らずに部屋に向かう。

玄関のドアを閉めてから、穂波の車のエンジンがかかる音が聞こえた。

ドアに寄りかかってその音を聞きながら、周防は長く息を吐き出した。

†

屋上で昼飯を食おうと草薙からメールが入っていたので、購買で買ったパンを持って屋上に上がると、先に弁当を食べていた草薙が開口一番呆れ顔で言った。

「アホやなぁ、お前」

「………何が」

「絡まれて喧嘩して、補導されたんやって？　補導て。案外鈍くさいんか」

周防はむすりとした顔で、草薙から一人分空けた隣に腰を落とす。

相変わらず、こいつは耳が早い。

「ちゅーか、夜中に黙って出てくなや。店の裏口の鍵開けっ放しになるし。……酒の匂いには気づかれへんかったんか」

「多分」

「バレたら俺も十束も道連れやん」

「言わねえよ」

保身らしきことを言いながらも実際はそんなこと気にしていない顔で、草薙は軽く肩をすくめてペットボトルの茶を呷る。

「穂波センセ、お前が停学にならんようがんばってくれたみたいやで。まあ、停学になったところでお前は堪えんやろうけど」

それでもちゃんと感謝しいや、と草薙は年長者ぶる口調で言う。

周防はコロッケパンをもそもそと囓りながら、思わずぼやいた。

「今日の放課後、残れとさ」

微妙に情けない声が出てしまった。草薙は目を丸くしたあと、心底おかしそうに肩を震わせる。

「尊、ホンマに穂波センセ苦手なんやな」

「うるせぇ」

「いや、苦手、ゆうたら正確やないな」

にやにやと見られて、周防は軽く草薙を睨む。

「それにしても、たおやかな見た目して、なかなか度胸ええよな、あの人。お前の説教なんて大抵の教師が嫌がるやろうから、適当に停学にでもして片づけるのが楽やろに。心して穂波センセの説教聞いときや」

からかう口調の草薙に言われ、周防はむっつり黙ったまま咀嚼のためだけに口を動かす。草薙はこの事態を呆れながらもすっかりおもしろがっている。

「尊が大人しゅうあんな美人のセンセに叱られる様、十束に言うたら爆笑するな」

その状況が目に見えるようで、周防はますます憮然とした。

面倒だなと思う。

自分の身動きのせいで誰かが慌てて飛んできて、誰かに迷惑がかかる。とても面倒で、窮屈だった。

またぞろ、周防が常に持つ閉塞の感覚が、存在感を増す。

草薙と知り合い、十束と出会い、忌避されることが減って他人と関わる機会が増えた。平穏な日々であり、愉快な日々でもあった。なのに拳を振るう機会が少なくなった分、周防の中の闘争を好む衝動は倦んで、外に出る機会をじりじりとうかがっていた。面倒なことにならない程度に世の中と折り合って生きていくつもりだったのに、他者からの悪意を感じ取った瞬間ある種の歓びを覚え、ついその衝動を優先してしまったくらいには。

結局、周防が感じる閉塞感の大本はそれなのだろう。身の内に根深く巣くう狂気的な衝動と、それをいなしながら世間と折り合っていかなければならない、その狭間で生きる息苦しさ。だからこの世界を狭いと感じてしまう。

くだらない。そしてやはり、とても面倒だった。

「ま、しゃーないやろ」

それまでおもしろがる口調だった草薙が、ふいに声の調子を変えて言った。

草薙は苦笑して周防を見ていた。

「お前はそういう奴や」

「そういう奴」

尋ねる口調でもなくオウム返しにしてしまう。草薙は軽くうなずき、バッサリと言った。

「いまいち人間向いてへん奴」

「身も蓋もねえな」

思わず周防も苦笑した。草薙は芝居がかった大げさな身振りで両手を大きく開く。

「鳥が鳥であり、魚が魚であるように、周防尊は周防尊や。十束も言うとったやろ。お前と初めて会うたとき、ライオンと出会ったみたいに思うたってな。あいつちょっと電波やけど、その分他人の電波をキャッチするアンテナの感受性は一級品や。お前の中身が人間よりライオン寄りやっちゅーのを、そのアンテナで感じ取ってたんちゃうか」

けなしているのかなんなのかよくわからない評を蕩々(とうとう)と述べ、草薙は年長者ぶった笑みを浮かべる。

「けど、いくらお前が獣メンタルやからって、ここが人間社会であることには変わらん。お前を思うてくれとる穂波センセの説教は心して聞いとき」

特に返す言葉もなくて、周防は黙ったままでいた。少しの間沈黙が流れ、お互いが昼飯を食う音と昼休みの喧噪だけが聞こえていたが、ふいに、草薙が思い出したように小さく笑った。

「でも俺は、お前が人間でよかった思うで」

「あ?」

草薙はにやっと口の端を持ち上げる笑い方をした。

「俺は、人間としか友達にはなれへんからな」

ふん、と周防は軽く鼻で笑い返した。

その日の授業がすべて終わり、放課後になった。

居残りを命じられていた周防は、ホームルームが終わっても窓際の席に座ったまま、漫然と外を眺めていた。

この教室の窓からは、校門が見通せる。すこぶる視力がいい周防は、校門に立つ見知った人物を見つけた。この高校の生徒たちに構われている小柄な少年は十束だ。タンマツを持たない十束は事前連絡が取れないため、周防たちの学校に直接やってくることがしばしばある。そのせいでいつの間にかこの学校の生徒にも知り合いを作っていて、そいつらの手引きで校内まで侵入してくることもあった。十束が友達だというのはだいぶん迫力に欠ける事実らしく、十束の存在が知られるようになってからは、校内でも周防の恐れられ方はかなりマイルドになった。少なくとも、周防が中庭で昼寝をしていたからといって、恐怖で中庭に近づけない、などと言う人はほぼいなくなった程度には。

今は知り合いなのか通りすがりなのか知らないが、女子生徒から菓子を与えられているようだった。なぜ女子というものは常にどこかに菓子を忍ばせているのだろうかとぼんやり思いながら、見るともなしにその光景を眺める。

夕方の日差しが、窓から斜めに射し込んでいて少し眩しい。周防が目を細めたとき、教室のドアが開く音がした。

「待たせてしまったかしら」

教室に入ってきた穂波が、小首を傾げて周防を見た。

周防は窓に背を向け、立ち上がって教卓の前まで歩いていく。穂波も教室のドアを後ろ手に閉め、周防の前まで歩いてきた。

穂波は教壇に登ることはせず、同じ高さの床の上に立って周防を見据えた。自然、穂波が周防を見上げる形になる。

「反省はしましたか？」

静かな声で穂波は問うた。

周防は返答に迷った。反省。した、と答えるのは欺瞞だろう。

この場限りの返答としてうなずくべきかどうか、真面目に悩んだ。だが周防が答えを出す前に、穂波はくすりと笑う。

「してないわね？」

穂波は一瞬の微笑みを引っ込め、また真面目な表情で周防を見た。

「昨夜の件は、先方が絡んできたという話でしたね。高校生に対して、若いとはいえ成人男性が、それも二人で絡んでくるのはとても悪質です。場合によっては、周防君が暴力ででも自分の身を守るのは正しいことだと私は思います」

穂波の大きな目が、教室に差し込んでくる夕方の光を受けて光っていた。周防は黙ってその瞳を見ていた。

「昨夜周防君が振るった暴力は、自分の身を守るためのものでしたか？」

欺瞞を口にする気にはなれなくなって、周防は素直に答えた。

「身の危険は感じなかった。殴りたい気分になったから、殴った」

周防の答えに、穂波は軽くため息をついた。

「素直ね」

穂波は少しの間視線を落とし、脇に垂れた周防の手を、何かを考えるような瞳で見つめた。

「人を傷つけることが悪とされているのは、人が傷つけられたくないと思っているから。暴力が罪とされているのは、私はあなたに暴力を振るったりしないから、あなたも私に暴力を振るわないでくださいという契約であるともいえるかもしれない」

いつも優しげな表情ばかり浮かべている穂波が、ひどく真剣な顔をしていた。顔立ちが整っているせいか、そうしていると印象が急に怜悧（れいり）になる。

「そして、共感。殴ったら相手は痛いだろうと、その痛みを自分の身に引き寄せて想像するから。だから他人に痛みを与える行為は悪であると人は思う」

穂波は周防の目をまっすぐ見据えた。

「周防君、あなたは、そういう意味では暴力が悪いことであると、多くの人が思うようには思えないのかもしれない。あなたは強過ぎるように見える」

回りくどい説教だった。周防は黙って穂波の顔を見返した。

「あなたは強過ぎて、殴られることをなんとも思ってない。暴力に対して少しの恐怖も抱かず、それ以上の暴力で返してしまう」

「……ただの通行人をいきなり殴ったりはしねぇよ」

我ながら稚拙（ちせつ）なことを小さく言うと、穂波は眉を厳しくした。

「そうね。最初にも言ったけれど、私は周防君が自分の力で自分の身を守ることを悪だとは言わない。けれど、暴力がもたらすものについて。その結果起こりうることについて。それはきちんと考えて。考えることをやめないで。あなたはそれを考えることができる頭を持っているでしょう」

穂波は厳然とした声音で言い、一度黙った。何かを考えるような間のあと、少し声を柔らかくして穂波は訊いた。

「身近な誰かが他人の暴力によって傷ついたら、周防君は、腹立たしく思わない？」

そういえばそんなこともあった。周防はそのときのことを思い出し、ぼそぼそと不明瞭に答える。

「……胸くそは、悪い」

穂波はふわりと微笑んだ。

「そう、よかった。……周防君。先生は、むやみな暴力を振るう周防君のことは、胸くそ悪く思います」

聖女のような微笑で言い切る穂波に、周防は一瞬鼻白（はなじろ）んだ。

「でも、身近な誰かを傷つけられることを胸くそ悪いと思う周防君を、私は信じます。これからは、暴力を振るう前に、一度立ち止まって考えて。あとついでに、先生はむやみな暴力を胸くそ悪いと思ってるという事実も、一緒に思い出してください」

この柔らかな雰囲気の女性に胸くそ胸くそと繰り返させてしまっていることになんだか一番のいたたまれなさを感じながら、周防は「あぁ」とも「おぉ」ともつかない声を漏らした。

生返事もいいところであったが、穂波はいい返事を聞いたかのように、にこっと笑った。

「あと、夜遊びはやめなさい」

周防は黙ってぺこりと頭を下げると、教室のドアに向かった。

ドアを開けると、叱る穂波と殊勝(しゅしょう)に叱られる周防のやりとりが聞こえていたらしい草薙が、口元を押さえて笑いを必死にこらえていた。

周防が大人しく怒られていたことがよっぽどおかしかったのか、まだくつくつ笑っている草薙と共に学校を出た。周防は絵に描いたような仏頂面になっている。

校門の前に十束と女子生徒がいた。十束が周防と草薙に気づいて笑顔で手を上げて挨拶し、女子生徒は周防に目を留めるとびくっと小さく肩を震わせた。

「よ、なっつん。今帰りか」

草薙が女子生徒に気安い口調で声をかける。知り合いらしい。

「あ、う、うん。草薙君……と、周防尊君」

おそるおそるといった調子で名前を呼ばれた。周防は挨拶代わりに顎を軽く持ち上げる。

「キングたち待ってる間暇してたら、なっつんちゃんがポッキーくれたんだ」

十束は笑顔で言いながら、イチゴ味なのかピンク色をしたポッキーをさくさくと食べている。

女子生徒は手に持っているポッキーの箱を草薙に差し出した。

「草薙君も食べる？」

「ほな遠慮なく」

草薙が箱から一本抜き取る。女子生徒は周防の方に視線を移し、ごくりと唾を飲み込むと、ポッキーの箱をおずおずと周防の方へ向けた。

「す、周防君も……食べる？」

完全に腰が引けた体勢で言われ、周防は怪訝に眉を寄せながらも、手を伸ばして一本もらった。囓ると、甘ったるいイチゴチョコレートの匂いが鼻に抜ける。

おお、と、女子生徒はなぜか感嘆の声を漏らした。そのままゆっくり後ずさり、十束の横に立つと、十束の耳元に顔を寄せて囁いた。

「本当に、そんなにやばい人じゃなさそうだね？」

囁き声ではあったが、女子生徒の声は周防の耳にまで届いた。十束はおかしそうに笑って、「そうさー」と言った。

「じゃ、じゃあ私はこれで！」

女子生徒は草薙に言って、小走りで去っていった。十束がひらひらと手を振る。

「何話してたん?」

「君、草薙君たちとよく一緒にいる子だよねーって声かけられて、草薙さんのクラスメイトだっていうから、学校での草薙さんのこととか話してた。あと、キングの話も」

「はぁー、あいつ、尊の噂鵜呑みにして、この前まで『猛獣ミコト』のことえらい恐れとったんやけどな」

十束はふふっと軽く笑ってから、「それより」と表情を切り替えた。

「キングたち、何かあったの? 学校から出てくるとき、キングがやたら不機嫌そうで、草薙さんがやたら楽しそうだったけど」

その問いで、周防は口をへの字にした。草薙も、再びにやつき始める。

「ちょっとめずらしい尊を見たもんでな」

「へー! 気になる。あっ、これからまたHOMRA行こうよ。そこで話聞きたい!」

「もう夕方やで。今日は店開く予定なんやけど。営業中に中学生にいられると問題がな……」

「へーきへーき。お客さん来たら隠れるから」

軽快に言葉を交わして歩き始める二人を眺め、周防は軽く息をついた。

昨夜感じた閉塞感と衝動は、消えはしないものの、今は周防の中でなりをひそめていた。

目の前にあるのは、生ぬるく平穏な日常だ。

それでもいいかと思った。

今ここにあるものも、決して悪いものではない気がした。

†

暴力に身を任せる瞬間だけ、〝生〟を感じた。

狭くて、息苦しくて、少し身じろいだだけで他人様が勝手に作った枠にぶちあたる不自由極まりない世界の中で、拳にすべてをのせて何かをぶっ壊す瞬間だけ、束の間の自由を感じた。この世界から解き放たれて、トべる感覚。

痛みは好きだ。与えるのも、与えられるのも。

そして彼は今、痛みのさなかにあった。

体が燃えているかのような痛み。熱と苦痛が混ざり合い、体の内側がぐらぐらと揺れる。

指先に違和感を感じて、彼は自分の手を見下ろした。指先がじわりと赤くにじむ。

——なんだ……？

熱でぼやける目をこらし、自分の指先を凝視した。指先が赤くにじんでいるように見えるのは、そこが小さな炎に包まれているからだった。まるで彼の体から漏れ出したかのように、炎が指にともっている。にもかかわらず、指先が焼けただれる様子はなかった。

彼は驚いていた。だが、混乱してはいなかった。

彼の中には常に、渇望と衝動と諦念があった。今、渇望が満たされ、衝動が物理的に彼を焼く熱源に代わり、諦念が消えていく。

彼は唇を震わせた。

「俺は、あ、い、の人に近づけるのか？」

彼の頬を、熱湯のような涙が伝った。

それは、彼が生まれて初めて流す、歓喜の涙だった。

路上の王　Street King

その男のイメージは、鮮烈な赤だった。

闇山光葉は、彼を遠目にしか見たことはない。少年の時分に、父のあとをこっそりつけていって、彼の姿を目にしたのだ。

ブラックスーツをビシリとそろいで着た集団の中で、一人スーツの上着をぞんざいに肩に引っかけた男がいた。一見しただけで危険な集団だとわかる、絶えず周りを威圧している風の連中の中、構えない格好でだらりと歩くその男は軽薄そうにすら見えた。

だが、その集団を支配しているのは間違いなくその男だった。

闇山の父を含み、歩いているだけで暴力の匂いがただよう強面(こわもて)の集団の中にあって、その男だけが特別だった。

種が違う。

いつ替わるかわからないような群れのリーダーではない。虎と虫のように、決して覆ることのない本質的な差異がある。

闇山はそう思った。

ほんの一瞬だけ、闇山とその男の目が合った。

そのとき、男は笑っていた。だが、笑みの形になった目と口とは裏腹に、その奥にある感情は「笑い」ではないと感じた。

その男の瞳の奥にある感情。それがなんなのか、闇山にはわからなかった。ただ彼と目を見交わした瞬間、「鮮烈な赤」のイメージが闇山の意識に強烈に焼きついた。背筋がぞっと震え、そして魅了された。

それは震えるほどに不気味で美しい色だった。

闇山の脳裏に刻まれたその鮮烈な赤が一体何だったのか。

彼の姿や雰囲気から、派手な返り血だとか、燃えさかる炎だとか、そういうイメージが自然と湧いたせいだったのかもしれないし、本当に——彼が赤い光を放っていたのかもしれないとも思う。

「親父、あの人の部下なんだろ?」

めずらしく家に来た父親に言うと、父は「おう」と胸を張った。

「俺も部下になりたい」

父に何かをねだったのはこれが初めてだった。父とはいっても、自分が生まれるための種の製造元という程度で、父親らしいことは何もしない男だ。たまにふらっと家に来ては母と寝て、小金をせびって帰っていったり、逆に怪しい金を置いて帰ったりした。いつも気怠そうな母がこの男と別れないのは特に愛ゆえというわけではなく、ただの惰性のように見えた。

闇山の初めての願いを聞いて、父は一度目を丸くしてから、ぷっと吹き出した。

「よせよせ、殺されるぞ」

「殺されるのか？」

「いや、さすがにいきなり殺しはしないと思うけど……でもわからんな。あの人きっとガキ嫌いだし」

「ガキじゃねえ」

闇山は機嫌を損ねて言った。父は最初笑っていたが、ふいに真顔になり、剣呑に目を光らせた。

「『子供』なんて、未来の象徴みたいなもんだろ。あの人そういうの好かねえんだよ。テメェをあの人のところに連れていきでもしたら、まず俺が殺されかねねえ。未来の象徴であるガキを後生大事にしてるヤツなんざ、生きることに未練があるっつってるようなもんだろ」

闇山には、父が何を言っているのかよくわからず、首を傾げた。父は短くなった煙草をつまんで惜しそうに吸いながら、食べ物の好き嫌いの話をするような調子で言った。

「あの人は、長生きをしようなんて了見の奴ぁ嫌いなんだよ」

「へぇ？」

「つってもまあ、あの人の感覚は常人にはわかんねーから、実際会ってみりゃ、案外気に入られる可能性だってゼロじゃねーけどな」

「じゃあ会わせろよ」

「やだよ」

「なんで」

父は面倒くさそうな顔をした。久しぶりに会った自分の子供の相手に、早くも飽きたようだった。

父は、右側だけ長く伸ばしている髪をぞんざいに掻き上げる。耳から頬にかけて焼けただれた跡が露になった。右耳は、焼き潰れてしまっていて存在しない。あるべき形がなく、ケロイド状に引き攣れた真ん中にぽっかりと耳の穴だけが開いている様は、不気味といえば不気味だったし、そういう形の生き物としてイカしてるといえばイカしてるようにも思えた。

「あの人の部下になるってのは、特別な力を得られる代わりに、こういう覚悟しなきゃなんねーんだぞ」

「あの人にやられたのか？」

武勇伝を聞きたがる子供の目で、闇山は言った。

「やられたっつーと語弊があるな。こいつはインスタレーションだ」

「いんすた……？」

「あの人の部下になる契りを交わすとな、あの人の力を分けてもらえんだ。けど、ただってわけにはいかねえ。あの人の力を受け取ると、体の一部からあの人の炎が吹き出す。……つまり、体の一部を捧げて、ようやくその資格が手に入るってこった」

怯ませようと思って言った言葉だったのだろうが、闇山はむしろ、なお強く心惹かれた。

そのぐらいじゃなきゃいけない、と思った。

闇山がほんの一瞬だけ目を見交わしたあの人。あの鮮烈な赤の人と共にいるためには、そのくらいじゃなきゃホントじゃない、と。

「いーよ。俺、体のどこでも捧げる」

闇山が食いつくように言うと、それまでそこそこ気分良く話していた父は、途端に不愉快そうな顔になった。それは、自分の子が軽率に危険に身をさらそうとする発言をしたからではなく、自分の覚悟を安く見積もられたことに不快感を覚えたためであるようだった。

「ばっかじゃねーの」

父は侮蔑を込めて、だが非常に幼稚な言葉を選択して、そう吐き捨てた。


闇山は父が他人に暴力を振るうところを数回見たことがある。

ヤクザ崩れの父にとって、暴力は非常に身近なものだった。父にとって一つの言語であったようにも思う。

一度だけ、闇山は父の拳が炎を纏うのを見たことがある。

あのときも、闇山は父のあとをつけていた。父があの人のところに行ったら、父がなんと言おうと、俺を部下にしてくれと直訴しようと考えていた。

風俗店が並ぶ通りは昼間は死んだように静かだった。父はその薄汚れた通りを、路面に落ちたチラシを踏みつけながら歩く。

突然、細い路地から男が飛び出してきた。手にはナイフを握っていて、奇声を上げて父に躍りかかった。

父は動じなかった。動じなかったが、向けられた殺意に呼応して、父の中からも純粋な殺意が噴出した。

男のナイフをよけ、反撃に転じた父の拳が、突如として赤い炎に包まれる。

物陰から見ていた闇山は、父の手が燃えてしまう、と思った。だが、その炎は父の手を焼くことはなく、炎の拳は当たり前のように振るわれた。父に襲いかかった男は、その一発で簡単に沈んだ。父は革靴で倒れた男の胸を踏みつけ、身を乗り出すように顔を近づけると、何事かを言った。おそらく男の身元や目的などを問うたのだろう。父を襲った男は、顔を背けて抵抗する様子を見せる。

父は、炎を纏ったままの手で男の顔を躊躇なくつかんだ。

絶叫が響き渡った。

父の炎で、男の顔が焼ける。父は男を一度解放し、もう一度顔を近づけて何かを囁く。男は、今度はうめくように言葉を発した。

闇山が隠れているところからは言葉の内容までは聞き取れなかったが、父の炎に焼かれた男が、耐えきれずに陥落したらしいことは理解できた。

父はふんと鼻を鳴らすと、手に纏わせていた炎を収め、男を踏みつけにしたままどこかに電話をし始めた。襲ってきた男の始末をつけるために、仲間に連絡をしていたのかもしれない。

闇山の目には、父がまるで自分の体の一部のように操った炎の色が焼きついて離れなかった。

それは、「あの人」に感じた鮮烈な赤と同じものだった。父のそれは、あの人から与えられたものなのだと本能で感じた。父が言っていた「特別な力」、「あの人の炎」。闇山の中で、あの人への憧憬が、さらに強烈に燃え上がるのを感じた。胸を焼く、という表現が一番しっくりくる。

父がこともなげに発現させたあの炎が、それを持たぬはずの闇山の胸の内側に生まれ、心臓をあぶっているかのようだった。

闇山は踵を返し、家に向かって走った。

あの人に認めてもらわなければならない。

一度だけ見たあの人の姿が頭の中に蘇る。

他の者たちとは「種」が違う、と一目で思わせるほどのオーラ。鮮烈な赤のイメージ。のぞき込めば激しいマグマだけが見えそうな、何を考えているのか知れない不思議な瞳。

闇山は走った。走って、走って、家に駆け込むと、ペン立てから銀色のハサミを取り上げた。

鏡の前に立ち、自分の右耳を強く引っ張る。

引っ張られたその耳に、思い切りハサミを入れた。

ブツン、と音が聞こえた気がした。

強烈な——頭の中に火箸を差し込まれたかのような強烈な痛みが闇山を貫いた。目の前が赤く塗りつぶされる。

だが、闇山が握ったハサミは耳の軟骨をそう簡単には切り取ることはできず、中途半端に耳の一部を切り裂いただけにとどまった。

傷口から流れる血が、どろりと重たくハサミを伝い、闇山の手を濡らす。

激痛と、燃えるような熱が右耳から間断なく吹き出している。

あの人の炎に体の一部を持っていかれる感覚というのは、こういう感じだろうかと考え、すぐに否定した。

こんなものじゃない。

あの人に与えられ、奪われる痛みと熱さは、こんなものじゃないはずだ。

闇山は、ハサミを持つ手にさらに力を込めた。中途半端にぶらぶらしていた耳がハサミの刃と刃の間ですりつぶされ、ぶちぶちとちぎれていく。

一度その痛みを知ったというのに、ハサミを握る闇山の手は躊躇をしなかった。

脳が攪拌(かくはん)されるような痛みに生理的な涙を垂らし、喉で潰されたうめき声を漏らし、それでもじょきじょきと何度もハサミを動かした。

実際に耳から炎が吹き出しているのではないかと思うほどの熱と痛みにさいなまれながらも、こんなものじゃない、こんなものじゃないと思い続けた。

激痛と炎熱の中、ハサミを動かし続けていた闇山は、ある瞬間にふと、気持ちよくなった。

痛みの崖っぷちにいた闇山の体が、ふいにふわりと空に浮き上がるような多幸感に包まれた。

そのあとのことはよく覚えていないが、母親に発見されたとき、闇山は笑っていたという。

ハサミで自分の耳の上半分をずたずたに切り裂き、血でべたべたになりながら笑っていた闇山を見て、母は普通の人間ならそうであるようにまず驚愕し、けれど普通の人間ならそうであるように泣いたり怯えたり悲鳴を上げたりはしなかった。迅速に冷静に、タンマツを取り出し救急車を呼んだ。闇山は駆けつけた救急隊員たちにハサミを取り上げられ救急車に押し込まれた。

病院で手当を受けた闇山は精神科の受診を勧められたが、母はそんなことをしても無駄だと断じてその勧めを無視した。

「あんたが一人で生きていける歳になるまでは育ててあげるから、早く育って」

母はうんざりした顔で闇山にそう言った。

母から連絡を受けた父は一度だけ顔を見せ、上半分がなくなった闇山の右耳を見て、嫌そうに口を曲げてまたしても「ばっかじゃねーの」と吐き捨てた。

闇山は、切り裂いた耳の傷口が固まり、あの人に見せるのに見苦し過ぎない程度になったら、あの人に会いに行こうと思った。

あの人のもとに行き、この覚悟の印を見せて、あの人の鮮烈な赤に触れる。

それを夢見て時を過ごした。


だが、結局闇山はあの人に会いに行くことはできず、あの人の姿を見たのは一度きりとなってしまった。

夏の始まりのあの日、南関東が吹き飛んだ。

謎の大爆発で日本の地形は変わり、七十万もの人間が犠牲になった。

その中には闇山の父もいた。そして、あの人——迦具都玄示は、その爆心地で死んだという。

†

周防が慣れた仕草で煙草を一本くわえ、火をつけた。深く吸い、吐き出す。周防の吐いた細い煙が、バーHOMRAの天井へ上っていく。

カラン、とドアベルが鳴った。

「こんにちはー。あれ、水臣さんはいない？」

バーに入ってきた十束が、店内を見回して言った。今バーには、ソファーで煙草を吸う周防と、カウンターの内側でグラスを磨く草薙の二人しかいない。

「叔父貴なら二階で寝とるわ。昨夜飲み過ぎて二日酔いなんやと」

「あらま。じゃあこれ、水臣さんから頼まれた買い物なんだけど、ここ置いておくね」

十束は勝手知ったる様子でカウンターの内側に入り、買ってきた調味料の類いを並べる。その姿は出会った頃よりずいぶんと大人びた。平均以下だった身長もそれなりに伸び、中学生のときはくるくるとよく動く小動物のようにも思えた雰囲気も落ち着いた。

十束を連れていると、十束を「かわいい」と言う声はよく耳に入ったが、この前「かっこいい」という評価を初めて耳にして思わず十束の姿を見直した。俺にはキングや草薙さんみたいな迫力がないんだよね～と嘯いて左耳の軟骨部分に開けたピアスも、大人っぽさの箔付けに一役かったのだろうか。

「十束、今日はうちの仕事の日やったか」

「うん、そう。でも水臣さんダウンしてるんじゃ、今日は店開けないかな？」

「いや、もう叔父貴はほっとこ。俺が開けるわ」

「ふふふ、この調子だと草薙さんがこのバーの正式なマスターになっちゃいそうだね」

草薙が周防と十束と知り合ってから、三年が過ぎていた。

草薙は志望大学にストレートで合格し、今は大学に通いがてら、高校の頃と変わらず叔父のバーを手伝っている。成人し、ようやく何の気兼ねもなくバーの仕事に関われるようになり、十束の言うとおり今では水臣不在でも草薙が店を開ける日も多くなっていた。ＨＯＭＲＡを乗っ取る日も遠くないかもしれない。

経済的な問題で進学しなかった十束は、中学を卒業してからあらゆる仕事を渡り歩き、その多彩な仕事の中の一つとして、しばしばバーＨＯＭＲＡを手伝っている。

最初は近所のペンキ屋で働きだし、その後、様々な飲食店の従業員や、様々な店の販売員、交通整理や警備員、遊園地の着ぐるみの中身、知り合いがやっている小さなレストランで弾き語りをして小金をもらったり、迷い猫や迷い犬の捜索の仕事や化石発掘スタッフ、こけしの頭を磨く仕事などよくわからないものも含め、呆れるほど多種多様なことをやっていた。もはや趣味なのだか仕事なのだかよくわからない。だがそのおかげか、十束は十七歳にしてかなり世慣れたところを持つようになった。反面、浮き世離れしたところも健在ではあるが。

そして周防は――

「尊、そろそろ行った方がええんちゃうか」

カウンターの内側から声をかけると、周防はゆらりと視線を持ち上げ、窓の外を見た。

夏の盛り、外はまだ明るいが、周防は日の傾き具合を時計代わりにしたような顔で立ち上がる。

「キング、気をつけてね」

十束が開店前の掃除を始めながらさらりと言った。周防は足を止め、首を傾げる。

「何が」

「いやぁ、最近ちょっと物騒だからさ。そっちにも変な客来そうじゃない」

心配するようなことを言うわりにはからりと明るい口調の十束に、周防は軽く鼻で笑った。

「その方が暇しなくていい」

「キングがそんなに働きたがりだったなんて知らなかったよ」

十束の軽口に周防はもう一度小さく笑い、店を出ていった。その背中に、いってらっしゃい、と十束が声をかける。

「あいつもまぁ、やくざな仕事についたもんやな」

周防が出ていったドアを眺め、草薙はため息混じりに笑って言った。

高校を卒業した周防の今の職は、表向きには「飲食店従業員」。だが実際のところは、店で暴力的なトラブルが起きたときにカタをつける用心棒的な役割――バウンサーだった。

もともと、水臣の知人がやっている店に困った客がしばしば来るという相談を受けたことが発端だった。バーＨＯＭＲＡで飲みながらそんな愚痴をこぼした知人を前に、水臣は少しの間考え、横でグラスを磨いていた草薙に視線をやって言った。

「周防君を行かせてみるか」

当時まだ、周防は高校生だった。はぁ？　と、客の前であるにもかかわらず草薙は素っ頓狂な声を上げてしまった。

大学受験をするわけでもなく就職先を探すそぶりもない周防を担任教師の穂波が気にかけ、何度も進路相談が行われていた頃だった。

草薙は水臣をカウンターの奥に引っ張って、小声で言った。

「あいつ見た目はああやけど未成年やってこと、忘れたん？」

「そういうお前はついこの前成人式終えたばっかかだっていうのに、バーの仕事にそれなりの年季を感じられる様になってるじゃねえか」

混ぜっ返すように笑って言われ、草薙は渋い顔になった。

「……身内の店で働くのと、よその店で用心棒なんて立場になるんは、まったく話が違うやろ」

「周防君が気が進まないならいいんだけどな」

水臣は食い下がりはしなかった。草薙は釈然としない気分になりながらも「一応、訊いてはみる」と言った。

結局周防は、二つ返事で引き受けた。

周防は金はそれなりに持っているらしかったので、それがなくなるまではふらふらし、なくなれば何らかの手段で生きていく、そういう成り行き任せの生き方をしていく奴なのだろうとなんとはなしに思っていたが、周防としても自分を心配してくる穂波に言えるなんらかの言い訳は欲しかったようだ。「飲食店従業員」という肩書を手に入れ、暴力沙汰が起きればかつて「猛獣ミコト」の二つ名を与えられたその力で解決し、気ままに生きている。今では、最初に周防を雇った水臣の知り合いの店の他、数店舗とつきあいがあった。

「キング、この前も働いたんだって」

働いた。つまり、用心棒(バウンサー)として周防の出る幕——力尽くで解決する必要があるトラブルがあったということだ。そもそも水臣の知人が用心棒(バウンサー)を求めていたのも、ここ最近の鎮目町の治安の悪化に端を発している。

「どうしちゃったんだろうね、最近」

十束が気がかりそうな口調で言った。

日が落ちて、バーHOMRAの入り口の札を「OPEN」にした。

磨いた木の床に店内の照明が映り、柔らかく光る。しばらくすると若い男性三人組の客が入ってきて、十束が彼らを案内した。十束は慣れた様子で注文を取る。その合間にも十束とその客たちは気安い調子で談笑していた。顔見知りなのだ。

カラン、とまた、ドアベルが鳴る。

「いらっしゃいませ」

入ってきたのは頬に斜めに傷が入った、四十代半ばくらいの歳のスーツの男だった。草薙が水臣のところへ来るより前からのバーＨＯＭＲＡの常連客だ。男は案内される前にまっすぐカウンターの方へ歩いてきて、端の席に座った。

「スパむすびとバーボン」

男は、いつもの注文を口にした。

ストレートのバーボンを男の前に置くと、彼はそれに口をつけながら、横目で店内を見渡した。

最初にやってきた若い三人客が騒がしく笑っている様を横目で見る。

「この店、ずいぶん賑やかになったな」

苦言や皮肉というわけでもなく、ただ見たままを口にする様子で男が言った。草薙は困った顔で笑い、軽く頭を下げる。

「えろうすんません」

男の言うとおり、ＨＯＭＲＡの客層は、ここしばらくのうちに大分変わった。

元は水臣が作る酒と雰囲気をゆったり楽しもうとする大人たちが集う場所だったが、草薙が水臣の代わりに店を開けるようになってからは、草薙世代の若い連中が多くやってくるようになっていた。

「バーＨＯＭＲＡも世代交代か」

男は口の端を持ち上げて言った。草薙は軽く首をすくめる。

「とんでもない。俺はまだまだひよっこですんで」

草薙は言いながら、スパムをフライパンで軽く焼き、ブラックペッパーを挽く。

「草薙甥、鎮目町のガキどものまとめ役みたいなことしてるんだろ」

「誤解ですよ」

「あらゆるチームに顔が利き、何かあると相談される。耳に入ってるぜ。草薙は不良専門の弁護士ごっこだって笑ってたがな」

ここでいう「草薙」は水臣のことだ。彼が言うところの「草薙甥」である草薙出雲は苦笑した。

「勘弁したってください、生島さん」

生島は、鎮目町をシマにしているヤクザの幹部だ。本業にいそしんでいるときはどうだか知らないが、ここに来るときの彼は穏やかで落ち着いた人物だった。

生島は煙草を一本くわえて火をつけ、美味そうに吸う。

「鎮目町のガキどもの様子、最近、どうだ」

世間話の体で切り出された言葉だったが、その口調は先程までとは違い、妙な真剣味を帯びていた。ちょうどカウンターに戻ってきた十束が小さく反応するそぶりを見せたが、すぐに何事もない顔で別の仕事にかかる。そしらぬ様子で注文を受けた品の準備をする十束を横目に、草薙は香ばしく焼いたスパムと俵型に握ったご飯を合わせながら答えた。

「……ここしばらく、多少荒れてるみたいですね」

「三年前を思い出すな」

生島が言った。草薙はわずかに眉を寄せる。

「三年前、はしゃぎ過ぎてたガキがいたろ。むやみやたらによそのチームの奴を襲いまくって鎮目町を荒らしてた。あるときぱったりと姿を消したが」

「闇山光葉ですね」

なつかしい名前だ。周防と知り合うきっかけとなった男。実際草薙も、ここ最近の状況には三年前を思い出さずにはいられなかった。

「けど、光葉が戻ってきたゆう話は聞きませんわ。ただ、今はでかいチーム同士が派手な抗争繰り広げとるのと、弱小チーム潰しが流行(はや)っとるみたいで……」

話の途中で、また店のドアベルが鳴った。視線をやると、見知った顔の男たちが入ってくるのが見えた。少年から青年の間の年頃で、彼らの面持(おもも)ちはバーで飲食を楽しもうという様子ではなかった。すかさず十束がカウンターを出て、彼らのところへ行く。男たちは十束と一言二言言葉を交わし、奥のテーブル席へ案内されていった。

その様子を眺め、草薙はつきそうになったため息を飲み込み、できあがったスパむすびをカウンターに出す。生島は鋭い目を細めて観察するように草薙を見ていた。今ため息を飲み込んだことすら感づかれているようで、草薙は気まずく視線をずらす。

「頼られてるみたいだな、草薙甥」

からかい半分の調子で、生島は言った。草薙は返事に迷う。

「弱小チーム潰しが流行ってんだろ。実際、俺も話は聞いてるさ。ガキがガキに叩きのめされて病院送りになったとかな。そんな状況下、大手チームに対抗できない弱小チームのガキがどうやって生き延びようとするか……しっぽを巻いて街から逃げるか、あるいは弱小同士寄り集まってでかくなるかのどっちかだ。そして草薙甥、お前の立ち位置ならそういう弱小連中のつなぎをして、連合チームを編成することもできる。頼られちまうのは必然だろ」

「……かないませんわ」

草薙は眉を下げ、降参するように両手を軽く上げる。生島はふんと笑い、スパむすびを齧った。

生島が語ったのが、まさに今の鎮目町の、そして草薙の状況だった。

この事態には既視感がある。それこそが、三年前に闇山光葉が暴れていた頃のことだ。あの頃草薙は、闇山に仲間を襲撃された知人に頼まれ、闇山を敵視している他のチームとの仲介を引き受けた。闇山についての情報を集めている最中に草薙自身も闇山のチームに目をつけられることになり、自分の身を守るためにも本気で対闇山のための一大連合を作ることを一瞬だが想定した。結局、その前に闇山と周防が直接対決することになり、その手は実行せずに終わったが。

あのとき、周防を連合のトップに据えることをほんの一時(いっとき)ではあるが草薙は考えた。当時の周防はまだ十五歳、ネームバリューはあれど年齢は若過ぎだったが、今ならば少年たちの頭としてはちょうどいい塩梅だ。用心棒(バウンサー)なんて仕事をしているせいで、周防の名前にはまた新しい種類の箔もつき始めている。周防はただの喧嘩が強いだけの「猛獣」ではなくなってきていた。実際、草薙に相談を持ちかけてくる弱小チームの少年たちには、周防の存在を当て込んでいる節も見て取れる。

今さっき深刻な面持ちで店に入ってきて十束に奥の席へ案内された少年たちも、十中八九そういった相談事の用事でバーを訪ねてきたのだろう。

「闇山光葉のときみたいに特定の誰かが暴れてるってわけやないんですけど、状況は確かに三年前と似てますわ。……そちらの状況は、どないですか」

大人の世界の事情も探ってみようと、草薙はさりげない風に問うた。生島が口を開きかけたが、その間に滑り込むように、水臣の声が横手から投げかけられた。

「すみませんね、騒がしくて」

さっきまで寝ていたとは思えぬきちんと身なりを整えた姿で、水臣がバーに下りてきていた。白い洗い立てのワイシャツと、黒のカマーベストを身につけている。ただ若干、顔色が良くなかった。二日酔いとは言っていたが、もしかすると具合が悪かったのかもしれない。

草薙は一歩引いて、叔父に場所を譲った。

「優秀な甥っ子に店譲って引退したかと思ったぜ」

「ほとんどそんなようなものですよ」

にやりと笑って言った生島の言葉を、水臣も軽く受けた。

「しかし、こいつはそつなく店を取り仕切ってくれる奴ではあるんですが、なんせまだ若いもので、好奇心旺盛(おうせい)過ぎるのかいろんなものに首を突っ込んじまう」

水臣は少しの呆れが混ざった笑みを浮かべ、柔らかく言った。

不良少年たちの間でちょっと顔が利くだけの学生が裏社会の情勢になど首を突っ込むものじゃ

ないとやんわりたしなめられた気がして、草薙はバツが悪く首をすくめる。

生島はそんな水臣と草薙を見比べ、口の端で小さく笑った。

「若いのが好奇心旺盛なのは悪いことじゃねえよ。それに一度首を突っ込んだことには、責任を持たねえとな。……こっちも、ちと最近情勢がおかしい」

途中まではにやついて話していたが、情勢の話になるやいなや生島の声のトーンが落ちた。

「うちの組はここ数年、鎮目町では一強だったんだが、最近になって様相が変わってきた」

生島はグラスの中のバーボンを飲み干し、「ダブル」と最低限の言葉で要求する。草薙は空になったグラスにバーボンを注ぎ足す。丁寧な動作で瓶を傾けながらも、意識と聴覚は生島の次の言葉に集中していた。

「海外から入ってきた欧米系の新興マフィア組織がのしてきてる。最初の頃は向こうも気を遣ってこっちのしのぎと被(かぶ)らねぇようにしていたみたいだが、ここしばらくの間に急激に成長してな。なぜだか、向こうにとって都合のいい展開ばかりが起こり続けてる」

「都合のいい展開、ですか」

水臣が平静に、だが深刻さを帯びたトーンで言った。生島はうなずく。

「そのマフィアにとって都合の悪い人間が何人か死んだ。うちの連中にも不審死を遂げた奴らがいる。事故か他殺かはっきりしねえ死に方だ。……遠からず、でかい戦争が起こるかもな」

淡々とした口調で語る生島に、さすがに草薙も血の気を引かせていた。水臣は深いため息をついて言う。

「悪ガキたちの馬鹿騒ぎのせいで治安が悪いなんて言っている場合じゃないようですね」

「ああ。草薙甥、お前の顔の利く範囲の連中は、しばらく大人しくさせておくのが吉だぜ。今鎮目町で戦争ごっこに参加してたら、しゃれにならない方の戦争に巻き込まれかねねえ」

それを忠告するために、わざわざ話してくれたようだった。草薙は黙ったまま、ぺこりと頭を下げた。

「草薙さん」

話の切れ目を待っていたのか、沈黙が落ちた隙に十束が小さく声をかけてきた。草薙はうなずき、もう一度生島に会釈をするとその場を離れる。

十束と一緒にカウンターの外に出ながら、小声で状況確認をした。

「さっき店に来た連中のことやな」

「うん、草薙さんに相談したいことがあるって、奥の席で待ってる。……ねえ、草薙さん」

「ん？」

十束らしくもない重い声で呼ばれて、草薙は足を止めて十束の方を向いた。十束はいつもの笑顔を引っ込めて、ひどく真面目な顔をしていた。

「今の話、聞こえたんだけどさ」

「ああ」

「最近の、草薙さんのところに持ち込まれてくるごたごたと、今話していたヤクザやマフィアのごたごたって、別のものなのかな？」

草薙は胡乱げな顔をした。

「何言うとるん。それとそれがどないしたら繫がるんや。……まあ、今抗争やらかしてる大手チームにはマフィアと繫がってるんもおる可能性もあるけど、直接的には……」

「そうなんだけど」

十束はどこかもどかしげな顔をして、バーの窓の外に視線をやった。店内の明かりが反射して、夜の鎮目町の様子は、ここからはよく見えない。

「そうなんだけど……何か最近、一つの大きな嵐が近づいてきてるせいでいろんな影響が出ているような、そんな気分になるんだよ」

十束は言うだけ言ったが、自分でもそれが説得力のある話だとは思っていないようで、苦笑して軽く肩をすくめると、草薙を待つ客がいる奥の席へ向かった。

草薙はそのあとを歩きながら、胸の中に何かもやもやした不安感が生まれるのを感じていた。

†

周防の職場は、水臣の知人の多賀谷(たがや)という男が経営する『マリアージュ』という名のバーだった。バーといってもＨＯＭＲＡとは業態が違い、主に女性が酒を作り接客する。

品の良くない店が並ぶ界隈(かいわい)にあるため、たちの悪い客もしばしば来る。女性スタッフの手に余る客が来た場合、男性スタッフや、場合によってはオーナーの多賀谷が出ていき、さらに暴力沙汰に発展しそうな場合は周防が出る。ここ最近では、鎮目町の治安の悪化を受けてか、周防の出る幕が多くなっていた。

「たちの悪い客もそうなんだけど、時々ヤクザ屋さんが来てうちをシマに取り込もうとしてくるのがまた困りものでね。周防君が来てくれる前なんか、わざわざ暴力的な客を送り込んできて、それを居合わせた風のヤクザ屋さんが追い出してみかじめ料を要求してくるっていう自作自演までやられてたまったものじゃなかったよ。なんだかみんな焦ってるっていうか……ぴりぴりしてるんだよねぇ」

多賀谷は弱り果てた顔で言って、白い口ひげをこすった。水臣と同年代らしいが、白髪がやたらと多いせいか、老人めいて見える男だった。カーネル・サンダースによく似た外見をした彼は、押しに負けない強かさはあるものの、迫力がないため高圧的な客や、保護者を買って出てくる裏社会の人間たちからはすぐに舐められる。その状況にずいぶん弱らされていたらしく、用心棒(バウンサー)として水臣に紹介されてこの店に来た周防のことを重宝がってくれていた。

周防は店のバックヤードで待機していた。休憩中の女性スタッフが構おうとしてくるのを言葉少なにあしらい、店内の監視カメラ映像に映し出されたモニターをぼんやり眺めていた。さほど真剣に見ているわけではないが、それでも客の顔と位置関係は頭に入っている。

最近、空気の匂いが違う。

ライオンが縄張りを見回るみたいだと昔十束に笑って言われた、無為に街を歩き回る周防の習慣。その習慣の中で街を眺め、匂いを感じているうちに、その変化に敏感になった。今の鎮目町には、野心と闘争心、焦り、恐怖、反抗心の色濃い匂いが混ざり合い、渦巻いている。

そしてそれらの匂いの「根」の部分は、同一のところにあるような気がした。

周防の中には、それらの匂いを嗅いで鬱陶しいと顔をしかめる自分と、その匂いに反応して興奮の内圧を高める「何か」が、同時に存在している。

周防は目を閉じ、自分の中の「何か」を意識する。

「それ」は飢えと眠気の中間でたゆたいながら、体を丸め、身を潜める獣のようだった。鼻先をかすめる獲物の匂い、耳が捉える獲物の足音にぴくりぴくりと反応するが、まだ目は開けていない。だがそいつの体は、次の瞬間にでも飛び出していけるように常にたわめられている。

ふいに、その獣が首を持ち上げた。周防が閉じていたまぶたを開く。

英語での怒声が店内に響いた。

その荒い声は周防がいるバックヤードまで届き、休憩中だった女性スタッフがびくりと体を震わせた。周防はポケットに手を突っ込んだまま立ち上がる。

フロアに出ると、欧米系の外国人グループの中の一人が、女性スタッフに絡んでいる様子が見えた。周防はざっと見回し状況を確認する。騒ぎを起こしているのは、三十代から四十代の外国人四人のグループ客。彼らの身なりには統一性があり、いずれも高級ブランドのスーツに身を包んでいて、時計や指輪などの装身具にもたっぷり金をかけている。だがその身の飾り方と物腰は、根っからの金持ちのものでもただの成金のものでもない。綺麗な金の稼ぎ方はしていない連中だ。身なりにも態度にも露悪趣味がありありと見て取れた。

絡まれている女性スタッフは怒鳴られたせいで及び腰にはなっていたが、気の強いタイプらしく恐怖よりも怒りを表し、眉を吊り上げていた。

「お客様、うちはそういうサービスはしていません！」

悲鳴じみた女性スタッフの抗議に、ダークブラウンの髪をオールバックにしている外国人の男は汚い英語で罵声を吐きながら、彼女の腰に腕を回して乱暴に引き寄せた。

オーナーの多賀谷が飛び出していこうとしたが、その前に周防が足を踏み出した。無駄な説得に時間を使う必要はないだろうと判断していた。

周防は静かにその外国人客に歩み寄った。女性スタッフの黒いタイトスカートの中に突っ込もうとしたその男の手を、周防は無造作につかむ。

そのまま腕を後ろにひねりあげると、男は大げさな悲鳴を上げた。

「We should leave from here and then talk.（奥で話をしましょう）」

脳の奥で錆びついていた英語力を引っ張り出し、周防は低く告げた。

周防に腕を固められた男は顔を真っ赤にして、早口の英語で叫んだ。こんなことしてタダで済むと思ってんのか、だとか、俺を誰だと思っている、などということを言っているらしかった。

周防は構わず、男を拘束したまま引っ立てて奥へ連れていこうとした。

だが、男の連れも大人しくしてはいなかった。

残りの三人の外国人客はいっせいに立ち上がり、スラングにまみれた英語でまくし立てて周防につかみかかってくる。周防は男たちそれぞれの動きに神経のアンテナを向け、彼らがこれからどう動こうとしているのか、読み取った。

　脳まで情報を回す時間を惜しみ脊髄で戦略を立てるように、周防は目で、耳で、肌で受け取った情報から瞬間的に予測と判断を済ませ、動いた。

　腕を固めて拘束していた男を、床に突き離す。男は思い切り転び、床にうつぶせに倒れた。間髪容れずに突っ込んできた、額がひさしのように高い彫りの深い男のパンチを避け、そのこめかみに制御した力を載せた拳を打ち入れた。脳を揺らされた男はぐしゃりと床に崩れ落ちる。

　始まった乱闘に、他の客が遅ればせに動揺し、悲鳴混じりのどよめきが上がる。

　周防は気にせず、残り二人に視線を滑らせた。

　戦意を失ってくれるならばそれでいい。周防の仕事は、この店の中で狼藉(ろうぜき)を働く人間を無力化することだけ。

　しかし残り二人の男は怯むどころか、怒りを燃料にさらにヒートアップした様子だった。それならばと、周防は軽いステップで踏み込む。

　そのとき、周防の体が横様に吹っ飛んだ。

　周防は目を見開く。何が起きたのか理解できないまま、反射で体を丸めて受け身の姿勢を取る。周防の体は側にあった椅子をなぎ倒しながら床に転がった。床の上で半回転して素早く起き上がる。顔を上げた瞬間、黒い軌跡が見えた。

　チッ、と頬骨のあたりに熱を感じ、とっさに後ろに身を引いた。頬骨の上と鼻先を摩擦の熱がかすめていく。

脊髄の命令だけに従い体を引いて何かを避けた周防は、後ろに尻餅をつく。

「おや、すごいなお前。よけたのか」

目の前に男が立っていた。起き上がった瞬間に見えた黒い軌跡、周防の頬と鼻先をかすめていったそれは、目の前の男の靴の先だったのだと悟る。

――こいつ、いつ現れた？

周防は驚き、めったにないことだが、動揺さえしていた。

目の前の男は日本人だった。歳は二十代半ばくらいか。白いシャツと黒いスラックスというシンプルな服装をしていて、根元が黒くなってきている茶に染めた髪とリムレスフレームの眼鏡が特徴というくらいの、目立つところのない男だった。

「Are you okay?（大丈夫ですか？）」

眼鏡の男は、軽い調子で外国人客たちに問うた。周防に床に突き転がされた男が悔しげに立ち上がり、こめかみを打たれた男も一瞬の脳震盪から回復したのか、ぐらぐらと揺れながらも身を起こした。周防を罵倒する言葉を眼鏡の男に向かって訴え、眼鏡の男は鷹揚（おうよう）にうなずいている。

彼らのやりとりを見るに、この外国人グループと眼鏡の男が連れであることは間違いない。だが、この男はどこにいた？

外国人の男たちは間違いなく四人でテーブルを囲んでいたはずだ。店の中にいた他の客のことも、周防は視界に入れていた。この男はどこにもいなかった。外国人グループと乱闘になった際も、周防は目の前の相手のことだけでなく周りすべてを意識に入れ、視界を広く保っていた。周防はすこぶる冷静であったし、余裕があった。視野を狭めてしまった可能性はない。

なのに、この眼鏡の男は突如として現れて周防を吹っ飛ばし、突然目の前に立ちはだかって周防の顔に蹴りを放った。

周防は状況を理解できないまま、目の前の眼鏡の男を凝視する。

凝視していた、はずだった。

鋭い瞳で見つめ、一瞬たりとも意識は離さなかったにもかかわらず、気がつくと眼鏡の男は周防の前から消えていた。

驚愕が周防を揺さぶる。

素早く立ち上がり、周りを見回そうとした瞬間、周防の首筋の産毛がざわりと逆立った。

肌感覚だけを信じ、周防は動いた。いつの間にか周防の横に回り込んでいた眼鏡の男が放った拳が、周防の顎の横に当たった。

衝撃に視界が揺れる。それでもとっさに動いたために、拳はまともには入らなかった。男は眼鏡の奥で意外そうに目を丸くした。

「よく動けるなぁ」

周防が劣勢になったのを見るや、外国人の男たちが気分をよくした様子ではやし立て始めた。

周防を叩きのめすことを眼鏡の男に命じている。

事態を見守っていたオーナーの多賀谷が、不安げに声を上げた。

「す、周防君!」

多賀谷が周防を呼んだと同時に、眼鏡の男の目がさらに見開かれた。

「お前、周防尊か」

得心がいったという様子で、眼鏡の男が言った。不審を覚えて、周防は眉間に皺を寄せる。

周防は少年時代から街でよく知られていた。目の前の男が周防の名を知っていても特に不思議はない。だが今の男の口調は「猛獣ミコト」の通り名を知っているだけの人間が発するそれとは違う気がした。もっと個人的な感慨から発せられたように思えたのだ。

周防の違和感を裏付けるように、眼鏡の男は軽くうなずいて言った。

「なるほどな。光葉がこだわっていたのはお前か」

光葉。周防の脳の中から、二秒ほどの時間で闇山光葉という名前が検出される。三年前にいざこざがあった相手だ。

「お前は……」

周防は問おうとしたが、それを遮るように眼鏡の男はくるりと体を反転させ、連れの外国人客たちに向かって手を広げて言った。

「I think we must stop our fight and go back home.（今日はここまでにして、帰りましょう）」

外国人客たちは、口々に不満の声を上げた。眼鏡の男は困ったように肩をすくめてみせる。

「This matter is too trivial for police incident.（こんなつまらないことで警察沙汰になってもマズイでしょう）」

治まらない様子の外国人客たちを前に、眼鏡の男はすっと目を細めた。

「Please obey what I say.（指示に従ってください）」

平静で冷静な、怒りや懇願の色を一切含まない声音だった。だがその一言で、色めき立っていた外国人客たちが静まる。彼らの表情には不承不承な気分が色濃く出ていたが、誰も逆らおうとする様子はなかった。眼鏡の男はするりと歩き出し、店の出口に向かう。外国人客の一人が忌々しそうな顔で懐から財布を取り出し、金を床に投げ捨てた。

奇妙な光景だった。眼鏡の男の立場は外国人客たちより上のようには思えず、せいぜいが雇われた通訳か何かといった関係に思われたというのに、今目の前では、裏社会の住人らしい風体の男たちが、二十代の目立つところのない普通の外見をした青年に従っている。

店のスタッフや他の客たちは息を呑んで事態を見守っていた。

「おい」

周防が、店のドアに手をかけた眼鏡の男を呼んだ。彼は動きを止め、周防をふり返る。

「お前、何だ」

男は口元を歪める笑い方をした。

「俺は、なりそこない、いだよ」

その意味を問い返させることは許さず、眼鏡の男は出ていった。

周防はしばらくの間、黙って立ち尽くしていた。

店の中にも数秒の間、呑んだ息を吐き出すタイミングがつかめないといった様子の沈黙が流れ、いち早く我に返った多賀谷が「皆様お騒がせして申し訳ありません！」と声を上げたことで、堰を切ったようにざわめきがわき起こる。

「なんだアレ、すげーやばそうな連中だったな」

「びびったー」

「てか、あの眼鏡の日本人、いきなり現れなかった？」

「あっ、だよな！　なんか気がついたらそこにいて……なんだあれ……」

　客たちが口々に話す声が店内を満たす。多賀谷は客に対して一通り謝罪の挨拶を述べると床に叩きつけられた外国人客の飲食代を拾い、スタッフに素早く指示をしてテーブルを片づけさせる。また、騒がせたお詫びにと、各席にサービスのつまみを出すよう指示した。

「オーナー、まずいんじゃないでしょうか」

　男性スタッフが怯えた様子で多賀谷に耳打ちした。

「なんだ」

「あれ、最近鎮目町で勢力伸ばしているマフィアの連中ですよ」

　ふむ、と多賀谷は思案げに口ひげを撫でる。

「マフィアか……まあ、警戒はしておくが、店はおそらく大丈夫だろう。あの日本人の青年も言っていたが、マフィアならば一般人以上に警察沙汰は避けたいはずだ。恨みをかったというのならむしろ……」

　多賀谷は気がかりそうに周防を見た。

「周防君は、気をつけた方がいい。しばらくはうちのスタッフの車で送り迎えさせるから、一人にならないよう……」

「必要ない」

フラットな声音で周防は言った。

胸の内でさっき感じた驚きと動揺の残滓(ざんし)が揺らめき、周防の中にある「何か」を刺激していた。

「問題も、ない」

周防は言った。なぜだか少し、笑ってしまった。

†

鎮目町の表通りには、やたらと屋外ビジョンが多い。看板代わりのようにそこここに掲げられたビジョンから別々の映像と音楽がやかましく流れ、光と音の氾濫が道行く人間の意識をいたずらにかき乱す。

闇山光葉はぶつかり合う光と音の海から逃れるように表通りを逸れ、路地に入った。

路地裏に積まれた木箱の上に腰掛け、黒く煤(すす)けたコンクリートの壁に寄りかかる。目をつぶり、外の情報をシャットアウトしようとする。それでも、押し寄せる街の音は闇山の神経に障った。少々過敏になっているらしい。

体の中に意識を集中させた。そこには熱い塊がある。三年前に突如として生まれた、体を内側から焼き焦がしていく熱の塊だ。

「光葉」

呼び声が耳に届いた。同時に、耳障りだった街に氾濫する音が消える。

闇山は目を開けた。

路地の入り口に、二十代半ばの青年が立っていた。通りの明かりを背中で受け、逆光の中に中肉中背のシルエットが浮かび上がっている。

「相変わらず気配がないな、鶴見。いつからいた」

「少し前からお前の後ろを歩いていたよ」

鶴見は路地裏に入ってきて、闇山の脇に立つ。リムレスフレームの眼鏡をかけた、目立つところのない男だ。闇山は鶴見の顔を見上げ、不満げに口を曲げた。

「悪趣味が。普通に声かけろ。あと――」

闇山は、人差し指で自分の耳の周りにくるりと円を描く仕草をして、鶴見をジト目で見た。

「気にならなくしたろ。やめろ」

鶴見はからかうように軽く笑う。

「うるさがってるみたいだったから、気を利かせてやったのに」

「勝手に知覚弄られる方がうぜえよ」

鶴見はやれやれといった顔をして、片手を軽く振った。途端、消えていた街の騒音が蘇り、押し寄せてくる。闇山は一瞬、顔をしかめた。

「防音装置だとでも思っておけばいいのに」

「お前、それ自分に使ったりはすんのか？」

「痛みを切ったりすることはあるよ。あんまり気軽にやると死にかねないからやばいけど」

「ふぅん。俺は痛みは絶対あった方がいいけどな。その方がトべる」

「ドMだね、光葉」

軽口の応酬に、闇山は小さく笑う。

「お前のそれ……知覚干渉能力」

「あるいは、認識操作能力。ま、俺のはたいした力じゃないけどね。本当に強い認識操作能力の持ち主は、他人に幻覚を見せたり、偽物の記憶を植え付けたりすることさえできるらしいよ。俺のはせいぜい、何かを気にならなくさせる程度のものだ」

「けど、便利だ。やりようによっちゃ、その力だけでのし上がれる」

闇山の言葉に、鶴見は口角を持ち上げた。

「そんなこと、お前に会うまでは考えたこともなかったけどな。自分は所詮ストレイン——ただのなりそこないだとしか思ってなかったよ」

闇山は黙ったまま、自分の体の内にある熱い塊にもう一度意識を向ける。闇山の内側を焼き続ける熱。

闇山は右の手のひらを上にして広げ、そこに意識を集中させた。手のひらに熱が集まり、赤く染まる。皮膚からにじみ出るように、炎が闇山の手を包んだ。

これが、三年前に闇山が手に入れた力だった。

「この力を手に入れた瞬間、俺は、迦具都玄示みたいになれるんじゃねえかって思った」

闇山のつぶやきに、鶴見がくっと笑った。

「初めてそれ聞いたときは、笑ったよ」

鶴見はおかしそうに言ってから、ふいに真顔になる。

「けど、今はもう、笑わないさ」

三年前、闇山は『ストレイン』になった。

その日闇山は、いつものように起きて、飯を食い、ふと思い立って南関東方面の電車に乗った。

関東南部は例のクレーター事件によって吹っ飛び、そのほとんどが海の底に沈んでいる。

何か考えや目的があってそこに向かったわけではない。

ただそのクレーターは、闇山の父が死んだ場所であり、闇山が人生で唯一焦がれるような憧れを抱いた、あの迦具都玄示が最期にいた場所だ。ふいに、見てみようという気分に駆られた。

クレーターの外縁地域は、かつての惨劇を彷彿(ほうふつ)とさせるような瓦礫(がれき)は撤去され、だが新しく人が住み着くこともなく、漠とした更地が広がっている。

闇山は、白茶けた地面が広がるばかりのその平地を歩き、崖に出た。

崖の縁に立って、闇山は海を見下ろす。透明度の低いその水の底には、かつて多くの人が暮らしていた街が、廃墟(はいきょ)となって沈んでいる。

それを見下ろしても、何の感慨も湧かなかった。

だが、感慨の代わりに、突如として暴力的な熱と痛みが闇山の身の内から湧き上がった。臓腑(ぞうふ)

が燃え上がるようなその衝撃に身を折り、闇山は苦痛にうめいた。うめきながらも、なぜだか胸だけは高揚していくのを感じた。

わけがわからなかった。そのくせ、自分の中に「何か」が生まれたのだという強烈な実感があった。

指先に違和感を感じて視線を落とすと、そこが炎に包まれているのが見えた。炎が指先を焼いているのではない。指先が炎を生んでいる。

それは少年の時分に見た、父が暴力と共に発現させた炎と、あの人――迦具都玄示に感じた鮮烈な赤のイメージを想起させた。

迦具都玄示は死んだ。闇山が彼と対面する機会はないまま。

にもかかわらず、迦具都玄示の部下であった父が持っていたのと同じような謎の力を突如手にした闇山は、その意味を考えた。

迦具都玄示はもういない。それなのに自分はその力を手にした。

ならば、自分こそが、次なる迦具都玄示になるということではないのか？

力を得た闇山は、行動を開始した。

迦具都玄示がそうであったように、部下を得て自らの勢力を作り上げようとした。

自分の手足となる人間を集めチームを編成するのは、すでに経験があった。周防尊との約束は律儀にも一応守って鎮目町とは別の街で仲間集めを始めた。

目指すべきゴールはあやふやで、ただ漠然とした憧れと衝動のみで動いた。

そんなとき、この青年、鶴見トウヤに出会ったのだ。

闇山が力を使って人を殴り飛ばしたときのことだった。たいした相手ではなかった。力などなくても闇山なら簡単に倒せる程度の相手だったが、まだ思うように制御しきれぬその炎を実戦で調整してみていた。

足下に転がり、殴打とやけどの痛みにのたうつ相手にはもう目もくれず、闇山は炎を生む自分の手を見下ろす。

発火能力と、身体能力の大幅な増大。まるで自分が兵器にでもなったような気分だった。自分は強くなった。だがその分、得た力を使って人間を殴る際は、コントロールが必要だ。でないと、簡単に相手を壊してしまう。

しかしそんなふうに気を遣ってばかりではつまらない。それではトベない。コントロールの仕方はおおよそつかめた。ならば今度は、全力でやったらどこまで壊せるのか、それを試してみるか。

気がつくと、さっき殴った相手は逃げたのか、血の跡だけを残していなくなっていた。闇山は次の敵を探そうと足を踏み出した。そのとき、それまで人の気配などなかったにもかかわらず、突然声が響いた。

「お前、そんなことを繰り返してたら《セプター4(フォー)》に捕まるぜ」

闇山は目を見開き、あたりを見回した。さっきまで誰もいなかったはずの場所、ビルの壁によりかかるようにして男が立っていた。それが、鶴見トウヤだった。

背丈も肉付きも普通で、印象の薄い平均的な顔立ちに眼鏡をかけた、闇山より四、五歳ほど年上と思われる二十代の男だった。闇山は、彼が突然出現したことと、彼の言葉の内容の双方に対して眉を寄せた。

「セプターフォー?」

闇山は結局、より気になった方——彼の言葉に対して問いを投げた。鶴見は呆れたようにふんと鼻を鳴らした。

「何も知らないのか。お前、ストレインになりたてか」

「ストレイン」

闇山はただただ言われた単語を繰り返す。

鶴見は、このまま放っておいて去るか、もう少し構うか思案するような顔をした。闇山にはまだ聞きたいことがあった。気になることを言うだけ言って逃げられるのは看過できない。とりあえず捕まえておこうと、一歩距離を詰めた。

だがその途端、目の前にいた彼の姿が消えた。目を離したつもりは一瞬たりともない。なのに忽然(こつぜん)と、その姿はなくなっていた。闇山の意識は混乱する。

「近づくなよ、野蛮人」

後ろから声が聞こえた。振り向く。闇山から六、七メートル後方、すぐにはつかみかかれない、闇山の間合いの外に、鶴見は立っていた。

「今、どうやった?」

驚愕よりも強く好奇心を揺さぶられて、闇山は問うた。

「俺、昔から影が薄いんだ」

鶴見は真顔で言った。

「親にも忘れられる。学校でなんか、誰も俺を気に留めなくて、まるでいないかのように扱われてた。それが極まったのか、いつの間にか——ストレインに目覚めてたんだ」

「だからなんなんだよ、その『ストレイン』って」

じれてきて、闇山は若干荒い口調で言う。鶴見は笑った。

「平たく言えば、超能力者だ」

超能力。闇山の頭に、また父が炎の拳を振るったときのことが蘇る。あれは迦具都からもらった力だ。

「迦具都玄示みたいな、か」

そう言った闇山の言葉には自然、熱がこもった。それまでクールな姿勢を崩さなかった鶴見が、ぽかんと間抜けな惚け面をした。それから、噴き出すように笑う。

「バーカ。迦具都玄示だって？　あれは《王》だぜ。俺やお前はただのなりそこない(ストレイン)だ。一緒にするんじゃねえよ」

そして闇山は、この世界の裏っ側にあった、異能の世界の仕組みを知った。

鶴見が言うには、この国には異能を持つ《王》と呼ばれる存在がいるという。

空位になることもあるが王座は七席あり、各《王》には第一から第七までの番号と、その《王》

を象徴する色が冠せられているらしい。《王》は自らの力を分け与えた仲間「クランズマン」を持ち、自らが率いる軍団「クラン」を形成する。

迦具都玄示は、第三王権者《赤の王》だった。

《王》は、クランズマンや、自然発生的に出現する異能者——一説には《王》のなりそこないとも言われるストレインなどとは比べものにならない強大な力を持つという。

「南関東をぶっ飛ばして日本の地形を変えたクレーター。アレをやったのも、その《赤の王》、迦具都玄示だよ」

闇山は驚愕した。体と、心が震えた。

夏のあの日。全世界が震撼した大災害。謎の大爆発で南関東がごっそりとえぐれ、七十万もの人間が死んだ。

迦具都玄示がその中心部にいたという話は聞いていた。だが、まさか。

「お前、なんでそんなこと知ってる?」

驚きと戸惑いの間で揺れながら闇山が問うと、鶴見は肩をすくめた。

「俺は《セプター4》に捕まってセンターに送られたことがあるからな」

闇山が物問いたげな顔をしたことに気づいてか、今度は闇山が聞き返すより前に、鶴見は補足した。

「センターってのは、ストレインを見つけて一時収容し、能力者の世界の知識と、異能制御の方法を教える施設の通称だ。突然能力に目覚めて混乱するストレインの前に黄金のクランの人間がやってきて手を差し伸べるってパターンもあれば、能力を使って犯罪行為をして《セプター4》に御用になりぶち込まれるってパターンもある。俺は後者だよ。自分の存在を気にならなくさせるこの能力使って、相当窃盗(せっとう)繰り返してきたもんで」

鶴見はそこまで言って、闇山の全身に視線を滑らせた。

「お前は、いつストレインに？」

「二週間前」

「なるほど。住所不定か？」

闇山はうなずいた。鎮目町でのしていた頃からの習慣だ。自分の居場所は持たず、今居る場所も誰にも知らせない。常に身一つで、身軽でいる。

鶴見は得心がいった顔をした。

「まともな社会生活送ってなさそうだもんな。そのおかげで今はまだ目を逃れてるかもしんないけど、時間の問題だぜ。自由でいたけりゃ、もう少し慎重になるんだな。……ま、お前みたいなのは一度捕まってセンターにでも入った方がいいのかもしれないけど」

鶴見はそう言うと、もう用は済んだというように踵を返した。

「おい」

闇山は呼び止める。鶴見はさっきのように能力を使って姿を消すことはせず振り向いた。

「俺は、迦具都玄示になりたい」

鶴見は苛立った顔をした。話を聞いていなかったのか、というように頭に手を当て、「だから――」

と言いかけた。

「話なら聞いてた。俺たちはなりそこないだっていうんだろ。けど、ただのつまんねえ人間が、突然なりそこないになれたんだ。だったら、次の段階だってあるかもしれねえだろ」

闇山は至極真面目にそう言った。

鶴見は呆気にとられたあと、視線を揺らして何かを考えるそぶりを見せた。

「……お前は、迦具都玄示になりたい。それはわかった。で、具体的にこれからどうするつもりだ？」

目の前の相手の心の天秤（てんびん）がこちらに傾いてきたことを悟って、闇山はにやっと笑った。

「さっきまではよくわかんなかった。とりあえず、迦具都玄示（あのひと）を真似て、仲間を集めてチームを作ろうとしてたんだが、多分、それで方向としちゃ間違ってねえ」

「どういうことだよ」

闇山は、聞いたばかりの知識を頭の中で反芻（はんすう）した。

「迦具都玄示は《王》だったんだろ。そこを目指すならとりあえず、実質的に王になっちまえばいい」

闇山の言葉をゆっくり吟味するような数秒の間を置いてから、鶴見は口を開いた。

「《王》は、自分の力を分け与えて『クランズマン』を作れる。けど、それができるのは《王》だけだ」

「力を与えたりしなくても、もともといるんだろ？　なりそこない（ストレイン）が」

鶴見は目を見開いた。

「お前は、ストレインの《王》になる気か？」

「別に。ストレインだの能力者だの、どうでもいい。《王》を目指すなら国はどこまでも広いのがいいだろ。手当たり次第全部取り込んで、逆らう奴は潰して、天下統一だ」

闇山は口の端を持ち上げた。鶴見もつられたような引きつり笑いを浮かべる。

「そりゃまた、豪儀だな」

「《王》には手足になる臣下がいる。お前、どうだよ。……つっても、ノーと言うならぶちのめすが。うなずくか、あるいはその認識操作とやらで俺から逃げてみるか？」

鶴見は両手を上げて降参のポーズを取った。

「まあ待てよ。お前の野望はわかったが、いずれにしろこのままじゃ遠くないうちに詰みだぜ。《セプター4》には今は《王》はいないが、それでも向こうは組織だ。目をつけられたらまずお終いだよ」

「お前は一度《セプター4》に捕まってるんだったな」

鶴見はうなずいた。

「一度捕まれば奴らの管理下に置かれ、GPSを持たされて常に監視されることになる」

「お前もか？」

「俺はセンターを出たあと、GPSを捨てて身を隠した。だが俺の戸籍は《セプター4》の管理下だ。このまま逃げる限り、俺は自分の戸籍を捨てたということになる。なんの社会保障も受けられないし、もちろん結婚することも、パスポートを取ることも、まともな方法で住居を得ることさえできない。ま、それでも家畜みたいに管理されて、常に状況をチェックされながら生かされるよりはマシと思っての選択だけどな」

なるほどな、と闇山はうなずく。

「わかった。慎重にやるさ。今度はただのやけっぱちじゃねえ。つまんねえとこで終わりたくはないもんな」

ぎらつく目で、闇山は鶴見を見据えて笑った。身の内にともった物理的な炎の他に、心にも新たな火が宿るのを感じていた。闇山は自らの部下候補に向かって言った。

「能力者の世界のこと、もっと詳しく、知ってること全部教えろ。くだらねえもんに捕まらないよう、うまくやる方法を考える」

鶴見の考慮の時間はわずかだった。彼は、身の程知らずのなりそこないをじっと見つめ、うなずいた。

「いいだろう」

それから、三年だ。

三年の「慎重な時間」を過ごした末、闇山たちは今ここにいる。

「今日、周防尊に会ったぜ」

鶴見から懐かしい名前を聞き、闇山は軽く目をみはった。

「どこで」

「さっき、幹部陣とバーに行ったらちょいとトラブルになってね。そこに奴が出てきた。用心棒(バウンサー)してるみたいだな」

ふぅん、と闇山は興味深く目を細める。

闇山が周防と出会ったのは、闇山がストレインに目覚める半年ほど前だった。

この狭い世界の中でくすぶり、もてあまし続けていた行き場のない衝動を発散させて燃え尽きる。ただそのためだけに走っていたあの頃。鮮烈な生を諦め、果てる場所を探していた、消化試合のような日々の中で出会ったのが、周防尊だった。

ただの喧嘩が強いだけの奴といえばそれまでだ。だが闇山は彼の中に、何か特別なものを見た気がした。それこそ、迦具都玄示を初めて見たときに感じたものと似通った何かを。

「腹へったな」

それまでの会話の流れをぶった切るように闇山は言った。鶴見はその話題転換に適応し、「何か食いに行くか」と応じる。

「行きたい店がある」

と闇山は言った。人に聞かれたくない話があるときでも、鶴見の能力があれば周りを気にする必要はない。その点、飯を食いながら話し合いをする際の店選びは気を遣う必要がなかった。

「いいよ。どこ?」

「俺が、周防尊とやり合って、負けた場所」

軽く応じていた鶴見も、闇山のその返答を聞いて、目を丸くした。

バーHOMRA。そこが、闇山と周防が初めて会った場所だった。

鶴見の能力で、二人の顔は他者にとって気にならないものとなっている。つまり周囲の人間は、二人の容姿を認識し記憶することができない。

店に入ると、闇山はすばやく店内を見回した。その中に覚えのある顔を二つ見つける。

一つは、奥のテーブル席で未成年も混ざっていそうな若い男の客たちとなにやら深刻めいて話している二十歳そこその茶髪の男。こいつはこのバーのマスターの親戚か何かだったか。名前は草薙出雲。周防と闇山のやり合いを、ただの喧嘩ではなく決闘に仕立て上げた張本人だ。鎮目町を根城にするあらゆるチームに顔が利く、こざかしい男だった。

もう一つの覚えのある顔は、闇山たちを席に案内した少年の店員。中性的な顔立ちをした、十六、七歳のその少年は、たしか三年前の夏、闇山がちょっとした暇つぶしで適当な奴らをけしかけて襲わせた相手だった。周防尊の側にいるという不似合いなその少年に対してのちょっとしたちょっかいだったが、結局たいした反応は返ってこなかった。顔を認識したのも、ボコらせたあと、周防尊の反応を見たくてこっそり様子をうかがいに行ったときが初めてだった。名は、十束多々良だったか。

闇山たちは案内されたテーブル席に座り、ビールとピザを頼んだ。十束が注文を反芻しカウンターの方へ戻っていくのを見送りながら、闇山は言った。

「知った顔が二つある」

「そう。俺も、一つあるよ」

鶴見が軽い調子で応じる。闇山は興味深く片眉を持ち上げた。

「どれだ？」

「そこのカウンターに座ってマスターのおっさんとしゃべってる男。徳誠会（とくせいかい）の生島だ」

緊張感もなくあっさりと鶴見は言った。

「ヤクザか」

「そう。それも幹部級」

ふむ、と闇山は軽くうなずいた。

鶴見には今、そっち方面の土台固めを進めさせている。

「おまたせしました」

十束が笑顔でビールを運んできた。闇山はその横顔を眺めた。かつて闇山がつけさせた傷は、もうどこにも残っていない。

ビールを一息で半分ほど飲み、闇山は息をついた。

「まず、そっちの報告を聞く」

顎をしゃくって促すと、鶴見は軽くうなずいた。

「こっちは順調。三年かけて下準備をした成果は上がってる。あのマフィアはもう俺の思うままに動く」

「そうか」

「ああ。組織も十分でかくなった。今は立派なビルにオフィス構えてるぜ。ベースとしては上々だ」

闇山と鶴見が出会い、立てた計画は、闇山がこの国の裏の《王》になることだった。

表の《王》は、絶対的強者である《黄金の王》國常路大覚(だいかく)がいる。だが、現状の他の《王》はどいつもこいつもやる気がないらしい。

第一王権者は何もせずに空を飛ぶだけで、第七王権者は田舎で隠居生活。第三、第四は例のクレーターのときに共に死に、確認はとれていないものの、第六も巻き込まれて死んでいるという話だ。第五は何を考えているのか知れないが、地下にもぐって姿を見せない。

『そんな有り様なんだったら、まずは表の《王》の取りこぼしから掌握する。黄金サマが作った豊かな社会とやらからドロップアウトした裏社会の連中を、《王》としてのお前の国民にしろ』

鶴見と闇山がまず目をつけたのは、海外から入ってきたマフィアの連中だった。

まだ小規模組織で勢力を伸ばしあぐねている連中の中に鶴見が入り込み、ストレインの力を使って、そのマフィアの刺客となった。マフィアの依頼を受けて都合の悪い人間を殺し、彼らに利する行動を取り続ける。

すぐに、鶴見はそのマフィアの中で大切な食客として遇されるようになった。

今ではすでに、主客が転倒し始めている。マフィアの意を受けて行動していたはずの鶴見が主導権を握って次の行動を決め、マフィアたちはそれに従う構造になりつつある。

鶴見に従ってさえいれば利益は保証される。鶴見は基本的にはマフィアの構成員たちを立てる言動を取っているため反感から逆らわれることもほぼない。土台としては十分だった。

「時が来たら、戦争を始める。このマフィアをベースに、よその組織を食って、逆らう奴は潰し、従う奴だけ仲間にしていく」

鶴見は淡々と言い、闇山に視線を向ける。

「あとはそっちの状況次第だ」

闇山は薄く笑ってうなずいた。

「使えるストレインはそれなりに集まった。俺のクランズマンだ」

鶴見も軽い笑みで応じる。

「最近になってペースがいいな？」

「これが役に立ってる」

闇山はタンマツを振った。

「もともとは、電話以外タンマツは使わない方だったんだけどな、部下の勧めで《jungle（ジャングル）》アプリを入れたら、ちょっとおもしろいのを見つけた」

闇山の言葉に、鶴見は顔をしかめた。

「《jungle》？　……それ、緑のクランが運営してるって噂のだろ」

「けど、使える」

闇山はタンマツを操作し、《jungle／β（ベータ）》のアイコンをタップする。鶴見は闇山のタンマツに顔を近づけた。表示された画面を見つめ、鶴見はつぶやくように言う。

「《.jungle》内のコミュニティか。……なんだこれ、ストレイン掲示板？」

「ああ。ストレインがここで情報共有している。《.jungle》ってのは匿名性の高いSNSらしいな。最近はこれを足がかりにストレインに接触するってパターンが多い」

鶴見は闇山のタンマツを手に取り、胡乱げに眺める。

「しかし、いくら匿名性が高いからって、ネット掲示板上での情報共有ってのはまた無防備な話だな」

「招待制のコミュニティだ。俺も、この前部下に引き入れたストレインから聞いて知った」

なるほど、とうなずき、鶴見はタンマツをスクロールして掲示板に目を通す。

「このH.Nって名前の奴は？」

鶴見が闇山のタンマツを見ながら言った。該当の名前には覚えがある。H.N（ハンドルネーム）と読めるハンドルネームがなんとなく小馬鹿にしている感があるが、もしかしたらただのイニシャルなのかもしれない。そいつはよくストレインたちに情報提供をしている人物だった。

「なんか色々詳しい奴。《セプター4》の巡回経路とか、戦闘方式とかの情報流してる。青服とエンカウントしちまったときの逃げ方のレクチャーとかな。そいつが流す情報のおかげで、最近じゃ青服の目ぇ逃れて自由に生きてるストレインも増えてるらしい」

鶴見は目を眇（すが）める。

「へえ。情報通過ぎて若干気味悪いな。多分、ただのストレインじゃないぜ、こいつ」

「どうでもいいさ。役に立つものは使う。それだけだ」

闇山の言葉に鶴見は一つうなずき、タンマツを返した。

「その成果はどうだ？」

「ストレインの兵隊はそれなりに増えた。この前はちょっと失敗したがな」

闇山はその「失敗」のことを思い出し、口をへの字に曲げる。

「失敗？　逆らう奴は潰すお前が、失敗とはめずらしい言い方をする」

「ストレインの力を使って殺し屋してる奴と接触したんだけどな。殺し屋だぜ？　響きだけでわくわくするだろ？」

闇山は目を輝かせて言う。鶴見は呆れた顔で「ガキか。ていうか、俺も今殺し屋みたいなもんなんだけど」とつぶやいた。

「けど、《:jungle》のストレインコミュのおかげでコンタクトは取れたがフラれた。仕方ねえから一戦やって潰して、力尽くでもって思ったんだが、無駄なバトルはしない主義だとか言って途中で逃げられた。いい女だったのに」

あれは惜しいことをした。

若い、色気のある女だった。奴もまた、ストレインに目覚めてから様々な紆余曲折があり、《セプター4》から逃れながら非合法な仕事に手を染めているのだろう。

鶴見がピンときた顔をした。

「あー、もしかしてアレか、指切りマリア。契約時に依頼主と指切りして、もし契約内容に嘘偽りがあったら依頼主からぶっ殺すって女。裏社会で成功してるストレインの一例だな」

殺し屋だのなんだのと周りをはばからぬ声で話しているが、気にかけるものは誰もいない。鶴見の認識操作の力が作用している。

闇山は舌で唇をべろりと舐めた。

「平和でお綺麗で狭っくるしい、つまんねえ世界だと見限ってたすぐ横に、こんな愉快な世界が広がってたとはね」

胸の内側が静かに沸き立つのを感じて、闇山は言った。世界に勝手に倦いてた自分は間抜けだったと今は思う。鶴見は軽く笑うだけで応じ、話題を切り替えた。

「ストレイン以外は？」

「街のガキどもには、強い奴から順に優遇して兵隊にする、つったら、抗争始めやがった」

「おいおい、大事なときに何させてんだよ」

鶴見は呆れた顔をしたが、闇山は愉快げに喉を鳴らす。

「いいじゃん、別に。俺たちは一枚岩である必要なんざさらさらねえ。王の下、国民がみんな仲良しって方がおかしいだろ。心配しなくても、そのときがくりゃ俺が適当に序列割り振ってまとめるさ」

ストレイン以外――社会からドロップアウトしたただの人間の少年たちは、もともと闇山のホームグラウンドの連中だ。闇山はそこで生きる少年たちのチームのトップに接触して自らの力を見せつけ、来るべき日に自分の配下とすることを申し渡した。

その申し渡しに対して、連中がどんな感想を持っているのかは闇山は興味がない。ついてくる奴は部下とするし、反発する奴は潰すだけだ。

彼らが闇山の言葉をどの程度信じているのかは不明だが、闇山からの接触は、彼らの中にあったある種の秩序に波紋を呼んだようだった。闇山の言う来るべき日のためかどうかもしれないが、少年たちの間で、チーム間の序列を決しようとする抗争が始まった。同時に闇山が接触した大手チーム以外の小規模チームは潰され、大手に吸収されるかあるいは消えるかという道をたどっている。

「つまりは、俺が裏社会全体を舞台にやろうとしてることの小せぇバージョンが勝手に起こってるってことだろ。結構じゃねえか」

闇山が笑って言ったとき、注文していたピザが運ばれてきた。運んできたのはさっきと同じで、十束多々良だ。

「お待たせしました」

闇山は十束の横顔を見た。

「おい、お前」

声をかけてみると、十束は顔を上げて闇山の方を見、「はい？」と首を傾げた。

十束の視線が、少しだけ不思議そうに揺れる。十束は今、闇山たちの顔を覚えられないように認識操作をかけられている。そのことに気づかないまでも、なんらかの違和感を感じているのかもしれない。

「尊は、今もこの店に出入りしてんのか」

十束の瞳がさらに揺れた。彼の目は闇山の顔を認識しようとしている。しかしそれはできない。

十束の顔の上にあった不思議そうな色が、戸惑いに変わった。

「ちょっと」

鶴見がたしなめる声で闇山を呼んだ。

「俺の力も絶対じゃないんだ」

だから気にさせることを言うなと言外に言っていた。闇山の名前を呼ばないのも、認識操作が無効になった場合のことを考えての用心だろう。

闇山は口の端だけで笑い、十束に軽く手を上げた。

「尊とは昔の知り合いでな。ちょっと聞いてみただけだ。気にすんな」

「そうですか」

十束はまだ闇山を見つめていた。自分の認識力がひどく鈍っていることを不審がっている。鶴見が小さく舌打ちしたが、闇山は気にしなかった。

「キン……尊は、よく来ますよ、ここに」

十束は戸惑いの表情のまま言った。

「ああそう。どうも」

闇山はうなずき、話は終わったと態度で示す。十束はそれでも少しの間闇山を見つめたが、心を残した顔をしながらも闇山たちのテーブルを離れた。

「お前、何」

鶴見が非難がましい視線を闇山に向けた。

「周防尊のこと、いまだにそこまでこだわってるわけ？　ストレイン（なりそこない）ですらない、ただの人間だろ。それこそ、お前が今手のひらで転がしてる街のガキどもと何も変わりゃしない」

「そうだな」

闇山は認めた。確かに鶴見の言うとおりだと思った。けれどその目は今日一番のぎらつく光を宿して鶴見の方を向く。

「鶴見。お前今日周防尊と会ったんだろ。何も感じなかったか？」

鶴見は不可解そうに眉を寄せる。

「何もって……何をだよ。まあ、普通の人間にしては性能良さそうだったのは認めるけど」

「どんなふうに？」

食い下がる闇山に、鶴見は不審と苛立ちの混じる表情になった。

「……俺のことを気にならないように認識操作をかけてても、攻撃をしかけると反応して避けやがった。けどまあ、認識操作にかかりにくいタイプってのはいる。脳の認識よりも動物的直感を優先してるんだろ。周防尊は多分それだ」

闇山は機嫌よく鶴見の評を聞いていた。それと反比例するように、鶴見は不機嫌さを濃くする。

「いずれにせよ、お前がそこまでこだわるほどの奴には思えなかった。認識操作がかかりづらいとはいえ、真面目にやれば俺でも余裕で勝てる。なんでいまだに気にしてんだよ。昔負けたからか？」

「どうだろうな」

はぐらかすわけではなく、単純に答えかねて、闇山はそう言った。

敗北という事実そのものにこだわっているわけではない。彼への敗北は屈辱を伴うものではなかった。周防尊に負かされたとき、それまですっかり世界に倦んでいた闇山は、この世の中にもまだ愉快なことがあるのだという感覚にさえなった。

ならばそのときの感覚に執着しているのか。そう考えてみるが、やはり少し違う気がする。あの瞬間の闇山にとっては周防尊は唯一の愉快なものであったが、その後ストレインに目覚め、周防尊の存在など些末事になったはずだ。

周防尊と初めて会ったとき、少しだけあの人――迦具都玄示に似たものを感じてしまった。そのせいか。

闇山を強烈に魅了したかつての《赤の王》迦具都玄示。

それを目指す闇山にとって、迦具都と似ていると一瞬でも思ってしまったあの男の存在は、いまだに無視できないものとなっているのかもしれない。

「初めて会ったとき、ほんの少しだけど、迦具都玄示に似てるって思ったんだよ」

ぼそりと闇山がつぶやくと、鶴見は顔をしかめた。

「周防尊が？　……俺は、迦具都玄示に直接会ったことはないけど、噂ならよく聞いた。その印象じゃ、どっちかっていえば周防尊よりはお前の方が似てると思うけどな」

闇山は笑い、「そりゃどうも」と軽く応じる。

鶴見はそんな闇山の様子を頬杖をついて眺めやり、小さなため息をついた。

「メシ食うのにこの店選んだのも、周防尊が気になるがゆえか」

テーブルの上で冷め始めているピザには手をつけず、鶴見はビールだけを口にしながら店内を見回した。

「光葉のこだわりは俺にはさっぱりわかんないけど、ただ、ここに来たのは無駄じゃなかったかもな」

「あん？」

闇山は首をひねる。鶴見は体ごと後ろを向いて、奥の席を視線で示した。草薙出雲と、少年の範疇を出ていない若い男たちが話している席だ。

「カウンターには徳誠会の生島。奥の席で相談事してるっぽい連中は、大方、光葉が声をかけてやった大手チームの外にいる不良どもだろう。店の客って顔つきじゃない。……大手同士の抗争が始まって生きづらくなった奴らが、光葉もご注目の周防尊サマの傘下に入ろうとでもしてるんじゃないかね」

鶴見はバカにするような声音で低く笑った。

「光葉が作ろうとしているのが一つの国なら、この店はささやかなレジスタンスの集会所、あるいは難民窟って感じになっていくかもな。一応、偵察しておくか」

鶴見は言うと、椅子を引いて立ち上がった。便所にでも行くのかと思ったが、鶴見は草薙と少年たちが相談ごとをしているテーブルに近づき、その脇にだらりとした姿勢で立って話を聞き始める。誰も、突然近寄ってきた見知らぬ男に注意を向けるものはいない。

まったく便利な能力なことで。と、闇山は鶴見の様子を眺めながらテーブルの上のピザをぐしゃぐしゃと折りたたみ、一口で口の中に詰め込んだ。

ピザのソースで汚れた手を紙ナプキンでぬぐって、ふと思いつく。

「おい」

手を上げ、店員を呼ぶ。すぐにまた十束多々良がやってきた。闇山は薄笑いで彼に言った。

「ペン、貸してくれ」

†

バーのドアの札を「CLOSED」に返す草薙の口から、重たいため息が漏れた。

心地よい労働の疲労とは違う、もやもやと心を侵食する形の見えない不安感と、降りかかってくる煩わしい現実に体よりも精神が疲れている。

店内に戻ると、十束が草薙のためにコーヒーを入れて持ってきてくれた。

「草薙さん、お疲れ様」

「ん、おおきに。叔父貴は？」

「二階で先に休んでるよ。……体調よくないのかな」

十束は湯気を立てるコーヒーカップを二つ、カウンターに置いた。草薙はカウンター席に座り、「どうやろな」と曖昧に言う。

十束はらしくなく、どこか暗い表情をしてコーヒーに視線を落としている。草薙は気になって、その顔を軽くのぞきこんだ。

「どないした、お前がそないにしけた顔しとるの、めずらしいな」

「んー……疲れてる草薙さんにもう一つ不穏なお知らせしなきゃいけなくて、困ったなぁって思ってる顔だよ」

眉尻を下げながらも、十束はおどけるように言った。ようやく様々な煩わしいことから解放されて休めると思った矢先のその発言に、草薙は姿勢を正して身構える。

「なんや」

十束もすっと真顔になり、カウンターの上に紙ナプキンを滑らせた。

バーHOMRAのテーブルの上に常備されている、なんの変哲もない紙ナプキンだ。だがそこには、ボールペンで走り書きの文字が綴(つづ)られていた。

『あのときの約束、ここらで時効とさせてもらう。 闇山光葉』

ぎくりとして、草薙の表情が引きつる。

懐かしい名前——と言いたいところだが、ついさっきも話題に上った人物の名だ。

「十束……これ」

「そこのテーブル」

十束は、バーの中央あたりの席を指さした。

「のお客さんが帰ったあと、テーブル片づけようとしたら、これが置いてあるのを見つけた」

草薙は険しい表情で、紙ナプキンに書かれたメッセージを凝視する。

あのときの約束、というのはまず間違いなく、三年前に周防と闇山が乱闘になったとき、草薙が二人に言った「これは決闘だ。敗者は勝者の命を聞け」という宣言。そして勝利した周防が言った「消えろ」という命。それを指しているのだろう。

つまり闇山は戻ってくるつもりだと宣言している。

草薙はメモについて問おうと十束に向かって口を開いたが、問われる内容はあらかじめ察していたのか、十束がそれに先んじた。

「ごめん。そのメモがあった席に座ってた人の顔、どうしても思い出せないんだ」

困惑げな表情で言う十束に、草薙も怪訝な顔になる。

「思い出せない？」

草薙が知っている闇山光葉は、相当に印象に残る容姿をした男だった。金色の髪に、上半分がない右耳をたくさんのピアスで飾りたて、パンクロックな服装に身を包んでいる。だが確かに、草薙も闇山の姿は見なかった。別のテーブルで話し込んでいたとはいえ、時々は店内の様子に目を配っていたつもりだ。闇山が来店してまったく気づかなかったというのはおかしな話だった。

消えていた三年の間に容姿を大人しいものに変えたか、あるいは闇山の代理の人間がこのメモを置いていったのか——

十束は、草薙のその思考を遮るように言った。

「俺、その人の顔よく見ようとしたんだよ。でもどうしても、その人がどんな容姿なのか頭に入ってこなかったんだ」

十束の表情は至極真剣で、自分でも自分の言っている内容に戸惑っているようだった。草薙は意味がわからず、ぽかんとする。

「はぁ？」

「ちょっと変だったんだ、その客。尊はこの店によく来るのかって聞かれた。それに、ペンを貸してくれって頼まれたんだ。だからそのメモは俺が渡したペンで書かれてるはず」

「……そやのに、顔覚えてへんのか」

「うん。……多分男二人組だったたってことしか」

それだけの情報ですら「多分」がつくのかと草薙は一瞬呆然とし、次いで心配になる。

「大丈夫か、十束。疲れとるんやないか？」

「そんなことは、ないとは思うんだけど……」

十束は歯切れ悪く言う。笑顔でない十束というのは、草薙を妙に不安にさせた。

草薙は十束の背中にぽんと手を置く。

「まあ、ええ。今日ははよ帰って休み。今後のことは明日相談しよ」

二人で店の後片づけを済ませると、歩きでいいと渋る十束を念のためタクシーに詰め込んだ。

タクシーのテールランプが遠ざかるのを見送ってから、草薙は店に戻る。

これからどうしようかと少しばかり途方に暮れた気分になっていると、バーの階段を下りてくる音が聞こえた。

ラフな服装に戻った水臣が店に現れる。

「叔父貴、体ええん？」

「何がだ？」

わざとらしく空とぼける水臣に、草薙は苦笑を浮かべる。

「二日酔いいうの、ほんまは違うんやろ？」

「違うわけじゃないさ。最近少しばかり酒に弱くなって、一日に飲める量がめっきり減っちまってね」

水臣はそう言いながらも、ウイスキーのボトルを手に取り、草薙に向かって軽く掲げてみせた。

「てわけで、今日の分の貴重な一杯、つきあえよ」

「あのなぁ……」

「医者に言われている制限はおおよそ守ってるさ」

医者、という単語が水臣の口から直接出るのは初めてな気がした。草薙はとっさにどう反応するべきか迷い、結局「おおよそってどないやねん」と曖昧に笑った。

この叔父に健康について口うるさく言うのは自分の役目ではない気がして、草薙は少し困った表情を浮かべつつもグラスを二つ出し、綺麗に削った氷を落とすとその上からウイスキーをゆっくり注ぐ。草薙一人では手をつけられない、十二年物のなかなか高級なひと瓶だ。

水臣は草薙のその手つきを、目を細めて眺めていた。

「酒を注ぐ手つきも、年季が入ったよな」

「はは、おかげさんで」

シェリー樽で熟成された、フルーティーな風味が香る。

水臣はグラスの中身を大事そうに口に含んだ。

思えば、こうして水臣と二人で酒を飲む機会は意外と少なかったのだと気づく。周防と十束と一緒にいるようになってから、あの二人は悪友であり半分弟のような存在となっていて、叔父と二人きりの生活という感覚がいつの間にかずいぶんと薄れていた。

「出雲」

水臣は穏やかな笑みを浮かべて草薙の名を呼んだ。

「友達はいるか？」

そういえば昔、同じ質問を受けた。あのときはただダサい質問だなと呆れただけだったが、今は妙な心地になって首を傾げる。

「なんやそれ。知っとるやろ」

当たり前に言えば、水臣は口元に深い笑みを刻んだ。

「そうだな、知ってる」

水臣は目尻に皺を寄せて笑いながら、また一口グラスの中身を口にする。

「生きてりゃ、多くの人間が今という時間の前を横切っていく。それこそ、バーを訪れる客のようにな」

水臣はバーの中を感慨深そうな顔で見回した。

「俺はなかなかいい人生を送ってきたと自分じゃ思ってる。友人にも恵まれた。愛した女がいたこともあった」

「へえ」

最後の部分に気を引かれて草薙はおもしろそうな声で相槌を打ったが、水臣は笑みを返すだけで詳細は教えてはくれなかった。

「ま、知ってのとおりの独り身だ。みんな、俺の前に客のように現れ、去っていった。だがその客の一人一人と過ごした時間は、どれも俺にとって大事なもんだったよ」

「急にどないしたん？　もう酔っとるんか。酒弱なった言うてたもんな」

話の雰囲気に照れくさくなって茶化すように言ったが、水臣はやはり静かに笑うだけだ。

「お前は、人生の『客』を抱え込み過ぎるきらいがあるな、出雲」

「人と関わり過ぎるっちゅうことか？」

「挨拶し、雑談してすれ違うだけの通行人とならいくら関わっても負担にはなるまい。けど客となるとそうはいかん。HOMRAを手伝ってて実感することあるだろ。店に客が来るのはありがたいが、手が足りんときに来過ぎると、回せなくなっちまう」

回りくどい比喩で水臣が何を言おうとしているのか、ようやく草薙も察した。草薙が今、街で多発している厄介事に関わり、人から頼られ過ぎていることを、この叔父は彼なりに心配しているのだろう。

　少しばかりくすぐったい気分になって、草薙はわざと軽い口調で答えた。

「せやな。俺の人生千客万来過ぎてまいってまうわ。けど知ってのとおり、俺は店を切り盛りして客をさばくのは性に合っとる。心配せんでもええよ」

　そうか。と少しの笑みと共に答えて、水臣はまた一口グラスの中身を口にする。草薙はその横顔を眺め、今日はいつにもまして大事そうに、美味そうに酒を飲むなと思った。

「お前の友達。彼らはお前の人生のただの客じゃなく、共に客をさばく同僚になってくれるといいな」

「はは、どうやろな。あいつらにそれを期待できるかは怪しいで」

　二人の困った友人の顔を思い浮かべて、草薙は苦笑いする。

「なんにも大事じゃない方が、人は自由だ」

　唐突に、水臣は歌うような口調で言った。

「けど、自由な人間ってのは怖いぜ。だから社会は、人の大事なものをなるべく保障してやろうとする。人の大事なものを守ってやることで、人が自由になってしまうことを防ぐ」

「叔父貴?」

　不思議そうな目をする草薙に顔を向け、水臣は低く笑った。

「周防君も十束君も、現代社会に生きる人間としてはずいぶん自由だな。十束君は、目に入るものほとんどを好いちまう性格ゆえに、かえって特別なものを持たない。本人も自覚があるのか、多少は気にしてるっぽいな」

「はぁ。よぉ見とるな」

「だが彼にとっても、周防君やお前のことは別だろう。せいぜい重しになって、完全な『自由』にしないようにしてやれよ」

水臣の評は確かに的を射ている気がして、草薙は素直にうなずいた。

「周防君は……」

水臣は言いかけ、懐かしむような目をした。

「昔の方が自由だったかもな」

つぶやくように言われた水臣の言葉に、草薙はグラスを傾けようとしていた手を止めた。水臣はふぅっと息を吐き出すように微笑する。

「なんにも大事じゃない方が、人は自由でいられる。だが俺は、その自由を良しとは思わんよ」

「……あいつ見とると、窮屈そうやな思うことはあるけどな」

「そうだな。が、その窮屈さをまったく愛せなくなったら、そのときは世界から切り離されちまうときだろう。この世界、人は誰しも枠の中でしか生きられない」

草薙が周防と十束とつるんでいた三年間、水臣もまた、甥の側にいる彼らを眺め、観察していたのだろう。

それにしても今日は馬鹿に饒舌(じょうぜつ)だと、草薙は叔父を見て思う。

「どんなアウトローな人間でも、だ。うちにはやくざなお客さんもいるが、彼らだって厳格な枠組み社会で生きているよ。真の意味で枠から逃れたいのなら、誰もいない荒野にでも行くか、あるいは自分が自由と思う国を作って王様になるかしかないさ」

「王様、ね」

初めて会ったとき、十束が周防を評して「王様にでもなれそう」と言ったことを草薙は思い出した。だが水臣はゆるゆると首を横に振る。

「けど、たとえ自由の国を作ったとしてもきっと、それはその瞬間新たな枠となるだろうな」

草薙一族の中で根っからの自由人と称された叔父の言葉を、草薙は神妙に拝聴した。

「叔父貴も、自由を求めてさまよったん？」

問うと、水臣は子供のような顔ではにかんだ。

「恥ずかしい言い方するなよ。……まあ、本当の自由なんてもんはなくても、自分が愛せる枠を見つけることはできるもんさ。俺にとっては、この小さい店がそれだったってことだろう」

かつて大企業の社長の座をあっさりと降り、小さなバーのマスターに収まった男は、愛(いと)おしげに店を眺め、グラスの底に残った最後の酒を飲み干した。

「……ん。このくらいの酒で酔うとは、もうバーのマスターを張るのも厳しいな。あとのことは任せたぞ、若人(わこうど)」

おどけた口調で言い、水臣はカウンターチェアから降りる。何言うとるん、と草薙は笑った。

「帰るのが億劫だから俺は上で寝るが、お前はどうする？」

草薙は鎮目町の情勢と、さっき十束に渡された紙ナプキンのメモのことを思い、今は自分も迂闇に夜歩きするべきではなかろうと判断する。

「俺も、今日はここに泊まるわ」

うん、と水臣はうなずき、もう少し何かを言おうかどうか考えるような顔をした。

「叔父貴?」

「……いや」

おやすみ、と水臣は言った。

†

それから三日後、水臣は突然入院し、その後さらに三日で、息を引き取った。

癌(がん)だったのだと、死後に医者から聞かされた。

闘病と呼べるほどの闘病生活は驚くほど短く、ずいぶんと安らかな死に顔だった。

「俺は叔父貴の最後の客か」

草薙水臣の人生を通り過ぎていった数多(あまた)の客たちの中で、最後の客として選ばれたのが自分だったのならば光栄だと、草薙出雲は少し笑い、少しだけ泣いた。

赤の王国　Kingdom of Red

草薙水臣が亡くなって、バーは草薙出雲が相続した。

水臣の入院と死亡は十束にとっては突然過ぎて呆然とする出来事であったが、草薙にとってはいくらかの予感はあった事態のようだった。

病気持ちやったくせにギリギリまで元気に好きなことやって、倒れてからは最短距離でころりと逝けるなんて、知らんとこでずいぶんと徳を積んできたんやな、と冗談めかして言った草薙は多少無理をしている風はあったが、しゃんとしていた。

身内が死のうがなんだろうが、地球は回り時は止まらず、周りの状況は刻々と動いていく。

生きづらい状況になった夜の鎮目町に暮らす少年たちが相談に来る頻度は草薙の事情などお構いなしに増え続け、しばらくは十束が草薙の代わりに対応した。

水臣の死にまつわる諸々がすっかり済んで草薙の身辺も落ち着いた頃、季節は秋になっていた。

「店、譲り受けたいうのに、まともに開けられへんなぁ」

雨の日の午後。草薙と十束がバーで二人きりになったとき、草薙がぽつりと言った。

その声がどこか切なげなトーンに聞こえて、十束は返す言葉に迷って曖昧な表情を浮かべたまま、「そうだね」と毒にも薬にもならない相槌を打つ。

バーHOMRAの主が草薙になってから、水臣が居た頃のようには店を開けなくなった。

昼間は大学に行き、夜には少年たちに相談ごとを持ち込まれる草薙に時間的にも精神的にも余裕がないのが理由の一つ。もう一つは、草薙を頼ってくる少年たち——周防を「キング」と呼ぶ少年たちがバーを集会所のように利用するせいで、バーHOMRAが酒を楽しみに来る客のための場所ではなく、不良少年たちのベースキャンプのようになってしまったせいだ。

いつの間にか、周防をキングとする連合チームは、バーの名前を取って「ホムラ」と呼ばれるようになっていた。もちろん自分たちで名乗ったこともなければ、そもそもチームとしての意識すらなかったというのに、だ。

「叔父貴に悪いことしてしもてるかな」

苦笑とため息の混じったその言葉は、本気でそう思っているというよりは愚痴めいたものではあったが、十束は流さず真面目に否定した。

「そんなことないよ。草薙さんはこのバーを大事にしてるじゃん」

強めの口調で言うと、草薙は目を丸くした。

「それに、水臣さんはこの店を草薙さんにあげたいからあげたんだよ。草薙さんにこの店を継いでほしいとか守ってほしいとかそういうのじゃなくて、ただ、あげたかっただけだと思う。だってあの人、そういう人だったじゃない？　……俺が言うのも変だけどさ」

最後は笑み混じりに言うと、草薙も肩の力を抜いて笑い返した。

「せやな。問題は、俺がせっかくもらったこの店を、思うようにできてへんことやな」

「そうだね。それは問題だ」

十束が深くうなずいたそのとき、草薙のタンマツが鳴った。草薙と十束の間に、ピリッとした空気が走る。最近では、草薙に入る連絡はあまりいい知らせのことがない。

ツーコールで草薙はタンマツに出た。相槌と短い質問を相手に投げる草薙の表情を見ていると、やはり今回もよくない話であるらしいことは十束にもわかった。やがて草薙は通話を切り、深刻そうな顔で十束を見た。

「草薙さん？」

「……十束、しばらく一人で人気（ひとけ）のないとこうろつくな」

電話の内容は、またチームホムラのメンバー――いつの間にかチームとして抱えることになってしまった少年たちの中の数人が、別のチームに襲撃されて病院に運ばれたという知らせだった。

ここ最近で、そういった事件がさらに増加している。

大手チーム同士の抗争の余波で潰されてきた弱小チームが寄り集まり、ホムラという一つの大手チームになってしまったことで、十束たちを取り巻く状況はまた変わりつつあった。否応なく、チーム同士の抗争の渦中に躍り出る形になってしまっている。

周防も草薙も十束も、チームホムラの中核メンバーと目されている。自分たちが狙われる危険性は高かった。

襲撃されたメンバーについてや現在の鎮目町と自分たちの状況について、草薙と言葉を交わすうちに十束の心はさらに物思いに沈んでいった。

チームホムラを構成する少年たちは、周防を「キング」と呼ぶ。

十束が周防を呼ぶ愛称のようであったそれは、追い詰められた少年たちが庇護と、自分たちを脅かす敵への反撃を求めて口にする、周防の呼称となった。

周防は何も言わなかった。

自分を「キング」に祭り上げる少年たちを拒否することも、積極的に受け入れることもなく、ただその場所に居続けた。

十束は、前ほどは笑わなくなった。どこかで道を誤ったのではないか。周防に余計なものを背負わせているのではないかという気持ちが、生来楽天的な十束の意識の上にも、うっすらとした靄(もや)のようにかかっていた。

「現状、俺らは特に狙われやすいはずや。気ぃつけろよ」

草薙の言葉に、十束は素直にうなずく。

「うん。……キングは？」

「一応忠告しとくけど……聞くとも思えへんな」

周防は、この状況下にありながら、時々楽しそうな顔をする。それがいいことなのか悪いことなのかは、十束にはよくわからない。

肺まで吐き出しそうなオーバーなため息をついた草薙に十束が小さく笑うと、草薙は十束の鼻の頭を指さした。

「十束。お前は無責任に笑っとけ。それが一番、気ぃ休まるわ」

十束は一瞬目を丸くした。草薙にそう言われて十束の頭にまず浮かんだのは、幼い頃の、そして中学生の頃の思いだった。

——王様の家来になるんだったら道化師がいいな。

幼い頃になんの気もなしに考え、周防と出会った頃にもう一度思い出したその思い。妙に懐かしくも思えるそのときの気持ちがふわりと胸に浮かんで、十束は草薙に向けて、楽天的な笑顔で言った。

「へーきへーき、なんとかなるって！」

十束の笑顔につられるように、草薙も相好(そうごう)を崩す。

「せやな」

「って、襲撃されて怪我した人の前で言ったら怒られそうだけどね」

「かもしれんけど、下の連中、ちぃと張り詰め過ぎなきらいもあるからな。お前の緩さで適当にガス抜きしてやり」

草薙は言いながらカウンターを出て、車のキーを手にする。十束も椅子から立ち上がり、飲んでいたグラスを片づけて店内の戸締まりを確認した。

草薙の運転で雨の中車を走らせ、襲撃されたメンバーが運び込まれた病院に向かう。

病院の受付に、見知った少年たちが数人固まっていた。ホムラのメンバーだ。最初にこちらに気づいた、緩いウエーブがかかった白っぽい茶色の髪の青年が駆け寄ってくる。

「草薙、十束」

茶髪の青年、長浜和臣は二人を呼んだ。もともとは小さなチームのリーダーで、草薙が高校時代から交流があった青年だ。今はチームホムラの一角を担っている。

「長浜。怪我した奴の様子はどないや」

「治療は終わってる。怪我自体は後に残るようなもんじゃないみてえだが、大勢に囲まれて袋にされたらしく、今はかなりブルってる」

多人数に一方的な暴力を振るわれる恐怖感は、十束もよく知っている。病室に顔を出して少しでも気がまぎれそうな話をしようかと十束が考えていると、集まっていたメンバーの一人が「くそったれ！」と毒づいて、側にあった自販機をかなりの力で蹴った。ガン、と乱暴な音が響き、待合室にいた一般患者が怒声と音に驚き体を震わせる。

「やめろ。暴れたいなら外に出ぇ」

すかさず草薙が静かな、けれど厳しい声音で言った。十束は怯えた顔をした周りの患者たちに人好きのする笑顔を向けて、「ごめんなさいー」と頭を下げる。

咎(とが)めたいがガラの悪い男たちを前にどうしたらいいのかわからない、といった顔で腰を浮かせていた受付の女性が、謝罪する十束の顔を見てほっとしたように座り直した。

「だって、悔しいじゃねえかよ」

自販機を蹴った男が憤懣(ふんまん)やるかたない様子で、けれど草薙の忠告は聞き入れて小さな声で吐き出すように言った。

「落とし前はつける」

淡々とした口調で草薙は言った。

チームになってしまった以上、泣き寝入りしてはお終いだ。だが、報復行動に出るということは、いつまで続くか知れない血で血を洗う闘争に身を投じることだった。チームホムラは——そしてその中核になってしまった草薙も十束も——後には引けないところに来ていた。

「連中、ぶっ殺してやる」

「目にもの見せてやろうぜ」

「けど、向こうのが勢力でかいんだぜ。勝てるのかよ」

「今度は俺たちがあんな目に遭ったら……」

「びびってんのかよ⁉」

血気に逸る(はや)メンバーと尻込みするメンバーが揉めそうになるのを、十束がまあまあと間に入って双方をなだめる。長浜は冷静な方ではあったが、それでも報復に燃える側であり、なあなあの態度を取る十束に鋭い視線を向けてきた。草薙は渋い表情でメンバーたちを眺め、やはり外に出すべきかと思案するように視線をエントランスの方に向けた。その瞳に、何かを見つけた色が過る。

十束も、草薙の視線をたどってエントランスを見た。

重い靴音と共に、自動ドアが開く。十束は呼ぶでもなくつぶやいた。

「キング」

燃えるような赤毛が、自動ドアの向こうから現れた。鋭い目が、集まったメンバーたちを一瞥する。

それだけで空気が変わった。

憤っていた者も、怖じ気づいていた者も、昂ぶり過敏になっていた神経が一度リセットされ、表情が改まる。

燃えたぎらせていた怒りは、それを昇華してくれるだろう周防への期待へ。

怯えは、周防という強者がいるという安心感から、鼓舞され、勇気に変化する。

十束はその様を静かに見守っていた。

これがカリスマってやつなんだろうかと考える。視線一つで、簡単に人の心を変化させる。

周防に連絡をしたのは十束だ。病院に向かう車の中、運転中の草薙に代わり、十束がタンマツのメールで状況を報告していた。来てくれとまでは言わなかったのだが、今日は気が向いたらしい。

ただ、周防の口の端が切れて血がにじんでいるのが気になった。またどこかで喧嘩してきたのだろう。

「状況は」

周防はたいした興味もなさそうな平坦な口調で端的に訊いた。長浜は慌てて背筋を伸ばす。草薙と同い年の長浜の方が周防よりも年上なのだが、周防に対してひどくかしこまっていた。

「あっ、えっと、新崎、豊田、松坂の三人が襲撃されたんですけど、今は三人とも治療が終わってます。大事には至ってません。襲撃者の特定はまだなんですが……」

「そうか」

周防は途中で遮るようにそう言った。長浜はぱっと口を閉じる。

周防はもう一度メンバーたちを一通り眺め、そのまま踵を返した。

「草薙に従え」

ばっさりとそれだけ言い、今入ってきたばかりの自動ドアから再び外に出ていった。

やってきてからたった三言しかしゃべっていないにもかかわらず、メンバーたちの間に流れる空気ははっきりと変わっていた。


怪我をしたメンバーを見舞ったあと、草薙は集まっているメンバーにこれからの指示を出した。それが済む頃には雨脚は弱まり、ほとんど霧雨に変わっていた。病院の外に出ると冷たく細かい雨粒が風に煽(あお)られて十束と草薙の顔に降りかかる。

周防は帰ってしまったかと思ったが、病院前の喫煙スペースのベンチにだらりと腰掛け、煙草を吸っていた。

「どうしたのさ、その顔」

近づきながら十束が声をかけると、周防がゆっくりと視線を上げ、何がだ、と問うように軽く首を傾げる。十束は自分の左頬を指さしてみせる。

「殴られた跡あるじゃん。口の端、血出てるし」

十束の指摘に、周防はああ、とどうでもよさそうにうなずく。

「売られたから買っただけだ」

省略されているが、喧嘩を、ということらしい。

「またかい」

草薙が呆れた声で言い、周防の隣に座った。自分も懐から煙草の箱を取り出し、一本くわえる。

十束は周防と草薙の向かいのベンチに腰を下ろし、にこにこした顔を草薙に向けた。

「俺にも一本ちょーだい」

自分の煙草に火をつけようとしている草薙にねだると、渋るように眉を寄せられた。

「未成年やろ」

「わぁ、今さら過ぎる忠告！　俺何度草薙さんにお酒飲ませてもらったかな？」

「あーわかったわかった。けど、人が来たら隠しや。お前は尊と違うて見た目もばりばり未成年やからな」

「はいよー」

草薙は煙草の箱を軽く振って一本出し、こちらに向けてくれる。礼を言って抜き取ると、ジッポの火を差し出してくれた。前に一度興味本位で教わったのを思い出して、慣れない仕草でフィルターをくわえ、ストローを吸うようにしながら煙草の先端を火に当てる。ジッ、と微かな音を立てて、先端が赤く灯った。

深く吸い込むと、気管を刺激されて軽くむせてしまう。

「煙草、やっぱり何がいいのかよくわかんないなぁ」

「ねだっといてそれかい」

「だって、草薙さんとキングがしょっちゅう吸うからいいもんなのかなって思うじゃない？　なんかカッコイイし」

「お前は吸わん方がモテるタイプやで」

「草薙さんそれ、煙草吸ってる自分の姿はカッコイイと自任してる発言だね？」

「カッコエエやろ？」

「うわー、なんかうなずきたくない」

軽口の応酬をしていると、周防が小さく笑った。そういえば、こういうふうに三人きりでどうでもいいことを話すのは、少し久しぶりな気がした。最近では、三人顔をつきあわせる度何らかの協議をしなければならない状況が続いている。今だとて、話し合い、今後の対策を練らなければならない事態のさなかにあるのだが、三人ともがすぐにそうする気分にはなれずにいた。

ひんやりとした霧雨が音もなく降る薄暗い午後、病院の前の簡素な屋根の下、三人はぼんやりと紫煙をくゆらせる。

「チームホムラ、か」

ふいに、草薙が感慨深げな口調で言った。少し疲れた風情ではあったが、口元は微かに笑っている。

「いつの間にか、勝手に名付けられてしもたなぁ」

「草薙さんの店の名前なのにね」

十束も笑って言葉を返す。周防は軽く鼻を鳴らした。

「気に入らねぇなら今からでも好きなの名乗りゃいいだろ」

「あ、いいねー。どんなのがいい？」

軽い調子の周防の発言に、十束は乗っかる。

「どんなの言うてもなぁ……」

「『ライオンハウス』とか」

「カッコ悪っ！　しかもなんやえらいほのぼのしてそうやな。動物園か！」

「ハウスがいけないのかな？　じゃ、『サバンナファミリー』とか」

「動物園からサファリパークにはなったな」

草薙が煙草を挟んだ指で、頭痛をこらえるように頭を押さえる。十束は口を尖らせた。

「なら、草薙さんはどんなのがいいのさ」

「一応チーマーなんやから、それなりにカッコつけなあかんやろ。せやな……『ダークフレイム』

と、か……」

「？　草薙さんなんで赤くなってるの」

「突っ込むな……自分の発想に恥じとるだけや……中二か……」

「ふーん。キングは何がいい？」

周防に振ると、二人のやりとりをぼんやり聞いていた周防は煙を長く吐き出し「別に」と言った。

「なんでもいい。お前らが名乗りたいのがあるんなら名乗りゃいいし、ねえなら勝手に呼ばせとけ」

十束は軽く腕組みをして首をひねる。

「結局、なんだかんだホムラになじんじゃってるんだよね。あのバーの名前だから愛着もあるしさ。じゃあせめてもの工夫に、ホムラに漢字でも当ててみる？」

「炎じゃねえのか」

周防が言った。確かに、炎のイメージはよく合っていると十束も思う。

「もう一個漢字あるよね？　ちょっと難しい方。火偏に……」

「焰(ほむら)やろ」

草薙が指で空中に「焰」の文字をなぞってみせながら言う。十束はさらに頭を巡らせた。

「強そうにするんだったら、当て字でもいいよね。キングはやっぱりライオンっぽいから、ホムラのホは吠(ほ)えるとか」

草薙も笑ってそれに乗ってくれる。

「せやったら、ムは舞い踊るの舞(む)とかな」

十束が期待の目で周防を見ると、周防は面倒そうにしながらもつきあって、口を開いた。

「ラは、あれだろ。漢字の四みたいなのの下に、糸とかむにゃむにゃしたのがあるやつ」

周防の言い方が妙に子供っぽくて、十束と草薙は思わず噴き出す。

「吠舞羅な。暴走族かっちゅーセンスやな」

草薙がおかしそうに言うと、周防も軽く肩をすくめた。

「大差ねえだろ」

周防は大分短くなった煙草を口にくわえて、雨雲に覆われた暗い空を見上げた。

「名前なんざ、どうでもいいさ」

どうせ、望んで作ったチームじゃない。

周防のセリフのあとにその言葉が続くような気がして、十束は黙って指に挟んだ煙草の先を見つめる。

多分三人が三人とも、チームホムラを作ってしまったことに対して、責任めいたものを感じている。

十束は、周防をキングと呼び、周防を多くの少年たちから本当に「キング」と呼ばれる座に押し上げてしまった。

草薙は、少年たちの厄介事の相談を受けているうちにその中心人物となり、半自然的にではあるがホムラと呼ばれるチームを形成することとなってしまった。

周防は、求心力となってしまった。その強さと彼が持つオーラによって人を引き寄せ、その結果生じた面倒事は草薙と十束に担わせている。

どれも、責任と呼べるほどのものはない。けれど三人ともがそれぞれに、この事態に至るなんらかの引き金を自分が引いてしまったような気分を漠然と持っていた。

る。

「まあ、せやな」

切り替えるような口調で草薙が言った。喫煙所の灰皿に煙草を押しつけて揉み消し、立ち上がる。

「今の俺らのチームに付けられた名前は、よその人間からの識別記号でしかない。今考えるべきことは、他に山ほどあるわ」

草薙は仲間に指示を出すときの顔になって、周防と十束を見た。

「尊、お前はひとまずバーに戻って待機しとってくれ。あと、一人で動くな。お前に何かあったら正直俺らは終わりや。しばらくは俺の指示に従ってほしい」

周防は返事をしなかったが、明確な不満がある様子でもなかった。無言のまま立ち上がる。

「十束、お前はもう少しここに残ってくれ。襲われた連中、さっきはまだ興奮状態でいまいち話の要領を得んかったからな。ちと時間をおいてからもういっぺん襲撃時の話を聞き出してみてくれ。それにはお前が適任や」

「わかった。草薙さんは？」

「俺は他のメンバーに連絡して状況説明して、今後の指示出さな」

草薙は大儀そうに立ち上がり、一つ伸びをした。

状況を話せば、またさっきのように頭に血を上らせたり取り乱したりする者たちが出るだろう。

これから山積みの面倒を前にした草薙を見上げ、十束は「お疲れ様」とねぎらいの言葉を投げる。

じゃああとで、と軽い挨拶を交わし、周防と草薙は別々の方向へ歩き出す。

一人取り残された十束は、暗い霧雨の空を見上げて軽く息をついた。吐き出した息がほのかに白い。今日はずいぶん冷える。

「王様、かあ」

十束は一人、ぽつりと言った。

†

ホムラメンバーが襲撃された事件から一週間で、報復は完了した。

草薙の指揮下、襲撃犯の捜索が行われ、特に張り切っていた長浜と彼のチームが深夜まで街をかけずり回った末襲撃犯を見つけ出し、乱闘を経て勝利を収めた。

十束は、その知らせを持って襲撃されたメンバーが入院している病院を訪れた。報告を聞いても、まだベッドからろくに動けない状態のメンバーたちは少しほっとした顔を見せたくらいで、特に喜ぶこともなく顔色も優れなかった。

怒りさえも塗りつぶすほどの恐怖に飲まれた彼らは、おそらく退院したらそのままホムラから去るのだろうと十束は察した。

病院の売店で昼飯におにぎりを買い、十束は病院の外のベンチに座る。一週間前、周防と草薙と三人で座り話をしたベンチだ。あのとき抱えていた懸案事項は一応片がついたというのに、十束の心はもやもやとして晴れなかった。今日の空も、十束のそんな心情に寄り添っているかのように厚い雲に覆われて灰色をしている。

ビビンバおにぎりをもそもそと囓りながら、十束は遠くの空を眺めていた。

『そういえばあいつら、ぶっ倒すとき変なこと言ってたんだよな』

草薙に襲撃犯との乱闘の様子を話していた長浜が、ふと思い出したように笑い混じりに言っていた言葉が、十束の頭に浮かぶ。

『明日は掃除の日だっていうのに、こんなとこで終われるかよ、ってさ』

なんだよ掃除の日って。町内会の清掃にでも参加する気だったのか？　と、長浜は失笑していたが、十束は引っかかった。草薙もそうだったのだろう。確かめようのない不穏な気配に、草薙は眉を曇らせていた。

まとまらない思考をふわふわさせながらおにぎりを咀嚼する。ご飯に混ざったナムルの歯ごたえがいいなぁとぼんやり思ったとき、視界の端に見覚えのある顔を見つけた。

工事の作業着を着た、二十歳そこそこの男だった。男は、迷いをありありと顔に浮かせた様相で十束を見つめている。ひょろりとした痩せぎすの男だ。

十束は確かに、その男に見覚えがあった。が、一体どこで会ったのか、すぐには思い出せない。向こうが十束を見つめているということは気のせいではないはずなのだが。

痩せぎすの男はしばらく躊躇していたが、やがて、覚悟を決めたように近づいてくる。

「……十束多々良、だよな？」

「えーと？」

覚えてないと素直に示す態度で首を傾げると、痩せぎすの男は困ったように眉を八の字にした。

「あんときは、悪かった」

視線を泳がせ、ひどくばつが悪そうにぼそぼそ言うその姿を眺めているうちに、十束の記憶が繋がる。

「あー、中学のときの。俺を病院送りにした人の一人か」

過去の恐怖や憤りは引きずれない人間なので、やたらとあっけらかんとした声が出てしまった。その声の明るさに、痩せぎすの男は戸惑い、視線を落ち着かなく揺らす。

気まずそうにしているわりには去っていこうともしない。何か話したいことがあるのだろうと思い、十束は自分が座るベンチの隣の座面を軽く叩いた。

「座る？」

男は、少しの間ためらうそぶりを見せていたが、やがておずおずと近づいてきて腰を下ろした。痩せぎすの長身を小さく折りたたみ、外見に似合わないかしこまり方をしている。対する十束は、足を前に投げ出すように伸ばして、リラックスした体勢で座っていた。

「えーと、名前聞いたことなかったよね？」

「野木だよ」

「野木さん、ここで働いてるの？」

「……ここの病院、新館建設中で、そこの現場で」

「へー。俺、そういえば土木関係の仕事はまだしたことないんだよね。やっぱり力持ちじゃないとキツイ?」

「そりゃあまあ……って」

野木は十束のペースに乗せられて普通にやりとりをしてしまってから、そうじゃないだろというように首を振った。

「お前、なんでそんなに普通なの」

「え、何が?」

「だから、自分をあんな目に遭わせた奴に……つっても、今さらか。お前、あの直後ですら、普通に俺たちに話しかけてきたもんな。あれ、もういっそホラーだったぜ」

野木は少しだけ緊張を解き、小さく折りたたんでいた足を開いた。自分の膝の上に肘をついて、前屈みにうつむく。

十束は彼と逆に、後ろに手をついて空を見上げた。低く垂れ込めた雲が続く、灰色の天井のような空。

「お前今、ホムラの中心人物の一人なんだってな」

うつむいた体勢のまま野木が言う。十束も空を見上げたまま「なんかそんな感じになっちゃった」と答えた。

「あの頃はひ弱な中学生だったくせに、今じゃギャングチームの幹部か」

「俺自身は別に、何かが変わったわけじゃないんだけどね」

「俺は変わったぜ。……今はまともに働いてるし、バカなことはしてねえ」

「そりゃよかった」

沈黙が落ちた。その間に十束は考える。まともになったというこの人に聞いても仕方ないだろうとは思いつつも、口にしてみる。

「闇山光葉」

十束が中学生だった三年前に聞いた名前。そして、最近になって再び見た名前だ。

「野木さんの昔のボスだよね。俺を襲えって命令した人」

「ああ」

野木も闇山の名前が出ることは予想していたのか、動じない声で応じた。

「この前、その人と会ったよ」

今度は野木も驚いたらしい。顔を上げて十束を見る。

「どこで」

「バーHOMRAに飲みに来た」

なぜか顔は認識できなかったのだが、十束自身が理解できていないその現象について話しても混乱を招くだけなのでそのことは口にしない。

「彼、これから何かしようとしてるみたいだ。……何か話、聞いてない？」

野木は姿勢を正し、十束に向き直った。その目には真剣な色が宿っている。

「話は、聞いてる」

ぴりりと空気が張り詰める。ああこの人は、これを話したくて俺の前で立ち止まったのだと十束は察した。

「今、鎮目町荒れてるだろ。あれの中心にいるのも光葉さんだ」

静かな病院の前のベンチ。二人しかいないというのに、野木は誰かに聞かれるのを恐れているかのように潜めた声で言った。

「俺と一緒にお前をボコった……坂田っていう男。そいつ、今もストリートでのしてて、結構いい地位にいるらしいんだけどさ、そいつから聞いたんだ。今大手チーム同士が抗争してんのは、その裏に光葉さんがいるんだって」

「どういうこと？」

野木はかぶりを振る。

「よくはわかんねえ。けど、光葉さんは自分の帝国を作るつもりだって坂田は言ってた。今はその下準備中だって。光葉さんが帝王として君臨するときには、自分はその幹部になるんだって息巻いてたけど。……昔、使い捨てにされたくせにな」

短い呼気を吐き出すようにして、野木は力なく笑った。話がいまいち飲み込めずに、十束は怪訝な顔をする。

「帝国を作る？　なにそれ」

「なにそれだよな。……けど、ずっと居所を定めなかった光葉さんが、最近は腰を落ち着けているらしい。坂田が言うには、今、光葉さんは外国人マフィアグループのボスなんだって」

「はい？」

闇山は確か、草薙と同い年くらいだったはずだ。二十歳ちょっとの日本人の青年が、外国人マフィアのボス？

現実感のない話に十束がきょとんとしていると、野木は苦笑した。

「本当かどうかは知らねえ。坂田はここだけの話だとか言ってたけど、適当なホラ吹き込まれて馬鹿だから信じちまってるだけかもな。……だからまあ、話半分で聞いとけよ。鎮目町のイーストサイドタワーあるだろ、最近できた小洒落たビル。あそこにそのマフィア事務所があって、光葉さんは今そこにいるんだって坂田は言ってた」

十束は、隣に座る野木の横顔をじっと見つめた。野木は自分の靴先を見下ろしたままで、十束の方に視線を向けようとはしない。

「どうしてそれを俺に教えてくれたの？」

「別に……。ホムラや、お前の話は、時々噂で聞いてた。そんで、ここで働いてたら、ガラがわりーのが病院出入りしてるの見かけて、ホムラの連中がボコられて入院してるって聞いて……そんでそんなときに、ちょうど坂田と会って光葉さんの話聞いたからさ。なんつーの？　巡り合わせってやつ？」

ぼそぼそと言い訳がましい口調の野木の言葉を最後まで聞いてから、十束は腰を上げた。

「ふーん。じゃ、ちょっと行ってみようかな」

十束は軽い口調で言った。野木は首を傾げて十束を見上げる。

「どこに？」

「今教えてもらったビルだよ。本当かどうかはわからなくても、様子を見に行ってみる価値はあるじゃない？」

野木はぎょっとした顔で慌てて十束の腕をつかんだ。

「おまっ、何言ってんだよ⁉」

「別に、いきなりマフィア事務所のドアノックして『閻山さんいますか』とか聞いたりはしないって。ただ、近くに行ってみたら何かわかることがあるかもしれないじゃん。ないかもしれないけど」

「そんな……行き当たりばったりな……」

「行き当たりばったりって大事だよ。ボケツニイラズンバコジヲエズってやつだよ」

「虎穴（こけつ）に入らずんば虎児（こじ）を得ずだろ。墓穴（ぼけつ）には入るな。俺ガキの頃からバカだったけど、お前もっとバカだろ」

十束があははと明るく笑うと、野木は呆れたため息をつきながらも少し笑みを漏らした。そうしてから、笑ったことを後ろめたく思うような複雑な表情になる。

「……あのとき、あんなことして悪かった」

急に話が戻ってしまい、十束は目をぱちぱちさせる。そんな昔のことをそう何度も謝らなくてもいいのにと思うが、野木が真剣に悔いていることは伝わって、十束は微笑を浮かべる。

「あのときのこと、ちょっと思い出したよ」

十束は真面目な声で言った。野木は少し緊張した面持ちになり、姿勢を正す。

「俺あのとき、罪の意識があるなら、一個貸しにしとくって言ったよね」

「……ああ」

野木も覚えていたらしく、神妙にうなずく。

「なら、わざわざ俺に話しかけて闇山光葉の情報教えてくれたことで、その貸し返却ってことでいーよ」

「つってもお前……別にお前にとってそんな役に立つ情報でもなかったろ……」

「まあそうだけどね。でも、野木さんだってそのつもりで俺に情報教えてくれたんじゃないの？　巡り合わせって言ってたけど、ホムラメンバーが入院してることや坂田って人に会って話を聞いたことは偶然でも、俺の前に現れたのはそうじゃないでしょ？　俺に知ってること話そうと思って、わざわざ会いに来たんでしょ」

野木は肯定とも否定ともつかない、曖昧な首の振り方をした。

「どっちにしろ、俺、長く怒ってるの苦手なんだ。ましてや三年も前のことなんかさ。それに」

十束は野木に向かって、歯を見せて笑う。

「今のあんたとは、話しててちょっと楽しいし。だからなんか、もういーよ」

野木は、喉に何かを詰まらせたように顔を赤くし、苦しげなような、泣きそうなような表情を見せた。両手で自分の両膝をつかみ、もう謝罪の言葉は言わないまま頭を下げる。

「………うん」

「じゃあね。またいつか会えたら」

十束が手を振って歩き出すと、野木がベンチから立ち上がった。

「気をつけろよ！　……光葉さんは、本当に、やばいぞ」

「無茶はしないって。自分が弱いことは知ってるし、無茶すると草薙さんに怒られるからね」

明るく言って、十束は今度こそ前を向いて歩き出した。

十束は喧嘩が弱い。草薙のような頭のよさもない。が、ネズミのようにちょろちょろすることは得意だし、『引き』も強かった。人と喋って聞きたいことを聞き出すことに関しては特技と呼んでいいレベルだと草薙から太鼓判を押されている。十束は自分のことを、偵察には向いているタイプだと自任していた。

明日——つまり今日は、掃除の日だと、昨夜長浜たちが倒した連中は言っていたという。たいした意味のあるセリフではなかったのかもしれない。だがもし何かが起ころうとしているのなら、今のうちに少しでも情報を集めたかった。

†

バーHOMRAは草薙水臣の小さな王国だった。そしてそれは今、草薙出雲のものである。

水臣の王国の客だった人間は、もう草薙出雲のバーには訪れてこないだろうという者も多い。

生島もまたその一人だった。

生島は鎮目町をシマとするヤクザの幹部であり、バーHOMRAの常連客だった男だ。だが、バーの経営が水臣から出雲主体に替わると共にだんだんと足が遠のき、今後はきっと――草薙がバーを前のように開くことができるようになったとしても――もう来店することはないだろうと思えた。

「一体俺に何の用だ、草薙甥」

草薙は呼び出した生島と喫茶店で向き合っていた。

カフェとは呼ばれないであろう古いタイプの喫茶店。客の年齢層も高く、新聞を読みながらコーヒーを飲む中年男性の姿が多い。

生島は赤い布張りのソファーにそっくりかえるようにして座り、煙草をくわえる。草薙はバーでの癖で、ポケットからジッポを取り出し火を差し出した。

「叔父が……草薙水臣が亡くなったことは」

「聞いてる。病気持ちだったんだってな」

草薙は小さくうなずいた。

「きちんとご連絡もできませんで……」

神妙に言ったが、生島はおかしそうに笑う。

「客一人一人にゴレンラクして回るわけでもないだろ。第一、俺の連絡先知ってたとは今回呼び出されて初めて知ったぜ」

「叔父のタンマツに残ってました」

生島は煙草の煙を吐き出しながら草薙を見た。

「これであのバーは正式に、ガキの城になったな」

草薙が面目なさそうな顔をすると、生島は小さく笑った。

「それでいい。世代交代ってのはそういうもんだ。……で、用件は」

草薙は居住まいを正す。

「鎮目町の情勢について、話が聞きたくて」

生島は渋い表情で煙草の煙を吐き出す。

「ガキどもの戦争ごっこ、まだ続けてるのか」

「忠告してもろたのにすんません」

草薙は軽く頭を下げた。

「いや。あのあとすぐ叔父が死んで、お前もそれどころじゃなかったろうしな」

「それに……生島さんにとっちゃガキの遊びに見えるでしょうが、俺らも、もうあとには引けんとこまで来てしもてます」

「んなこたねえだろ。あとに引けないなんて思ってるのはお前の錯覚だよ草薙甥。特にお前は簡単だ。全部放り出して、大学生活に専念すりゃいい。上等な大学行ってんだろ？　若気の火遊びにしちゃ、深入りし過ぎだぜ」

確かに。草薙は、今まで面倒をみたり親しくしたりしていた連中への義理や責任を全部うちゃってしまえばそれも可能だろう。だが、周防や十束はそうはいくまい。

周防はもう、こちらの道を行く気だ。真っ当な社会に背を向けた道。もともと、周防はこの世界の歯車になるのが決定的に向いていない質だった。そして、自分たちが窮地に追い込まれている今、周防はいつになく楽しげにしている。しばしば危うさを感じてしまうほどに。

十束はその気になればどこでも生きていけるだろうが、あいつはあいつで引き返す気などさらさらない。基本的には平和主義のくせしていわゆる平穏な生活を求める心はなく、どちらかといえば地獄を愉快に生き抜くスキルに長けている質だ。最近はさすがに少し思うところもあるのか若干元気がないが、少なくとも周防がいる限り共に行くことは間違いないだろう。

「友達放って、平和な生活なんかできませんよ」

困った笑みを浮かべて草薙は言った。生島はふんと鼻で笑う。

「青春だな」

バカにするような口調ではあったが、どこか眩しげにも見える顔で言った。

だがすぐに生島は表情を消し、真顔で長く溜まった煙草の灰を灰皿に落とす。

「……が、こっちも少々状況が変わった」

急に低くなった生島の声に、草薙も表情を改めて身を乗り出した。

「というと？」

「最後にお前と会ったとき、闇山光葉の話をしたな」

またその名だ。草薙の体に軽く緊張が走る。

「あのときは、単に昔ガキどもを騒がせてた過去の人間の話としてその名を出したが、ごく最近になって、その名前が再び聞こえだした。……俺の耳に入ったのは四日前だ」

生島は、正体不明のものを噛みつぶしてしまったかのような、不快そうな表情を見せた。

「あのとき話した、最近不自然に勢力を伸ばしている海外マフィア。そのトップに、その闇山光葉が座ったって話だ」

「は？」

草薙はぽかんと口を開ける。生島は忌々しげに短い髪を搔き上げた。

「突然、お前らガキどもの問題が、大人の世界(こっち)に侵食してきやがった――」

生島の言葉尻に被さるように、生島のタンマツが鳴った。生島は内ポケットからタンマツを取り出しすぐに応答する。

草薙は正体の見えない焦燥感に尻の座りが悪くなり、自分を落ち着けるように冷めたコーヒーに口をつける。

「ああ。……ああ。――なんだと？」

相槌だけで電話の向こうの相手に応えていた生島の表情が、突然凍りついた。

ただごとではない表情だった。生島の細い目の中の瞳が一瞬光を失い、次の瞬間ぞっとするほど鋭くなる。唇がめくれ上がり、強く食いしばった歯が見えた。

「……生島さん？」

短い言葉をいくつか投げて電話を切った生島を、草薙はおそるおそる呼ぶ。

「うちのボスが殺された」

草薙は息を呑み硬直する。生島はもう草薙を見ようともせずに席を立った。

「だっ、誰にですか⁉」

生島は答えなかった。

ついに戦争が始まるぞ。

ただ低くそうつぶやいた。草薙の背中に冷たい汗が伝う。

窓の外は、襲い来る不穏を象徴するような、灰色の雲が波打つ曇天だった。

†

周防は駅にいた。

ポケットに手を突っ込んで混雑したホームにだらりと立ち、鎮目町に戻る電車を待つ。

昨夜、目先の懸案事項だったホムラメンバー襲撃事件の片がついた。結局周防が出ることもなく、下の連中だけで事は済んだ。

昨夜は呼び出されてごたごたの顚末を聞かされたりしているうちに朝になり、そこから眠る気分にもなれずに周防は久しぶりに鎮目町を離れた。

周防が出かけた先は、南関東のクレーター跡だった。かつて街があり、今は海の底に沈んだその周縁部を、周防は海風に吹かれながらそぞろ歩いた。曇り空の午前中はちょうどいい塩梅に薄暗く人気もなくて、周防が一人歩くには具合がよかった。

趣味といえるものは特に持たない周防だが、海を見ながら歩くのは嫌いじゃなかった。そしてそれは砂浜のある美しい海岸でもなければ、景色のいい磯でもなく、ほんの数年前にえぐられてできた真新しい崖の下に見える、特に綺麗でもない薄濁りの海だった。

その海面の下には、かつて街だったものが沈んでいる。

なぜ周防がそこを選ぶのか、明確な理由はない。

南関東のクレーターは周防の生活に直接的な影響を与えるものではなかったし、思い入れがあるわけでもない。

ただ、クレーター周縁の海辺を歩くと、ゆっくりと頭が冷えていくような心地になった。その感覚を求めて、周防はまれに、その場所に歩きに来ることがあった。

最近の周防の神経は過敏になっている。じっとしているのが苦痛だった。気が立っているのとは違う。機嫌はむしろいいくらいだ。

鎮目町の空気が毛羽立ち、混沌と変化していくのを、ここしばらく周防は感じ続けている。その変化はどんどん加速していた。殺気と害意と、どこから発生しどこへ向かっているのか知れない野心が街中に渦巻くその気配に触れて、最近の周防はずっと覚醒状態になっていた。

いつもぼんやりと眠たく、気怠さを纏っているのが常だった周防が、神経を尖らせ、目を光らせている。

その感覚は愉快でもあったが、十束以外の人間からも「キング」と呼ばれるようになってしまった立場では気の向くままに動くこともできず、周防は覚醒状態の神経を持てあましがちだった。

それをなだめて冷ますように、海辺のそぞろ歩きを済ませてきたところだ。

ぱっとしない曇り空の午後。周防は乗り換え電車を待ってホームに立つ。

混んではいないが、電車を待つ人間はそれなりにいた。午後の中途半端な時間だ。どの顔もさほど急いでいる様子はなく、だらだらとした空気が流れている。

ふいに、周防のポケットでタンマツが震えた。取り出すと、草薙の名前が表示されているのが目に入る。

「何だ」

もしもしも何もなく問うと、緊張した草薙の声が聞こえてきた。

『尊。えらいことになった』

多少の状況では平静を保つ草薙が動揺している。周防は黙ったまま先の言葉を待った。

『以前バーＨＯＭＲＡによう来とった常連客に、徳誠会いうヤーさんの幹部がおるんやけどな。そこの組長が殺された』

「……それで？」

物騒な言葉にわずかに反応しつつも、周防は冷静に問う。動じない周防に引っ張られてか、草薙も声のトーンをやや落ち着かせた。

『まだ情報が錯綜（さくそう）しとって詳しいことはわからんのやけど……どうやら、最近鎮目町で勢力伸ばしてる海外マフィアが関わっとる可能性が高いらしい。そんで……』

草薙は、耳打ちするかのように声をひそめた。

『どういうわけでそうなったのかはわからんが、どうやらその海外マフィアのトップに、闇山光葉がおるっちゅう話がある』

ごうっ、と音を立てて電車がホームに滑り込んできた。電車の巻き起こした突風で、周防の髪やジャケットの裾がなびく。

『尊、聞いとるか？』

「聞いてる」

『とにかく、何かおかしなことが起こっとる。事態はヤクザ同士の問題だけで済まんと思う。俺たちは多分、すでにえらい状況の渦中におるんやないかっちゅう気がする。俺はもうちょい情報収集するからまだ帰れへんけど、お前はバーに戻って十束に連絡して——』

「悪いが」

周防は、指示をまくし立てようとする草薙の言葉を遮った。周防の目は、今ホームにやってきて止まった電車を見据えている。

「俺もまだ戻れるかわからねえ」

『尊？』

周防はぎらつく目で目の前の電車を見つめていた。

それは奇妙な光景だった。

混雑した駅のホーム。そこにやってきた電車。回送電車ではない。ここにいるほとんどの人間が待っていたであろう電車だ。

だが、その電車は無人だった。そして、ホームにいる人間の誰一人、電車が来たことに反応しない。

電車が来たことに気づいていないかのように、そもそもそんなものは見えていないかのように、乗客となるはずの人々はそれぞれタンマツを眺めたり、ぼんやり宙を見ていたり、退屈そうにあくびをしていたりする。

周防は視線を上げ、ホームの電光掲示板を見た。十三時四十五分に発車する鎮目町直通の快速電車。安全に、早く、バーへ戻ることを考えるならば、この電車に乗るべきではないことは、周防ほど本能が働かない人間でもわかるだろう。

しかし周防は、迷わず開いたドアの中に踏み込んだ。

「ちと野暮用ができそうだ」

『尊⁉　何があった！　トラブルが起きたんなら──』

草薙の言葉を最後まで聞かず、周防は通話を切った。

一人で動くな。お前に何かあったら終わりだ。俺の指示に従ってほしい。先日草薙に言われた言葉は覚えてはいたが、今の周防にとってはどうでもよかった。

周防は、わくわくしていた。

わけのわからないこの状況に。本能が危険信号を点灯させていることに。まるで子供のようにわくわくし、自分の中の獣が立ち上がって舌なめずりするのを感じた。

がらんとした電車の中に、周防は一人立つ。背後でドアが閉まった。振り返ると、それまで電車の存在に気づいていない顔をしていたホームの人間たちが、電車が動き出すと同時にハッとした顔になり、走っていく電車を目で追うのが見えた。彼らの顔の上には一様に、驚きと戸惑いと混乱が見えた。

　電車が来たことに気づかなかったことに気づいたのだ。

　いつかも似たようなことがあったと、周防は記憶をたどる。こんな大層な状況ではなかったが、確かに似た感覚だった。あれは——

「人間、向上心は大事だな」

　空っぽの車内に、男の声が響いた。

　周防が視線を向けると、そこにはリムレスフレームの眼鏡をかけた青年がいた。あまり特徴のない平均的な顔をしていて、一度会っただけでは顔を覚えるのが難しいだろう男だ。

　だが周防は彼を覚えていた。

「俺の異能(ちから)は万能じゃない。さすがに、電車なんていうでかくて誰もが気にしているものを気にならなくさせるなんていうのは無理かと思ったが、やってみるもんだ。光葉の身の程知らずに俺も感化されたかな」

　男は耳に残らないさらっとした声で喋る。周防は男を見据えた。

「『マリアージュ』で会ったな」

『マリアージュ』は周防が用心棒(バウンサー)をしている多賀谷の店の名だ。あの店に、数人の外国人客と共にやってきた——いや、やってきたことに気づかなかった、日本人の青年。いなかったはずなのに突然現れた男。誰もその存在に気づけなかった、謎の男だった。

まるで、今のこの電車のように。

「鶴見トウヤだ。お前は、周防、周防尊だな」

鶴見と名乗った男は、周防の頭のてっぺんから足先までをゆっくり眺めた。

「今日は〝掃除の日〟だ。計画開始に際して、お前のことも掃除する。光葉は自分でやりたがってたけど、その必要もないだろ」

鶴見は内心の見えない顔で薄く微笑んだ。周防も笑みを返す。

「俺は今、喧嘩を売られてるわけだな。こんなご大層な舞台まで用意して」

「ああそうだ。鎮目町まで十五分。短い旅だが、十分な時間だろう」

規則的な走行音と揺れに包まれた閉ざされた空間の中、周防は鶴見の存在のすべてに神経を集中させた。

†

例のマフィアの事務所が入っているというイーストサイドタワーは、一階部分が一面ガラス張りになっている、洒落た高層ビルだった。

会員制の高級クラブやバーなどが下層階にあり、上層階は会社らしきものがいくつか入っている。それらの会社がマフィアの隠れ蓑(みの)のようだ。

来てみたはいいが、立派な場所過ぎてちょっくら偵察というわけにはいかなそうだった。

無駄足だったかな、と十束は首を傾げる。手が届くお値段だったらバーにでも潜入して噂話の収集もできるだろうが、今の十束の手持ちの金ではどうしようもなさそうだ。いや、そもそもこも夜の店だから、どちらにしろ昼間のこの時間では人もいないか。

十束が頭を巡らせていると、タンマツがラジオ体操第一の音楽を鳴らした。なんで着信音がラジオ体操やねん、と草薙には突っ込まれたが、最近は夜中に寝ているときの緊急連絡も多いので、そんなときでもラジオ体操の音楽が鳴るとさわやかに起きられる気がするからである。

画面で相手を確認すると、ホムラメンバーの一人だった。

「もしもし？　十束ですー」

十束は明るく応答した。だが、タンマツの向こうから返ってきたのは声ではなく、緊迫した息づかいだった。

走っているらしい荒い呼吸と足音、時折漏れる切羽詰まった喘ぎが十束の耳に届く。

異常の気配に、十束は表情を変えた。

「もしもし。どうしたの」

『今……今、襲撃受けてる』

苦しげな呼吸の合間から押し出すような声で、通話相手はようやく言葉を吐き出した。十束は耳にタンマツを押しつけ、向こうの気配を少しでも感じ取ろうと神経を研ぎ澄ませる。

「状況は」

最低限の言葉で端的に問う。はあはあという息づかいが強く聞こえ、返答が聞こえてくるまで少しの時間がかかった。

『最近色々やべーから俺ら数人で固まって動いてたんだけど、相手も集団で、襲われて……今日は掃除の日だっつって、ホムラも掃除するっつって……勝ち目もなくて、俺は今逃げてて……』

掃除の日、という言葉に、十束の心臓が一つ跳ねた。タンマツの向こうから聞こえてくる言葉は途切れ途切れで混乱しているようだったが、状況はわかった。耳に当てた小さな機械ごしに伝わる激しい呼吸音の向こう側、遠くの方で数人の男の怒号も微かに響いている。

「とりあえず君はそのまま逃げてどこかに身を隠して。すぐに応援を呼ぶから……」

十束の早口での指示も、最後まで言い切ることはできなかった。電話の向こう側から「アッ」と息を呑む声が聞こえ、続いて怒声と叫び声が近くなる。タンマツを路面に落としたらしい硬質な音が耳を叩き、そこで通話は途切れた。

十束は通話の切れたタンマツを見下ろし、しばし呆然とした。一件片がついたと思った矢先に、またホムラのメンバーが襲われている。しかも襲撃者は「掃除の日」だとか、「ホムラも掃除する」だとか言っていたらしい。今、他のメンバーたちもいっせいに襲撃をかけられているということだろうか。全面戦争が始まった?

十束は素早く指を動かし、他のメンバーに電話をかける。草薙は今日は人と会う用があると言っていたからすぐには動けないだろう。取り急ぎ他のリーダー格のメンバーに連絡を取って注意喚起して、今襲われているメンバーの応援に行ってもらって――

しかしいつまでも呼び出し音が鳴るばかりで、相手が応答する気配はなかった。十束の胸がさらに強く騒ぎ出す。

　十束は踵を返した。偵察どころではなくなった。ひとまずバーHOMRAへ急行しようとしたとき、車道を挟んで向かい側の道を歩く男と目が合った。

　彫りの深い造作の顔と眩いほどの派手な金髪をしている、ロックテイストのファッションに身を包んだ男だ。

　男もまた、十束を見ていた。今日は、似た事態が立て続けに起こる日だ。さっきもこんなふうに思い出せない相手と見合った。野木のときと違うのは、今目を見合わせている男は十束の知らない人間だと、十束の脳が判断していることだ。何しろ、その男は一度見たら忘れないだろう風貌をしていた。そうは思うのに――妙に記憶に引っかかるところがあった。

　金髪の男は、車を気にせずに車道に踏み出した。車通りの多い道を悠々と横切って十束の方へ向かってくる。自分が車に気をつけるのではなく、車の方が自分に合わせるべきだという傲慢で堂々とした態度だった。男の前で車が急ブレーキを踏み、高らかにクラクションを鳴らす。

　男が近づいてくるにつれ、十束の肌が何かを警告するようにちりちり疼き出す。十束は男の顔を凝視した。知らないのに知っているような気がする顔。

「お前、十束多々良だな」

　男の声が十束の記憶を刺激するのと、十束の目が男の右耳を捉えるのは同時だった。

　男の右耳は、上半分が切り取られたかのようになかった。残った耳たぶにはいくつものピアスがついている。彼が耳無しと呼ばれる所以だ。

「闇山光葉」

十束がその名を口にすると、彼はにぱっと子供のような笑顔を見せた。

「そうそう正解」

闇山はほめるように十束の頭をぐりぐりと荒く撫でる。

十束はされるがままになりながら闇山の顔を凝視し続けていた。やはり見覚えはない。だが声に聞き覚えはあった。バーＨＯＭＲＡに来た奇妙な客の声だ。

「あんた、少し前にＨＯＭＲＡに来たよね。紙ナプキンに書き置きを残してった」

「ああ」

「俺、あのときなんでかあんたの顔が認識できなかった」

闇山は、口角を三日月形に吊り上げて笑った。さっきの子供のような笑顔とは違う、今度は邪悪に見える笑い方だった。

「世の中には知らなかった不思議なことがたくさんあるんだぜ、少年」

からかう口調で闇山は言う。

十束は闇山をまじまじと観察した。

闇山に対しては噂から想像された狂犬めいた恐ろしさはさほど感じなかった。次にどんな行動を取るのかわからない雰囲気と、内包する爆発的エネルギーのようなものを感じるが、それは別に十束にとってはめずらしいものでもない。上品な社会で生きていない人間の中にはそこそこいるタイプだ。

闇山が纏う雰囲気と、いかにもキレた人が好みそうなファッションセンスからすると、闇山は意外に思えるほどに理性的な目をして見えた。理性的に狂っている、というのが一番印象に合う。

十束は彼の体から、わずかに焦げたような匂いを感じ取った。

「なんか、焦げくさいね？」

「わかるか」

闇山は嬉しげな顔で両手を広げる。焦げた匂い——炎の残滓のような匂いが強くなった。

「いくつか燃やしてきたとこなんだ。これから、俺は王になる」

王。十束はどう答えたらいいものか迷い、口を引き結んだままただ闇山を見上げていた。

その言葉は、周防を比喩する言葉として十束も何度も使っていた。その十束が言うのもなんだが、彼が一体どういう意味合いで「王」という言葉を使っているのか測りかねた。

闇山は十束の姿を上から下まで眺める。

「十束多々良。周防尊をトップにするチームホムラのメンバーだってな。ちょうどいい。茶でもしようぜ」

「今ちょっと急いでるんだけど……断ることはできるのかな？」

「できると思うか？」

闇山は笑う。逃げ足には自信のある十束だが、今この目の前の相手から逃げられるようには思えなかった。

海外マフィアの事務所は最上階にあった。

十束はそこに通され、ふかふかしたソファーに座らされた。強面の外国人の男がソーサーがついた綺麗なティーカップに紅茶を入れて運んでくる。

そこはマフィアの事務所というよりは、金持ちが住むデザイナーズマンションとでもいう雰囲気で、とにかく広くておしゃれだ。床など、強化ガラスの下に水が張られていて、海の上で生活しているような気分になれるという仕様らしい。最近映像投影技術を駆使した動く壁紙が流行りだしたのでその類いかと思ったが、この床の水は映像ではなく本物だった。謎の金のかけ方だ。

「綺麗なとこだね」

事務所を見回して、十束は素直な感想を漏らした。闇山はおしゃれなティーカップの持ち手を使わず湯飲みのようにつかんで音を立てながら紅茶を一気に飲み干し、じろりと部屋の中に視線を巡らせる。

「金あるからな。鶴見がかなり稼がせてやった」

「つるみ？」

「俺の部下だよ」

闇山は、マフィアに「稼がせてやった」と言った。そして今、事務所内の様子を見ると、本来のマフィア構成員であるだろう壮年の外国人たちは闇山を始めとする日本人——それも年齢にも雰囲気にも統一感のない、この場にあまりそぐわない人間たちの指示に従っているようだった。

彼らは今取り込み中なのか、忙しげに出入りしている。

「うちでは、純粋に強い奴が上だ」

視線の動きから十束の疑問を感じ取ったのか、闇山が言った。

「闇山さん、ここのボスなんだってね？　どうしてそんなことになったの」

十束は率直に聞いてみる。闇山はハンと馬鹿にするような声を出した。

「王になるには土台がいるだろ。自分で一から作るよりは、もともとあるモンを奪って俺のものにする方が手っ取り早かったんだよ。ここは、トップの方はガタガタ抜かしてたが、その下の連中は金が稼げりゃそれでいい奴らが多かった。そのあたりは日本のヤクザよりドライかつ合理的でいい」

「マフィアの人のトップに成り代わったってこと？　……もともとトップだった人はどうしたの」

十束の問いに、闇山はこともなげに答えた。

「消した」

十束は息を詰めた。

これはなかなかヘビーな状況だぞ、と、事態の深刻さのわりには重過ぎないテンションで十束は考え、慎重に口を開く。

「そこまでして……マフィアの王になりたいってこと？」

「いいや」

闇山は顎を持ち上げ、笑った。

「俺は、赤の王になる」

赤の王、と、十束はその言葉を口の中で小さく繰り返す。

「それって、伝説の赤の王……？」

赤の王。おとぎ話じみた都市伝説だ。かつて、「赤の王」と呼ばれた炎の化身のような男がいて、裏社会に君臨していたという噂。不良少年ならば誰もが一度は耳にし、うっすら憧れたことはあって、けれど本気にしてなどいない伝説だ。一説には、その赤の王が原因で南関東のクレーターができたというぶっ飛んだ話もあった。

闇山は立ち上がり、天井から床まで一面がガラスになっている窓に歩み寄って、下界を見下ろす。

「今日は掃除の日。そして、建国の日だよ」

闇山はくるりと振り返り、窓に寄りかかった。曇天を背負った闇山は歯を見せて笑う。

「逆らう奴は掃除し、従う奴だけ俺の国に引き入れる。大物はさっき俺が出向いて燃やしてきた。じき警察や青服も含めての戦争になるだろうが、勝つのは俺だ。お前らホムラも全部潰す気だったが、ここでお前と会ったのも何かの縁だろ。十束多々良、お前の実力に見合わない糞度胸はそれはそれで少しおもしろくなった。お前と、俺に従う気があるホムラの連中は部下にしてやっても構わない」

すぐ断ったらやばいだろうか、と考えながら、十束は黙って闇山と見合っていた。

「俺もお前も、この社会にとっちゃ価値のねえクズだ。だけど、俺と来れば見たことのない景色が見られる。最高にトベる体験ができるぜ」

答えはとうに決まっていたが、十束はまだ沈黙を選択していた。闇山は構わず、窓の外を横目で見て、薄い笑みを浮かべる。

「だが、尊は別だぜ」

周防の名前に、十束は軽く目をみはった。かつての周防と闇山のトラブルについては十束も聞いているが、それにしては妙に親しげな呼び方だった。

「あいつは潰す。そうでないと、王にはなれねえ気がする」

「どうしてキングのことをそんなふうに？」

好奇心に駆られて十束が問うと、闇山は興味深げに目を光らせた。

「キングって呼んでんのか」

そう言った闇山は、なぜか嬉しそうに見えた。

「ならお前にはわかるだろ。王は二人はいらねえ。俺と尊は似てるんだよ。似たもの同士は潰し合って、どっちが本物か決めなきゃならねえ」

闇山の言葉はわからないでもない部分はあった。周防と闇山には似通った部分があると十束も思う。

けれど同時に、違うとも強く感じていた。

「似てないよ」

十束は気負わぬ声音でさらりと言った。怒らせるかも、というのはもう気にせずいこうと腹をくくった。

「確かに同じようなとこはあるのかもしれないけど、でもそれってお互い釣りが好きなんだ奇遇ですね、ってくらいのもので、俺には全然似てるように思えない。それに……」

十束は闇山を見つめ、眉間に薄く皺を寄せた。

「あんたは、〝へーき〟じゃない」

闇山と周防がそれぞれ持つ危うさは、十束の目には別のものに映った。たとえ十束が闇山の身近な人間だったとしても、十束は彼には決して〝へーき〟とも〝なんとかなる〟とも言うことはないだろうと思った。

闇山は興を削がれたような、素っ気ない顔になった。

「俺もよく言われるけど、お前も何言ってんだかわかんねー奴だな。まあいいや。どっちにしろ俺がやることは変わりない」

闇山は髪を掻き上げる。半分ない右耳を飾るピアスが揺れた。

「今、俺の部下が尊のとこに行ってるよ。本当は俺が直接潰しに行く予定だったが、その部下がやりたいっつーんでな。まあ、鶴見にやられる程度なら直接遊べなくても別に惜しくもないし」

十束は体の脇でそっと拳を握った。今まで、周防が無茶な喧嘩をしても本気で心配したことなどなかったのに、今は腹の底がじりじりする焦燥感を覚えた。

「賭けるか？　どっちが勝つか」

愉快げな声で闇山が言った。

†

電車がカーブを曲がり、一つ大きく揺れた。

周防は意識を散らさないよう目の前の男を見据えながら、両足で踏みとどまる。

だが、周防が電車の揺れによってほんのわずかに体の軸をぶれさせたその一瞬のうちに、目の前に確かにいたはずの鶴見の姿は消えていた。

周防の前には、がらんとした無人の車内の光景だけが広がっている。薄暗く曇った外の風景を流す窓と、誰も座る者がいない座席、整った行進のように同じ動きをするつり革、車内を淡々と照らす白っぽい照明、ところどころに黒ずんだ汚れがある床。普段電車に乗る際には目を留めもしない車内の一つ一つに周防は目を滑らせる。

空気が動いた。

周防の目にはやはり何も映らなかったが、その感覚にはすでに慣れた。何かが動く肌感覚は周防の左手側から襲来した。周防は直感だけに従って上体を後ろに引く。

シッ、と空気を裂く鋭く小さな音と微かな風を感じ、一瞬前まで周防の首があった場所を銀色の光が通る。

ナイフだ。

周防はナイフを間一髪で避けると、靴底を前に押し出す蹴りを放った。相手を視認困難な状況で放つ攻撃のため、蹴りの動作はひどく雑ではあったが、戸惑いは捨てて渾身の力を乗せる。

靴底の端に、何かがかすめる感覚があった。だが攻撃自体は空を切り、周防は電車の手すりに思い切り蹴りを入れてしまう。ビイィン、と太い金属製の手すりが振動した。

視線を巡らせると、目を見開いた鶴見の顔が目に入った。が、それも一瞬のことで、周防が体勢を立て直したときにはまたその姿を見失っていた。

周防はもう一度車両の通路の真ん中に立ち直す。

一体相手がどんな手品を使っているのかは知らないが、周防はその奇怪さに驚いたり疑ったりすることを一切やめていた。ただ目の前の現実からこの状況について考える。

目を離してはいないのに見失う。そこにいるはずなのに見えない。

鶴見トウヤと名乗ったこの男はそういう技を使う。しかしそれは、本当に消えるわけでも、透明になるわけでもないと周防は判断した。

目に見えないだけではない。相手が立てる物音、息づかい、温度、動くときの空気の揺れ、そういった気配の元となるものが感じられなくなる。

しかし、相手が攻撃してくる瞬間だけは別だった。前回遭遇したときも今も、攻撃を受ける瞬間はその気配を察知することができた。

鶴見はさっき、自分の力のことを「気にならなくさせる」ものだと言った。原理はさておき、鶴見は何らかの方法で周防の「感覚」を狂わせている。それでもおそらく、危機を感じる瞬間には鶴見の狂わせる力を周防の察知する力が上回る。

周防は軽く足を開いてだらりと立ち、相手の動きを待った。
が、しばらく待っても電車の走行音が響くばかりで次の攻撃は来ない。こちらの集中が切れる瞬間を待っているのか。とはいえ、この電車が鎮目町に着くまでの時間は十五分。すでに四、五分は経過している。このままの時間がすぎれば、なし崩しにこの戦いは終了するだろう。

――そりゃあ、ねえだろ?

周防は足を踏み出した。

揺れる車両の中を、一歩、一歩と踏みしめてゆっくりと前に進む。

四歩目の足を持ち上げたとき、右手側に気配を感じた。とっさに腕を持ち上げ急所の首をガードしながら身を引く。

ザシッ、とナイフで切り裂く音が耳に届いた。右の前腕に熱が、次いで痛みが走る。それは元より覚悟の上の痛みだった。わずかも怯むことなく、周防は姿を捉えた鶴見に回し蹴りを放つ。

蹴りは空を切り、体勢を立て直す間にまたしても鶴見の姿は見えなくなった。

こちらから動けばやはりどうしても隙は大きくなる。攻撃を受けた右腕はジャケットを切り裂かれ、肉が割れていた。腕を下げると血の筋が幾本も流れ、手の甲を伝って指先から床へ落ちる。

そしてまた沈黙だ。周防は今度は少しも待たず、迷わずに足を踏み出した。さっきよりも速く、前に進む。口元は知らず知らずのうちに笑みの形を作っていた。

また気配を察知した。今度は斜め後ろ。座席の上に立った鶴見が、ナイフを携えて飛びかかる。

周防はその攻撃を受けた。

ナイフは周防の左の鎖骨の下に突き刺さる。

神経を貫く痛みが走り、だが周防はそれを無視してナイフを握る鶴見の手首を左手でつかんだ。

「捕まえたぜ」

周防はふてぶてしく笑った。鶴見の眼鏡の奥の目が見開かれるのを少し愉快に思いながら、周防は自分の血で濡れた拳を鶴見のみぞおちに突き込んだ。

ぐっ、と息が止まる声を漏らし、鶴見は身を折る。周防はさらされた首の後ろに肘を叩き込もうとしたが、鶴見は呼吸を止めたまま体をよじってつかまれた手を外し、低い姿勢から周防の顎を狙って蹴りを放つ。周防はバックステップでそれを避けた。

「が、はっ……」

間合いを取ったところで、鶴見はようやく周防に殴られたみぞおちを押さえて苦しげな呼吸をした。内臓が痙攣しているのだろう。ひゅ、ひゅと音を立てながらどうにか短い息をしている。

「こそこそ隠れながらナイフで刺してくるだけの野郎かと思ったが、普通の喧嘩もできんじゃねえか」

周防もまた、苦しい呼吸をしていた。左鎖骨の下に刺さったナイフをつかみ、引き抜く。血が飛んで、窓ガラスに赤い飛沫(ひまつ)が付着した。

「お前、むちゃくちゃだな」

少しずつ呼吸を取り戻してきた鶴見が、喘ぐように言った。

「そのナイフ、あと少し下に刺せてりゃ、心臓だぞ」

「だな」

少しばかりおかしい気持ちになって、周防は笑った。引き抜いたナイフを床に捨てる。

「お前、俺の力のこと、気にならねえのか」

鶴見は周防の次の動きを警戒するように身構えながら、怪訝そうに顔をしかめた。

「普通、言うだろ。『なんで消えるんだ!?』とか『どんなからくり使ってやがる!』とか『化け物!』とかさ」

実際言われてきたことなのだろう。鶴見は誰かの口調を真似るように、情感たっぷりに言った。

せっかくそう言っているので、周防は一応問うてみる。

「お前のその技、なんなんだ?」

「うわ、どーでもよさそう」

鶴見は渋い顔で苦笑した。

「知覚干渉能力、あるいは、認識操作能力。俺の力はそう呼ばれる。……と言っても、お前にはなんのことだかわからないだろうが」

「お前が俺の視覚や聴覚に干渉してるってことか」

「……まあ、そーだよ。お前頭柔らかいね」

はは、と乾いた笑いを漏らし、鶴見は腹を殴られたダメージから回復してきたのか、みぞおちを押さえていた手を離してまっすぐ立った。

「ただ、俺の力はお前には効きづらい。これだから、知覚を脳で処理する前に動く動物は嫌なんだ」

鶴見はぼやき、尻ポケットからもう一本ナイフを取り出した。さっきまで使っていたものと比べるとだいぶん小ぶりの折りたたみ式のナイフだ。

「光葉がお前にこだわるの、少しはわかるような気になったが……それでもやっぱり、お前は俺程度に殺されておけよ」

「光葉ってのは、闇山光葉か。お前ら、何がしたい」

鶴見は口を歪め、皮肉げな顔で笑った。

「光葉は、国を作るんだと」

周防が眉をひそめ、その意味を問おうとしたとき、もう鶴見の姿は見えなくなっていた。

ゴオオ、と車外から聞こえる走行音と、揺れに合わせてドアががたつく眠気を誘う単調な音が、がらんとした車内に満ちている。電車は、自分の腹の中で起きている異常事態を気にせず、淡々と進む。

走る棺桶(かんおけ)みてぇだなと周防はふと考え、ガラでもない発想に少し笑った。右腕と左鎖骨の下から結構な量の血を流しているせいで、若干思考が鈍っているのかもしれない。

周防はまた前に足を踏み出した。

痛みのせいか、リアルに死と隣り合わせなこの状況のせいか、周防の神経はひどく鋭敏になっていた。

空気の温度や流れを、微かな物音を、濃くただよう自分の血の匂いの向こうに感じる車内のほこりっぽい匂いを、視界に映るすべてのものの微細な動きを、周防の感覚器官が鋭く拾っていく。

事故に遭ったとき、周りのすべてがスローモーションに見えるという、あれに似ているのかもしれないと、頭のどこかで周防は考えた。死に瀕した状況で、体のすべてが生きようとあがき、五感が覚醒する。

獣じみた奴だと、今まで何度も言われてきた。猛獣などという呼び名もつけられた。そして今、周防はこれまでの人生の中でもっとも、獣だった。

周防は足を進めた。恐怖はない。靴底が床と擦れ合い、きゅっと音を立てた。よどみなく歩を進めてその車両の端までたどり着いてしまう。

一度後ろを振り返った。誰もいないように見える四角い箱の中、つり革だけが微かに揺れている。

ここには、いない。

周防はそう確信した。車両間を繋ぐドアを開け、連結部を通って隣の車両へ移る。

隣の車両に踏み込んだ途端、周防は鶴見を感じた。誰かが動く気配、自分以外の生物の匂い、そして目の前に鶴見の姿を捉える。

鶴見は大きく踏み込んできて、逆袈裟懸けにナイフを振り抜いた。周防は鶴見の右手側の床に飛び込むようにして転がって攻撃をかわす。起き上がり様に伸び上がって拳を放った。

鶴見は鋭い舌打ちをして避けたが、拳はわずかに鶴見の顎をかすめた。

鶴見の反撃のナイフが空気を切り裂く。周防の頰が薄く切られ、チリリとした痛みが走る。周防の拳が鶴見の脇腹を捉える。鶴見がうめきながら、周防の顔面に向かってナイフを突き出した。周防は上体をねじって避けた。対象物を捉えられなかったナイフは勢い余って窓ガラスに激突し、蜘蛛（くも）の巣状のひび割れを作る。

座席に突っ込む形で大きく体勢を崩した鶴見に足払いをかけて床に転がし、周防は上から鶴見を殴った。まともに入り、鶴見の眼鏡が歪んでレンズにひびが入る。鶴見は周防の胸ぐらをつかみ、体勢を入れ替えようとする。

揺れる電車の中、二人はごろごろと車内の床を転がった。

泥仕合的な戦いだった。だが、周防の目は鶴見の姿を捉え続けていた。

「くそっ！」

鶴見の靴底が、周防の胸に突き入れられた。突き放すような蹴りを食らい、周防は鶴見から離されて床の上に尻餅をつく。

一瞬、鶴見から視線が逸れた。

その隙に、鶴見は消えようとした。周防は自分の知覚に鶴見が干渉してくるのを感じた。

限界まで感覚が研ぎ澄まされていたせいだろうか。自分の視覚に、聴覚に、触覚に、嗅覚に、薄い膜をかけて知覚と認識力を鈍らせようとしているその見えない手が見えた気がした。

——うぜえ！

周防は、危機に瀕した獣の集中力で、さらに感覚を研ぎ澄ませた。自分の知覚にかけられようとしていた膜を切り裂く。

周防の目に、呆然としている鶴見の顔が映った。

「お前……」

鶴見はだらりと立ち尽くして周防を見つめていた。口から血が垂れていた。

周防は鶴見を見据えたまま立ち上がる。

こいつはひどくやりづらい。ぬめるウナギを捕まえようとしているように、つるりつるりと逃げていく。

だが、もう見失わない。

周防は歯をむき出して笑った。

鶴見は唇を震わせた。踵を返し、車両の奥へ走っていく。

「逃がすかよ」

周防は追った。

走る間、何度も鶴見が周防の知覚に干渉しようとしてくるのを感じた。周防はそれをことごとく払いのける。

端の車両まで追い詰めると、周防は足を緩めた。鶴見も立ち止まり、肩で息をしながら振り返る。眉尻を下げた笑みを浮かべ、お手上げだというように両手を軽く広げた。

「ホント、なんなんだ。俺の力は確かに万能じゃないが、こうも完璧にキャンセルされたのは初めてだよ。……何者だ、お前」

「そりゃ、普通は俺のセリフだろ」

「はは、もっともだな」

鶴見は肩をすくめ、歪んでずり落ちた眼鏡を押し上げた。覚悟を決めたのか、諦めにも似た、せいせいした空気を纏っていた。

もうすぐ電車は鎮目町に着く。鶴見の方も、その前に決着をつける気のようだった。その決着の行方がどうであったとしても。

「こんなことなら、拳銃持ってくりゃよかったな。そうすれば、俺の力が効いてるうちにズドンでお終いだったのに」

「なんでそうしなかったんだ」

「なんでだろうな。……店で会ったとき、俺の攻撃避けられたから、どこまでできんのか興味あったのかな。あとは、お前なんか別にたいしたことないってことを確かめたかったのかも。ちぇ、手間かけてこんな舞台仕立てて、その舞台の中で自分が追い詰められてりゃ世話ないな」

センセーショナルに殺してやろうと思ったんだけど、と、鶴見はぼやき、次の瞬間すっと真顔になった。

修羅場はいくつも経験してきたのだろう。鶴見はこの状況でも落ち着いていて、目にはまだ鋭い光があった。

周防は大きく踏み込み、拳を放った。鶴見が避ける。ある程度は知覚をぶらされているのか、やはりこの男は捉えづらい。

鶴見の蹴りを腕でガードし、もう一度拳を振るう。かわされる。幾手かの攻防があった。

周防は楽しかった。

奇怪な力がなくとも、鶴見はそこそこに腕が立った。いつになく目も耳も鼻も肌感覚も鋭敏になり反応速度が研ぎ澄まされている周防と、彼は渡り合った。

だが、アッパーカットの要領で突き上げられた周防の拳が、鶴見の顎を捉える。鶴見の頭ががくんと後ろに揺れ、一歩よろめく。

周防は鶴見の額をつかみ、乱暴に寝かしつけるかのように、その頭を背後の窓ガラスに叩きつけた。窓ガラスが砕け、風が逆巻きながら車内に流れ込む。

それでも鶴見はまだ動いた。脳を揺らされたせいで定まらない視線をどうにか周防に向け、風圧で髪をかき乱されながら、起き上がろうとした。周防は冷静に、もう一撃、拳を振り下ろした。

それで終わりだった。

はぁ、はぁ、と、周防の荒い呼吸が自分の耳につく。

窓枠にもたれて気を失った鶴見の胸ぐらをつかんで座席に横たえると、周防は短く息だけで笑った。

「一体、何事なんだかな」

何か、周防の知らない世界がある。そしてその世界が周防が住む世界に迫ってきて、異常な事態を巻き起こそうとしている。

『間もなく、鎮目町です。お乗り換えのお客様は――』

この惨状に不似合いな、平和でゆったりとした女性の声のアナウンスが流れ始めた。

周防は逡巡した。この車内の状況を、他人に納得できるように説明するのは不可能だろう。迷っているうちに、駅のホームが見えてくる。ここは最後尾の車両だ。もうすぐ先頭の車両がホームに進入する。

「……逃げるか」

周防は割れた窓から半身を乗り出す。風圧で髪とジャケットが激しくはためいた。

ギリギリまで減速を待ち、このぐらいなら死なねぇだろというタイミングで、周防は外へ身を投げ出した。

†

「賭けるならもちろん、キングが勝つ方に賭けるけど」

十束は闇山の目を見つめて言った。闇山の瞳には躁病じみた明るい狂気と、現状を淡々と分析する明晰さのどちらもが見えた。

「あんたもキングの方に賭けるとすると、賭は成立しないね？」

十束の言葉に、闇山はおもしろそうに片眉を跳ね上げる。

「俺も尊に賭けるって？」

「キングが勝つって思ってるんでしょ。だってキングは、王かもしれない人だから」

闇山は喉を鳴らして笑った。

「否定はしねえが、冷静に考えりゃ尊はただの人間。鶴見に勝つのは無茶だ」

ただの人間？

闇山の言葉に引っかかり、十束はわずかに眉をひそめる。

鶴見という人物はただの人間ではないということなのか。それは一体どういう意味で？　武器を持っている？　戦闘のプロだったり？　それとも単純に人数を率いているということだろうか？

どれも違う気がした。

(世の中には知らなかった不思議なことがたくさんあるんだぜ、少年)

先程の闇山のセリフが十束の頭の中を回る。

「あんたも、その鶴見っていう人も、何かが特別なんだね？」

闇山は小さく鼻で笑った。芸をした猿を嘲笑混じりに褒めるような表情だった。

十束はゆっくりと喉を上下させて、口の中に溜まった唾を飲み込む。

「それでもあんたはもしかしたら、キングが勝つかもしれないって思ってる」

十束が言うと、闇山は口を尖らせ、再びソファーに腰を落とした。靴のままソファーの座面に足を載せる。

「鶴見は使える奴だ。掃除を済ませてこれから国を作ろうってときにこんなとこで負けてもらっちゃ困る。……が、確かに、俺はどこかで尊が勝つことを期待してるとこはあんのかもな」

闇山はどこか遠くを見るように視線を浮かせた。

「尊がもし、どうにかして鶴見に勝つことがあったら、そのときこそ俺があいつを倒す。赤の王の資格が発生するのはそれからだって気がしてる」

「じゃあその話、キングに伝えておくよ」

十束が言葉を滑り込ませるようにさらりと言う。闇山は顔をしかめた。

「帰れると思ってんのか？」

「俺を引き留めたってしょうがないでしょ。それとも俺はホムラメンバーだから、従わないならここでボコボコにしたり殺したりしなきゃって感じなのかな？」

「……さっきの提案の返事はノーってことか」

「せっかくだけど」

十束がうなずくと、闇山は大げさな仕草で肩をすくめた。

「ま、お前の顔を見れば予想はついたけどな」

「俺、昔、あんたの差し金でボッコボコにされたことあるんだよね。今ここでもう一度同じこと繰り返すのも芸がないと思わない？」

闇山は意外そうに切れ長だった目を丸くした。

「知ってたのか？　俺がお前を襲わせたって」

「あのあと実行犯の人にばったり会ったから聞いたんだ」

「……それ、尊には言ったか？」

「なんでキングに言うんだよ」

十束が少しむっとして口を尖らせると、闇山は幼いほどの表情でぽかんとしたあと、ソファーの上に仰向けに倒れた。

「はぁー。どうりで何の反応もねーと思ったよ。今度お前をボコるときは、俺の名前書いた札でもお前の首から下げとくわ」

やる気を失った様子で脱力しながら、闇山は横目で十束を見て、手をぶらぶら振った。

「でも今日はもーいーや。気が削がれた。確かに同じこと繰り返すのも芸がねえしな。……万一尊が帰ってきたら、さっきの伝えとけ。お前のことは尊のついでに後日潰すわ」

「わかった」

闇山のだらりとした声にうなずき、十束はソファーから腰を上げた。闇山は寝そべったまま顎を上げ、十束の顔を逆さまに見た。

「尊が帰ってこなかったら、お前逃げてもいいぜ。俺はお前単体には興味がない。つまり、お前が生き延びるためには尊は帰ってこない方がいいってわけだ」

十束は笑みを返す。

「キングは帰ってくるよ、絶対」

そのまま返事を待たずに出口の方に向かって歩き出す。周りの男たちから刺し貫くような鋭い視線が飛んできたが、彼らは闇山の指示がなければ動かないようで、誰も十束を止めようとする者はいなかった。

ハッ、と、吐き捨てるような闇山の短い笑いが背後に聞こえた。

ビルを出てすぐに、十束は走り出した。

足だけは速い方で、危険に直面した際の十束は口先と逃げ足が頼りだったので、走る機会は普通の人よりは多い方だったのではないかと思う。しかも走るときはいつだって、自分の身がかかっている。

その十束が今、おそらくは今までにないほどのスピードで走っていた。

飛ぶような勢いで地面を蹴り、風を切って前へ前へと進む。通りすがる人たちが、その勢いにぎょっとした顔で道をあける。

十束は今まで、周防のことを本気で心配したことはほとんどなかった。

危うさを好む傾向がある周防の性質を案じることはあっても、周防が今日帰ってくるかどうかを案じたことなどなかった。十束の持つ楽観的な性質と、周防の持つ強さ――物理的な強さだけではない、初めて会ったとき周防に感じた「この人は強者である」のだという確信によって、十束は周防を無条件に信じていた。

けれど今、謎の力をほのめかす闇山光葉の存在と、自分たちを取り巻く正体のつかみきれない不穏な状況に、十束はかつてない焦燥感に駆られていた。

自分の荒い呼吸の音だけを聞きながらひたすらに足を前に動かし、走りにくい人の多い通りを避けて鎮目町駅の線路際の細道に飛び込んだとき、十束は飛び出してきた何かとぶつかりそうになった。

「う、わっ……」

最初は大きな動物かと思った。

なにしろそれは、線路と道路を隔てるフェンスを越えて飛び出してきたのだ。目の前に現れた大きな影に、十束は、こんな東京のど真ん中に野生動物が!?　と思い、足に急ブレーキをかけた。全速力で走っていたせいで止まりきれず、それと軽く接触し、受けとめられる。

だがそれは、野生動物ではなかった。

「十束か」

そいつは言った。それはまさに、十束が全力疾走しながら案じていた相手、周防尊だった。

キング!　と十束は呼ぼうとした。が、完全に息が上がっていて、ぜいぜいという呼吸音を繰り返すばかりですぐに声が出ない。

「……どうした」

苦しげな十束に、周防が首を傾げて訊く。十束は周防のジャケットの肘のあたりをがしりと捕まえた。

「それはっ……こっち、の……セリフ、だよっ……!」

荒い息の下から十束はどうにかそれだけ言った。

周防は満身創痍（まんしんそうい）だった。黒いジャケットを羽織っているためにそこまでは目立たないが、血みどろと言っていい。特に左の鎖骨の下あたりからの出血がひどく、ジャケットの下のシャツは赤く染まっていた。その他にも、刃物で切りつけられた跡や擦り傷などがいくつも見える。

「そこまでの有り様、初めて見た」

少しずつ落ち着いてきた呼吸を整え、十束は情けない苦笑を浮かべた。

「面倒な奴が相手だったんだよ」

周防はどこか言い訳がましい口調で言う。

「そう。……うん、とにかく……無事……ではなさそうだけど……でも。…………生きてて、よかった」

十束にしてはめずらしいほどに言葉はつっかえつっかえで、うまく出てこなかった。突き上げていた不安の一部が急にほどけたことで胸がいっぱいになっていた。

周防は十束を見下ろし、無言で十束の髪をわしりと一度かきまぜた。

問いたいことや、報告したいことは山ほどあった。けれど今はそれよりも、草薙や他のメンバーたちのことが気がかりで、十束は気持ちを切り替え表情を改める。

「とにかく、バーに戻ろう。草薙さんと合流しないと」

周防は「ああ」と低く答え、歩き出す。

周防の斜め後ろを歩きながら、十束は周防に対して微かな違和感を覚えた。

何かが変わったわけではない。けれど、周防が纏う気配のようなものが変質し始めているような気がした。初めて会ったときに十束が惹かれた、赤く揺らめくような周防の気配。それが今、本物の炎になりかけているような、そんなイメージが十束の中に湧いていた。

「焼死？」

草薙は、生島に告げられた言葉をオウム返しにした。

†

車の後部座席に草薙と生島は並んで座っていた。

生島のタンマツに組長殺害の知らせが入った直後、現場に駆けつけようとする生島に草薙はダメ元で同行を申し出た。生島は二秒ほど考え、迎えの車に草薙を乗せた。

状況が知りたかった。今草薙たちの周りで、何かが起こっている。それはおそらく、今目に見えている諍（いさか）いや事件だけではない。草薙はその輪郭を少しでも探りたかった。

現場である組長の自宅から少し離れた場所に車を停めさせ、生島は車内に草薙を待機させて現場に向かった。

待っている間、草薙は周防に連絡を入れたのだが、周防は草薙との通話中に何か別のトラブルに巻き込まれた様子で、通話は中途半端なところで一方的に切られた。周防の声音にはめずらしいほどの緊迫感と、それとは裏腹の楽しげな空気がにじんでいた。最近の周防には、危機的状況に愉悦を見出すような危うさがあった。最近の、というより、もともと持っていた周防のその性質が、現在の状況下で剥き出しになろうとしているのだろう。

草薙は胸がざわつく焦燥感と不安感を覚えたが、無理を言ってついてきておいて、生島が不在の間に勝手に帰るわけにはいかず、じりじりした気分で待機していた。

生島は、取り急ぎ状況の把握と今後の対処の指示だけを済ませたらしく、二十分ほどで車に戻ってきた。

草薙が何か尋ねる言葉を発するよりも先に、生島は前置きもなく一言、「焼死だった」と言った。

「焼死って……火事とかじゃなくてですか」

生島は黙ったまま煙草をくわえ、だが火はつけずにフィルターを噛む。彼も動揺している。

「周りは何も燃えてねえ。組長と若頭、居合わせた側近の体だけが焼けていた」

草薙は息を呑んだ。

「じゃあ……何者かに、拘束されて……」

むごい状況に顔をしかめながら草薙は言ったが、生島は首を横に振る。

「いや、その形跡もない。自由に動く複数の人間の体だけを焼く方法とは、何があるだろうな？」

問う語調ではあったが返答を求めてはいなかった。剣呑な目で自分の膝のあたりを見つめ、生島は続ける。

「今まで起こった不審死とは違う。事故に見せかけることさえしてねえってことは、完全に戦争開始の引き金を、引くつもりで引いたってことだ」

「やっぱり、言うてはりました海外マフィアの……」

「闇山光葉だ」

生島は言い切った。淡白な口調の中に、苦みと怒りを感じた。

「これからサツを呼ぶが、その前にこっちで防犯カメラを調べた。ばっちり映ってたよ。組長の家に侵入する、あのガキの姿が」

火をつけないままくわえていた煙草を、生島は手で握りつぶした。草薙を鋭い目で見据える。

「知らせを聞いたときから、この可能性は多少は頭にあった。お前を連れてきたのも、最後の忠告をするためだ、草薙甥」

草薙は背筋を伸ばし、生島に向き直る。

「もうガキの戦争ごっこからは手を引け。お遊びで済む状況はとっくに終わってる。放っておけないダチがいるってんなら、そいつらも一緒に引っ張り戻してまともな生活に戻れ。草薙水臣の知り合いとして、これが最後のお節介だ」

生島は、バーHOMRAで叔父が出したスパむすびを食べていたときの穏やかな雰囲気とは違う、物騒な目つきで草薙を見据える。

「今後、闇山光葉の情報を聞いたら、何も考えずに俺に流せ。……もし今後、俺の邪魔になる場所でお前を見たら、一切の手心は加えない。よく覚えておけ」

それだけ言うと、生島は車のドアを開け、外へ出た。

「俺はこれから忙しくなる。もう帰れ」

草薙に何かを答える隙も与えず、生島は歩み去った。

草薙もまた、何も返す言葉を持たずにただその後ろ姿を見送った。

思考がまとまらないまま、ぐらぐらした心持ちで草薙がバーに戻ってくると、店の前にホムラメンバーの長浜がうずくまっていた。

草薙は、今さっき生島から聞いた話についてや、周防に対する憂慮に思考を占領されていて、長浜の姿を見ても「こんなとこで何を？」と怪訝に思っただけで、すぐに彼の様子がおかしいことに気づけなかった。

草薙が歩み寄る足音に、片膝を抱える形でうつむいていた長浜の肩がびくっと震え、顔が上げられる。その姿を見て、草薙はぎょっとした。

「長浜⁉　どうしたんやその顔！」

長浜は顔の半分を腫らし、額から血を流していた。長浜はふらりと立ち上がる。その動作も、あちこち庇っているらしくぎこちなかった。ひどい暴行を受けたことは明らかだ。

「ホムラ狩りだ」

うめくように長浜は言った。よろめく長浜に手を差し出すと、彼は草薙の袖を縋るようにつかむ。どことなくゴールデンレトリーバーのような大型犬を彷彿とさせた茶色の髪は、今は血で赤黒くべったりと汚れていた。

「連中、ホムラのメンバーを探して一気に狩りを始めやがった。俺と一緒にいた連中は、半分やられて、半分向こうに寝返った」

「寝返ったて……」

「軍門に降るか、潰されるか、選ばされたんだよ。拒否した奴は徹底的にやられた。それ見てびびった連中が寝返ったんだ。俺はどうにか逃げてきたけど……」

傷が疼いたのか、長浜が苦しげに顔を歪めた。草薙は慌てて、ポケットからバーの鍵を取り出す。

「とにかく、中に入り。手当を……」

草薙の言葉を最後まで聞かず、長浜は一歩後ろに引いて、力なく首を横に振った。

「いや、中には入らない」

「長浜?」

「ここに来たのは、お前に挨拶しに来ただけだ。俺は、もう無理だ」

長浜は情けなく目尻を下げて笑った。愛嬌のある犬のような雰囲気を持つ長浜は今、怯えて耳を伏せ、しっぽを巻いているかのようだった。

「俺は負け犬だ」

実際、長浜はそう言った。

「俺はホムラを抜ける。鎮目町からも離れる。……草薙には色々面倒かけたし世話になったのに、悪ぃ」

「……いいや」

草薙は静かに首を振った。

数日前、仲間が襲われて病院送りになったときはあんなにも報復に燃えていたというのに、今の長浜は完全に戦意を失い、怯えている。よほど恐ろしい思いをしたのだろう。

泣きそうな顔で引きつった笑みを浮かべる長浜に、草薙も力ない微笑を返す。

「俺も、もう限界や思うてたとこや。成り行きでチームの幹部みたいな真似してきたが、これ以上は真面目に死人が出る」

長浜と知り合ったのは、草薙が東京に出てきて夜の街で遊ぶようになって間もない頃だった。思えば長いつきあいだが、こんな別れになるとは思っていなかった。

草薙は財布から五千円札を取り出し、長浜に握らせた。

「病院までタクシーで行き。また襲われんよう気ぃつけや」

「……すまん」

長浜は顔を歪め、うつむくように頭を下げた。草薙の顔を直視しないまま、踵を返す。

小さくなっていく長浜の背中を見送りながら、草薙は長いため息をついた。

もう無理だ。

長浜が言った言葉は、そのまま草薙の心情でもあった。

何が起こっているのかも把握しきれないこの状況下、チームメンバーを守り率いることなどできない。事態は草薙たちの身の丈よりも遥かに巨大なものとなっている。

草薙はバーの鍵を開け、中に入る。ホムラの本拠地と見なされているこの店にいるのも危険だ。ホムラメンバーがターゲットにされているのなら、このバーも必ず襲われる。周防たちと合流したらすぐに場所を移すべきだろう。

中に人がいることを悟られないように明かりはつけず、草薙はバーカウンターに寄りかかって片手で頭を抱えた。

――ホムラは散らすしかない。その点については多分、尊も十束も反対はせんやろ。けど……。けど、俺たちはこれからどうする？

ドアベルが鳴った。

草薙はぎくりとして身構える。だが、入ってきたのは見慣れた顔だった。

「十束！」

十束はらしくなく、少し憔悴した顔をしていた。開けたドアを押さえたまま、気がかりそうに後ろを見て、声をかける。

「キング――」

「なんや、尊も一緒なんか」

「ちょうど会ったんだ。けど……」

十束の後ろから現れた周防の身なりを見て、草薙は言葉を失った。

満身創痍、と言うにふさわしい有り様だった。刃物を持った相手とやり合ったのだろう。衣服はあちこちが鋭く裂け、血をにじませている。特に、左の肩あたりからの出血がひどく、黒いジャケットが重たく血を含んでいた。周防が店の中に入ってきたことで、ツンとした鉄くささが鼻をかすめる。

「そのカッコは……どういうことや」

草薙はうなるような声で言った。

今までも、周防が怪我をしてくることは数え切れないほどあった。高校の頃はとりあえず最初の一撃は食らっておくという喧嘩の癖があったし、最近になっては激化する抗争の中で、負傷は日常茶飯事となっている。

そして、自分の命を危うくするような戦いを周防が好んでいるという傾向に、危機感も抱いていた。周防は確かに強い。だが人間だ。一歩間違えれば本当に死にかねないと、草薙はここしばらくずっと懸念を抱いていた。

今目の前に居る周防は、その「一歩」を踏み外すギリギリのところを通ってきたのだと、彼の身なりが如実に語っている。

「一人で動くな、言うたよな？　……何してきたんや、お前は」

低く苛立った声が草薙の喉から出た。容赦なく積み重なる、手に余る事態に草薙は焦っていたし、疲弊してもいたし、不安になってもいた。それらが怒りというわかりやすい感情に収束していく。

十束が周防と草薙を見比べ、弱い笑みを浮かべた。

「……俺たち、それぞれ色々報告しなきゃいけないよね。まず、キング。一体何があったの？」

周防は億劫そうに、自分の身に起きたことについて言葉少なく話した。

周防はカウンター席に浅く腰掛け、ジャケットを脱いでシャツの上から自分で簡単な手当をしながらぼそぼそと語った。十束はソファーの上で行儀悪く膝を抱えて座り、草薙はドアの脇の壁に寄りかかったままそれを聞き、不審な箇所や説明不足が過ぎる箇所には何度も質問をして、どうにかなんとなくの状況を把握する。

「………むちゃくちゃしよって」

話を聞き終わり、草薙は奥歯を噛みしめて低く言った。思うところは様々あったが、今はそれしか言葉が出なかった。

十束が顔を上げる。

「俺も色々話さなきゃいけないことはあるんだけど……とにかく、キングを襲ったその人は、闇山光葉の仲間なんだね」

「らしいな」

十束は、膝を抱えた手にぎゅっと力を入れた。彼が穿いているチノパンが、十束の手に握られて皺を作るのが妙に草薙の目についた。普段の十束が穏やかで心に波を立てない分、彼が動揺しているとそれは草薙の心にも伝播してしまう。

十束は自分の片膝を抱いたまま、周防と草薙の目を順番に見て言った。

「ホムラのメンバーたちがまた襲われた。その裏の大本には、闇山光葉がいる」

草薙の脳裏に、さっきの長浜の怯えた引きつり笑いが浮かぶ。ぼろぼろの体で、心も折られて、ホムラを去った。

草薙はうなずいた。

「ああ。……さっき、長浜と会った。長浜のグループもやられたらしい。もうあかん、弱小チームの保護じみたとこから始まったチームホムラやったけど、これ以上は存続させる方が危険や。遠からず人が死ぬ」

「……うん」

十束が神妙な顔で肯定した。今の自分たちにはもう、チームメンバーを救う力がないことを、彼もまた理解している。

周防は手当を済ませた体の上に、血で汚れたジャケットを羽織り直して立ち上がった。

「連絡が取れる連中だけでいい。ホムラを散らすことを伝えろ。取れない連中はどうせそれどころじゃねぇか、どこかに寝返ったかだろう。いずれにしろそのうち話は耳に入る」

周防は言うだけ言って、バーのドアへ足を向けた。草薙は険しく眉を寄せる。

「尊、どこ行くんや？」

周防は笑った。朗らかといっても差し支えないほど、清々しげな笑みだった。

「チームはなくなるんだ。もう、俺がここにいる必要はねぇだろ」

草薙の背中の産毛（うぶげ）がざわりと震えた。

(なんにも大事じゃない方が、人は自由だ)

生前の叔父が言っていた言葉が草薙の脳裏に蘇る。

周防は今、「自由」になろうとしている。成り行きで押し上げられてしまったチームのキングという座から解き放たれ、勝手に一人で危険な方へ落ちていこうとしている。

「せいせいしたか」

喉にこもるような、低い声が出た。

周防はドアに向かわせていた足を止め、草薙を見た。草薙もまた、据わった目で周防を見返す。

「チームがなくなって、せいせいしたか。これでいらん責任を負うこともなく好き勝手できるっちゅうわけか。生きるも死ぬも、全部自分の勝手に」

「……何が言いたい」

草薙はまなじりを上げ、周防を睨む。

「チームを散らしても、お前自身はこの抗争から手ぇ引く気ないんやろ。それはまあええ。どうも向こうさんはお前を意識しとるみたいやし、ホムラがなくなったからいうてお前がノーマークになるわけでもないやろう。……せやから、お前が生きるために戦ういうなら俺は全力で協力する。けど——」

けど、そこにある死を避ける気もなくただ走るというのなら——

草薙の言葉を最後まで聞かず、周防は鼻で笑った。

「お前はもう関わらなくていい」

草薙は大きく舌打ちした。

激しい苛立ちに、頭に血が上って痛みさえ感じた。

草薙は周防の胸ぐらをつかみ、壁に叩きつける。ダン、と派手な音が響いたが、周防は抵抗せずにされるがままになっていた。

「お前は……！」

罵(ののし)ってやろうとしたが、言葉は喉で絡まって詰まる。草薙は強く奥歯を噛みしめた。

猛獣ミコト。ダサいがぴったりの名だった。こいつは闘争心を強く持ち過ぎた獣だ。闘争に特化し過ぎた獣は一度戦う場を得ると、その先にあるものが死であろうと構わずに突き進む。本来ならば闘争は生存のためのものであるはずが、闘争心が先鋭化し過ぎて生存本能と矛盾すら起こしている。

こいつは、滅びゆく獣だ。

「死ぬ気か、尊」

草薙の問いに、周防はどこか困ったような苦笑を浮かべた。まるで他人事のようなその笑みに、草薙の焦燥感はなお煽られる。

「別に、死ぬ気はねぇよ」

周防は、常にない穏やかにも思える表情でそう言った。その顔を見て、草薙は言葉を失った。それ以上かけられる言葉もなく、草薙は周防の胸ぐらをつかんでいた手を離す。

「草薙」

周防が草薙を呼んだ。周防にしては気遣うような色を含んだ声ではあったが、その声音は草薙を苛立たせ、草薙は何も答えずに顔を背けていた。

周防は草薙の肩に軽く手を置くのを挨拶代わりにして、バーのドアを押し開け、出ていった。

カラン、とむなしくドアベルの音が店内に響く。

十束と二人取り残された室内に沈黙が落ちた。

十束は草薙と周防の口論の間、口を挟まず視線さえくれることもなくただじっとソファーの上に片膝を抱えて座っていた。草薙は苦い表情で、うつむく十束を一瞥する。

「……一人にした方がいい？」

草薙の方を振り返らぬまま、十束は言った。草薙も十束から視線を外し、首を横に振る。

「いや。……そこにいとけ」

「うん」

簡潔なやりとりの末、再び沈黙が流れる。

十束は空気を読まないようでいて、その実相手の心理に非常に聡い少年だということは、短くないつきあいの中で草薙もよく理解していた。

今、ただ黙って同じ空間を共有することで、十束は草薙の心情に寄り添ってくれている。

「今日は、言わへんのやな。なんとかなる、って」

草薙は思わず口にしていた。うつむいていた十束が顔を上げて草薙の方を見る。十束はわずかな笑みを見せた。

「さすがに、今言ったら怒られる気がして」

草薙もつられるように少しだけ笑ってしまう。十束は草薙の横顔を見つめ、ふいに表情を改めて言った。

「ねえ、草薙さん。赤の王の伝説って、知ってる？」

唐突な十束の問いに、草薙は怪訝な顔になる。赤の王。都市伝説としてのその単語は聞いたことがある。だが、今この場で出す話題としては不適切に思えた。

「そういや昔、お前尊のことを『王様になれる人』とか言うてたよな。……まさか、赤の王のことを言うてたんか」

十束はすぐさま首を振り、「そういうわけじゃない」と言った。

草薙は、かつて存在したという、都市伝説としての「赤の王」のことを思い出す。誰もが一度は耳にしたことがあり、けれど本気で信じてはいない噂話だ。

「……人ならざる力を持つ王の話やろ。力の象徴、炎の化身」

そんな人間がかつてこの東京にいたのだという。初めてその都市伝説を聞いたのは、草薙が東京に出てきて間もなくのことだった。東京の人間はそんなアホな話を信じとるんかと笑いながら、心のどこかで惹かれるものを感じていた。

十束は真面目な顔で顎を引く。

「そう。その人は赤の王と呼ばれていた。彼の力は……あのクレーターを生み出すくらいに途方もないものだった」

南関東のクレーターの話だ。確かに、新世代エネルギーの研究施設の暴走事故とされているあの事件には不審な点が多く、原因については報道された事実以外にも諸説唱えられているが、赤の王の力がどうなどというのは、UFOの墜落事故説と並ぶ噴飯ものの説の一つだった。

「おとぎ話やろ。そりゃ、あのクレーターが生まれた真相は謎に包まれとって色々言われとるけどな。そん中でも、その赤の王の話は都市伝説にしたかて突飛（とっぴ）過ぎるわ」

草薙の言葉に、十束も力なく笑う。

「キングにもそう言われた。ガキか、って呆れられたよ」

「尊にも言うたんか……」

十束は、大人びたかと思えば、出会ったばかりの中学生の頃と変わらないような発想をすることもある。草薙が呆れ顔で十束を見ると、十束は「さっき、ちょっとね」と微かに笑い、すぐに表情を真剣なものに改めた。

「だけど、もし本当に『赤の王』なんてものがありうるんだったら……あの人ほど、それに似合う人はいないと思うよ」

どこか遠くを見つめる目をして十束は言った。草薙は戸惑いながら、十束の向かいのソファーに腰を下ろす。

「十束？　……お前、何考えとるんや？」

十束は、真剣な目を草薙に向ける。

「草薙さん。俺実はさっきまで、闇山光葉と会ってたんだ」

草薙は息を詰めた。

「……なんやて……？」

「色々、話さなきゃいけないことがある」

十束は姿勢を正し、草薙に向き直った。

「闇山光葉は、キングと戦いたがってる」

普段おっとりしている十束の声が、深刻な色を帯びて響いた。草薙は喉に重たい塊が詰まるような感覚を覚える。

意外な事実ではなかった。闇山光葉が再び現れ、謎の暗躍をしている。ご丁寧に、昔の約束の破棄まで宣言してきた。奴が自分たちの前に姿を見せるのも遠くないのだろうと悟ってはいた。三年前に一度会ったきりの、だが決して忘れはしない闇山光葉の姿が草薙の頭に浮かぶ。

「それ、もう尊には言うたか」

「まだだよ。キングにはこれから伝える」

伝えれば、周防はきっと受けて立とうとするだろう。さっきの周防の、すべてのしがらみから解き放たれて晴れ晴れと死地へ向かいそうな様子を思い出し、苦く顔を歪める。十束はそんな草薙の表情をじっと見つめていた。

「俺は、一対一で戦うならキングが誰かに負けるとは思えない。闇山光葉もキングにはこだわっていたから、キングに対しては大人数で囲むような真似もしないと思う。……でも」

「ああ。でも、実際尊は、光葉の部下の一人にあないな怪我を負うほど手こずった。尊は面倒がって適当にしか語らんかったけど……」

「向こうは何か、妙な力を持っている」

十束は草薙の目をまっすぐ見つめて言った。草薙は飲み込みがたい事実を前に二の足を踏むように、無意味に足を組み替えた。

「……俺の方の報告やけど……常連客の生島さんいるやろ、ヤクザ屋さんの。あの人から大、人、の世界の状況を聞こう思うて探り入れたんやけどな、ちょうどそんとき、生島さんとこのボスが殺されたっちゅう知らせが入ったんや」

「それってもしかして……」

十束は話の行き着く先を察したようだった。草薙はうなずく。

「防犯カメラに、光葉の姿が映っとったらしい。ほんで、死因は謎の焼死。火事になったわけでもなく、人間だけが燃えとったそうや。……普通では考えられん」

十束は軽くうつむき、記憶をたどるように目を揺らす。

「そういえば、闇山光葉が言ってた。『いくつか燃やしてきた』って。実際、あの人からは何か焦げたような、火の匂いがした」

草薙と十束は互いに黙り込む。目の前に材料はあるのに結論を出しかねて、立ち往生している気分だった。

「……少し、調べてみようか」

十束が顔を上げ、言った。草薙はすぐに返事ができなかった。うなずくことも、調査計画を練ることも、お前は無茶するなと釘を刺すことすらできず、草薙は口をつぐんだままでいた。

草薙は迷い、決めかねていたのだ。

「草薙さん?」

十束が不思議そうに首を傾げる。危険な、予測もつかない状況の中に今自分たちが置かれていることは自覚しているのだろうが、そのきょとんとした表情には迷いのかけらもない。迷ってしまっている草薙とは違って。

「……その前に、ホムラの始末、つけんとな。尊の言うとおり、連絡取れる奴に連絡して、解散を告げる他に今できることはないけど……」

「そのことだけど、俺、キングと合流してからここに着くまで、メンバーに電話しまくってたんだ。ホムラ狩りに遭ってるっていう一人から連絡もらって、気がかりだったから。……ろくに繋がらなかったよ。繋がった人には、状況を話してとりあえず身を隠してって伝えたけど。……きっと今現在も、襲撃を受けてるメンバーがいるよね」

そして今の自分たちにはそれを救うこともできない。見捨てるように、もう解散だ、逃げろ、消えろと伝えるしかできないのだ。

「最悪の結末やな」

こうなる前に手を引くべきだったのか。そもそも、チームの真似事などを始めてしまったのが間違いだったのか。益体もない苦い後悔が、草薙の胸に落ちる。

「メンバーには手分けして連絡しよう。繋がらない人にも、なるべく連絡つけられるようにがんばってみる。それと同時に、これからのことも考えないとね」

「これから、か」

草薙は自分の髪をぐしゃりとつかむ。

「生島さんにはな、闇山光葉の件には関わるな言われたわ。もう事は、ガキの戦争ごっこじゃ収まらん、てな。そのとおりやと思う。俺も、お前も、尊も、まともな生活に戻れる最後の分岐点が今なんかもしれん。……まあ、すでに手遅れの可能性も大きいけど」

草薙は吐息と共に内に溜めていた弱音を吐き出した。

「正直、どうしてええんか、わからん」

少しの間のあと、十束はゆっくりうなずいた。

「生島さんは、草薙さんを心配したんだね」

「あとは単純に、俺らみたいなハンパもんのガキにうろちょろされるのが邪魔なんやろな」

「確かに、危なくておかしなこの状況から逃げ出すなら、きっと今が最後のチャンスだよね」

十束はちらりと歯を見せて笑った。

「三人で、逃げ出しちゃう?」

十束の笑みを見て、草薙は緊張に小さな穴が開いたような心地がして、少し頬を緩める。

「それもええけどな。……あのアホが聞いてくれればなぁ」

「キングはこんな状況だっていうのに、なんだかちょっと楽しそうだもんね」

十束は大仰に両手を広げて肩をすくめる。

「……せやな」

苦笑ぎみに肯定した草薙の声には疲労がにじんでいた。十束は緩やかな微笑を浮かべたまま、窓の外に視線をやった。

「少し、関係ない話をしてもいい?」

「なんや」

「俺、子供の頃、『逃げる』ってことについて結構本気で考えたことがあるんだよ」

唐突な話題転換に、草薙は首をひねった。だが遮ることはせず、耳を傾ける。

「ほら、うちの義父（おっちゃん）ああいう人じゃん？　だから、子供の頃虐待っぽい感じに思われてさ。かわいそうにかわいそうにって言われて、困ってたんだ」

数度顔を合わせたことがある十束の義父の姿と、聞きかじった彼のエピソードを思い出し、草薙はなんとも返事がしがたく、「あー」と曖昧な声を出す。

「自分にとってそこにいることが苦痛なら、一刻も早く逃げるべきだよ。けど、他人がそれを勝手にかわいそうがったり、そこにいるのは間違ってるって決めつけられるのは……困っちゃう」

「お前は、どんな状況も楽しいものにしてまうタイプやからな」

感心半分呆れ半分で言うと、十束は軽く声を立てて笑った。

「どうだろ？　逃げ出したいって思うような状況にはまだあったことないからわかんないけど、逃げたいって思ったら俺は逃げるね！　一目散だね！　世の中にはおもしろいことがたくさんあるし、人生は一回だけだし、ヤダって思うようなところで立ち止まってるのはもったいない」

十束はからりと笑って言ってから、ふと真顔に戻った。

「逃げたいと本気で思ったことからは、逃げるべきだよ。……同時に、外から見たら間違ってることに思えたって、本人がその中にいることを望むんなら、俺はそれを否定できない」

「……尊は、この事態の渦中にあることを望んどると言えるんやろな。少なくとも、逃げたいとは微塵も思っとらん」

草薙は諦め混じりのため息をつく。

「でも、さっきみたいに、草薙さんがキングに対して言うのって、すごく大事なんだとも思うよ。俺さ、今まで俺のこと心配してくる人に対してめんどくさいなぁって正直思ってたりしたんだけど、草薙さんに出会って、心配されたり叱られたりすることって、すごく……すごいことなんだって、思うようになったもん」

「ホンマかいな。俺はお前らに怒って手応え感じたことほとんどあらへんで」

「あはは、それはごめん」

十束は笑いながら言って、立ち上がる。

「俺たちはそれぞれ、逃げるか、残るか、ちゃんと考えて、それぞれで決めよう」

逃げたいのか。それとも、危うい選択であることを承知でこの状況の中を手探りで進むことを望むのか。

それを、三人それぞれが考える。そして出した答えが違った場合、そのときは自分たちの道が分かれるときということなのだろう。

おそらく周防も十束も決めてしまっている。迷っているのは草薙だけだ。十束もそれを理解しているからこそ、時間を与えるような言い方をしている。

「とりあえず、俺は今からキングを追いかけるよ。闇山光葉のことキングにもちゃんと伝えなきゃいけないし。定期的に連絡はするね」

「……ああ。バー（ここ）には戻んなよ。俺も店を閉めて一度身を隠す。くれぐれも、気ぃつけや」

「うん。草薙さんも」

十束はにこっと軽やかに微笑むと、店を出ていった。

草薙はそれを見送ると、長く長く息を吐いて、天井を仰ぐ。

かつて憧れ、今草薙のものとなっているバーの中は、がらんとしてやけに広く思えた。

†

「あっ、草薙君だ～！　ちょっと久しぶりじゃない？」

大学の教室で、同じ講義を履修している女子に声をかけられた。草薙はへらっと笑って手を上げる。

「しばらく大学出てこなかったでしょ？　もー、学校サボって何してたの？」

「はは、ちぃと野暮用が立て込んでな」

隣の席に座る彼女に本当のことを言うわけにもいかず、草薙は適当に笑ってごまかす。

「出席点やばいんじゃない？　まあこの先生はテストとレポートがよければ単位くれる人だけど。あっ、ノート見せてあげよっか？」

おおきに、と笑いながらも、草薙の頭の中は別のことで満たされていた。体に染みついた対人スキルで、うわべの表情と当たり障りのないしゃべりだけで彼女に応対する。

――なにやっとるんやろ、俺。

草薙は内心で嘆息した。

昨日、十束と別れてから、草薙は一度自宅に戻って軽く荷物をまとめ、当面の潜伏場所に迷ったあげく、大学の部室棟に身を潜めた。名前だけでもいいから入ってくれと頼まれて名義貸ししていたＵＦＯ研究会という怪しげなサークルの部室に泊まり、今後の身の振り方も定まらないいま惰性で講義に出てきたところだ（ちなみにＵＦＯ研究会の部室の中には怪しげな本がうずたかく積まれ、怪しげな模型や人形が並んでいたせいかあまり夢見が良くなかった。草薙に名前だけでも貸してくれと頼んできた部長は、例の南関東のクレーターの原因もＵＦＯ墜落説を強く唱えているＵＦＯマニアだ）。

昨夜一晩をホムラメンバーたちへの連絡と煩悶(はんもん)に費やした疲れと寝不足のためにどんより曇った目で、草薙は教室内を眺める。大教室の中、ぱらぱらと席を埋める学生たちは楽しげに雑談していたり、気怠げにタンマツを眺めていたり、焦った様子で課題をやっていたり、机に突っ伏して眠っていたりと思い思いに講義が始まるまでの短い時間を過ごしていた。

平和で退屈で、謎の力やマフィアや殺人や血で血を洗う闘争とは無縁の、現実的な光景だった。

その光景を眺めながら、草薙の思考は知らず知らずのうちに昨日の出来事へ戻っていく。

昨日、草薙はバーを出て自宅マンションに戻る途中、鎮目町の駅前を通った。

駅前にはパトカーと、横手に青いマークが入った輸送車が停まっていた。

駅の中と外を、警察らしき人々と、変わった意匠の青い制服を着た男たちがせわしげに行き来しており、草薙は野次馬の群れをかき分けて改札の方へ近づいた。

「どうしましたん？」

野次馬の最前線にいた男にそしらぬ顔で訊いてみると、男はもどかしげな表情で首を捻った。

「それがよくわかんないんだよな。乗客に怪我人が出たらしくって、さっき運ばれてったんだけど、ありゃ相当激しい喧嘩したか暴行受けたかだぜ。なのに、この混んでる駅中で目撃者もいないってんだから変な話でさぁ」

周防とやりあった、妙な力を持った男のことだろう。周防の話が裏付けられた形になるが、そのわりには、駅を行き来する警察らしき人々の表情には戸惑いは見られなかった。混雑した時間帯、なぜか誰も乗っていない無人の電車に重傷の男が一人発見されたのだとしたら、もっと困惑した気配を見せていてもよさそうなものだが——

観察していると、この現場を仕切っているのは警察の人間ではなく、青い制服を着た人間たちのようだった。彼らは慣れた様子で淡々と指示を出し、動いている。

草薙はその場を離れ、青い制服の男たちが乗ってきたのであろう輸送車の周りを観察する。車両の側面に描かれた青いマークには「SCEPTER4 SPECIAL POLICE FORCE」と文字が入っていた。

車の横では、青い制服の男二人が何かを話している。草薙は車両の後ろに背をくっつけるようにして身を隠し、耳をそばだてた。

「被害者は〝センター〟の付属病院に到着しました。治療と身元照会を行い、五年前に消息を絶ったベータクラスストレインの鶴見トウヤであると判明した模様です」

「わかった。塩津（しおつ）司令代行には私から報告しておく。本件は、現場の処理が済み次第《非時院（ときじくいん）》の管轄になる」

「了解しました。……こっちも街で起きてる多数のストレイン事件で手一杯ですしね……」

「一体どうなってるんだかな。しかも、ヤクザ絡みの事件だろ。警察との連携もぎこちないし……果たして《王》のいない俺たちの手に負えるのか……」

最後はぼやきのような口調で二人の青い制服の男は移動してゆき、声は拾えなくなった。

ストレインやトキジクインと、耳慣れない単語が多かった。また、彼らは「ヤクザ絡みの事件」の話もしていた。ほぼ間違いなく、生島の組の事件も含まれているだろう。それがストレイン事件だと言っていたが、何かの隠語だろうか。

そしてもう一つ、草薙の心に引っかかった言葉があった。

彼らは、「王」と言った。普通に考えればそれも隠語の類いだろうが、十束と「赤の王」の都市伝説の話をしたばかりなせいで、妙に気になって仕方がなかった。

「――なぎ君。……草薙君！」

隣から小突かれて名を呼ばれ、草薙はハッと昨日の出来事を反芻していた物思いから浮かび上がる。

いつの間にか講義は始まっていて、前から資料が回ってきたのにも気づかずぼんやりしていたようだった。

草薙は慌てて、資料を差し出した体勢のまま怪訝な顔をしている前の席の学生に「堪忍」と軽く謝り、資料を受け取って隣と後ろに回す。

「どうしたのよ、めずらしくぼーっとしちゃって」

隣の彼女が不審そうなジト目で草薙を観察している。

「いや……ちぃと考えごとを、な」

曖昧に笑ってごまかしたが、繕いきれていないのは自覚していた。

草薙は手元の資料に視線を落とし、経営管理論の講義を始めた教授の話に耳を傾けようとする。

だが、その話は草薙の脳まで届かず、頭の表面だけをやんわり撫でて流れていってしまうようだった。

草薙は講義を拝聴するでもなく、ただ、目の前の光景をまじまじと眺めていた。

火遊びが過ぎる。若い頃のやんちゃにしては深入りし過ぎた。

それはわかっている。

高校は適当なところで適当に流して、叔父のバーを手伝いながら適当に遊んで、最終学歴はきっちり確保して将来の選択肢を増やしておく。

そういう計画だったはずだ。こんな危険でわけのわからない事態になってしまった今、草薙が取るべき賢い選択肢は、目の前にあるこの平和で現実的な日常に戻り、学生としてそれなりに勉強して、その後は留学するなり就職するなりすればいい。その頃にもうほとぼりが冷めていたら、バーを再開するという選択肢も出てくるだろう。

しかし、その至極現実的であるはずの選択肢は、草薙にとってちっとも現実味を帯びて感じられなかった。

気づかぬ間に草薙がリアルに感じられる現実は、悪友二人と過ごした、馬鹿みたいで非生産的で時々血なまぐさかったりもする、鎮目町での生活の方になっていた。

草薙は口元に小さな苦笑を浮かべ、諦めのため息を一つつく。机の下でタンマツを取り出し、昨夜十束から来たメールを開いた。

『キングと合流できたよ。家は狙われるかもなので、今潜伏中です！』

草薙に対してどうしてくれと言うこともなく、ただ現在の状況を知らせる文の末尾には、この状況には不似合いだが十束の緩い笑顔を彷彿とさせるようなニコニコ顔の絵文字がついていた。

さらにその下には潜伏場所の住所が書かれている。

どうやら、鎮目町のビルの空き店舗に入り込んでいるらしい。

不法侵入やろ、と内心でツッコミながら、草薙は講義を抜け出すべく静かに腰を上げる。

「草薙君？」

隣に座る彼女が、不審を通り越して心配そうにまでなった表情で呼びかけてきた。

「すまん。猛烈に腹痛いんで帰るわ」

草薙はきびきびと言い、滑るように教室から出ていった。


鎮目町の、古い雑居ビルが立ち並ぶエリアに、そのビルはあった。

ビルの窓を見上げると、半分近くの窓に「テナント募集中」と書かれた色あせた張り紙がしてある。

草薙は、サングラス越しにそれを見上げる。

街で草薙の顔を知る者に行き会っても極力ごまかせるように、サングラスと帽子とストールで軽い変装をしていた。お尋ね者の気分やな、と独りごちながら、草薙は外付けの非常階段をなるべく音を立てないように上がる。

最上階の扉の前に立ち止まり、少し迷った末、軽く三回ノックをした。

——ノックしても無防備に出たりはせんか。十束に電話した方が早いな。

と、草薙が考えたとき、扉は実に無防備に勢いよく開いた。中から、笑顔の十束が飛び出してくる。

「草薙さん、早かったね！」

「お前、ちっとは警戒せえ！　相手も確かめんでなんで歓迎ムードやねん。なんのための潜伏や！」

「えー、だってノックの仕方が草薙さんぽかったから」

「最近しっかりしてきた思うてたのに電波は健在か。適当なこと言うてるな！」

「まーまー。そんなことより草薙さん、グラサンかっこいいね？　お忍びの芸能人みたいだよ」

「ん、そうか？　……って、何が『そんなことより』、や」

「あはは。まーとにかく中入ってよ」

思わず軽口の応酬をしてしまってから、草薙は軽く咳払いをして室内に踏み込む。長く空き店舗であったらしいそこはずいぶんとほこりくさかったが、昨日の今日ですでにそこそこの籠城生活ができるように整えたらしい。段ボールを並べた上に布を敷いただけの簡易テーブルの上にはペットボトルの水や食料や菓子、キャンプで使うようなランタンまで置いてあり、若干ピクニック気分が感じられ、どんなときでも緊張感の緩い十束らしさがにじんでいる。

段ボールテーブルの向こうには、傷んで中の綿がはみ出たソファーがあり、そこに周防がふんぞり返るようにして座っていた。

血染めだったシャツは着替え、手当もきちんとし直したらしい。頬に貼った絆創膏(ばんそうこう)以外はなんの異常もない、いつもどおりの周防だった。

昨日の今日で多少の気まずさはあるだろうかと思っていたが、周防を前に、草薙は決まりが悪いような気分は感じなかった。ただ、喧嘩というほどの喧嘩になったわけでもない中途半端な空気がなんとなく気持ち悪く、また周防の何事もなかったような顔を見ていると多少のむかっ腹も立った。

草薙が周防の方へ歩み寄っていくと、周防も重たげに腰を上げる。

周防の目の前まで来て、草薙は挨拶よりも前に拳を振りかぶり、繰り出した。

拳は周防の頬に綺麗に入り、周防は一歩よろめく。段ボール製のテーブルに当たって、上に置いてあったランタンが音を立てて倒れた。

「わお」

と間の抜けた声を出したのは十束だった。

体勢を立て直した周防は、切れた口の端を無造作に親指でぬぐったが、表情はけろりとしていた。その顔に、ホンマ腹立つ奴やなと内心でぼやく。

「殴りたかったから殴った」

「そうかよ」

「お前、人の言うこと少しは聞き。それと、いくら猛獣呼ばれてても一応人間なんやから、もう少し人間らしく生きや。むやみやたらに死に急ぐな」

言いたいことを簡潔に言ってしまうと、草薙の中に気持ち悪く沈殿していた鬱屈はすんなりと晴れた。言っても周防は聞かないだろうが、そういう奴だと知ってて今までつきあってきたのだ。

周防は勝手にするのだろうし、その上で草薙もまた勝手にするだけだ。

周防は無言のままソファーの上に再び着席する。

ふふふ、と十束の笑い声が室内に響いた。

「これで、三人そろったね」

チームは解散し、敵の得体は知れず、そろったのは取り立てて何ができるわけでもないクソガキ三人だけ。それなのに十束は、まるでこれでもう無敵であるかのように胸を張った。

「あーあー、順風満帆の人生送るはずやったのに、なんで俺は好き好んで明日をも知れぬこんな場所におるんやろなぁ……」

嘆いてみせると、十束は訳知り顔で腕を組む。

「確かに草薙さんは順風満帆の真っ当な道も行けるだろうけど、どっちにしろいつか望んでそのなるよ」

「知ってるよ。だって三年も一緒だったじゃん。水臣さんもそうだったけど、草薙さん、普通のとこで普通に偉くなったりお金持ちになったりはできるだろうけど、きっとどこかでつまんなくなるよ」

十束はいつものふわふわした笑顔とは違う、どこか意地悪そうな顔でニィと笑った。

「草薙さんはちゃんとした人ではあるけど、自分で思ってるほどはまともじゃないよ？」

草薙は目をしばたたかせた。きょとんとしてしまい、次いで、気が抜けた笑みが漏れる。

「お前に言われたら終わりやわ」

草薙は言って、十束の頭を軽くぺしりと叩いた。

「……ほんで、これからのことやけど」

草薙は段ボールテーブルの前に腰を下ろす。十束も草薙の隣に胡座をかいて座った。

「尊、お前はどうする気や」

ソファーに座る周防を見上げ、草薙は静かに問うた。周防も草薙を静かに見返し、いくつかまばたきしたあと、口を開いた。

「あいつは、俺とやり合いたがってんだろ」

「ああ」

「だったら、受ける」

単純明快な答えだった。草薙は小さな笑みと共に深く息を吐き出した。結局のところ、こいつは知り合った頃からほとんど変わっていないのだ。気を揉むのはこちらばかりで、こいつは降りかかってくる火の粉を一切避けようとせず、正面から受けて振り払うだけだ。

「相手は、謎の力を持っとって、ヤクザの組長までもがそいつに殺されて、俺たちのチームはいっせいに狩りに遭って瓦解した。そないな状況で、高校生がちょっくら体育館裏に呼び出されたみたいな反応されてもなぁ……」

「ヤクザの件やチームの件は、こうなった今はもう関係ねえ。俺とあいつが殴り合って、どっちが勝つかってだけだ」

「決闘再び、ってか」

草薙はつぶやき、真剣な目で周防を見上げた。

「今の光葉は、多分、あのときとはちゃうで」

「ああ」

周防は肯定した。十束も隣でうなずいている。

周防と草薙と十束は、それぞれ一度ずつ、闇山光葉と会ったことがある。周防と草薙は三年前の決闘で、十束はつい昨日。そしてその二つは、もはや別人だと考えた方がいい。

「超能力を持ってるんだよ」

十束がずばりと言った。頭柔らかいなこいつ、と草薙は少しばかりうらやましい気分にもなりながら十束を見る。そんなような結論に至らざるを得ないことは草薙も否定はしないが、その突拍子もない話を事実だとすんなり仮定するにはまだ若干の抵抗があった。

「超能力、なぁ……」

「まあ、超能力、キングたちが出会ったときはまだ持ってなくて、その後のどこかで手に入れたんだ」

「超能力的な何か、としよか。ほんまにスーパーナチュラルなもんなんか、何か種や仕掛けがあるもんなんかはまだわからんしな。……とにかく何か特別な力が関わっとるのは俺も確かやと思う。ほんで、そのことは多分警察も知っとる。俺らが知らんだけで、その何らかの力は案外広く存在するもんなんかもしれん」

草薙は二人に、昨日駅で見た、周防と鶴見の戦いの後始末をしている際の警察と青い制服を着た男たちの様子について話した。

「その人たち、いわゆる〝青服〟だよね。警察とはちょっと違うんだっけ」

草薙の話を聞き終わった十束が首を傾げて言う。

「ああ。警察的組織やっちゅーのに、なぜか法務局の管轄(かんかつ)っちゅうよくわからん連中や。もしかしたらそいつら――」

「超能力者相手の警察だったり？」

草薙の言葉を引き継いで、十束がさらりと言った。草薙は特にかゆくもない頭を掻く。

「そう口に出すと、突飛な話に聞こえるけどな」

よし、と言って、十束は立ち上がった。

「調べてみよっか」

「調べて……どないするん」

十束はからりと明るい表情を向けた。

「俺たちの知らない世界がすぐ側に広がっていて、しかもその世界のことは俺たちが思ってるよりずっとたくさんの人が知っているらしい。だったらさ、信じて突っ込んでみれば案外簡単にいろんなものが見えてくるのかもしれないよ？」

十束は見えない何かを受け止めようとするかのように、両腕をいっぱいに広げた。

「すぐ側にあるのに、ちゃんと見ていなかったり信じてなかったりするだけかもしれない。俺たち、今までたくさんの都市伝説とか聞いてきたろ。それを今は、全部信じてみようかなって思うんだ。カッパも、耳のとこまで口が裂けてる女も、空に浮かぶ剣も、人をさらう飛行船も、下水道に住む巨大ワニも、電車で乗り過ごすと連れてかれる電話も通じない真っ暗な無人駅も、変な噂話してるとやってくるウサギのお面の怪人も……あと……赤の王とかも。全部一回、本気で信じてみようかと思う」

草薙は返答に困り、周防に目をやった。周防は口を引き結び、十束を見ていた。何か言いそうに見えたので、黙ったまま周防の反応を待っていると、周防はしばらくしてから十束に問うた。

「……調べてどうすんだ。もし何かわかったとして、それが役に立つのか」

十束は少し情けない、しんなりした笑みになって首を傾げる。

「立たないかもね。でも、そんなのわかんないじゃない？　少なくとも俺は知りたいし、じっとしてられないんだよ」

確かに、相手を知らなければ対策の立てようもない。今、自分たちにできる逃げ隠れ以外のことはそれしかないだろう。

「ただ、俺らは向こうさんにとっては潰したホムラの残党や。もし見つかったら――」

「わかってるって。俺たちは今、落ち武者みたいなもんだもんね。草薙さんも帽子とグラサンで変装してたけど、俺も変装グッズ持ってるんだ」

十束はそう言って、傍らの紙袋から栗色のロングヘアのウィッグを取り出して被る。

「どう？　俺を捜してる人がこの姿見かけてもすぐはわからなくない？」

草薙は呆れて「はぁ」と相槌ともため息ともつかない声を漏らした。

骨格的に多少の違和感は感じるものの、十束は華奢な少年ではあるし、顔立ちも中性的だ。身長も百七十センチに満たない程度で、喋らなければ男だとすぐに看破されることはなさそうに思えた。なにより十束の言うとおり、ホムラの残党を狩ろうという連中にとってこの姿の十束がうろついていても意識に引っかかる可能性は低いだろう。

「しかし雑な女装やな。ウィッグ被っただけかい」

「時間がなかったからねぇ。このヅラは急遽用意したんだ。服とか化粧品も調達した方がよかったかな？」

「完璧を期すならな。けどまあそんなとこに気合入れとる場合でもないな。せめてストール巻いて喉仏隠してき」

草薙は自分がしていたストールを十束にやる。十束はそれを首にぐるぐる巻き付けて、「じゃあちょっと出かけてくる！」と笑顔で出ていった。

　この状況下にして明るさを失わない十束にほっともし、呆れもしながらその背中を見送って、草薙は微かに笑う。

「はぁ、まったく。あいつ見とると気ぃ抜けるわな。こんな状況でもまあなんとかなるいう軽い気持ちになってまうゆーか」

　草薙は半分独り言のようにそうつぶやいてから、気持ちを切り替えて、パンと軽く自分の腰のあたりを一つ叩く。

「……俺も、ちと街の様子見てくるわ。これだけ荒れに荒れてる今、何か知っとるらしい警察連中がどう動くんかも気になるしな」

　草薙はジャケットの胸ポケットにしまっていたサングラスを再びかける。周防は動くものを見守る猫のような目で草薙の挙動を見ていた。

「草薙」

「ん？」

「悪いな」

　突然の言葉に、草薙は目を丸くし、ぱちりぱちりとゆっくりまばたきをする。周防の表情にはたいした変化はないが、そこそこのつきあいになっている草薙には、彼が草薙に対してうしろめたさのようなものを抱いている気配を感じた。周防は今、それなりに神妙に草薙に詫びている。

　――うわ、きもちわる。

というのが、草薙の率直な感想だった。いきなり殊勝な態度を取られると、それはそれで大層気色が悪い。

「何に対して謝っとるん？」

訊いてみると、周防は黙った。眉間に皺を寄せ、考え込んでいるのだか答える気がないのだかわからない顔をする。自分でも何に対しての謝罪なのかわかりかねているのかもしれない。

草薙はかけたばかりのサングラスをもう一度外して周防と目を見合わせた。

「尊」

「あ？」

「悪かったな」

お前にリーダーの真似事をさせて。自由だったお前にいらんもん背負わせて。お前には窮屈だろう指示を俺の都合で出して。

短い謝罪にのせた思いはどれも本当ではあったがさほど本心でもなかった。本当ではあるけれど、それを周防に謝るのは「違う」とも思っているからだ。

周防は嫌そうに口を歪めた。その顔に満足して草薙は笑う。

「なんか嫌やろ。こういうもやっとした謝罪」

周防はうなずきはしなかったが否定もせずにむすりと草薙を見上げていた。

「結局、何言うてもお前は最終的には好きなようにするんやろ？　もうええわ、それで。俺も自分がしたいようにするしな」

思うように生きる。それがどんな生き方であっても。それが周防の生物としての尊厳なのだろう。そしてこいつほどではないにしろ、それは自分にとっても同様だ。

そう認めつつも、一方で草薙は周防を水臣が言うところの「自由」にはしてやるつもりはなかった。

(なんにも大事じゃない方が、人は自由だ)

草薙は口の端を持ち上げる。

「けど、覚悟しとき。十束は一切遠慮なくお前の上にいろんな大事なもん積んでくで」

道端で見つけたぴかぴかしたものを巣に持ち帰る鳥のように。それが獣を人にするためのものであるという自覚があるのかどうかは知らないが。

周防は返事はせずに、まるで拗ねたように口をへの字にしてソファーの背もたれに寄りかかり直した。

†

赤の王。

その言葉がいつまでも十束の頭から離れなかった。

闇山光葉は本気だった。本気で赤の王になるつもりだった。そして闇山たちには実際、にわかには信じがたいような奇妙な力があるらしい。だとしたら――だとしたら本当に、〝赤の王〟も存在するのではないだろうか？

『キング、赤の王って知ってる？』

昨日、闇山のところを出て周防と合流し、バーに戻る道すがら、十束はそう訊いた。

『都市伝説の話か？』

周防は怪訝な顔をしていた。その頬には赤い傷が刻まれ、体からは血の匂いをさせている。こんな状況下で都市伝説の話など持ち出して、奇妙に思われるのも当然だった。

『人であって、人でない。炎の化身のような存在』

十束が真面目な顔をして言うからだろう。周防は一蹴すべきかどうか見極めようとするように十束を見つめた。十束はあまり本気に見え過ぎぬよう、意識して冗談にも取れるように顔をほころばせる。

『なんだか、キングに似合うよね？』

周防は呆れた顔をして、ふんと鼻で一笑した。

『あんなもん、おとぎ話だろ。ガキか』

おとぎ話。少し前までは十束もそう思っていた。

けれど闇山と会い、妙な力というのは存在するのだという前提に立ってみたら、赤の王の実在を否定する根拠などどこにもない気がしたのだ。

赤の王の伝説の内容は諸説あるが、彼がいつ存在したか、いつまで存在したかという点についてはほぼブレがなかった。今から八年前――例の南関東クレーター事件。日本の地形が変わったあの事件のときで、赤の王の伝説は終わっている。つまり、伝説の赤の王は、あのクレーターで死んだとされているのだ。赤の王があのクレーターを作ったのだという突飛な説が囁かれるのも、それが原因だった。

人知を越えた力を持ち、アウトローでありながら人を惹きつけてやまなかった男。不良少年たちが一度は憧れ、けれど本気にはしていない都市伝説。

少年以外の人間にとっては、どうなのだろう？

ふとそう考えたとき、十束はクレーター事件の頃すでに大人だった人間に話を聞いてみたくなった。

草薙に借りたストールに口元まで埋めて、十束は急ぎ足で歩いた。長い髪が風に煽られてふわふわ揺れる。安物のウィッグがずれないように、十束は軽く頭を押さえた。向かいから、うっすらと見覚えがある風貌の、ガラの悪い男三人組が歩いてくるのが見える。おそらくホムラと敵対するチームの人間だろうと思われたが、十束は気にせず胸を張って足を進める。堂々としていたのがかえってよかったのか、ウィッグが功を奏したのか、男たちは少しも十束の方に意識を払う様子を見せず、何事もなくすれ違い遠ざかっていった。

なんだかスパイみたいで少しドキドキするな、などと緊張感のないことを考えながら、十束は平然とした顔を保ったまま鎮目町を闊歩（かっぽ）する。

十束が向かったのは、自分の家だった。

今時めずらしいほどの絵に描いたような安アパートが見えてくると、一晩二晩帰らなかっただけだというのに、十束は妙に懐かしい気分を覚えた。

ドアノブに手をかけると、鍵はかかっておらずするりと開く。良かった、と十束はほっとする。

「ん、おかえ……うおっ！」

十束の義父、石上三樹夫が、振り向きながらおかえりと声をかけようとして、十束の姿を目に入れるなりぎょっと目を剝く。

「どちら様で……？」

血は繋がってないとはいえ、十四年も共に暮らしてきた息子的存在に対して石上は言った。ウィッグを被っただけで顔も服も弄っていない雑な女装だというのに、人って案外適当な印象で他人のこと認識してるんだなぁと十束は感心した。

「あなたの息子の多々良ですよ」

石上はしげしげと十束を眺め、「おぉ……」と声を漏らす。

「なんだなんだ。今女装に凝ってるのか？　それとも新しい仕事か？」

「どっちもハズレ。ちょっと変装中なんだ。俺、今多少狙われてて」

「借金か」

石上が真面目な顔になる。十束は呆れ顔で首を横に振った。

「おっちゃんじゃないんだから。でも借金取りはいきなり襲ってきたりしないから、状況はそれよりもマズイかも。この家にも襲撃来る可能性あるから、おっちゃんも気をつけてね」

「なんだよ不良仲間との揉め事か？　昔は、俺なんかに育てられてよくグレないもんだと思ってたけど、いつの間にか穏やかな性格のままグレたよなぁ、お前」

「あはは、ごめん」

十束は軽く笑い、ちゃぶ台の前に腰を下ろす。

「ところで、おっちゃんにちょっと頼み事があるんだけど」

「なんだ、めずらしいな」

「さっき、借金の話が出たけど……」

「悪いが貸す金はないぞ」

石上は申し訳なさそうな表情を作りながらも、十束の言葉を遮って言う。

「そうじゃないよ。昔からのなじみの借金取りさんいたじゃない？　荒田(あらた)さんだっけ」

なじみの借金取りがいるというのも問題だが、石上は昔からギャンブルが原因でちょくちょく借金を作り、それを取り立てに来る借金取りとも自然顔なじみとなっていた。

荒田というのは、三十すぎの年頃の男で、ヤクザの正式な構成員ではないがヤクザの下っ端に使われる下っ端、といった立ち位置のチンピラだった。すぐ頭に血が上るしすぐ怒鳴るが、案外お人好しなところもあって、取り立てに来たとき石上が不在で十束一人きりだったりすると、「ホントにクズみてーなオヤジだな」とぷりぷりしながら十束に六十円のアイスをおごってくれ、どうでもいい話をして帰っていくこともあった。

彼は自分のことを『中途半端なチンピラ』だと言っていた。任侠(にんきょう)も持ち合わせず度胸も実はそんなになく、今日食うために他人様が捨てたゴミを漁(あさ)る野良猫みたいなもんだと、何か落ち込んで自嘲的な気分にでもなっていたのか、子供だった十束に言ったことがある。そのとき十束は「野良猫はかわいいね」とずれた相槌を打った。荒田は「そうか。かわいいか」と少し元気になって鼻の下を擦(こす)った。「けどまあ、俺は半チクだったから今日まで生き延びてきたんだよな。マジモンはみーんな、あんとき死んじまった」彼はそうも言っていた。

「おっちゃんは、荒田さんが赤の王の話してるの聞いたことない？」

石上はきょとんとした顔で首を傾げる。

「赤の王？」

「あ、知らない？　都市伝説なんだけど——」

「いや、知ってるよ。つーか、多々良の世代でもまだその伝説流行ってんのか」

石上は意外そうな顔をして言った。十束は思わず石上の方へ身を乗り出す。

「知ってるんだ？」

赤の王の伝説の終焉(しゅうえん)は、八年前の南関東クレーター事件だ。その前の、伝説がリアルタイムだった石上の世代の認識には興味があった。

「おっちゃんは、赤の王の伝説、どんなふうに聞いてたの？」

「赤の王って、ヤクザを超えた超(スーパー)ヤクザのドンだろ？　気に入らない奴は全部燃やすっていう」

「言葉選びは違うけど、まあ今伝わってる都市伝説もそんな感じだよ」

「あと、警察の黒幕の超警察(スーパーポリス)の長官や、奇蹟(きせき)の力を持つ新興宗教の大教祖と三(み)つ巴(どもえ)の戦いを繰り広げたとか」

「それは知らない。なんか怪獣バトルみたいなムードだね」

うさんくささがまた一段跳ね上がった話に十束が笑って首をひねると、石上はいやいや、と顔の前で手を振った。

「確かにバカバカしさも極まった話に聞こえるがな、当時は半分ぐらいは信じてたんだぞ。まあ、半分ぐらいだけど」

十束は緩く笑みを浮かべていた口元をきゅっと引き締めた。

「……前、借金取りの荒田さんと話したとき、何かのはずみで赤の王の話が出たことがあったんだ。そのとき、荒田さん言ってたよ。最近の奴らは赤の王の話をただの都市伝説だと思ってるのか、って。ちょっと意外そうに」

そのときはただ、彼は案外都市伝説を信じる人なのかと思ったくらいだった。「でも俺、カッパは本当にいるって信じてて、探しに行ったことあるよ」とトンチンカンなことを言い、荒田は「そーかそーか」とどうでもよさそうにあしらって帰っていった。

今、十束はあのときの話の続きを聞きたいと思っていた。

「お前、赤の王の話がしたくて荒田さんと会いたいのか？」

石上は子供のようなぽかん顔を浮かべていた。十束がどう説明したものかと困りながら言葉を探していると、石上は要領を得ない表情のままタンマツを操作して荒田の番号を探してくれた。

進んで借金取りと会う趣味はない、と、石上は十束に連絡先を教えるとさっさと逃げていった。

電話をすると荒田はすぐにつかまり、会う約束を取りつけた。駅前のジューススタンドで待ち合わせ、現れた荒田はスタンドの前を一瞥し、呼びつけておいてまだ来てないのかよという不機嫌顔で舌打ちをした。

十束は彼の腕をつんつんと指でつつく。

「あ？」

「どうも。来てくれてありがとうございます」

荒田は不審を露にした顔でウィッグを装着している十束を数秒見つめたのち、ぎょっとして飛び退く。

「おまっ……ついにあのクズオヤジに売られたのか⁉　ソッチの仕事してんのか！」

「おっちゃんにも新しい仕事かって聞かれたけど違うよ。ただの変装だよ」

「なんで……」

荒田は問おうとした言葉を半ばで呑み込み、見当がついたというように目を細める。

「……お前、今鎮目町でハジけてるガキどもとトラブってたりすんのか」

十束は無言でうなずいた。

鎮目町で多発している事件は、裏社会の下層をうろうろしている荒田の生活にも影響を与えているのだろう。荒田は深くため息をつき、ジューススタンドの方に体を向けた。

「どれがいい。おごってやる」

「わーいありがとうございますぅ！」

わざとしなを作って裏声で言うと、荒田は「ヤメロォ！」と声を荒らげる。彼はガラが悪い男であることを誇示するような、派手なシャツにじゃらじゃらした金アクセサリー、剃り込みが入った坊主頭というチンピラファッションをしているので、ジューススタンドの若い女性がびくりとして少し跳ねた。

イチゴのフレッシュジュースを買ってもらい、荒田も大葉ジュースという体によさそうなものを買って、二人で壁に寄りかかって飲んだ。

「最近オメーのオヤジんとこの借金取り立てに行ってないからな。久しぶりじゃねーか」

「そうですね。まあどっちにしろ、俺も最近は家にいないこと多いけど。昔はおっちゃんがどっか行っちゃってて、借金取り立てに来たのに家に俺しかいなくて荒田さん困っちゃうこと多かったよね」

「オメーを絞ってもオヤジの居場所知らねぇしな。マジでもうこのガキ売っぱらっちまおうかと思ったぜ」

「そういえば俺がおっちゃん逃がすの手伝って、怒った荒田さんたちに追いかけられたこともあったよね。俺、自転車で逃げてさ。……俺が中学生のときだったよね」

あのとき、周防と初めて出会ったのだ。

ずいぶん昔のことに思える記憶に懐かしさを覚えて、十束はふわりと笑った。

荒田はそんな十束を横目で見たが、荒田にとっては特段懐かしくもなんともない過去なのだろう、仏頂面でジュースをすする。

「……んなことはともかく。オメーのそのカッコを見るに、オメーも今、大手振って外歩けない状況なんだろ？　昨日から特に、ガキどもが異様な大暴れしてんのは知ってる。それと関係してんのかは知らねえが、俺の方も、上がゴタついてて今は借金取りの仕事どころじゃねえ」

緊迫した情報交換というよりは、世間話をするような緩いトーンで荒田は言った。十束も努めて緩めのトーンで言葉を返す。

「上って、ヤクザの人？」

「ああ。俺んトコにはヤクザの下請け仕事みたいなのが回ってくるからな。具体的にどういう状況なのかは俺みたいな外部のチンピラには正確なとこは伝わってこねーが、どうやら偉いさんが殺されたらしいな。ヤクザとマフィアのドンパチと、ガキどもの暴走が同時に起きてて、一体何がどうなってんだか」

十束はジュースを飲みながら、荒田の横顔を見つめる。おごってもらったイチゴのジュースは鮮やかに赤く、甘酸っぱい。冷たい果汁が十束の喉を滑り落ちていった。

少しの間無言でジュースを飲んでから、十束はストローから唇を離した。

「赤の王になりたい人がいるんだ」

十束のその言葉に、荒田は目を見開いて十束を見た。

驚きか。怪訝な顔か。彼はどちらの表情を浮かべるだろうと十束は見守っていたが、荒田の顔の上には確かな驚きの表情が現れた。やはりこの人は、赤の王の伝説を信じている人だと悟る。

「赤の王って……」

普段は隙を見せぬよう威嚇的なしかめ面を崩さないようにしている彼らしくもなく、荒田は純粋な戸惑いを見せた。

「なろうと思ってなれるもんでもねぇだろ？」

「やっぱり荒田さんは、赤の王のこと、ただの都市伝説だとは思ってないんだね？」

勢い込んで聞いた十束に、荒田は戸惑いを引っ込め、いつものいかついしかめ面に戻る。

「……俺は、昔っからこの辺でチンピラしてっからな」

荒田はまずそうな顔で大葉ジュースの残りをすすり込み、空のカップを足下に置くと、懐から煙草を取り出して火をつけた。

「今、関東にいるヤクザ連中はほとんどみんな、あの事件以後に進出してきたのばっかだ」

「あの事件？」

「南関東クレーター事件だよ。あの事件で、関東にいたヤクザモンはほぼ壊滅した。今鎮目町の大勢力になってる徳誠会だって、クレーター事件後に関東が穴場になったって知って西から出張ってきたクチだ。今ここらにいるヤクザモンは、よそ者か若ぇ奴か、あるいは俺みたいなハンパモンだけだよ」

十束は八年前のクレーター事件のことを思い出す。十束がいた鎮目町からでも、遠く南の方角にのぼった赤い火柱は見て取れた。何が起こったのかさっぱりわからず、ただ呆然と眺めた世界の終わりのような光景。あの中で、当時の関東の裏社会に生きた男たちが皆死んだのだろうか。

「あの日、南関東で何があったのかは知らねえ。が、みーんな、赤の王が連れて地獄に行っちまったのさ」

赤の王があのクレーター事件の原因であるという無茶な噂があることは十束も知っている。さすがに信じたことなどなかったが、こうして当時を知る人間から話を聞くと、妙な生々しさにそんな噂すら今は笑い飛ばせそうもなかった。

「赤の王って本当にいたんだね？」

十束が根本的な問いを発すると、荒田は軽く笑った。煙草の煙が鼻の穴から少量漏れる。

「つっても、若い奴は本気にしねーだろ？」

「そんなことない」

十束は真面目な顔で言った。荒田は少し鼻白む。

「赤の王って一体何なの？」

荒田は困ったようにガリガリ頭を掻いた。

「……別に俺も実際のとこを知ってるわけじゃねえ。会ったこともねーし、知り合いの知り合いが赤の王の部下だっつーような話は何度か聞いたが……まあその言い方からして都市伝説の常套句だわな」

「それでもいい」

十束が真剣だったせいか、荒田は調子が狂ったように「なんだってんだ一体」とぼやいた。彼は吸いさしの煙草を足下に落として踏み消し、その靴先を、まるでそこに過去の記憶が書いてあるかのようにじっと見つめる。

「確か、名前はカグツゲンジっていった」

荒田がぽつりと言った。騒がしい鎮目町駅前の喧噪にまぎれてしまいそうな、低いトーンの声だった。

赤の王。ファンタジックな呼び名の裏にあった人間の名前を知ることで、その存在が急に近くなるような感覚を覚える。

「そのカグツって赤の王は、人間火炎放射器みてーに炎を操るって話だった」

「超能力者ってこと?」

端的な十束の質問に、荒田は少し恥ずかしそうに笑う。

「信じられねーよなぁ」

「ううん、信じるよ」

十束たちは今、その超能力としか思えないものを持つ者たちと敵対しているのだ。

十束がきっぱりと首を横に振ると、荒田は軽く眉を跳ね上げたが、十束の反応について特に何かコメントすることなく話を続けた。

「俺自身は、炎を操る超能力者だとかいう部分については半信半疑だがな。けど俺に赤の王の話をした連中の目は大抵マジだったし、その実体はともかくも、赤の王と呼ばれる男が存在したのは間違いねえ。そいつがとんでもなくやばくて強いってこともな。粋がっちゃいたがビビりだった俺は近づいてみようって気にもなんなかったさ」

借金取り立て時の脅しをかける凄み顔が印象的だった荒田は今、少年のように若い表情をしていた。人は昔のことを語るとき、そのときに心が戻るのかもしれない。

「怖い人だったんだね？」

「そりゃーな。赤の王はもちろん、その部下もみんな、その辺のヤクザなんか及びもつかねえ怖ぇ連中ばっかだったってさ。噂じゃ、赤の王の傘下に入るための儀式で、体の一部を焼き潰されるって話だったぜ。だから赤の王の部下はみんな、体のどこかが欠けてるんだってさ」

十束はとっさに、闇山の右耳のことを思い出した。上半分がばっさりとない耳。だが、その傷跡を見る限りは、焼き潰された跡ではなかった。第一、闇山は草薙とそう歳は変わらないはずだ。赤の王が現役の頃はまだ少年だっただろう。

「そんなカグツも、別に生まれたときから王だったわけじゃねえ。赤の王はあるときふいと現れ、クレーター事件で消えた」

荒田は十束を見、ゆっくり言った。

「カグツは、ある日突然赤の王に選ばれた」

どきん、と十束の心臓が一つ大きく跳ねた。

「俺はそう聞いた。一体何に選ばれたのかは知らねえ。神様に選ばれたとでもいうのか、それとももっと具体的な何かがあんのか。――とにかく、カグツがそうだったっていうんなら、次がねえとは限らないよな。お前がさっき言った、『赤の王』になりたい奴ってのは、自分がその次のつもりってわけか」

普通ならただのイカレポンチだが、実際、今の鎮目町の雰囲気は昔の——赤の王がいたときと、似てなくはねーんだよな。と、荒田は最後の方はほとんど独り言のようにぶつぶつと言った。

十束の動悸はさっきよりもなお激しくなっていた。ドキドキドキドキと、常にない速さで走っている。

それは、闇山光葉が本当に、かつてのような『赤の王』になるのではないかと恐れているからではなかった。彼に対する情報集めのために赤の王の話を聞きに来たにもかかわらず、今十束の頭から闇山光葉のことは消えていて、ただ、周防尊のことがぐるぐると回っていた。

「おい。……おい、どうした？」

荒田が、突然黙ってしまった十束をいぶかしがるように声をかけてきたが、それもひどく遠く思えた。

十束は今自分の中に渦巻く感情が、恐怖なのか期待なのかもわからず、ただ走っていく自分の心臓の音を聞いていた。

（君はいつか、君の王と出会うだろう）

昔会った、和装の不思議な男の言葉が、脳裏に蘇った。

「荒田さん」

「あ？」

十束は、被っていたウィッグを荒田の剃り込みが入った坊主頭にそっと被せた。

「あにすんだよ！」

「これ、あげる。走るとずれるんだ。ずれたヅラ姿で走るよりはこのまま走った方が目立たないから」

「いらねぇよ！　ってかどうしたんだよ、いきなり！」

十束は自分の速い心音を聞きながら、冷や汗を浮かべて荒田をまっすぐ見た。笑みを消した十束の顔を見て、荒田は少したじろぐ。

「走って帰る。なんだか、変な予感がするんだ」

†

闇山は戦場にいた。

こそこそした暗殺でも、ちまちました喧嘩でもない、それは戦場と呼ぶにふさわしい光景だ。

闇山の率いるストレインと、武装マフィア、そしてチーマーの少年たちの混合軍が、青い制服に身を包んだ異能者たち——《セプター4》とぶつかる。

闇山はその最前線で、高揚のままに身を躍らせていた。頭の中に心地良いリズムが鳴り響く。

青の制服に身を包んだ、まだ十代とおぼしき双子の青年が、闇山を挟撃した。青い光をまとった二本のサーベルが闇山に向かって振り抜かれる。双子はまるで一つの意識を共有しているかのように、乱れなく迷いない動きで闇山の左右から攻撃を放った。逃げ場はない。

が、闇山には元より避けるつもりもなかった。

体の中でたわんでいた熱を解放する。闇山の内側から、堰き止められていた水が噴出するかのような勢いで炎が噴き出した。一切のコントロールを捨て、ただ力任せに放つ、炎の形を取った純粋な暴力。それは闇山を挟み撃たんとしていた青い刃を弾いた。

青服の双子は闇山の炎に押されながらも、歯を食いしばりサーベルを垂直に立てて踏みとどまった。激しく押し寄せる炎に対して、普通ならば剣が盾になどなるわけがない。——しかし、彼らの剣は文字どおりの〝盾〟を生み出した。

サーベルが纏っていた青い光が強くなり、その光は刀身を軸にしてガラスの壁のように広がる。その青い壁は闇山の炎を通さず、両側から封じ込めた。

——なるほど。これが、こいつらの用語で言うところのガイゼンセイヘンコウフィールド、だっけか？

ネットで知った専門用語を思い出しながら、闇山は歯をむき出して笑った。頭の中に鳴り響くリズムがさらに高まり、最高にアガっていく。

闇山の炎は双子が展開する青い異能の壁に行き場をふさがれ、苛立つように主であるはずの闇山の体をじりっと焦がした。

自らの炎に自らの肉が炙（あぶ）られ食われる痛みに、闇山の脳から、心地良い湯のような快感がにじみ、広がる。闇山は熱のこもった吐息を漏らした。

「あぁ、イイよ。トべるじゃねえか」

闇山はまなじりを吊り上げ、口角を吊り上げ、獰猛な笑みを浮かべながら、バッと両腕を広げた。手のひらを片方ずつ、青服の双子それぞれが構えるサーベルの方へ向ける。無軌道に闇山の体から噴き出していた炎は闇山の両の手に集中し、凝縮されて激烈な勢いで青い壁にぶつかる。

ピキン、と、異能の壁にヒビが入る音が聞こえた気がした。サーベルを構える双子の表情が歪む。のっぺりとした面のような印象だった彼らの白い顔の上に、苦しげで苛立たしげな感情が浮かんだ。地面に踏ん張っていた双子の足が同時に、闇山の炎に押されてじりっと下がる。だが彼らも意地になったように細かった目を見開き、ぎらついた光をその瞳に宿した。

「ストレイン風情が」

「図に乗るな！」

双子は一つのセリフを分け合うようにして叫び、静謐な印象のある青の光を、まるで炎のように燃え上がらせた。闇山は笑う。

「いいねいいねぇ！　これが青服の……《王》に力をもらったクランズマンとやらの力ってか！」

闇山はさらに自らの炎を強く煮えたぎらせた。闇山の高揚と同調するように彼の炎は燃え上がり躍る。渦巻き、波打ち、青い壁にぶつかって跳ね、情熱的なダンスを踊るように二枚の壁の間からあふれてこぼれ、近くの建物を焼いた。

闇山の手を離れた炎に舐められ、建物の窓ガラスがいっせいに割れる音が聞こえる。

「速人！　秋人！　引け！」

苦みを含んだ男の声が、しなる鞭のように飛んだ。

双子はその声に反応し、闇山と力比べ状態になっていた異能の壁を、壁の形を崩して青の衝撃波として闇山の炎にぶつけた。互いの力がぶつかり合い相殺するその一瞬の間に、双子はそれぞれ大きく後方へ飛びすさっていた。

闇山は炎を淡く体に纏わせたまま、声の主の方へ視線をやる。

四十歳前後の年頃だろうが、面構えだけ見ているともっと年寄りにも見える男だった。彼は苦々しく「撤退だ」と双子に告げた。

「司令代行！」

双子の片方が非難がましく声を上げ、もう片方も、

「ここで仕留めるべきだ！」

と言った。

「駄目だ。周囲への被害が出過ぎる」

司令代行と呼ばれた男はそう断じた。

闇山は軽く周囲に視線を配る。闇山の部下たちと青服の戦闘もかなり激化したようだった。一見した限りでは闇山側の陣営の被害の方が大きい。あちこちにバタバタ倒れており、死んでいてもおかしくないレベルの負傷者も目につく。ストレインもそうじゃない普通の人間もごちゃまぜだ。

「撤退！」

もう一度、司令代行は厳しい声で大きく命じた。他の青服連中はすでに自陣の負傷者を庇いながら撤退戦に入っている。闇山とやり合っていた若い双子は忌々しげに闇山を睨んだが、結局命

に従った。

楽しい遊びを中途半端に中断させられた子供の気分で、闇山は追うか逃がしてやるか、少し考えた。

双子とは遊び途中だし、司令代行と呼ばれた目の前の男は、虚(うろ)のある木のような、空虚で乾いた雰囲気があったが、腕自体は立つのだろうというのが匂いでわかる。

やってみたい。こいつらと思い切り暴力と暴力をぶつけ合いたい。思う存分、とことんまでやってトびたい。

だが、青服を撤退させたのはひとまずの勝利だ。闇山は理性を優先させ、引いていく青服を見送った。

目先のことばっかになってると鶴見に怒られるしな、とつい思い、そういやあいつ負けたんだった、と思い出す。

鶴見トウヤは負けた。

闇山に最初にこの世界の知識を与え、《赤の王》になると言った闇山につきあってこの三年、共に知恵を巡らせてきた奴が。本格的に建国を始めたその日に。

「ちぇっ」

闇山は口を尖らせた。

少しの怒りと悔しさ、少しの嬉しさと期待。それが闇山の中に同居していた。

周防尊はただの人間であるにもかかわらず、使いようでは無敵にもなれる能力を持つストレインの鶴見を倒した。それはすなわち、闇山の感覚が間違ってはいなかったということだ。

初めて会い、やり合ってからずっと、何かが特別だと周防尊に対して感じ続けていたその感覚。それは間違っていなかった。

「光葉さん！　被害状況を報告します！」

闇山の部下の若い男が駆けてきて、戦国時代の伝令のように闇山の前で片膝をつき、今の戦闘で味方何名が負傷、何名が行動不能、と良く通る声で告げる。男のあまりに芝居がかった言動に闇山は笑いそうになるが、少しおもしろかったのでそのまま聞いた。男はついこの前まで大手のチームに所属するただのチーマーだったが、闇山の力に魅了され、今では本気で戦国大名の家臣の気分になっているらしい。

彼の報告によると、ストレインも何人かはやられたが、やはりただの人間――闇山に惹かれてついてきた、あるいは闇山が力尽くで自陣に引き入れさせたチーマー少年たちの被害が大きいようだった。青服が引いたのも、周囲への被害が拡大することを恐れての他にそのことも要因の一つだったのだろう。

ストレインの将たちが率いる、能力を持たぬ不良少年たちの部隊。警察には手に負えず、だが能力者同士の戦闘になれば非能力者が死傷する。こうしてストレインが集合し、一般の人間をも含んで「勢力」となった今、甚大な被害が出ることを覚悟で掃討戦をするか、あるいはその「勢力」の存在を認めるか。青服らは、そしてその向こうにいる黄金は考えるだろう。

『俺たちと《クラン》の何が違う？』

鶴見は言っていた。

『違わないさ。能力者の集団であり、王的な存在があり、自分たちの国を自治する。こっちの国土を侵す他国とは戦争する。そうして力を見せつければ認めざるを得なくなるはずだ。俺たちは《クラン》だと。お前は《王》だと』

それが鶴見の計略だった。

闇山としてはどっちでもよかった。

鶴見がストレインの自治権を欲していたのは承知だが、その点は特に闇山の関心の対象ではない。認められないなら認められないで一向に構わず、ただどこまでも戦うだけだ。

闇山は怪我人の介抱をしたり、報告をし合ったりとせわしなく行き交う部下たちを横目に眺めながら、先程自分が焦がした建物の壁に寄りかかった。

タンマツを取り出し、最近よく活用しているサイトに繋ぐ。《ｊｕｎｇｌｅ》のロゴマークが緑色に光った。ストレインの部下を集めていた際にも、このサイトは役に立った。

謎の多いクランである緑のクランが運営しているという噂の、匿名性の高いＳＮＳ。その中にある招待制のコミュニティに、ストレインたちが情報交換をする掲示板がある。開くと、ちょうど直前に「Ｈ・Ｎ」というハンドルネームの人物が書き込んでいた。

『鎮目町駅の電車内で意識不明状態で発見されたストレインは、七釜戸(ななかまど)化学療法研究センターに収容されました』

その書き込みを見て、闇山の表情がわずかに動く。

Ｈ．Ｎは、不自然なほどに様々なことを知っている人物だった。だが闇山にとっては情報が使えるものならばそれだけでよく、その発信者の正体に興味はなかった。だが、鶴見の現在の居場所などという普通のストレインには何の役にも立たない情報が書き込まれたことで、闇山は初めてＨ．Ｎの思惑に意識が向いた。

その書き込みは、まるで闇山個人に宛てたかのようだと思った。

闇山は少し考え、たどたどしく指を動かしてＨ．Ｎの書き込みへのリプライを書く。基本的に闇山はタンマツはネットの情報や部下からのメッセージを見るためにしか使わず、自分で何かを書き込むことは極端に少ないので文字を打つのは遅い。

『お前、なんだ？』

ごく短い文を送信する。すると、驚くほど早い返信があった。

『君に興味を持つ者です』

闇山は目を眇めてその文字をしばらく見つめる。

匿名性が高いと評判の《ｊｕｎｇｌｅ》においてもハンドルネームを考えるのが面倒だった闇山はそのまま本名を使っていた。闇山は今、能力者界隈の時の人であり、あらゆる人間から様々な意味の興味を向けられている。だが、この画面の向こうにいる人物は、ただ闇山の名前に反応しているわけではなさそうだった。

『なぜ』

『君の野望の先を知りたいからです。願うものは自分でもぎ取りに行く君のその姿勢、天晴れです』

闇山の書き込みに、また一瞬で返事がくる。ナチュラルに上から目線なのが若干癇に障る。

こいつはおそらく――《緑の王》だ。

表に出てこず、裏でこそこそしている《王》が、闇山に興味を持っているらしい。

もしかすると以前から闇山のことを意識していて、わざと闇山に情報を流していたのかもしれない。

なんだか今も見られているような心地になって、闇山は思わずあたりを見回した。当然それらしい人間など見あたらなかったが、H.Nはタンマツの向こうで笑っているような気がした。

まあいい。表に出てこない人間のことなど、闇山にとっては些末事だ。その正体が何であろうと役に立つものは使うだけというスタンスに変わりはない。鶴見がセンターに入れられたというのなら、こっちが落ち着いたら出しに行ってやるかと考える。

タンマツのホームボタンを押して《jungle》アプリを終了させようとしたとき、H.Nがもう一文書き込んだ。

『君がもし君の野望を遂げたら、いつか会うことがあるかもしれません』

闇山は動きを止めた。だがその文章に対して何らかの感想を抱くより前に、闇山のタンマツにメッセージが届く。部下からの連絡だ。

メッセージ画面に切り替え、闇山は目を見開いた。一、二秒、息を止めて画面を見つめ、ゆっくりと口角を吊り上げて笑む。

――周防尊発見しました。空きビルに潜伏中。

連絡は簡潔を好む闇山の意に添うように、必要最低限の文章と、ビルに入っていく周防尊の写真、そのビルの位置情報が添えられている。

狙われている身であることは承知だろうに、写真の周防尊は変装をするでもなく、あたりを気にするそぶりすら見せず、その顔と特徴的な赤毛をさらして泰然としていた。煙草を買いに出ていたのか、真新しい煙草の箱から一本くわえ取りながらビルの非常階段を上っている。

ついにこのときが来たか、という気分だった。青服との戦闘で不完全燃焼だった身の内の熱が、期待に高まっていくのを感じる。
H.Nのことなど完全に頭から消えた。闇山はタンマツをポケットにしまい、歩き出す。
「光葉さん、どこへ?」

部下の一人に問われた。

「周防尊を殺しに」

上機嫌を声に乗せて言う。目の端に部下の怪訝そうな表情が映った。その顔の上にはありありと、「なんでこんなときに」と書いてある。

こんなときだからだよ、と闇山は心の中で鼻歌交じりに答える。

周防尊を殺すことが、自分が赤の王になる最後の仕上げなのだという予感があった。

†

「なんや、これは……」

草薙は眼前の光景を前に、なすすべなく立ち尽くしていた。

超常の力を信じるか否か。ついさっきまでそんな話をしていたのが遠い過去のように思えた。今草薙の目の前に広がるのは、信じるだとか信じないだとかいう段階を超えた、ただ圧倒的な現実だった。

街の様子を探りに出た草薙は、街の至るところで警官が一般人の通行を制限している光景を目にした。相次ぐ事件のため、半ば戒厳令下のような状態になっている。

何か情報が得られるかもしれないと踏み、草薙は地の利を生かして、特に警戒が強いエリアへ、細い路地から入り込んだ。

人一人がどうにか通れるような、狭く薄汚れた路地をすり抜けた先で、草薙は戦闘に遭遇した。喧嘩ではない。まさしくそれは「戦闘」だった。

青い制服を着た男――いわゆる〝青服〟が、抜刀したサーベルで、若い、ラフなパーカーを着た男と戦っていた。

まるでよくできたショーのようだった。

サーベルは青く輝き、青服がそれを振り抜くと、斬撃は青い光という目に見える形で空を切り裂き飛ぶ。相対する男は高く——五メートルはあるかというほど高く跳躍してそれを避けた。青く光る斬撃は背後の建物にぶち当たり、コンクリートの壁をざっくりとえぐる。

跳躍したパーカーの男は空中で拳を振りかぶり、青服に上から殴りかかった。青服はすでに体勢を立て直していて、サーベルで迎え撃つ。青服のサーベルとパーカーの男の拳がぶつかる。

無茶だ、と草薙は思わず声を上げそうになった。パーカーの男が斬殺されると思った。

だが、響いたのは肉を裂く音ではなく、硬質なもの同士がぶつかり合うような、ギィン、という音だった。パーカーの男の拳はまるで強靱な金属でできているかのようにサーベルとぶつかり合い拮抗する。

が、拮抗は一瞬で、青服が競り勝ってサーベルを振り抜いた。パーカーの男は草薙が潜む路地の方向へ吹っ飛ばされてくる。草薙は慌てて路地からのぞかせていた顔を引っ込めた。

パーカーの男は、草薙がいる路地の入り口、建物の角にぶつかった。ゴッ、と鈍い音が轟き、鉄球でも当たったかのように建物の壁がへこむ。パーカーの男は一つ舌打ちしただけですぐに跳ね起き、青服へ向き直った。

追い打つ青服の攻撃を避け、返り打つ拳を放ち、青服が一歩怯んだ隙を突いて駆け出す。青服が追って走りだそうとしたとき、彼の襟についているブローチ型のインカムが点灯し、声が聞こえた。

『撤退命令が出た。戦闘を中止せよ』

インカムからの命に、パーカーの男を追おうとしていた青服は、ぐっと足を止めた。

「何だと!?　……くそっ！」

青服は悔しげに毒づいた。だが命に従い、走っていくパーカーの男の背を忌々しげに睨みつけるとサーベルを納刀し、男とは逆の方向へ走り去っていった。

路地で息を潜めていた草薙は、ばくばくする心臓を手で押さえつけようとするように、胸に手を当てていた。なんや今のは、と、声にならない息だけでつぶやく。

銃撃戦に遭遇したとしても、こうは動揺しなかっただろう。これが尊の言っていた〝妙な力を使う奴〟同士の戦いか、と思う。こんな連中が複数いて、ヤクザに喧嘩を売り、チーマー少年を仲間に引き込み、従わぬ奴は潰し、警察組織の手にも負えない強さでふくれあがっている。そしてその頭(かしら)に闇山光葉がいて、いまだに周防にこだわっている。

肌で感じた現状の混沌は、生々しい寒気となって草薙を襲った。一体どんな対策を立てればいいのか見当も付かないままふらりと歩き出すと、足下にタンマツが落ちているのを見つける。

おそらく、先程青服とやり合っていた男のものなのだろう。吹っ飛ばされたときに落としたようだった。

草薙はそのタンマツを拾い上げ、中を見てみる。ロックはかかっておらず、持ち主が最後に見ていた画面がすぐに表示された。

その画面は、《ｊｕｎｇｌｅ》アプリ内のものだとすぐにわかった。草薙はやっていないが、人のを見たことは何度かある。中高生を中心とした若者に流行っているらしい。画面は《ｊｕｎｇｌｅ》の掲示板のようだ。

草薙は何の気なしにそれを眺め、徐々に表情を強ばらせていく。

「なんや……これ……」

最初は、掲示板に書き込む人間たちがなんの話をしているのかわからなかった。だが、読み進めていくにつれ、それが〝妙な力を使う奴〟たちの情報交換の場なのだと悟る。

「ストレイン、いうのが、妙な力を使う奴らのことか。セプター4……が、青服のことやな。やっぱりそいつらは、そのストレインいうのを取り締まる組織――」

掲示板上で話す連中は、それらの用語を共通言語として認識しているようだった。草薙は文脈からその意味を推測していく。

そこには、青服の戦闘様式や、青服からの逃げ方のコツなどの情報がやりとりされていた。ストレインが青服に捕まらずに生きていくための知識を得る場所になっているようだ。それらは、書き込みの日付が最近のものになるにつれ、『逃げる』方法についての話ではなく『戦う』方法についての話が多くなっていく。

『セプター4には今、青の王はいないんだ。あいつらだって俺たちと変わりはしない。あいつらに管理されてやることなんかない』

その書き込みに、草薙は目を留めた。

青の王。

王。

（ねえ、草薙さん。赤の王の伝説って、知ってる？）

十束の言葉が頭の中で鳴り響いた。喉を鳴らして唾を飲み込み、草薙はその掲示板の情報を本腰を入れて読み解こうと、画面に親指を滑らせる。

そのとき、ピロン、と音がして着信メッセージのポップアップが現れた。

『他人のタンマツで情報収集ですか？』

メッセージにはそう書かれていた。

草薙の体が小さく震える。そのメッセージはタンマツの持ち主ではなく草薙に向けられたものとしか思えず、慌てて周囲を見回す。

だが、誰もいない。風俗店などが並ぶ日中のその通りは、灰色の雲を通した太陽に白々と照らし出され、寂しく乾いた風情を見せているだけだ。先程までの騒ぎのせいか、人通りどころか通りがかる猫一匹いない。

「何で……」

草薙が呆然とつぶやくと、再び着信音と共にメッセージが現れる。

『赤の王になりたい青年が、君の友人のところへ行きました。見物(みもの)です』

草薙は目を剝いた。嫌な汗が噴き出す。

赤の王になりたい青年？　闇山光葉のことか？　周防の居場所が闇山に知られた？　まだなんの対策も思いつかず、ただ絶望感が深まっただけのこの状況下で。どうしようもない状況でも、周防は気にもせずにただ売られた喧嘩を買うのだろう。その先に待つものは――

草薙は駆け出した。タンマツに、まるでこちらが見えているかのようなメッセージを送ってきた人物のことなど、今はもうどうでもよかった。

走って。駆けつけて。そして一体どうするのか。

なんの策もないまま、ただ走ることしかできなかった。

†

煙草が切れたので買いに出た。

今は逃げ隠れしなければならない状況なのだと一応理解はしていたが、逃げ隠れしてどうする？という気分もあった。いずれそのときが来るのなら、早い方がいいだろうとさえ思ってもいた。

そいつが来たのは、買ってきた煙草の二本目を吸い終わったときだった。

非常扉がノックされた。金属製のドアは、ノックの音をゴンゴンとよく響かせた。

草薙でも十束でもないことは直感的に察した。そういや、一度目のときも奴は律儀にノックをしてやってきたな、と、周防はふと三年前のことを思い出した。

「開いてるぜ」

周防は気軽に声をかけ、ソファーから立ち上がった。あいつらが戻ってくる前でよかったな、とふと思った。

ドアノブが回り、非常扉が甲高く軋みながら開く。

「こんにちは。耳無しミツハです」

かつてと同じように、闇山光葉はそう挨拶した。

変わってねぇな、と周防は彼の姿を上から下まで眺めた。目に眩しい金色の髪に、ロックバンドでもやっていそうな服装。複数のピアスで飾りたてられた、上半分がない右耳。もう成人しているはずだが、浮かべた表情は驚くほどあどけない笑顔だった。

周防はだらりと立った姿勢で闇山と相対する。

「何しに来た」

「お前を殺しに」

闇山は朗らかなまま答える。

「なぜ」

「みんなそれを聞くな。なぜ周防尊にこだわるのか、って」

「俺はヤクザの組長でもない。ホムラももう崩れた」

「そうだな。俺がお前を殺すのは、実利からじゃない。もちろん、昔負けた恨みなんてもんでもない。これは、儀式みたいなもんだ」

「儀式」

周防は闇山の言葉を繰り返した。闇山は自分の言葉に得心がいった様子で深くうなずく。

「そう。俺はお前を殺すことが、通過儀礼だと感じている。だから実行するんだ。俺はお前を殺して《王》になる」

闇山は愛おしい相手に対する告白のような声音で告げた。

「俺とトぼうぜ」

周防は鼻で笑った。

「一人でトんでろ」

炎が飛来した。

いや、闇山が炎の塊になって殴りかかってきたのだ。彼の体は一瞬のうちに赤い炎に包まれ、弾丸のように発射された。

人間離れした動きだった。が、周防は横飛びにそれを避けた。鶴見という男との戦闘によって研ぎ澄まされた感覚がそれを可能にした。

周防のすぐ横を熱がかすめる。

炎を纏った闇山の拳は周防の背後の壁を打ち抜いた。コンクリートのビル壁がビスケットのように軽く砕け、大穴が開く。

さすがにぞっとして、周防は息を呑む。闇山はゆらりと振り返った。その顔の上にはやはり笑みが浮かんでいたが、さっきまでの子供のような笑顔とは違い、不気味な愉悦を含んだ表情だった。

「一発殴られとく癖、やめたんだ」

「そんな場合でもなくなってきたんでな」

「賢明だ。けど、避けようと思って避けられるもんでもねぇはずだがな。やっぱりお前は、特別だよ」

何が特別だか、と、周防はバカバカしさに吐き捨てるような短い笑いを漏らす。

「お前は、その力を手に入れて特別になったわけか。昔、言ってたな。巨大な熱。純粋な力。そういうものになりてぇ、だとか。文字どおり、その夢は叶ったってわけか」

高校生の頃に会った闇山とのやりとりを思い出し、周防は言った。闇山が振るう人間とは思えぬ力については鶴見の前例で慣れてしまったのか、闇山が纏う炎にも、異様な身体能力にも、非現実的な感覚はすでに覚えなくなっていた。

むしろ、当たり前の光景にすら思えた。

自分のその感覚の方にこそ、周防は少しの違和感を覚える。

「いいや、まだだ。確かにこの力を手に入れたことで世界の皮は一枚めくれたが、俺が特別な存在になるのはこれからだよ」

闇山を包む赤い色が強くなる。まるで闇山自身が燃えているかのようにその体は炎に包まれていたが、彼の身が焼かれることはない。それはもはや、彼の体の一部だ。

闇山の体が弓のようにしなり、次の瞬間、闇山の靴先が周防のこめかみのすぐ横にあった。頭部を狙うハイキック。周防は身を引いて、それもどうにか避ける。頬骨のあたりが焦げた。熱と痛みをその頬に感じながら後方に飛び退いた。

が、闇山は距離を取らせようとはしない。炎の拳が、蹴りが、周防を追って流れるように飛んだ。速い。ほとんど視認が不可能なほどその一撃一撃は速かった。

周防は、自分が闇山の攻撃のすべてを辛くも避けていることを不思議に思った。体はあちこち炙られ、やけど特有の、皮膚の深部がずくずく疼くような痛みは感じていたが、まともに食らった攻撃はなかった。一撃でも食らえば終わりだと、最初に思い知っている。

鶴見という男との戦いの中で、感覚が異常に鋭くなった自覚はあった。こっちの知覚に干渉してくる奴の力を、自分の本能的知覚が上回った。その周防の感覚器が、闇山の動きを脳が判断するより速く認識し、周防の体を動かしている。

「ハッ！」

闇山が高く笑った。周防の頬をかすめた拳がそのまま急激に軌道を変え、横に薙ぐように振り回される。周防は膝を折って身を沈め、紙一重でかわす。しかし体勢を立て直すことはかなわず、床に身を投げて転がることで闇山から距離を取った。

跳ね起きる。闇山はすぐには距離を詰めようとはしてこなかった。

「ナァニが、一人でトんでろ、だよ」

実に愉快そうに闇山は言った。目は三日月形に笑み、口角が吊り上がる。

「お前も、十分トんでんじゃねぇか」

闇山は周防の顔を指さした。

「笑ってんぞ、尊」

自覚はなかった。が、高揚がないと言えば嘘だった。

死ぬ気はないと、草薙に言った。そこに偽りはなかったが、一歩でも踏み外せば死ぬ――いや、いくら踏み外さないように上手く踊ったとしてもいずれは死の結末を迎えるとしか思えないこの状況下で、ある種の愉悦を覚えてしまっているのもまた、事実だった。

我ながら度しがたいと思う。けれどそれが、周防が抱えた業だった。

「猛獣ミコト」

闇山がそう呼んだ。

「いや、今は『キング』、か？　昨日、お前が昔からよく連れてるあのガキに会ったぜ。お前に王性を見出しているあいつの言い分、俺にはよくわかるよ。なぁ、キング？」

周防はふんと笑った。

「お前にキングと呼ばれるいわれはねぇよ」

「まったくだな！」

闇山が床を蹴った。

ドクン。

周防の心臓が大きく一つ打った。その刹那(せつな)、目の前の現実を見失う。

跳ねた鼓動に付随するように、何かのイメージが周防の目の奥にフラッシュバックした。

「……？」

その現象を疑問に思った瞬間、闇山の拳が周防がいた背後の壁を打ち抜いていた。炎の拳がまたしても易々と壁を破壊する。

自分が避けたという意識もなかった。だが周防の体は周防の意思とは離れたところで勝手に動き、身をかわしていた。

「お前……？」

闇山が怪訝そうに周防を見た。が、それ以上言葉で何かを問いただすことはなく、行動に転じた。ダン、と一つ大きく踏み込み、拳を突き出す。周防は身を引いてそれをかわした。先程までよりよほど危なげのない動きだった。

繰り出される攻撃を避けながら、くるりくるりとダンスを踊るように二人は床の上を移動する。

ふいに、闇山の動きに隙が見えた。相手の攻撃をなんとか避けることしかできなかった周防の目に突然飛び込んだ光のような一点。考えるより前に、拳が動いた。

ドクン。

再び、さっきと同じように心臓が跳ねる。生存のため、規則的に体に血を送る役目を負っているはずの臓器が、それまでのリズムを無視したタイミングと大きさで一つ鳴る。

そしてまたフラッシュバック。謎の、硬質な白い塊のイメージがチカッと目の奥に瞬いた。

次の瞬間、現実に戻ったときには、周防の拳はかわされていた。すぐ近くに闇山の顔があり、奴は意外な表情を浮かべていた。ゾッとしたような、わずかに怯えた表情だ。

「っ……ハ！」

だが、闇山はすぐにその表情を消し、無理やり笑いに転じると周防の腹を靴底で蹴った。

周防は吹っ飛ばされ、今さっき闇山が壁に開けた穴から廊下へ放り出されて壁に強か背を打ちつける。

深く咳き込む。内臓が痙攣するようなダメージがあり、腹に力が入らない。が、致命的な損傷ではないようだ。闇山の人間離れした力を思えば、今の蹴りにはほぼ力が入っていなかったと言える。攻撃ではなく、周防を突き放すための蹴りだった。

よろめき、壁に縋りながら立ち上がる。

砕けた壁の白い塵（ちり）がかかって汚れた前髪の下から、周防は闇山を見上げた。

闇山の口元はまだ笑みを刻んでいたが、目はこの上なく真剣で、底光りしていた。

「イイよ。やっぱりお前と戦（や）るのが一番トベる。お前と戦って、殺す瞬間、きっと俺は次の段階に行ける」

闇山の体からにじむ炎が、悶えるような動きで波打ち、よじれ、絡まり合うように燃え上がった。闇山の靴が床を踏み、一歩こちらへ近づく。

周防は蹴られた腹を庇い、体の状態を慎重に確かめる。動けはするが、まだダメージからは回復していない。それに、さっきからの、一瞬意識が飛ぶような感覚と、謎のフラッシュバック。頭は打っていないはずだが、と周防は自分の頭蓋骨の中身を疑う。

周防は闇山の挙動を注意深く見つめ、じりじりと後ずさり、駆け出した。

後ろから炎の塊がいくつも襲来する。ジグザグに動いてそれをかわし、廊下を駆け抜けると階段の手すりを乗り越えて段を使わず下の階に飛び降りる。

反撃のチャンスを待って逃げながら、周防の脳裏にはなぜか昔のことが浮かんでは消えた。

草薙と知り合った頃、周防の喧嘩の仕方は雑だと呆れられた。

（脳みそあるんやから、面倒がらんで考えながら戦い。人数が多いときや危険な相手の場合は一

時撤退も戦略や。自分に有利な地点まで引いてから叩く)

今逃げちゃいるが、有利な地点はありそうもねぇな、と苦笑する。

(俺は王様の家来になろうと思います)

十束はそんなことを言って周防をキングと呼んだ。なんでだよ、と今でも思う。お前人の言うことまったく聞かないくせに、なんで家来なんだ。

(身近な誰かを傷つけられることを胸くそ悪いと思う周防君を、私は信じます。これからは、暴力を振るう前に、一度立ち止まって考えて。あとついでに、先生はむやみな暴力を胸くそ悪いと思ってるという事実も、一緒に思い出してください)

高校時代の教師、櫛名穂波に説教されたことがあった。残念ながら、周防は胸くそ悪い世界でしか生きられないようだった。

とりとめもなく昔の記憶が浮かんでくる頭に、走馬灯にはまだ少しばかり早いんじゃねえのか、と内心でつぶやく。

そうしている間に、さっき受けたダメージは徐々に和らいできていた。闇山はすぐ後ろに迫ってきている。廊下を駆けながら、周防は振り返らぬまま気配で闇山との距離を測った。

自分の肌感覚だけを信じたタイミングで周防は左足をブレーキに急停止し、それを軸足に後ろへ回し蹴りを放つ。果たして闇山は真後ろにいた。ちょうど蹴りが入る距離。避けるには遅い。

が、闇山は目を見開きながらも周防の足を腕で受け止め、逆にその足を抱え込んで周防の体を壁に叩きつけるように投げ飛ばす。壁に体を強く打ちつけ、息が詰まった。骨が嫌な感じに軋むじてかわす。

音を聞いた。周防は床に膝をつく。痛みを無視して跳ね起きようとしたが、闇山の拳が降ってくる方が速かった。拳は周防の顔面めがけてまっすぐに飛んでくる。周防は首だけひねってかろうじてかわす。

周防の顔の横の壁が大きくへこんだ。炎を纏った闇山の拳がそこにめり込んでいる。

その体勢のまま、二人は至近距離でしばし見合った。

周防の退路は断たれている。今すぐ殺されてもおかしくはなかったが、周防の心に恐れのようなものは湧かなかった。ただ、すぐ近くで闇山の瞳孔の開いた瞳をのぞき込んでいると、純粋な疑問が湧いた。

「お前、なんで王になりたいんだ？」

周防の問いに、闇山の目がわずかにだが戸惑うように揺れる。

「なんで、だと？」

「この世界が狭いんだろ。息苦しいんだろ。……わからないでもない。が、だからってなんで王なんだ？」

闇山の白い喉仏が上下に動くのが見えた。

「この世界には王が存在すんだ。俺はそれを見たことがある。一目で全部持っていかれちまうような、そんな存在だ。俺はそれに——《赤の王》になるんだよ。クズのままで終わる気はねぇ！」

周防は笑った。失笑に近かった。

「クズだとか王だとか、誰にそれを決めてもらってんだよ」

周防は闇山の目を至近距離で見つめた。

「テメェで決めろ」

闇山が絶句した。

次の瞬間、周防は投げ飛ばされていた。闇山は壁にめり込ませていた拳を引き抜き周防の胸ぐらをつかみ上げ、ゴミでも投げるような仕草で片腕で周防の体をぶん投げる。

周防の体は窓ガラスに叩きつけられ、突き破った。

電灯もない薄暗いビルの中から、曇り空とはいえ日の光が射す屋外へ飛び出し、一瞬目が眩んだ。割れた窓ガラスがキラキラと光って見えた。

ここは何階だったか、と考え、窓の高さを確認して二階だと冷静に判断する。

死にはしないだろうと、空中で体勢を立て直し、足から着地する。地面に打ちつけられた足裏から脳天まで突き抜けるような衝撃が走り、足が痺れる。たまらず路面に膝と手のひらをついた。

「キング！」

「尊！」

聞き慣れた声が耳に届いた。周防は舌打ちし、そちらに視線を走らせる。草薙と十束が血相を変えて走ってくるのが見えた。

「引っ込んでろ！」

周防は吠えた。

頭上からは笑い声が降ってくる。周防は顔を上げる。炎を纏った闇山光葉が両手を広げ、こっちへ飛び降りてこようとしていた。無理やり立ち上がったものの、周防の足は痺れたままで、まだろくに動ける状態ではない。もう逃げることすらかなわない。

ドクン、、、。

周防の心臓がまた一つ妙な脈打ち方をする。同調している、と感じた。

何と？

そう疑問を覚えたとき、急に周囲の光景が現実感を失った。自分と外界の境界が曖昧になり、自分が世界に溶けるような感覚に襲われる。

草薙と十束が呼びかけてくる声が聞こえたがそれも遠く、現実感にとぼしかった。

自分は発狂したのだろうかと、狂気とは対極にある冷静さで考える。

ドクン、と、さっきから何度も周防を襲う妙な心音が一際強く響く。何かと同調し、何かと同じリズムで打つ心臓。何と？

（〝石盤〟と）

周防の『無意識』がそう答えた。『意識』は、石盤とはなんだ、と自分の思考に疑問を抱く。

そして周防は、暗い闇の中に立っていた。

目の前の廃ビルも、駆けつけてきた草薙と十束も、今にも飛び降りてきて周防にとどめを刺そうとしていた闇山の姿も、すべてが消失していた。

上も下もわからぬ暗闇。周防はそこに浮かんでいた。いや正確には、自分の体すら見えず、本当に自分がそこに存在するのか確かめることもできない。ただ周防の意識だけが虚無の中を漂っているのかもしれなかった。

自分は死んだということなのか、あるいは臨死体験というやつか、と周防は不思議と凪いだ心で思った。

濃厚な闇の中で、ふと、周防は自分の足下に光を見た。その光は闇を完全な闇でなくし、周防に視界を与えた。周防はそこに存在する物体を視認する。

それは、奇妙な鉱物だった。全体が淡い光を纏っていて、表面に幾何学的な文様が刻み込まれている。

〝石盤〟だ、と周防は認識した。

ドクン、とまた心臓が脈打った。周防のその心臓の脈動とリンクして、〝石盤〟の文様の上をなぞるように、強く濃い、赤い光が走った。自分の鼓動は、この〝石盤〟の光の鼓動と同調しているのだと気づく。

自分はこの〝石盤〟に呼ばれた。そして今、選ばれようとしている。

闇山光葉は、王になりたいと言った。赤の王になりたいと。本気の目で切望していた。

十束は、周防はいつか本物の王様になりそうだと言っていた。

バカバカしい、と周防は思っていた。

なのに今、周防尊はここにいる。

〝石盤〟の光と同調しながら鳴り響く周防の鼓動は激しさを増し、〝石盤〟の光もまた、その光度を高めていく。炎を思わせる鮮烈な赤。その赤が目を焼くような強さで輝き、周防の心音も高鳴りの限界を迎えた。周防と〝石盤〟が、完全に一体化する。

そのとき起こったことは、マグマが体の内側からあふれ出してきた、としか表現のしようがなかった。灼熱の力の塊が周防の中に湧き上がり、猛り狂う。

苦痛と、快楽を、同時に覚えた。

人が内包するには大き過ぎる力の負荷に苦しみ、だがそれを思うままに解放する悦楽を夢想して酔った。

力の奔流の中、相反する感覚に揉まれ、意識が白く塗りつぶされ、その中で周防は〝石盤〟の意識とでもいうべきものに触れた。

第三王権者《赤の王》。

周防尊は、自分がそう呼ばれるべき存在になったことを知った。

ふっ、と意識が奇妙な空間から現実へ戻り、周防は目を開いた。

周防は薄汚れたビルの前に立っていた。状況は変わっていない。謎の空間で〝石盤〟と対面したあの時間はまばたきほどの一瞬の白昼夢のようなものだったらしい。

周防は空を見上げる。くすんだ色の雲に覆われた、しみったれた曇り空。そこに、さっきまで周防が見ていたのと同じ色の、炎を思わせる赤い光が爆(は)ぜた。

光の中から、巨大な剣が出現した。

赤い、剣の形のエネルギー結晶体。それは《王》の象徴である《ダモクレスの剣(つるぎ)》と呼ばれるものだと、〝石盤〟と接触した周防にはわかる。

剣の出現と同時に、与えられたばかりの強大な力が周防を内側から激しく揺さぶり、周防はうめいた。荒れ狂う力は勝手に周防の体から外へ漏れ出し、炎となって周囲を赤い海に変える。炎はアスファルトの路面を焼き、ビルの壁を黒く焦がす。電線が溶け落ち、道の端に停められていた自転車が熱でぐにゃりと変形した。

周防は自らの中に、真っ赤に煮えたぎるマグマでできた赤い獣がいるのを感じた。そいつは咆哮し、周防の中という狭い檻から飛びだそうと荒れ狂った。獣の猛りは抑えきれぬ力となって、周防の足下から放出され、アスファルトに放射状の亀裂が走る。

マグマの獣に身の内を食い荒らされながら、周防は自分の胸元をつかみ、己こそが獣であるかのように歯をむき出しにして身を折った。頭がガンガンと痛み、血管が切れそうだった。

ここでは狭いと、獣は苛立っている。それは、周防がずっと、漠然と感じていた鬱屈感と同じものだった。

狭い。息苦しい。ここをぶち破って、自由に駆け抜けたい。

身の内の獣の望みを周防が叶えかけたとき、周防の耳を慣れ親しんだ声が打った。

「キング！」

らしくもなく必死な声を出した十束だった。

——ああ、何がキングだ。テメェがバカな呼び名で呼ぶから、こんなことになっちまったじゃねえか。

八つ当たりめいたことを考えつつも、その声に我に返った周防は自由になりかけた炎の獣の手綱を引き絞った。抵抗する獣が与える負荷に耐え、獣をなだめ、荒れ狂う炎を自らの内側に沈め込む。

臓腑が沸騰するような感覚を抱えて、周防はゆっくりと振り向いた。

焼け焦げ、炎がくすぶる中、草薙と十束は呆然と立っていた。二人を炎が飲み込まないよう周防が無意識に避けさせたのか、怪我はない様子だった。

周防は二人に向かって、微かに笑みを浮かべてみせた。

「今から、ちょっとばかりバカみたいな話をするぜ？」

なんとはなしの気恥ずかしさも抱えて、投げやりな口調で言う。草薙もまた、深刻になり過ぎないように気を遣ったのか、ぎこちない笑い顔を作った。

「いやぁー……もう十分、状況がバカみたいやからな……」

草薙は周防を見つめたまま、上を指さした。

「お前、頭の上に剣出とるで？」

周防は返事の代わりに苦笑を浮かべた。

「赤の王……なんか……？」

草薙はその問いを壊れ物のようにそっと差し出してきた。草薙の目には強い戸惑いと、ある種の覚悟があった。

十束は、どこか泣きそうにも見える顔で、まばたきもしないまま周防を凝視していた。

周防は何を話すべきかしばらく逡巡し、結局言葉はないまま両手を拳にして持ち上げた。

その手が炎に包まれる。すでに周防の一部となった紅蓮の炎。それを、二人に差し出した。やり方は〝石盤〟と接触した《王》の本能が知っていた。

《王》が同胞を増やす行為。自らの力の一部を与え、異能に目覚めさせる。

炎に包まれた周防のこの手を取れば、人としての在り方が変わる。説明もなく、同意も得ないままますべきことではないだろう。

それでも周防は、炎を宿した右手と左手を、草薙と十束にそれぞれ向けたまま問うた。

「どうする？　手を、取ってみるか？」

二人は何かを問い返すことさえしなかった。彼らは同時に、周防が差し出した手をためらいなくつかんだ。

草薙は右手を。十束は左手を。

炎に触れることを恐れるそぶりすらなく、周防の手を強く握る。このわけのわからない状況の中で、それだけが今自分にできることなのだと思い決めているようでもあった。

炎は繋いだ手から腕を伝って二人の体を這い上がり、全身を包んだ。周防の炎は、受け入れる器のない者はそのまま焼き尽くす。が、周防は案じはしなかった。果たして炎は二人を焼くことなく、二人の体に溶け入るように消えた。

炎を受け入れた草薙と十束の体は、薄く赤い光を纏う。草薙の赤は鮮やかで鋭利な輝きを湛え、十束の赤は柔らかく包み込むような淡い色合いをにじませていた。それらは周防の赤でありながら、彼ら自身の色となった。

ふと、周防は、このわずかの間に些末事になってしまった存在を思い出し、顔を上げた。

闇山光葉は、割れた窓の向こうで呆然と立ち尽くしていた。見開かれた目は細かく揺れ、半開きの口は浅い呼吸を繰り返している。

寸刻前まで、周防の命を脅かし、完全な強者として圧倒していた彼は今、微動だにできずにただそこにいた。今の周防には、闇山光葉の力の程度を見て取ることができた。

どう抗ったところで最終的には死の運命しか見えないほどの圧倒的な力を振るっていたように思えた闇山の力は今、周防の目には小さなたき火程度にしか見えなかった。

闇山は愕然としていたが、周防にもまた、少なからぬ衝撃があった。自分が手にしてしまった力の度外れた桁に。目の前の男が欲していたものの正体に。

少しの、悲しみにも似た気持ちがあった。先程までのギリギリのやりとりの中で感じた高揚は冷えていた。

(クズだとか王だとか、誰にそれを決めてもらってんだよ)

(テメェで決めろ)

その考えに変わりはない。けれど、選ばれた周防と選ばれなかった闇山の間には今、絶対的な力の隔絶があった。

周防は何も言わず、動かず、闇山の挙動を待った。愕然としていた闇山は周防の視線を受け、ゆっくりと我を取り戻していく。揺れていた瞳が焦点を定め、半開きだった唇は半ば無理やりに吊り上げられ、笑みの形を作る。

彼は自らの炎を現出させた。割れたガラスを踏んで窓枠を蹴り、二階から身を躍らせる。空中で炎を纏った拳を振りかぶり、渾身の力を込めて振り下ろした。

周防はその場から動かぬまま、《王》(サンクトゥム)の力場を展開した。周防の体を中心に赤い光が広がり、その光が及ぶ一帯が周防の支配するエリアとなる。闇山は怯まず突き込んだが、拳は周防の額の直前で、見えない手に受け止められたかのように動かなくなった。

「くっ……」

闇山はうめいた。見開かれた目はぎらつき、白目が血走っていた。周防の眼前で止まった拳がジリジリと焼ける音を立てる。周防は軽い動作で、闇山の拳を片手で払いのけた。

闇山は横様に吹き飛び路面に転がった。戦意は失わず、路面を転がった勢いを使って跳ね起き、再び向かってくる。

「無駄だ」

周防は片手で、闇山が異能を乗せて放つ拳や蹴りを捌(さば)きながら言った。闇山の動きは怠く感じるほどにゆっくりに見えた。コンクリートの壁を軽々と砕き、普通の人間ならば一撃で絶命させる、炎が宿った彼の一撃一撃を、周防は右手一本で容易(たやす)く受け止め、いなした。

「何が無駄だ？」

言って、闇山は一度飛び退き、地面を蹴って高く跳躍すると空中でくるりと一回転し、踵(かかと)を周防の脳天に鉈(なた)のように振り下ろした。周防は赤い力を宿した右手でそれをキャッチし、放り投げる。闇山は錐揉(きりも)みしつつもかろうじて着地の体勢を取り、だが吹っ飛ばされた衝撃を殺しきることはできずに路面の上を数メートル靴底を削りながら後方に滑った。路面に黒いブレーキ痕が刻まれ、薄く煙を上げる。

闇山はアスファルトの上に膝をつき、手のひらをもついて、荒い呼吸を繰り返した。見上げた彼の目はまだぎらついていた。花火が消える直前の最後の閃光（せんこう）のような輝きだった。

「なぁ、尊。お前は《赤の王》になった。俺はなりそこないのままだった。俺の負けだ。『なりそこない』の意味も、俺がまがい物だったってことも、今ならよくわかる。《王（おまえ）》とストレイン（おれ）の力の差もちゃんと実感してるさ。俺が今のお前に勝てるわけがないってのも同意だ。だがな、何が無駄だ？」

闇山はふらりと立ち上がった。気負わない立ち方であり、頼りない風情でもあった。闇山は清々しい笑みを見せた。

「意味のない戦いをすることが無駄だってんなら、俺の人生全部丸ごと無駄なもんだ。《王》になれなかった俺はクズのまま終わる。けど、俺は別に意味を求めて生きてたわけでもねぇ。最高に気持ちいい、トベる一瞬。凝縮されたその一瞬が欲しくて俺は生きてた。だからな尊。俺がお前に無謀な戦いを挑むのは、なんも無駄じゃねえんだよ」

周防は灼熱の炎を身に宿しながら、水のような清冽（せいれつ）な目で闇山を見つめていた。静かに彼を見つめたまま聞いた。

「お前はこの力を手に入れて、どうしたかった？」

「言ったろ。最高にトベる瞬間が欲しかったって」

周防は肩をすくめた。

「そんなにいいもんじゃなさそうだぜ」

「そりゃ、お前が余計なもんを抱えるからだろ」

闇山はハッと喉の奥から吐き捨てるように笑った。

「まともな人間ごっこなんかやめちまえよ周防尊。お前は《王》だ。絶対的な《王》として、自分の思うままに振る舞ってみろっ！」

闇山の体から力が放出された。凝縮された炎が闇山の体を眩く包み、巻き起こった熱風が周防の髪をそよがせる。力の最後の一滴まで絞り出そうとしているようだった。本来ならば自身の身は傷つけないはずの自らの力で、闇山の皮膚が焼ける匂いがした。

すべての力を乗せて、闇山は周防に突っ込んだ。激突する。

周防は避けず、いなさず、正面から受け止めた。

《王》になりそこねた男のすべてを乗せた一撃は、周防の手を痺れさせた。周防は制御の箍を緩め、具現化させる力を強める。

刹那、周防のコントロール下からすり抜けた獣が牙を剝いた。

獣は周防の制御を振り切り、暴れだす。それは炎の波となって周防の体から赤い洪水のようにあふれ、逆巻き、周防と闇山を巻き込んで巨大な火の玉となった。それでもまだ留まらずにふくれあがる。

頭上の赤い剣が、ぎしぎしと不吉な音を立てているのが周防の耳には届いた。

周防は今、純粋な力の塊だった。周防の思考はあふれて躍る力に飲み込まれていく。周防の手の中で、受け止めた闇山の拳が焼け焦げていた。それでも闇山は、陶酔した目で笑った。

こいつは炎に食われて死ぬ。血も、骨も、灰すら残らずに。

その認識さえも、高熱を発しながら暴れる力の高揚に飲まれた。

そのとき、周防の左腕がぐいと強く引かれた。

「キング、待って」

十束だった。

いつもふわふわと柔らかい彼の声が硬質に感じられるほど、強く、真剣な声音だった。崖から足を踏み外そうとしている者の腕をつかみ引き戻す人間のそれだった。

間髪容れず、周防と力をぶつけ合い、周防の力に焼き尽くされようとしていた闇山の体が後方に吹っ飛んだ。

草薙だ。草薙の回し蹴りが、闇山の体を周防の炎の中から弾き飛ばしていた。闇山はビルの壁に背中を打ちつけ、崩れるように膝をついた。

草薙の体も赤い炎の色をにじませており、コントロールしきれないのか、不安定に揺らめいていた。呼吸にも乱れがある。だが草薙は理性的な瞳で周防を鋭く見た。

「踊らされんな」

草薙が叱咤(しった)した。

熱く、激しく、狂乱する力の奔流に飲み込まれ、同化しかけていた周防の思考がわずかばかり冷静さを取り戻す。それでもなお、周防が抱えた強大な力は周防の意思を引きずって暴れようとした。周防の腕をつかんだ十束の手に力がこもる。

十束の手は、ジャケット越しにもひんやりとして感じられた。炎を分かち合ったはずであるのに、十束の気配は炎というよりは水や風に近い雰囲気があった。

十束からはひどく微弱な力しか感じなかったが、にもかかわらず妙につられる存在感があった。猛っていた周防の炎が、十束の穏やかな波長に影響されて落ち着き始める。周防はその隙を突くように、持てあます《王》の力を自分の制御下に押し込めた。

気がつけば、あたりは廃墟のような様相を呈していた。路面も建物も黒く焼け焦げ、まだ熱を持ってぶすぶすと音を立てている。周防が踏んでいるアスファルトは一度沸騰したらしく波打った形で固まっていた。炎の残滓の匂いが強く鼻を突く。周防の近くにあったものは、壁も、街灯も、電柱でさえも変形していた。

周防は焦げくさい空気を深く吸い、吐き出した。地に膝をついたまま倒れもせず、だが立ち上がることもできない闇山光葉の姿を見下ろした。

闇山はゆっくりと視線を持ち上げた。目は死んではいなかったが、その奥はもう空っぽであることがわかった。力のすべてを出し尽くしていた。

「消えろ」

周防は告げた。かつてと同じ別れのセリフとなった。

闇山はふぅっと、吐息なのか笑いなのかわからないものを漏らしただけで、何も言わなかった。

周防は闇山に背を向けて歩き出そうとし——足を止める。隣で草薙が息を呑む気配がした。

いつの間に現れたのか、そこには奇妙な人物が立っていた。

ウサギをモチーフにしたような形の、金色の面を被った人物だった。中世の公家を思わせる和装に身を包み、異様な雰囲気を放っている。

ウサギの面を被った人物は言った。

「黄金のクラン《非時院(ときじくいん)》の使者である。第三王権者《赤の王》の誕生、お慶(よろこ)び申し上げる」

†

周防尊が立ち去ってから、どのくらい経っただろうか。

灰色の雲に覆われていた曇天の空は水分をため込む限界に来たように、ぽつりぽつりと雨粒をこぼし始めていた。先程まで業火にさらされていた場所を、雨が静かに冷やす。

闇山は焦げた路面に膝をつき、黒く煤けたコンクリートの壁に背をつけたままじっとしていた。

一時はもう二度と立ち上がれないのではないかと思うくらいに力を使い切り、三途の川の手前にいる気分になっていたが、時間の経過と共に多少の体力が戻ってきていた。そろそろ立ち上がって歩くことくらいはできるだろう。

闇山は顎を持ち上げ天を仰いだ。もうそこには周防尊の《ダモクレスの剣》はない。ひんやりした雨が頬や目や唇を打つだけだった。

「……これから、どうすっかなぁ……」

闇山はつぶやく。目の奥にはまだ、周防の目も眩むような鮮烈な炎の色がちかちかと残っていた。かつて、闇山が焦がれたあの人が持っていたのと同じ色だ。

決して闇山のものにはならない色。

「よっこら……せっ、と……」

闇山は左手で壁に縋りながらふらりと立ち上がった。体のあちこちを負傷していたが、特に周防の力に正面から打ちかかった右腕の損傷は酷かった。黒く焼けただれ、闇山の意思とは関係なく細かく震え続けていてうまく動かない。もう使い物にならないかもな、と特段の感慨もなく思った。

腕の損傷は脳髄に染みるような痛みを訴えていたが、もうその痛みは気持ち良くはなかった。

闇山はもうトベない。

体を引きずってゆっくり歩いた。歩きながら周防尊のことを思った。

まるで鏡映しの自分を見ているような親近感を覚えたこともあった。

だがもうそうは思わない。ただ、もったいねぇなと思った。あの鮮烈な力を手にしながら、周防は嬉しそうな顔も誇らしげな顔もしなかった。むしろ、厄介なものを肩の上にのせられたような億劫そうな顔をしていた。

それがなければ俺に殺されていたくせに。

周防尊があの力をなぜ喜ばないのか、察することはできた。

あいつは——

ぱらつく雨の中、うつむき加減で物思いをしながら歩いていた闇山は、行く手の気配に気づかなかった。

気づいたのは、パン、という乾いた音を聞いてからだった。

闇山は視線を上げる。道の真ん中に、拳銃を構えたスーツ姿の男が立っていた。拳銃からは白い硝煙が細く上っていた。

闇山は、自分の胸に開いた穴から熱い血が噴き出すのを感じながらもまだ、数秒間は立ったままでいた。銃創から血が流れ出る感覚は、炎を発現させるときの感覚と少し似ているな、とぼんやり考え、次いで、こいつ誰だっけ、と自分を撃った男の顔を眺めて考えた。頬に傷がある、四十代くらいの男。どこかの組の人間だった気がする。

そこでようやく、立ち続けるだけの力がなくなり、闇山は路面にうつぶせに倒れた。顔が、浅い水たまりに半分浸かる。

手足は冷たかったが、傷を負った胸のあたりは燃えるように熱かった。鮮やかに赤い血液が、雨水と混ざり合いながら広がっていく。

耳をつけたアスファルトを通して、発砲した男が静かに立ち去っていく足音が聞こえた。

——ああ、うん、知ってたよ。

闇山は焼けつく痛みと自分の血の温度を感じながら、心中でつぶやいた。

《王》になれなかった自分は、クソみたいな場所で、クソみたいに死ぬ。

誰かに頭を下げて社会の仲間に入れてもらい、誰かが決めたルールに従って生きていくことができない奴の末路なんざ、そんなものだって知っていた。

――なあ、お前はどうだよ、周防尊？

お前は、俺が欲しかったものを手に入れた。目の前を塞ぐものすべてを破壊する力。

（似てないよ）

周防尊の側にいた、十束多々良とかいう少年の言葉を思い出した。奴は、周防と閻山は似ていないと言った。ああ俺も今はそう思うさと、閻山は笑う。喉の奥にたまった血が、ごぼごぼと音を立てた。

周防尊と自分は似ていない。あいつは腰抜けだ。ぶっ壊したいって思ってるくせに、その衝動は抱えてるくせに、それができない。二の足を踏む。壊すことを恐れる。

（あんたは、〝へーき〟じゃない）

十束は閻山に対してそうも言った。その理由を、本当はわかっていた。閻山はこの世の中にあるものを何一つ大事だと思えない。壊して惜しいものなど一つもない。

周防尊とは違って。

――けど、それは、どっちの方が幸せだ？

閻山は知らない。そうは長くなかった人生の中で、大事なものなど一つも持ったことがなかった自分は、それがある幸せなどわからない。

だから、閻山は自分がよく知る幸せについて、願ってやった。呪いのように。

全部、全部、全部ぶっ壊して、空っぽになればいい。

だってお前は迦具都玄示と同じ、《赤の王》じゃねえか。

†

「闇山光葉は死亡した」

〃センター〃の独房の外から、《王》のいない《セプター4》の司令代行の男が告げた。

鶴見トウヤは別段驚きはしなかった。自分の手にはめられた異能抑制具を見下ろしながらぼそりと答える。

「あっそ。……誰にやられたの？」

「闇山光葉が殺害した暴力団組長の部下である幹部組員だ。闇山光葉を銃撃後、凶器の拳銃を持って、その足で警察に出頭した」

「あー、じゃあ、生島あたりかな？　今時任侠とか流行らないのにね」

鶴見は乾いた笑いを漏らす。

「それ、わざわざ俺に伝えに来てくれたんだ？」

「ああ」

「そりゃどうも」

最後はずいぶんあっけない幕切れだったなぁ、と鶴見は独りごちる。司令代行の男は立ち去らず、独房の小窓から鶴見を見つめていた。

「まだ何か？」

「……もう一つ。《赤の王》が誕生した」

今度は、鶴見は驚愕した。すぐには何も言えず、唇を震わせる。

「まさか……周防、尊？」

「そうだ」

鶴見は拳を握った。手にはめられた異能抑制具が、みしりと小さく軋んだ。

「光葉、正しかったんだ。その上で、完敗したわけね。……ふーん」

司令代行は乾いた目で鶴見を見つめ続ける。嫌なおっさんだな、と鶴見は顔を逸らした。

「闇山光葉は破天荒な人間だったと聞くが、その敗北と死を泣いてくれる友人もいたのだな」

「俺、友達少ないからね。向こうは友人とか思ったこともないだろうけど」

鶴見は表情は変えないまま鼻をすすった。司令代行の男は少しの間無言でそこに立っていたが、やがて「では、伝えるべきことは伝えた」と言って背を向けた。

「なあ、司令代行さん」

鶴見は青い制服の背に声をかける。

「《セプター4》にはもう長いこと《王》がいないんだろ？　あんたは、《王》が欲しかったりするる？」

司令代行は振り向かないまま答えた。

「俺の《王》は死んだ」

「そう」

鶴見は小さく笑い、無茶な野望を持って走り抜けた三年間を思った。

「じゃあ、俺と一緒だな」

†

あれからひと月が過ぎた。

草薙にとって、激動のひと月だった。周防が《王》になり、十束と共にそのクランズマンとなって、突然異能の世界に放り込まれた。

また、闇山光葉の暗躍により混乱を極めていた街が沈静化するのにも、しばらくの時間を要した。黒幕である闇山光葉の死と、その参謀的存在であった鶴見トウヤの捕縛によって、闇山の元に集っていたストレイン、マフィア、チーマー少年たちは混乱の頂点の中で放り出される形となった。

ストレインたちの行動は早かった。彼らは闇山と鶴見が消えたことと、《赤の王》の誕生を知るや迅速に姿を消した。異能の世界のことを半端にしか知らない、残されたマフィアは、錯綜する情報に踊らされながらも周防を排除するべきと定め、何度かの襲撃を行った。周防と草薙は得たばかりの異能によりそれを撃退した。

マフィアに銃器を向けられても、発砲されても、周防はもちろん草薙さえ小揺るぎもしなかった。放たれた銃弾を異能の炎が呑み込み、弾き飛ばした。

厄介なのはむしろ、闘争で昂ぶる自分の炎の方だった。まだうまく制御が利かない異能の炎が襲撃によって刺激されることに難儀した。

何度かの襲撃と撃退の末、《赤の王》周防尊一派（一派と言っても十束は非戦闘員のため、実質的には周防と草薙の二人だけなのだが）の力は闇山事件に関与した者たちの間には遍く知れ渡り、混乱は徐々に収まっていった。《赤の王》が存在しているというその事実だけで、鎮目町の裏側には新しい秩序が生まれ始めていた。

闇山光葉を殺害したのが、闇山に組長を殺された徳誠会の組員であり、バーＨＯＭＲＡの常連客であった生島篤志だったと草薙が知ったのは、新聞の社会面の小さな記事でだった。生島は闇山を銃で殺害後、警察に出頭したらしい。暴力団同士の抗争の末の事件、として簡潔に片づけられていた。

激動のひと月を越え、草薙は今、二度目の訪問になる七釜戸のビルの中にいた。御柱タワーと呼ばれる、この国を戦後から裏で牛耳っていた《黄金の王》の居城であるビルだ。

前回の訪問は、周防が《王》に目覚めた直後だった。黄金からの使者である〝ウサギ〟の案内で御柱タワーへ連れてこられ、周防と《黄金の王》國常路大覚との謁見に草薙も立ち合ったのだ。

周防はドレスデン石盤という神秘の力を持つ物体に選ばれ、王権者と呼ばれるものに——七席あるうちの第三席、第三王権者《赤の王》になったということ。王権者は自らの力を分け与えたクランズマンと呼ばれる同胞を作り、王権者を頂点とする組織、クランを形成すること。王権者が批准すべき取り決め、一二〇(ヒトフタマル)協定のことなどを、《黄金の王》と側近のウサギが簡潔に話した。

周防はその間、ほとんど言葉を発することもなかった。ただ不機嫌そうなしかめ面で、《黄金の王》の顔を見ていた。《黄金の王》が、貴様の覚醒にまつわる事件の後始末に黄金のクランの介入は必要かと訊いたときだけ、面倒そうに「いらねぇ」と一言答えた。

草薙は《黄金の王》が放つ、そこにいるだけで押しつぶされそうな荘厳な威圧感に圧倒され、嫌な汗をにじませながら立っていた。十束もその場はさすがに神妙に黙っていたが、《黄金の王》の前を辞したあとで、ずっと気になっていたらしく使者の〝ウサギ〟に対して、「なんでウサギのお面つけてるの？」と聞いていた。返事はもらえなかった。

「それでは、鎮目町のバーＨＯＭＲＡを赤のクランの属領と認定する」

ウサギが言い、草薙がサインした書類に大きな判を押した。草薙が今日再び御柱タワーを訪れているのは、『王権者属領』の手続きのためだった。

属領とは、王権者の所領であり、他のクランは干渉できないそのクランの自治区のことらしい。そんなん言われても、と思ったが、周防が《王》になり自分たちがクランズマンとなった以上、拠点はあるに越したことはない。そして、草薙たちが堂々と拠点であると言える場所は、あのバー以外はなかった。

「はい、どうも。これで属領手続きは完了ってことでええんですね？」

ウサギはうなずく。

「時に、クランの名は決まっているか？」

「あー……忘れてましたわ。相談しときます」

「了解した。クラン名の有無はどちらでも問題はない」

今までの、成り行きで形成されていたチームはバーの名前から「ホムラ」と呼ばれ、なんだかんだでなじんでしまっていたが、自分たちで名乗る名は三人で相談した方がいいだろう。

そう考え、少し前にもこんな話をしたなとぼんやり思い出す。

「《赤の王》の状態は」

草薙の思考を遮るようにウサギが淡々とした口調で問うた。草薙は、《王》になってからの周防の様子を思い出し、ぎゅっと唇を引き結ぶ。

「……力の制御に苦労しとりますわ。けどまあ、少しずつ落ち着いてきてはいます」

暴力を象徴し、破壊の炎を司る《赤の王》の強大な力。本来は一人の人間が抱えるべきものではないのだろうと、今の周防を見ていると思う。

その気になれば周りのものすべて破壊できる力を身の内に飼っている。その力は、外に出たがり、暴れたがっている。周防は今、その力を抱えて苦しげだった。

周防が苦しむのは、単純に力の制御が手に余るからだけではないのだろうと思う。自由に暴れたがる力は、周防の本質と合致し過ぎている。少年の時分から抱えていた、この世界に対する閉塞感とそれを打ち破ることへの渇望。周防が業のように抱いていたそれと、《赤の王》としての力の衝動はあまりにも相性がよすぎて、本人の手にすら負えなくなっているように見えた。

草薙ですら、赤のクランズマンの力の制御には難儀した。それとは比べものにならぬ大きな力を抱える周防のことを思うと、正直ぞっとする。

幸いなのは、十束がたいした力を得なかった代わりに、力のコントロールに長けていたことだろう。十束は自分の力のコントロールのみならず、周防の炎に同調して、暴れだしそうになる周防の炎をなだめることができた。周防は、十束にはなんとなく「つられる」のだと言っていた。十束に力の制御のサポートをしてもらったことのある草薙には、その感覚はよくわかる。

「七王っちゅーのは、なんなんでしょうね」

思わず草薙の口からぼやきのようなつぶやきがこぼれた。面で顔を隠したウサギからは何の感情も伝わってこない。ウサギは淡々と答えた。

「ドレスデン石盤については、その多くが謎に包まれている」

「けど今、石盤は人間のために機能しとる。《黄金の王》の意義はようわかりますよ。繁栄を司る《黄金の王》のおかげで今のこの国があるいうてもええんでしょう。……しかし、《赤の王》はなんなんです？　なんで、一人の人間があないに巨大な破壊の力を持つ必要があるんでしょう」

「破壊と暴力は、人の業だ」

「その業が凝縮された象徴が、《赤の王》やと？」

「石盤の意思も、意義も、誰にもわからぬ。そこに意味を見出そうとするのは、我ら卑小な人間の勝手な感傷だ。その感傷で物を考えるならば、《赤の王》とは既存のものを破壊することで新たな進化を促す起爆剤なのかもしれぬ。あるいは、決して人の世からは消えぬ暴力を集約し統率するための旗印なのかもしれぬ。思考を巡らせることはできるが、答えはない」

草薙は黙った。

いずれにせよ、破壊の宿命を背負わされた《赤の王》は、モンスターだ。石盤とやらがこの世界に落とすモンスターとして選ばれたのが、周防尊という男だったというのか。

しばらくの沈黙ののち、再びウサギが口を開いた。

「《王》がその力をいかに行使するかは、その《王》が決める。《赤の王》周防尊が《王》としてどのような道を歩むのかは、周防尊自身が選択するだろう。そして周防尊はすでに、最初の選択を済ませている」

「最初の選択?」

ウサギは人形のようにぴしりと背筋を伸ばした姿勢のまま告げた。

「最初のクランズマンを二人選んだ。その一人である貴殿の目は理性的だ。もう一人も、ただ暴力に殉ずる人間ではないだろう」

草薙は数秒、ウサギの金色の仮面に黒く開いた目の穴を見つめてしまってから、ふっと息を吐き出すように微かに笑った。

周防には、クランズマンなど作らず一人で好きなように行ってしまう道もあったのだ。

だが、草薙と十束は、こうして赤のクランズマンとなった。それが周防の選択だというのならば、自分は自分にできることをやるしかないだろう。

†

十束はソファーに片膝を抱えて座り、ベッドに腰掛ける周防の姿を見つめていた。

バーHOMRAの二階、かつて水臣が宿泊用に使っていて、現在は物置となっているその部屋で、このひと月周防は起居していた。《王》の力のコントロールが怪しいため、薄い壁一枚隔てた向こうに隣人が住む周防の家では危なっかしかったのだ。

今も周防の体は、体内に収まりきらぬ炎がにじみ出すように薄赤く発光していた。自分の膝の上に肘をつき、だらりとうつむき加減になっている周防は、身なりが荒れていることも手伝ってどこか囚人めいて見える。

周防の赤い髪は伸びて前髪が目のあたりに邪魔そうにかかり、無精ひげも生え、体は少し痩せた。《王》になって以来、周防は自らの炎と戦い続けている。十束はそれを見守り、周防が自分の力に翻弄されかけるとそれを鎮める手助けをしていた。

(王様の家来になるのさ)

かつて少年だった十束が言った言葉は実現した。いつか、本当の王様みたいな存在になるのではないかと十束が無邪気に思っていた周防尊という人間は、不良少年たちのキングを経て、超常の物体に選ばれ巨大な力を持つ《王》と呼ばれる存在となった。

そして今、十束は、周防にとって《王》になるということがどんな残酷なことなのか、目の当たりにしている。

ゆらりと、周防を包む赤い光が膨らんだ。くすぶる炎に、周防は苛立たしげに眉を寄せる。時間の経過と共に力の御し方を覚えて安定してきているとはいえ、体を内側から焦がす炎は完全に沈静化することはない。

十束は立ち上がると周防の前にとことこ歩みより、その肩に軽く手を置いた。手のひら越しに、周防が抱えるマグマのような熱の一端が伝わる。

周防は気が立った獣のような目で十束を睨み上げた。殺気すらこもっているような視線だ。こしばらくの間でその視線には慣れたが、彼が《王》になる以前は気安く睨まれることはあってもこんな目で見られることはなかった。

だが十束は気にせず風のようにその鋭い視線を受け流して、へらりと笑う。

ぐつぐつと不穏に波打つ周防の巨大な炎に十束は自らの小さな炎を同調させた。

同調、といっても、十束が直接《王》の力に干渉することはできない。イメージとしては、周防の炎のすぐ側で歌を歌うような感覚に近かった。

炎の側で十束が歌うと、周防の炎が十束ののんきな歌につられるように少しだけ穏やかになる。勢いが緩んだその波間から声を届かせるように、話しかける。

「キング」

十束は周防の肩にのせていた手を持ち上げ、手のひらを上にして周防の目の前に掲げた。

その手を十束の炎がほのかに包み、手のひらの上でぽわんと淡く赤い光が小さく弾ける。弾けた光は、炎でできた蝶になった。

「見て見てちょうちょ」

蝶はひらひらと羽を羽ばたかせて十束の手のひらから飛び立つ。蝶が羽ばたくと、鱗粉（りんぷん）のように火の粉がきらきらと散り、温度のある微風が起こった。蝶は周防の周りをじゃれるように飛び、その軌跡が細い炎の筋となってたなびいた。

「…………何やってんだ」

周防がレモンでも囓ったような妙な顔をして、呆れた声を出した。十束は胸を張る。

「あんたからもらった炎で何ができるかなーって色々練習してたら、ちょうちょ作れるようになったんだ」

「なんの練習してんだよ」

言って、周防はほんのわずか苦笑した。十束は微笑みを返す。

十束は、周防を翻弄する炎とさえ、友達になる気だった。

《赤の王》の属性は、暴力だという。破壊の宿命を持つ炎なのだという。

が、それだけじゃないと信じていた。周防の炎が、その気になれば目に映る何もかもを破壊できる恐ろしいものであることは知っている。けれど同時に、その炎の色がとても綺麗なことも、側にいると温かくなることも、分けてもらった炎でちょうちょを作れることだって、本当のことだ。

周防と出会う前、十束は噂で周防のことを言葉の通じない猛獣のように聞いていた。けれど実際出会った周防は、十束が話しかけたらちゃんと応えてくれた。笑ってくれることだってあった。強く恐ろしいだけの人じゃなかった。それと同じだと、十束は思っている。

十束は周防の炎に話しかける。側で歌い、話しかけ、仲良くなれるまで側にいる。

周防は長く伸びた髪を掻き上げ、億劫そうな動作で腰を上げた。

「……シャワー浴びてくる」

「それがいいね。キングちょっと獣臭がするもん……あいたっ」

周防がすれ違いざまに十束の後ろ頭を軽くはたく。

十束は大げさに頭を押さえてみせたが、たいして痛くはない。気軽にはたくのは力のコントロールがしっかりできている証拠だった。安定を取り戻したらしい。

十束は周防の後ろ姿を眺めた。やや猫背ぎみの姿勢でのしのし歩く周防の髪は、やはり無精に伸びた印象がある。後ろから見ると特に、ライオンのたてがみのようだった。

「キング、風呂から上がったら髪切ってあげるよ。邪魔だろ？」

周防はのそりと振り返る。十束はVサインをするように両手をハサミの形にしてチョキチョキと動かした。

十束は周防の背中を見送ってから、ハサミを探す。せっかく散髪するんだから、前と同じじゃなく少し髪型を変えてみてもいい。十束は幼い頃から自分で自分の髪を切っているので散髪の腕にはそれなりに自信がある。周防も文句は言わないだろう。

そういや自分の髪も切らなきゃな、と十束は後ろ髪に触れた。やはり伸びっぱなしになっていて邪魔なので、一つにくくっている。

ハサミを用意して、十束は階下に下りた。

カーテンが締め切られた薄暗いバーに足を踏み入れる。店内は、かつての姿を思うと廃墟かと思ってしまうような酷い有り様になっていた。

長いこと掃除もせずに放置しているため、あちこちにほこりが溜まっている。何度かの襲撃のせいで窓ガラスは割られ、今も修理業者を呼ぶ余裕がないまま段ボールで塞いだだけで放置してあった。インテリアは傷つき、周防や草薙が能力を制御しそこなったときにできた異能の炎による焼け焦げもある。

十束は、焦げたカーテンを両手でつかみ、元気よく開けた。冬を前にした晩秋の柔らかい日差しが斜めに射し込み、店の中を照らす。

早く草薙さん帰ってこないかな、と思った。

周防が王権者になって以来、ごちゃごちゃした手続きなどはすべて草薙が担ってくれている。力に翻弄され続けていた周防も落ち着いてきたことだし、今日は十束が二人をねぎらおうと考える。とりあえず夕食でも作ろうか。

十束は窓から射し込む日差しに頬を照らされながら目を細めた。

(王様の家来になるのさ)

無責任に放ったかつての言葉を後悔する気はない。

けれど、かつての無邪気さのままではいられない。

十束は本当の意味では理解することはできないにしろ、周防の苦しみを見て、知っている。周防が《王》になったことを疎んでいることも。

十束は、よそから勝手な哀れみを持たれるような環境の中でも、愉快に生きていくことは得意だった。一方で、逃げたいところからはとっとと逃げ出すべき、というのも十束の信条だ。

――キングは、すべてのしがらみから逃れて、自由になりたかったりする？

一匹の獣のように、狭い世界を振り捨て周りの何も気にせず、力を振るって生きる。周防の中にそれを望む面があることは、十束はよく知っているし、そういう面に惹かれもした。

それでも、この狭い世界の中にあるたくさんの楽しいことを周防に見せたいという十束の思いは変わっていなかった。

十束は周防の中の炎とも友達になるつもりだ。何度だって話しかけ、寄り添い、仲良くなろうと試みる。

もし、周防の炎が十束を本気で疎ましく思うときがきたら、そのときはきっとその場で焼き尽くされる。周防の炎と同調できる十束の特技なんて一瞬で消し飛ばされて、すごく簡単に、それこそ灰すら残らなくなるほどに。

――だけどキング、あんたはなんだかんだいって、俺たちと一緒にいるの、結構好きだろう？

――今までだって、いろんなものを疎ましく思いながらも、楽しかったりもしたろう？

だったら、十束のやることは決まっていた。

――あんたが悪くないと思うものを集めて王国を作ろう。

周防は《王》になり、十束と草薙は周防の国の最初の住人になった。十束の仕事は、周防が、草薙が、これから集まるだろう人たちが笑っていられる場所を作ることだ。

背後で床が軋む音がした。十束は振り返る。シャワーを浴びてきた周防が髪を濡らしたまま立っていた。毛先から水がぽたぽたとしたたっている。

十束は周防に、そして周防の中の炎の獣に微笑みかけた。

†

去年までいた場所ではあるが、ひどく懐かしく思えた。

周防はその前で足を止め、校舎の建物を見上げる。周防が卒業した高校だった。

特に、来ようと思って来たわけではない。いつものように街をそぞろ歩くうちに、なんとなく足が向いていただけだ。

目的があったわけではないが、来てしまうとそのままただ通り過ぎる気にもなれなくて、周防は校門から道路を隔てた向こうのガードレールに尻を引っかけるように寄りかかる。

煙草を取り出し、一本くわえた。が、ポケットを探ってもライターが見当たらない。忘れてきたらしい。

周防は少し考えた末、煙草の先端を指で軽く弾いた。ぽ、と微かな音を立てて煙草に火がつく。

こんな火力調整ができるようになったんだからずいぶん慣れたもんだと、周防は内心で小さな自画自賛をしながら深く煙草を吸った。

一本を灰にし、二本目に火をつけたとき、校門から見知った女が現れた。柔らかな雰囲気を纏う、パンツスーツ姿の細身の女。彼女は道の向こうに周防の姿を認めると「あっ」と小さく声を漏らし、駆け寄ってきた。

櫛名穂波。周防の高校時代の担任教師だった。

穂波は周防の前まで来ると、何を言うよりも先に周防がくわえていた煙草を取り上げた。

「こら。まだ未成年でしょ」

そうだっけか、と周防は一瞬ぽかんとしてしまった。そんなことを気にする文化に生きていなかったので、純粋に失念していた。そういえば周防は十九歳だった。

穂波は取り上げた煙草を地面に落として踏み消せばいいのに、持てあましたように指でつまんだままにしている。周防はすいと手を伸ばして火のついたままの煙草を取り返し、手の中に握り込んだ。あっ、と穂波が慌てた声を上げる。

「何してるの！　やけどしちゃう！」

周防は手の中の煙草を自分の炎で焼き消していた。器用になったものだ、と二度目の自賛をしながら、何もない、もちろんやけどもしていない手のひらを上に向けて見せる。穂波は目を丸くした。

「何、今の？　手品？」

「まあ」

似たようなものだろう。曖昧にうなずくと、穂波がくすくすと笑った。

「相変わらずおもしろい子ね、周防君」

相変わらずおもしろい子、という評価はこの女教師以外の口からは決して出ないだろう。穂波は柔らかい微笑みを浮かべて周防の横に並んでガードレールに軽く寄りかかる。

「うちの女生徒が、校門の前に怖い雰囲気の男の人がいるって言ってきたのよ。あらまあどうしましょう、って思いながら来たら、周防君なんだもの。今日はどうしたの?」

どうした、ということもなかった。ただ足が向き、通りがかったので眺めていた。それだけだ。石盤だとか王権者だとか異能だとかいうものとは無縁の、ただの人間の暮らしを送っていたその場所を、感傷というほどの強さはないながらも少し不思議な心持ちになって眺めてしまっていた。

「……通りがかったんで」

結局周防はそれだけ言った。

「周防君、髪型変えたのね。大人っぽくなって格好いいわよ」

だらしなく伸びた髪は、先日十束に切られた。今は前髪を上げるヘアースタイルになっている。

「最近、どうしてる?」

穂波は答えにくい質問を投げた。

非常に様々なことがあった。そしてそれらのほとんどが、彼女に説明するわけにはいかないことばかりだ。

かつて穂波と交わした会話を思い出しつつ、周防は口を開いた。

「昔あんたに言われた、そのうち、人の中心のような立場になるかもしれないってやつ。……成り行きでそんなような状況になったりはした」

「そう」

穂波は穏やかな表情でうなずく。

「けど俺は多分、あんたにとって胸くそ悪い生き方をする」

（周防君。先生は、むやみな暴力を振るう周防君のことは、胸くそ悪く思います）

周防が補導されたとき、穂波にそんなふうに説教されたことがあった。それでも穂波は、周防を信じると言った。なぜ彼女が自分に対して信頼を向けるのか当時から理解に苦しんでいたし、鬱陶しくもあった。

穂波は周防の横顔を穴が開きそうなほどにじいっと見つめた。頬に刺さる視線に周防は耐える。

「それは困ったわ」

穂波は深刻そうな声音を出したが、その実たいして困ってはいなそうだった。

「でもやっぱり、私はまだ周防君を信じてるのよね」

「信じるなよ」

「それに、もしも本当に、あなたが胸くそ悪いことをするときが来たとしても」

穂波は首を傾げて微笑んだ。

「それに対しては怒るけど、あなたのこと好きなことには変わりない気がする」

あっさりとそう言ってから、穂波は「あ、変な意味ではないわよ」とさらりと補足した。

周防は返事のしようもなく、黙ったままガードレールから尻を上げた。

「……もう、戻る。邪魔した」

「周防君」

呼び止めるように呼ばれ、振り返ると、穂波もまたガードレールから腰を離して周防の方に向き直っていた。

「草薙君と十束君とは、今も仲がいいの？」

「……腐れ縁だな」

「そう。よかった」

周防が黙って穂波の顔を見返していると、ふいに穂波が小さく声を立てて笑った。笑われる覚えもなく周防が怪訝な顔をしていると、穂波が「いえ、ごめんなさい」と口元を押さえて言う。

「周防君見てると、なぜか姪っ子を思い出しちゃって。あ、覚えてる？　以前、私が姪っ子用の靴下編んでるのを見せたことあったでしょう。その子なんだけど、今五歳で」

「そんなに人相わりぃのか」

「いいえ。お人形みたいにかわいらしい子よ。でも、口数が少ないところと、目が綺麗なところが似ているなと思って」

五歳女児と似ていると言われ、周防は口元を曲げた。

「あんたの感性は、わかんねぇ」

むすりと言って歩き出すと、背中に「また顔を見せてちょうだい」と穂波の声がかかった。周防はそのまま歩き続ける。

こちらの世界とはなんの関係もなければそんな世界の存在など知りもしない彼女から遠ざかっていくのは、ただの人間だった自分を後ろに残して歩いていくような気分だった。

けれどもう、未練もなかった。

バーに戻ると、草薙と十束が騒がしく立ち働いていた。

「あ、キングおかえりー」

「おう、帰ったか」

二人は作業の手を止め、周防を振り返って声をかける。二人はバーの中の掃除中のようだった。草薙はいらないものを選別して大きなゴミ袋に詰めている作業中で、十束は雑巾とバケツを持って、店の中の汚れた箇所を磨いて回っている最中らしい。

草薙は周防にモップを握らせた。

「尊、お前は床掃除な」

面倒くさい、という感情を露骨に顔に出してしまうと、草薙が意地悪げな笑みを浮かべた。

「自分が住むところくらい自分で綺麗にせぇ」

そう言われると、返す言葉はない。

周防は、このバーの二階に住むことになり、バーＨＯＭＲＡ自体も第三王権者周防尊の属領となった。

それを聞いたとき、十束は感慨深げな顔で言った。

（そっか。……ここが、キングの王国になるんだね）

王国。

自分の生活の中に出てくるには異質の言葉だ。しかし、周防は《王》になり、《王》の炎を二人に分けた。

バカなガキどもの話は終わり、ここからまた、何かが始まっていく。

周防は片手をポケットに入れたまま、もう片方の手でモップを動かし始めた。

「草薙さーん、カーテンどうする？」

「ああ、焦げとるしな。外しといてくれ。インテリアも色々買い換えんとなぁ」

「出費がかさむね！」

「頭痛いわ」

「けど楽しみじゃない。草薙さん好みに設え直して新装開店するの」

「確かに、大変な分やりがいもあるわな。あ、十束、あとで鎌本酒店に使いに行ってくれんか」

「はーい」

草薙と十束は軽快に言葉を交わしている。それをＢＧＭのようにぼんやり聞き流していると、棚の整理をしていた草薙が「お」と声を出した。

「どうしたの？」

「叔父貴のカメラが出てきたわ。懐かしいな、こんなとこにしまっとったんか」

草薙はほこりの被ったインスタントカメラを大事そうに持ち上げた。

「あ！　それで昔、水臣さんに写真撮ってもらったよね。俺が中学生で、キングと草薙さんが高校生の頃！」

十束が嬉しげに言って、雑巾を放り出して草薙の方に駆け寄る。

「これは？」

十束はインスタントカメラが置いてあった棚から、カメラの付属品のようなものを取り上げる。

「外付けのセルフタイマーやな。シャッターボタンにはめて、ここのネジ巻いて使うんや」

十束の瞳が輝いた。彼が口を開く前に、草薙は次の言葉を悟ったような苦笑を浮かべる。

「三人で撮ろうよ！」

「言うと思た」

十束と草薙はカメラの位置を調整し、周防は握らされたばかりのモップを取り上げられてカメラの前に連れてこられた。

草薙がカメラのセルフタイマーのネジを巻き、三人でその前に並ぶ。

ジー、っと音を立ててネジが巻き戻っていくカメラを、周防はぼんやり眺めていた。セルフタイマーのネジが戻りきり小さな音と共にシャッターが切られ、この時間を切り取った写真が一枚、ぺろりと吐き出された。

Epilogue　Good-bye My Red

剣が堕ちるのを見るのは、二度目だった。


一度目は海を隔てた対岸で、小さく見えるボロボロの赤の剣が光を失い、落下するのを見た。

友人の生が終わる瞬間を、草薙は剣の落下と消失という形で、離れた場所から見届けた。

そして今、草薙はアンナが《赤の王》の力で地下深くへ貫いた穴の縁に立って、その光景を見つめていた。

草薙のすぐ目の前を、ひび割れた白銀のダモクレスの剣が通過していく。

――ダモクレスの剣、こんな近くで見るときが来るとはなぁ。

手を伸ばせば触れられそうな場所を白銀の剣が上から下へと過ぎていき、さらに地下へ向かって堕ちていく。その先にあるのは、《王》を生み出す神秘の物質、ドレスデン石盤だ。

剣が草薙の前を通り過ぎてから一秒、二秒。

地下から、真っ白い光が間欠泉のように噴き上がった。

《白銀の王》の剣がドレスデン石盤を貫いたのか。

草薙は吸い寄せられるようにその光に近づき、上を見上げる。目もくらむ眩い光の中、小さく切り取られた空の中で、炎を象ったようにも赤い茨のようにも見える赤のダモクレスの剣と、壊れかけの青のダモクレスの剣が消失するのが微かに見えた。

安堵と、少しの喪失感を共に抱えながら、草薙は光が消えるまで空を見つめ続けた。

†

櫛名アンナが《赤の王》であったのは、結局三ヵ月と少しの間だけだった。

緑のクラン《jungle》との戦いを経て、ドレスデン石盤は破壊された。

周防を生かし、周防を死なせた石盤は消失し、最後の《赤の王》を務めたアンナはまだ力を残しつつも、《王》ではなく一人の少女に戻った。


草薙がバーの扉を開けると、ソファーにちょこんと座っていたアンナが顔を上げた。

「イズモ、おはよう」

アンナが言った。もう昼を回っているが、アンナはその日最初に草薙と顔を合わせると、まずそう挨拶をする。

「おはようさん。……何見とるん？」

アンナの手には紙製のアルバムがあった。

「前、イズモに見せてもらった写真」

アンナが持っているのは、アンナが《王》に目覚めたばかりの頃、アンナにせがまれて昔話をしたときに引っ張り出したアルバムだった。

アンナに周防と十束との出会いや、周防が《赤の王》に目覚めたときのことを語ったあの日が、もう遠いことのように思える。

「アンナ、昼飯何食いたい？」

草薙がカウンターの中に入りながら言うと、アンナは少し考えて、「カレー」と答えた。昨日仕込んだ、店に出す用のトマトチキンカレーなら厨房の鍋にある。

「遠慮せんと、好きなもの言ってええんやで。店で出す料理は飽きたやろ」

アンナは首を横に振った。

「イズモが叔父さんから教えてもらったカレー、好き」

そんなことまでアンナに話したっけ、と少しの面はゆさを感じながら、草薙は鍋を火にかける。水臣直伝のレシピに草薙が自身のアレンジを加えた、バーＨＯＭＲＡの人気メニューだ。

草薙は煙草を一本くわえる。ジッポを探して懐をまさぐっていると、すぐ後ろから「イズモ」とかわいらしく透明な声で呼ばれた。

振り返ると同時に、カシャン、と小さな音が響いた。

アンナが草薙に向けたインスタントカメラから、写真が一枚ぺろりと吐き出される。

「……は？」

意表を突かれて、思わずくわえた煙草を落としそうになる。アンナはカメラを下ろし、綺麗な赤い瞳で草薙を見上げた。

「アルバムを探していたら、一緒にこのカメラも置いてあるのを見つけた。勝手に持ち出してごめんなさい」

真面目な声音で謝りながらも、悪びれずにアンナはまだ黒い写真をつまみ上げ、画が浮かんでくるのをわくわくした様子で待っている。

この子もなかなか強かになりよったなぁ、と草薙は嬉しさ半分困惑半分の気持ちで笑って、小さな頭を見下ろした。

アンナは浮かび上がった写真を見て満足そうな顔をすると、それを草薙に見せる。

「よく撮れた」

アンナが掲げる写真には、隙だらけの草薙のぽかん顔が写っている。

「間抜けヅラやなぁ」

「イズモのカッコつけないときの顔も、好き」

アンナにそう言われると悪い気はしなくなる。アンナは撮ったばかりのその写真を、アルバムの中にしまった。周防と十束と、三人の過去の思い出をしまい込んだアルバムの中に現在の自分の姿が加わるのを奇妙な気分で見守っていると、アルバムを愛おしそうに眺めていたアンナが顔を上げた。

「イズモ」

「ん？　どないした？」

「私は、ミコトと、イズモと、タタラが作った《吠舞羅》に出会えてよかった」

突然の言葉に草薙は返す言葉を失う。

アンナは微笑んだ。出会った頃と比べると、驚くほどに表情豊かになった、柔らかな微笑みだ。

「いろんなことがあったけど、みんなと出会えた。一緒に過ごせた。私は一人じゃなくなった。『嬉しい』や、『楽しい』を、私はここでたくさんもらった」

「………………そうか」

草薙はそう答えるのが精一杯だった。気の利いた返しができないことをもどかしく思いながら、アンナを見、バーＨＯＭＲＡの中を見渡す。

周防が暮らした場所。

十束が愉快に彩った場所。

皆が集い、笑った場所。

今、アンナが暮らす場所。

ここが、草薙にとっても王国だった。

草薙はふっと小さく笑い、火をつけずにくわえたままだった煙草の存在を思い出してジッポを取り出す。

蓋を親指で弾くと、心地よい金属音が鳴る。使い込んだ、すっかり手になじんだジッポだ。何度も煙草に火をつけ、戦闘では敵を焼いた。

ジッ、と微かな音を立てて火がつく。その火はただ穏やかで、草薙を翻弄して暴れだすことはもうない。

そう思うと、草薙の中から揺さぶるような切なさが湧いた。目頭が少しだけ熱くなったが、煙草の先にゆっくり火をつけ、ジッポの蓋を閉じる頃には、切なさの衝動は胸の中に居場所を見つけ、そこにそっと収まった。

火にかけたカレーの鍋が、コトコトと音を立て、良い匂いを漂わせ始めている。

そのとき、ドアの外から聞き慣れた騒がしい声が聞こえてきた。カランとドアベルが鳴る。

「草薙さん、アンナ、チッス！」

「チーッス！」

八田と鎌本が連れ立って入ってくる。八田は草薙とアンナにからりと明るい笑顔を向け、鎌本は手に下げていた紙袋から酒瓶を取り出して掲げた。

「今、実家に寄ってきたんすけど、親父から、新作の酒を仕入れたから試飲用に草薙さんに持ってけって託されてきたっす」

「おう。それはありがたいな」

草薙は笑って鎌本から酒瓶を受け取る。八田はスンスンと鼻をうごめかせた。

「良い匂いだな。カレーあったためてるんすか？」

「ああ。八田ちゃんたちも食うか？」

「やった！　食う食う！」

「俺も食うっすー！」

バーの中が急に騒がしく活気づく。八田がふと、アンナが持っているインスタントカメラに気づいた。

「お、アンナ何持ってんだ。カメラ？」

「うん。イズモの叔父さんのだった物。撮るとすぐに写真が出てくる」

「へー！　おもしれーな」

「カメラの形もレトロでシブいっすね。十束さん好きそう」

アンナが持つカメラを囲んで無邪気にわいわいと話す八田たちを見ていると、少しだけ昔の自分たちのことが思い出されて、草薙は煙草を持つ手の陰でひっそりと微笑んだ。

「写真、みんなで撮るか」

草薙が声をかけると、八田が少しはにかみながら「いいっすね」と鼻の下をこすり、鎌本は「カッコイイポーズ取りましょうよ」と言う。

アンナに視線を落とすと、アンナはかつての無表情が嘘のような、年相応の少女の笑顔を草薙に向けた。

この作品は書き下ろしです。

著者紹介

らいらくれい　ゴーラ
来楽零（GoRA）

1983年生まれ。千葉県在住。2005年『哀しみキメラ』（第12回電撃小説大賞〈金賞〉受賞）でデビュー。他の著書に『ロミオの災難』『X（クロス）トーク』『6-ゼクス-』がある。ＴＶアニメ『K』の原作・脚本を手がけた７人からなる原作者集団GoRAのメンバーの一人。

Illustration
すずきしんご　ゴーハンズ
鈴木信吾（GoHands）

アニメーション制作会社GoHands所属。数々のアニメーションの制作に携わり、劇場作品『マルドゥック・スクランブル』シリーズ三部作、『Genius Party「上海大竜」』、TVシリーズ『プリンセスラバー!』でキャラクターデザイン、総作画監督をつとめる。2012年、ＴＶアニメ『K』の監督、キャラクターデザインを手がけた。

講談社BOX

ケー　あか　おうこく
K　赤の王国

定価はケースに表示してあります

2016年8月30日 第1刷発行

らいらくれい　ゴーラ
著者 ── 来楽零（GoRA）

発行者 ─ 鈴木　哲

発行所 ─ 株式会社講談社
東京都文京区音羽2-12-21　郵便番号 112-8001
編集 03-5395-4114
販売 03-5395-5817
業務 03-5395-3615

印刷所 ─ 凸版印刷株式会社

製本所 ─ 株式会社国宝社

製函所 ─ 株式会社岡山紙器所

ISBN978-4-06-283893-1　N.D.C.913　474p　19cm

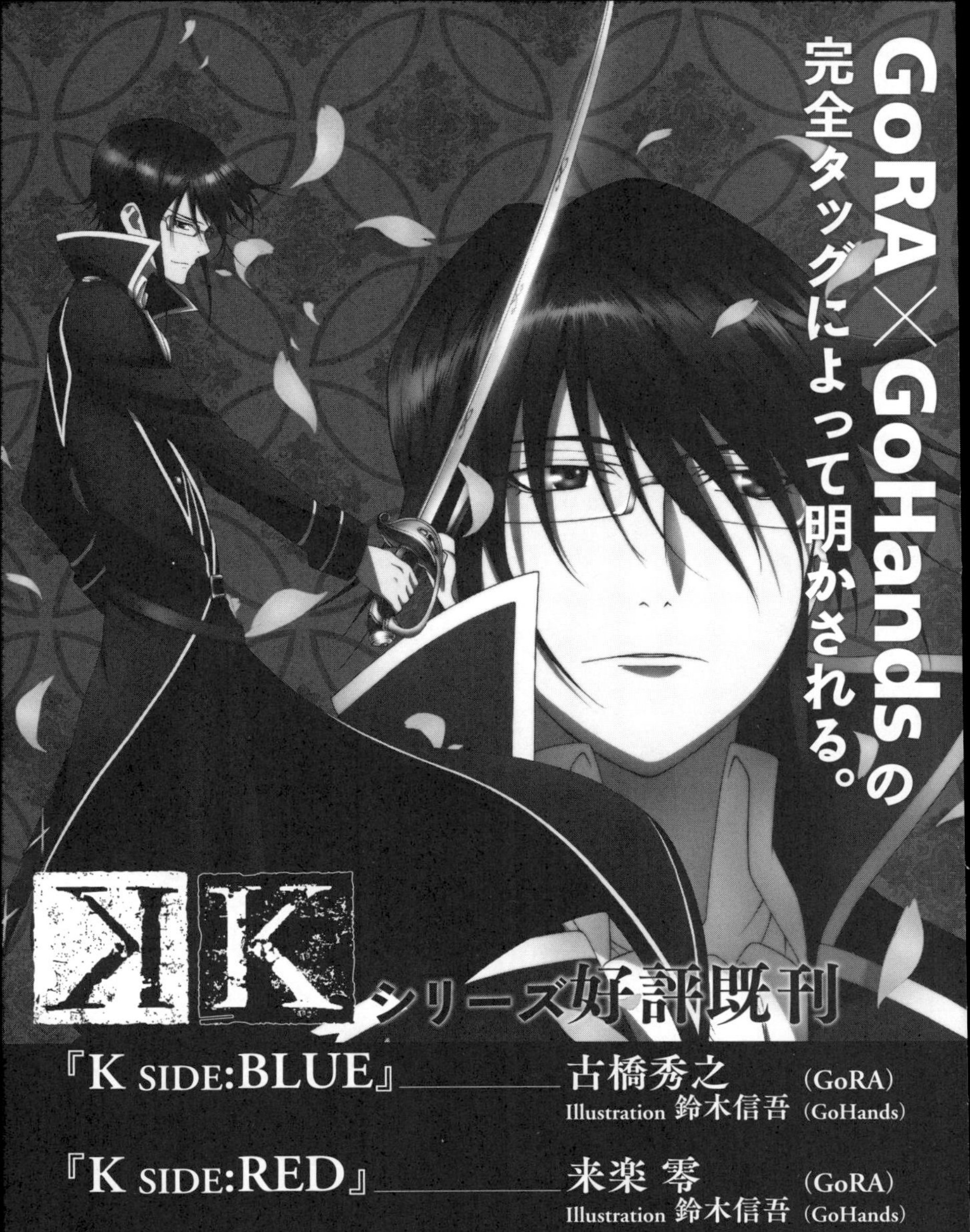
GoRA×GoHandsの
完全タッグによって明かされる。
K
Kシリーズ好評既刊
『K SIDE:BLUE』古橋秀之 (GoRA)
Illustration 鈴木信吾 (GoHands)
『K SIDE:RED』来楽 零 (GoRA)
Illustration 鈴木信吾 (GoHands)
『K SIDE:Black&White』宮沢龍生 (GoRA)
Illustration 鈴木信吾 (GoHands)